45014

OEUVRES

COMPLETES

DE

VOLTAIRE.

OEUVRES

COMPLETES

DE

VOLTAIRE.

TOME CINQUANTE-CINQUIEME.

DE L'IMPRIMERIE DE LA SOCIÉTÉ LITTÉRAIRE-
TYPOGRAPHIQUE.

1 7 8 5.

RECUEIL

DES LETTRES

DE M. DE VOLTAIRE.

1753–1757.

RECUEIL

DES LETTRES

DE M. DE VOLTAIRE.

LETTRE PREMIERE.

A M. LE MARQUIS DE COURTIVRON.

Le 2 de janvier.

J E vous remercie, Monfieur, des éclairciffemens que
vous avez bien voulu me donner fur votre Traité de
la lumière. Je les reçois avec reconnaiffance, et j'avoue
qu'ils m'étaient néceffaires pour le bien entendre ; car,
quoique je me fois autrefois occupé de mathéma-
tiques, j'en ai actuellement perdu l'habitude.

Quand je reçus votre livre, je crus que c'était l'ouvrage d'un favant ordinaire ; mais notre cher *Clairaut*
m'apprend que vous êtes cet officier général de l'état
major auquel le comte de *Saxe* écrivit avec cette
brevitatem imperatoriam des anciens, en accourant à
Ellenbogen en Bohème, où vous conteniez avec moins
de fix cents hommes, par le pofte que vous aviez
pris devant le château de cette place, les quatre mille
croates qu'il y fit capituler le lendemain : *A homme de*

1753.

A 2

———— *cœur courtes paroles. Qu'on se batte, j'arrive.* MAURICE DE SAXE. Billet auquel vous répondîtes si énergiquement. Les sciences et les arts gagnent à être cultivés par les mains qui ont cueilli des lauriers. *Frédéric* fait de bons vers, le maréchal de *Saxe* des machines, et vous êtes mathématicien.

Recevez comme bien démontrées les assurances des sentimens respectueux avec lesquels j'ai l'honneur d'être, &c.

LETTRE II.

A MADAME DENIS, *à Paris.*

A Berlin, 13 de janvier.

J'AI renvoyé au *Salomon du Nord*, pour ses étrennes, les grelots et la marotte qu'il m'avait donnés, et que vous m'avez tant reprochés. Je lui ai écrit une lettre très-respectueuse, et je lui ai demandé mon congé. Savez-vous ce qu'il a fait ? il m'a envoyé son grand factotum de *Fédersdoff* qui m'a rapporté mes brimborions. Il m'a écrit qu'il aimait mieux vivre avec moi qu'avec *Maupertuis.* Ce qui est bien certain, c'est que je ne veux vivre ni avec l'un ni avec l'autre.

Je sais qu'il est difficile de sortir d'ici, mais il y a encore des hippogriffes pour s'échapper de chez madame *Alcine.* Je veux partir absolument, c'est tout ce que je peux vous dire, ma chère enfant. Il y a trois ans bientôt que je le dis, et que je devrais l'avoir fait. J'ai déclaré à *Fédersdoff* que ma santé ne me permettait pas plus long-temps un climat si dangereux.

Adieu; faites du paquet ci-joint l'ufage que votre
amitié et votre prudence vous dicteront.

Le pauvre *du Bordier* doit être à préfent chez moi
à Paris. Sa deftinée eft bien cruelle. Il y a des gens
devant qui on n'ofe pas fe dire malheureux. Cet
homme eft demandé à Berlin ; il y arrive en pofte.
Il embarque fur un vaiffeau fa femme, fon fils unique
et fa fortune. Le vaiffeau périt à la rade de Hambourg.
Du Bordier fe trouve à Berlin fans reffource. On fe
fert de fes deffins, on ne l'emploie point, et on le
renvoie fans même lui donner l'aumône. Logez-le,
nourriffez-le. Qu'il raccommode mon cabinet de
phyfique. Vous verrez, dans le paquet qu'il vous
apporte, des chofes qui font frémir. Faites comme
moi, armez-vous de conftance.

LETTRE III.

A M. DE LA VIROTTE.

Berlin, 28 de janvier.

JE fais trop de cas de votre jugement, Monfieur,
pour ne m'en pas rapporter à vous fur cet étrange
procès criminel fait par l'amour propre de *Maupertuis*
à la fincérité de *Kœnig*, procès dans lequel j'ai été
impliqué malgré moi, parce que *Kœnig* ayant vécu
deux ans de fuite avec moi à Cirey, il eft mon ami;
parce que j'ai cru avec l'Europe littéraire qu'il avait
raifon ; parce que je hais la tyrannie. Quand le roi
de Pruffe me demanda au roi par fon envoyé, quand

j'acceptai fa croix, fa clef de chambellan et fes penfions, je crus pouvoir recevoir les bienfaits d'un grand
prince qui me promit de me traiter toujours comme
fon ami et comme *fon maître dans les arts qu'il cultive :*
ce font fes propres paroles. Il ajouta que je n'aurais
jamais aucune *inconftance à craindre d'un cœur reconnaiffant ;* et il voulut que ma nièce fût la dépofitaire
de cette lettre, qui devait lui fervir de reproche
éternel, s'il démentait fes fentimens et fes promeffes.

Je n'ai jamais démenti mon attachement pour lui ;
j'avais eu un enthoufiafme de feize années ; mais il
m'a guéri de cette longue maladie. Je n'examine
point fi, dans une familiarité de deux ans et plus, un
roi fe dégoûte d'un courtifan ; fi l'amour propre d'un
difciple qui a du génie s'irrite en fecret contre fon
maître ; fi la jaloufie et les faux rapports, qui empoi-
fonnent les fociétés des particuliers, portent encore
plus aifément leur venin dans les maifons des rois ;
tout ce que je fais, c'eft qu'en me donnant au roi
de Pruffe, je ne me fuis pas donné comme un courtifan, mais comme un homme de lettres, et qu'en
fait de difputes littéraires je ne connais point de rois.
Je n'aimais que trop ce prince, et j'ai été fâché pour
fa gloire qu'il ait pris parti contre *Kœnig,* fans être
inftruit du fond de la difpute ; qu'il ait écrit une
brochure violente contre tous ceux qui ont défendu
ce philofophe, c'eft-à-dire, contre tous les gens
éclairés de l'Europe, et cela, fans avoir lu fon appel.
Il a été trompé par *Maupertuis.* Il n'eft pas étonnant,
il n'eft pas honteux pour un roi qu'il foit trompé ;
mais ce qui ferait bien glorieux, ce ferait d'avouer
fon erreur.

Je lui ai renvoyé fon cordon , fa clef d'or , ornemens très-peu convenables à un philofophe, et que
je ne porte prefque jamais. Je lui ai remis tout ce
qu'il me doit de mes penfions. Il a eu la bonté de
me rendre tout, et de m'inviter à le fuivre à Potfdam ,
où il me donne dans fa maifon le même appartement
que j'ai toujours occupé. J'ignore fi ma fanté, qui
eft plus déplorable que mon aventure , me permettra de fuivre fa Majefté.

1753.

L E T T R E I V.

A M. LE COMTE D'ARGENTAL, *à Paris.*

10 de février.

J'AI été bien malade, mon cher et refpectable ami ;
je le fuis encore. Le roi de Pruffe m'a envoyé de
l'extrait de quinquina.

Tanquam hæc fint noftri medicina doloris ,
Vel Deus ille malis hominum mitefcere difcat.

Il devrait bien plutôt m'envoyer une permiffion de
partir pour aller me guérir ou mourir ailleurs. Il
n'a plus nul befoin de moi. Il fait à préfent mieux
que moi la langue françaife ; il écrit français par un
a ; il fait de bonne profe et de bons vers. Il a écrit,
fans me confulter, une philippique fur la querelle de
Maupertuis : il l'a pris pour *Augufte,* et moi pour
Marc - Antoine. Maupertuis l'a fait imprimer en allemand et en italien, avec les aigles pruffiennes à la

A 4

tête. Battu à Actium et à la tribune aux harangues, il ne me refte qu'à aller mourir dans cette terre que vous me propofez, .et de vous embraffer avant ma mort. Voici une efpèce de teftament littéraire que je vous envoie. Mille tendres refpects à tous les anges. Je vous prie de donner copie de mon teftament.

LETTRE V.

A M. LE MARQUIS D'ARGENS, *à Potfdam.*

Berlin, 16 de février.

Je me meurs, mon cher Marquis, et j'ai la force de vous avouer ma faibleffe Je ne vous nierai pas certainement que ma douleur eft inexprimable. J'ai voulu me vaincre et venir à Potfdam, mais je fuis retombé, la veille de mon départ, dans un état dont il n'y a pas d'apparence que je relève. Mon éréfipèle eft rentré, la dyffenterie eft furvenue, j'ai fouvent la fièvre ; il y a quatorze jours que je fuis dans mon lit. Je fuis feul, fans aucune confolation, à quatre cents lieues d'une famille en larmes à qui je fers de père. Voilà mon état. Je compte fur votre amitié qui fait prefque ma feule confolation, et je vous embraffe tendrement.

AU MEME.

CHER frère, je vous renvoie Locke. *Maupertuis*, dans fes belles lettres, a beau dire du mal de ce grand-homme, fon nom fera auffi cher à tous les philofo-phes que celui de *Maupertuis* excitera de haine. *Kœnig* vient de lui donner le dernier coup, en lui démontrant qu'il eft un plagiaire. On a imprimé à Leipfick une hiftoire complète de toute cette étrange aventure, qui ne fait pas d'honneur à ce pays - ci. Soyez très-sûr que toute l'Europe littéraire eft déchaînée contre lui; et qu'excepté *Euler* et *Mérian*, qui font malheu-reufement parties dans ce procès, tout le refte des académiciens lève les épaules.

Je fuis dans mon lit malade, malgré le quinquina du roi. Vous devriez bien venir demain dînér avec frère *Paul* chez *Antoine*. Ce fera peut-être la dernière fois de ma vie que je vous verrai. Donnez - moi cette confolation.

AU MEME.

MON cher *Ifaac*, il eft vrai que j'ai enfoncé des épingles dans le cu, mais je ne mettrai point ma tête dans la gueule.

Je vous prie de lire attentivement l'article ci-joint du Dictionnaire de *Scriberius audens*, et de me le rendre, et de m'en dire votre avis. Je fuis fâché que vous ne vous appliquiez plus à ces bagatelles rabbiniques, théologiques et diaboliques ; j'aurais de quoi vous amufer : mais vous aimez mieux à préfent la baffe de viole. Tout eft égal dans ce monde, pourvu qu'on fe porte bien et qu'on s'amufe.

Si bene vales , ego quidem non valeo . . . te amo , tua tueor. Avez-vous reçu votre contrat ? Songez , je vous en prie, au livre de l'abbé de *Prades*, et à la religion naturelle : c'eft la bonne, il faut l'avoir dans le cœur.

AU MEME.

CHER frère, vous êtes affurément le premier capitaine d'infanterie qui ait ainfi parlé de philofophie. Votre extrait de *Gaffendi* eft digne de *Bayle*. Je ne favais pas que *Gaffendi* eût été le précurfeur de *Locke*, dans le doute modefte et éclairé fi la matière peut penfer. Il y a dans de vieux magafins, où perfonne ne fouille, des épées rouillées, mais excellentes, dont un bon guerrier peut fe fervir pour percer les fots.

Belzébuth vous ait en fa fainte garde, mon cher Marquis ; je vous aime de tout mon cœur. Tâchez de venir aujourd'hui chez votre frère le damné, qui fouffre plus que jamais.

AU MEME.

FRERE *Paul*, je vous attendais, je comptais fouper avec vous aujourd'hui , et nous nous fîmes hier une fête de vous promettre au révérend père abbé. Frère, favez-vous bien que je viens de me coucher : mais puifque mon frère eft toujours vifité de DIEU, et affligé en fon corps terreftre, je vais me lever, et mon ame va tâcher de confoler la fienne. J'offre pour vous

mes ferventes prières, et je vous donne le baiſer de
paix. Dans un quart d'heure je paſſerai de ma cellule
dans votre hermitage.

Frère Voltaire.

LETTRE VI.

A M. LE COMTE D'ARGENTAL.

Berlin, 26 de février.

Mon cher ange, j'ai été très-malade, et en même
temps plus occupé qu'un homme en ſanté ; étonné
de travailler dans l'état où je ſuis, étonné d'exiſter
encore, et me ſoutenant par l'amitié, c'eſt-à-dire
par vous et par madame *Denis*. Je ſuis ici le meunier
de *la Fontaine*. On m'écrit de tous côtés : partez,

Fuge crudeles terras, fuge littus iniquum.

Mais partir quand on eſt depuis un mois dans ſon
lit ; et qu'on n'a point de congé ; ſe faire tranſporter
couché, à travers cent mille baïonnettes, cela n'eſt
pas tout-à-fait auſſi aiſé qu'on le penſe. Les autres
me diſent : Allez-vous-en à Potſdam, le roi vous a
fait chauffer votre appartement ; allez ſouper avec lui :
cela m'eſt encore plus difficile. S'il s'agiſſait d'aller
faire une intrigue de cour, de parvenir à des honneurs
et de la fortune, de repouſſer les traits de la calomnie,
de faire ce qu'on fait tous les jours auprès des rois,
j'irais jouer ce rôle-là tout comme un autre ; mais
c'eſt un rôle que je déteſte, et je n'ai rien à demander
à aucun roi. *Maupertuis*, que vous avez ſi bien défini,
eſt un homme que l'excès d'amour propre a rendu

très-fou dans ſes écrits, et très-méchant dans ſa conduite; mais je ne me ſoucie point du tout d'aller dénoncer ſa méchanceté au roi de Pruſſe. J'ai plus à reprocher au roi qu'à *Maupertuis*; car j'étais venu pour ſa Majeſté, et non pour ce préſident de Bedlam. J'avais tout quitté pour elle, et rien pour *Maupertuis*; elle m'avait fait des ſermens d'une amitié à toute épreuve, et *Maupertuis* ne m'avait rien promis; il a fait ſon métier de perfide en intéreſſant ſourdement l'amour propre du roi contre moi. *Maupertuis* ſavait mieux qu'un autre à quel excès ſe porte l'orgueil littéraire. Il a ſu prendre le roi par ſon faible. La calomnie eſt entrée très-aiſément dans un cœur né jaloux et ſoupçonneux. Il s'en faut beaucoup que le cardinal de *Richelieu* ait porté autant d'envie à *Corneille* que le roi de Pruſſe m'en portait. Tout ce que j'ai fait, pendant deux ans, pour mettre ſes ouvrages de proſe et de vers en état de paraître, a été un ſervice dangereux qui déplaiſait dans le temps même qu'il affectait de m'en remercier avec effuſion de cœur. Enfin, ſon orgueil d'auteur piqué l'a porté à écrire une malheureuſe brochure contre moi, en faveur de *Maupertuis* qu'il n'aime point du tout. Il a ſenti, avec le temps, que cette brochure le couvrait de honte et de ridicule dans toutes les cours de l'Europe; et cela l'aigrit encore. Pour achever le galimatias qui règne dans toute cette affaire, il veut avoir l'air d'avoir fait un acte de juſtice, et de le couronner par un acte de clémence. Il n'y a aucun de ſes ſujets, tout pruſſiens qu'ils ſont, qui ne le déſapprouve; mais vous jugez bien que perſonne ne le lui dit. Il faut qu'il ſe diſe tout à lui-même, et ce qu'il ſe dit en ſecret:

c'eſt que j'ai la volonté et le droit de laiſſer à la
poſtérité ſa condamnation par écrit. Pour le droit, je **1753.**
crois l'avoir ; mais je n'ai d'autre volonté que de
m'en aller, et d'achever dans la retraite le reſte de
ma carrière, entre les bras de l'amitié et loin des griffes
des rois qui font des vers et de la proſe. Je lui ai
mandé tout ce que j'ai ſur le cœur; je l'ai éclairci;
je lui ai dit tout. Je n'ai plus qu'à lui demander
une ſeconde fois mon congé. Nous verrons s'il refuſera à un moribond la permiſſion d'aller prendre
les eaux.

Tout le monde me dit qu'il me la refuſera; je
le voudrais pour la rareté du fait. Il n'aura qu'à
ajouter à l'Anti-Machiavel un chapitre ſur le droit
de retenir les étrangers par force, et le dédier à
Buſiris.

Quoi qu'on me diſe, je ne le crois pas capable d'une
ſi atroce injuſtice. Nous verrons. J'exige de vous et
de madame *Denis* que vous brûliez tous deux les
lettres que je vous écris par cet ordinaire, ou plutôt
par cet extraordinaire. Adieu, mes chers anges.

LETTRE VII.

A MADAME DENIS, *à Paris.*

A Berlin, 15 de mars.

JE commence à me rétablir, ma chère enfant.
J'eſpère que votre ancienne prédiction ne ſera pas
tout-à-fait accomplie. Le roi de Pruſſe m'a envoyé
du quinquina pendant ma maladie; ce n'eſt pas cela

qu'il me faut : c'eſt mon congé. Il voulait que je retournaſſe à Potſdam. Je lui ai demandé la permiſſion d'aller à Plombières : je vous donne en cent à deviner la réponſe. Il m'a fait écrire par ſon factotum qu'il y avait des eaux excellentes à Glatz, vers la Moravie.

Voilà qui eſt bien horriblement vandale, et bien peu *Salomon* : c'eſt comme ſi on envoyait prendre les eaux en Sibérie. Que voulez-vous que je faſſe ? il faut bien aller à Potſdam ; alors il ne pourra me refuſer mon congé. Il ne ſoutiendra pas le tête à tête d'un homme qui l'a enſeigné deux ans, et dont la vue lui donnera des remords. Voilà ma dernière réſolution.

Au bout du compte, quoique tout ceci ne ſoit pas de notre ſiècle, les taureaux de *Phalaris* et les lits de fer de *Buſiris* ne ſont plus en uſage ; et *Salomon minor* ne voudra être ni *Buſiris* ni *Phalaris*. J'ai ce pays-ci en horreur : mon paquet eſt tout fait. J'ai envoyé tous mes effets hors du Brandebourg ; il ne reſte guère que ma perſonne.

Tout ceci eſt unique aſſurément. Voici les deux *Lettres au Public* : le roi a écrit et imprimé ces brochures ; et tout Berlin dit que c'eſt pour faire voir qu'il peut très-bien écrire ſans mon petit ſecours. Il le peut, ſans doute ; il a beaucoup d'eſprit. Je l'ai mis en état de ſe paſſer de moi, et le marquis d'*Argens* lui ſuffit. Mais un roi devrait chercher d'autres ſujets pour exercer ſon génie.

Perſonne ne lui a dit à quel point cela le dégrade. O vérité, vous n'avez point de charge dans la maiſon des rois auteurs ! Mais qu'il faſſe des brochures tant

qu'il voudra, et qu'il ne perfécute point un homme
qui lui a fait tant de facrifices.

J'ai le cœur ferré de tout ce que je vois et de tout
ce que j'entends. Adieu; j'ai tant de chofes à vous
dire que je ne dis rien.

LETTRE VIII.

A M. LE MARECHAL DUC DE RICHELIEU.

Potfdam, 20 de mars.

JE m'imagine que je vous ferai un grand plaifir de
vous faire lire les deux plus jolies plaifanteries qu'on
ait faites depuis long-temps. Vous avez été ambaffadeur, monfeigneur le Maréchal, et vous ferez plus
à portée que perfonne de goûter le fel de ces ouvrages;
cela eft d'ailleurs abfolument dans votre goût. Il me
femble que j'entends feu M. le maréchal de *la Feuillade*,
ou l'abbé de *Chaulieu*, ou *Perigni*, ou vous; il me
femble que je lis le docteur *Swift* ou milord *Chefterfield*,
quand je lis ces deux lettres. Comment voulez-vous
qu'on réfifte aux charmes d'un homme qui fait, en
fe jouant, de fi jolies bagatelles, et dont la converfation eft entièrement dans le même goût? Je ne doute
pas que vous et vos amis ne fentiez tout le prix de
ce que je vous envoie. Enfin, fongez que ces chefs-
d'œuvre de grâces font d'un homme qui ferait difpenfé
par fa place de ces agréables amufemens, et qui
cependant daigne y defcendre. J'étais encore à Berlin
quand il fefait à Potfdam ce que je vous envoie; je
demandais obftinément mon congé; je remettais à

fes pieds tout ce qu'il m'a donné, mais les grâces de ma maîtreffe (*) ont enfin rappelé fon amant. Je lui ai tout pardonné; je lui ai promis de l'aimer toujours; et, fi je n'étais pas très-malade, je ne la quitterais pas un feul jour : mais l'état cruel de ma fanté ne me permet pas de différer mon départ. Il faut que j'aille aux eaux de Plombières, qui m'ont déjà tant fait de bien quand j'ai eu le bonheur de les prendre avec vous. J'ai promis à ma maîtreffe de revenir auprès d'elle dès que je ferais guéri; je lui ai dit : Ma belle dame, vous m'avez fait une terrible infidélité; vous m'avez donné de plus un gros foufflet; mais je reviendrai baifer votre main charmante. J'ai repris fon portrait que je lui avais rendu, et je pars dans quelques jours. Vous fentez que je fuis pénétré de douleur de quitter une perfonne qui m'enchante de toutes façons. Je me flatte que vous aurez la bonté de me mander à Plombières l'effet que ces deux charmantes brochures auront fait fur vous. J'ai promis à ma maîtreffe de ne point aller à Paris. Qu'y ferais-je? il n'y a que la vie douce et retirée de Potfdam qui me convienne. Y a-t-il d'ailleurs du goût à Paris? En vérité, l'efprit et les agrémens ne font qu'à Potfdam et dans votre appartement de Verfailles. Cependant, fi je retrouve à Plombières un peu de fanté, je pourrai bien faire à mon tour une infidélité de quelques femaines pour venir vous faire ma cour. Pourvu que je fois à Potfdam au mois d'octobre, j'aurai rempli ma promeffe. Ainfi, en cas que je fois en vie, j'aurai tout le temps de faire le voyage. Je vous fupplie de me mettre aux pieds de madame de

(*) C'eft ainfi que M. de *Voltaire* nommait le roi de Pruffe.

Pompadour.

Pompadour. Montrez-lui les deux *Lettres au public* (*).
Je connais fon goût; elle en fera enchantée comme
vous. Il n'y a qu'une voix fur ces ouvrages. Il en paraît
aujourd'hui une troifième, je vous l'enverrai par la
première pofte.

    Adieu, Monfeigneur; vous connaiffez mes tendres
et refpectueux fentimens. Adieu, généreux *Alcibiade.*
Vous lifez dans mon cœur; il eft à vous.

1753.

L E T T R E   I X.

A M. L'E M A R Q U I S D'A R G E N S.

FRERE, je prends congé de vous ; je m'en fépare
avec regret. Votre frère vous conjure, en partant, de
repouffer les affauts du démon qui voudrait faire,
pendant mon abfence, ce qu'il n'a pu faire quand
nous avons vécu enfemble : il n'a pu femer la zizanie.
J'efpère qu'avec la grâce du Seigneur, frère *Gaillard*
ne la laiffera pas approcher de fon champ. Je me
recommande à vos prières et aux fiennes. Elevez vos
cœurs à DIEU, mes chers frères, et fermez vos
oreilles aux difcours des hommes; vivez recueillis,
et aimez toujours votre frère.

    (*) Cette lettre a été envoyée par la pofte, et le roi de Pruffe, tout
philofophe qu'il était, avait la petiteffe de conferver dans fes Etats l'ufage
infame d'ouvrir les lettres.

LETTRE X.

A M. ROQUES,

CONSEILLER ECCLESIASTIQUE DU LANDGRAVE DE
HESSE-HOMBOURG.

Leipfick, avril.

JE fuis tombé malade à Leipfick, Monfieur, et je
ne fais pas encore quand je pourrai en partir. J'y ai
reçu votre lettre du 22 mars. Elle m'étonnerait, fi à
mon âge quelque chofe pouvait m'étonner.

Comment a-t-on pu imaginer, Monfieur, que
j'aye pris des lettres de *la Beaumelle* pour des lettres
de *Maupertuis*? Non, Monfieur, chacun a fes lettres.
Maupertuis a celles où il veut qu'on aille difféquer
des géans aux antipodes, et *la Beaumelle* a les fiennes
qui font l'antipode du bon fens. Dieu me garde
d'attribuer jamais à un autre qu'à lui ces belles
chofes qui ne peuvent être que de lui, et qui lui
font tant d'honneur et tant d'amis. On vous aurait
accufé jufte, fi on vous avait dit que je m'étais plaint
du procédé de *Maupertuis*, qui alla trouver *la Beaumelle*
à Berlin, pour l'envenimer contre moi, et qui fe
fervit de lui, comme un homme profondément arti-
ficieux et méchant peut fe fervir d'un jeune homme
imprudent.

Il me calomnia, vous le favez ; il lui dit que
j'avais accufé l'auteur du *Qu'en dira-t-on* auprès du
roi, dans un fouper. Je vous ai déclaré que ce n'était

pas moi qui avais rendu compte à fa Majefté du *Qu'en dira-t-on;* que ce fut monfieur le marquis d'*Argens.* J'en attefte encore le témoignage de d'*Argens* et du roi lui-même. C'eft cette calomnie d'après *Maupertuis,* qui a fait compofer les trois volumes d'injures de *la Beaumélle.* Il devrait fentir à quel point on a méchamment abufé de fa crédulité ; il devrait fentir qu'il eft le *Raton* dont *Bertrand* s'eft fervi pour tirer les marrons du feu ; il devrait s'apercevoir que *Maupertuis,* le perfécuteur de *Koënig* et le mien , s'eft moqué de lui ; il devrait favoir que *Maupertuis,* pour récompenfe , le traite avec le dernier mépris ; il devrait ne point menacer un homme à qui il a fait tant d'outrages avec tant d'injuftice.

Non , Monfieur, il ne s'eft jamais agi des quatre lettres de *la Beaumelle,* que jamais je n'ai entendu attribuer à *Maupertuis;* il s'agit de la lettre que *la Beaumelle* vous écrivit il y a fix mois, lettre dont vous m'avez envoyé le contenu dans une des vôtres, lettre par laquelle *la Beaumelle* avouait que *Maupertuis* l'avait excité contre moi par une calomnie. J'ai fait connaître cette calomnie au roi de Pruffe , et cela me fuffit. Ma deftinée n'a rien de commun avec toutes ces tracafferies, ni avec le Siècle de *Louis XIV;* je fais fupporter les malheurs et les injures. Je pourrai faire un fupplément au Siècle de *Louis XIV,* dans lequel j'éclaircirai des faits dont *la Beaumelle* a parlé, fans en avoir la moindre connaiffance. Je pourrai, comme M. *Koënig,* en appeler au public. J'en appelle déjà à vous-même. S'il vous refte quelque amitié pour *la Beaumelle,* cette amitié même doit lui faire fentir tous fes torts. Il doit être honteux d'avoir été l'inftrument de la méchanceté de *Maupertuis*, inftrument dont on fe fert un moment, et qu'on jette enfuite avec dédain.

Voilà, Monfieur, tout ce que le trifte état où je fuis de toutes façons, me permet à préfent de vous répondre. Je vous embraffe fans cérémonie.

LETTRE XI.

A M. LE MARQUIS D'ARGENS.

26 de mai.

MON CHER REVEREND DIABLE ET BON DIABLE,

J'AI reçu avec une fyndérèfe cordiale votre correction fraternelle. J'ai un peu lieu d'être *lapfus*, et les damnés rigoriftes pourraient bien me refufer place dans nos enfers; mais je compte fur votre indulgence. Vous comprendrez que c'en ferait un peu trop d'être brûlé dans ce monde-ci et dans l'autre. Je me flatte que votre clémence diminuera un peu les peines que vous m'impofez.

J'ai frémi au titre des livres que vous dites brûlés; mais fachez qu'il y a encore dans la province une édition des lettres d'*Ifaac Onitz*, et que ce fera mon refuge. Je bois d'ailleurs des eaux du Léthé, et je vais inceffamment boire celles de Plombières. Mon médecin m'avait confeillé de me faire enduire de poix réfine (*), felon la nouvelle méthode; mais il a fait réflexion que le feu y prendrait trop aifément,

_____

(*) Allufion aux lettres de *Maupertuis*. Voyez la Diatribe d'*Akakia*, volume de Facéties.

et que nous devons, vous et moi, nous défier des
matières combuſtibles. Je crois, mon cher frère, que
vous avez été bien fourré cet hiver ; il a été diabolique, comme diſent les gens du monde. Pour moi
j'ai fait un feu d'enfer, et je me ſuis toujours tenu
auprès ſans ſortir de mon caveau.

Encore une fois, pardonnez-moi mon péché ;
ſongez que je ſuis un juſte à qui la grâce de notre
révérend père prieur a manqué. Je me vois immolé
aux géans de la terre auſtrale, à une ville latine, au
grand ſecret de connaître la nature de l'ame avec
une doſe d'opium. Que ſa ſainte volonté ſoit faite
ſur la terre comme en enfer ! Je vous ſouhaite, mon
cher frère, toutes les proſpérités de ce monde-ci et
de l'autre. Surtout n'oubliez pas de vous affubler
d'un bonnet à oreilles au mois de juin, d'une triple
camiſole et d'un manteau. Jouez de la baſſe de viole,
et ſi vous avez quelques ordres à donner à votre
frère, envoyez-les à la même adreſſe.

A propos, je me meurs poſitivement. Bonſoir,
je vous embraſſe de tout mon cœur.

LETTRE XII.

A M. LE COMTE D'ARGENTAL, à Paris.

A Francfort ſur le Mein ; au lion d'or, 4 de juin.

QUAND vous ſaurez, mon cher ange, toutes les
perſécutions cruelles que *Maupertuis* m'a attirées,
vous ne ſerez pas ſurpris que j'aye été ſi long-
temps ſans vous écrire ; quand vous ſaurez que

—————— j'ai toujours été en route ou malade, et que j'ai
1753. compté venir bientôt vous embraffer, vous me pardonnerez encore davantage; et quand vous faurez
le refte, vous plaindrez bien votre vieil ami. Je vous
adreffe ma lettre à Paris, fachant bien qu'un confeiller
d'honneur n'entre point dans la querelle des confeil-
lers ordinaires, et eft trop fage pour voyager. J'ai
voyagé, mon cher et refpectable ami, et le pigeon a
eu l'aile caffée avant de revenir au colombier. Je fuis
d'ailleurs forcé de refter encore quelque temps à Francfort, où je fuis tombé malade. J'ai appris, en paffant
par Caffel, que *Maupertuis* y avait féjourné quatre
jours fous le nom de *Morel*, et qu'il y avait fait
imprimer un libelle de *la Beaumelle*, fous le titre de
Francfort, revu et corrigé par lui. Vous remarquerez
qu'il imprimait cet ouvrage au mois de mai, fous le
nom de *la Beaumelle*, dans le temps que ce *la Beaumelle*
était à la baftille dès le mois d'avril. C'eft bien mal
calculer pour un géomètre. Il l'a envoyé à M. le duc
de *Saxe-Gotha*, lorfque j'étais chez ce prince. C'eft
encore un mauvais calcul; cela n'a fait que redoubler
les bontés que M. le duc de *Saxe-Gotha* et toute fa
maifon avaient pour moi.

Voilà une étrange conduite pour un préfident
d'académie. Il eft néceffaire pour ma juftification
qu'on en foit inftruit. Ce font-là de fes artifices, et
c'eft ainfi à peu-près qu'il en ufait avec d'autres
perfonnes, lorfqu'il mettait le trouble dans l'académie
des fciences. Cette vie-ci, mon cher ange, me paraît
un peu orageufe; nous verrons fi l'autre fera plus
tranquille. On dit qu'autrefois il y eut une grande
bataille dans ce pays-là, et vous favez que la Difcorde

habitait dans l'Olympe. On ne fait où fe fourrer. Il fallait refter avec vous. Ne me grondez pas, je fuis très-bien puni, et je le fuis furtout par mon cœur. Je m'imagine que vous, et madame d'*Argental*, et vos amis, vous me plaignez autant que vous me condamnez. Madame *Denis* eft à Strasbourg, et moi à Francfort, et je ne puis l'aller trouver. Je fuis arrivé avec les jambes et les mains enflées. Cette petite addition à mes maux n'accommode point en voyage. Je refterai à Francfort, dans mon lit, tant qu'il plaira à Dieu.

Adieu, mon cher ange ; je baife, à tous tant que vous êtes, le bout de vos ailes avec tendreffe et componction. Il eft très-cruellement probable que je pourrai refter ici affez de temps pour y recevoir la confolation d'une de vos lettres, au lieu d'avoir celle de venir vous embraffer.

LETTRE XIII.

A M. KOENIG.

Francfort, juin.

Votre martyr eft arrivé à Francfort, dans un état qui lui fait envifager de fort près le pays où l'on faura les principes des chofes, et ce que c'eft que cette force motrice fur laquelle on raifonne tant ici-bas, mais dont je fuis prefque privé. J'ai été, comme je vous l'ai mandé, défabufé des idées fauffes que vos adverfaires avaient données fur la *viteffe vraie* et fur la *viteffe propre*. Il eft plus difficile

B 4

de fe détromper des illufions de ce monde, et des fentimens qui nous y attachent jufqu'au dernier moment. J'en éprouve d'affez douloureux pour avoir pris votre parti ; mais je ne m'en repens pas, et je mourrai dans ma créance. Il me paraît toujours abfurde de faire dépendre l'exiftence de D I E U d'a plus b divifé par z.

Où en ferait le genre-humain, s'il fallait étudier la dynamique et l'aftronomie pour connaître l'Etre fuprême ? Celui qui nous a créés tous doit être manifefte à tous, et les preuves les plus communes font les meilleures, par la raifon qu'elles font communes ; il ne faut que des yeux et point d'algèbre pour voir le jour.

D I E U a mis à notre portée tout ce qui eft néceffaire pour nos moindres befoins : la certitude de fon exiftence eft notre befoin le plus grand. Il nous a donné affez de fecours pour le remplir ; mais comme il n'eft point du tout néceffaire que nous fachions ce que c'eft que la force, et fi elle eft une propriété effentielle ou non à la matière, nous l'ignorons et nous en parlons. Mille principes fe dérobent à nos recherches, parce que tous les fecrets du Créateur ne font pas faits pour nous.

On a imaginé, il y a long-temps, que la nature agit toujours par le chemin le plus court, qu'elle emploie le moins de forces et la plus grande économie poffible ; mais que répondraient les partifans de cette opinion, à ceux qui leur feraient voir que nos bras exercent une force de près de cinquante livres pour lever un poids d'une feule livre ; que le cœur en exerce une immenfe pour exprimer une goutte

1753.

de fang ; qu'une carpe fait des milliers d'œufs pour
produire une ou deux carpes ; qu'un chêne donne un
nombre innombrable de glands qui fouvent ne font
pas naître un feul chêne ? Je crois toujours, comme
je vous le mandais il y a long-temps , qu'il y a plus
de profufion que d'économie dans la nature.

Quant à votre difpute particulière avec votre
adverfaire , il me femble de plus en plus que la
raifon et la juftice font de votre côté. Vous favez que
je ne me déclarai pour vous que quand vous m'en-
voyâtes votre *Appel au public.* Je dis hautement
alors ce que toutes les académies ont dit depuis ,
et je pris, de plus , la liberté de me moquer d'un
livre très-ridicule que votre perfécuteur écrivit dans
le même temps.

Tout cela a caufé des malheurs qui ne devaient
pas naître d'une fi légère caufe. C'eft-là encore une
des profufions de la nature. Elle prodigue les maux :
ils germent en foule de la plus petite femence.

Je peux vous affurer que votre perfécuteur et le
mien n'a pas , en cette occafion , obéi à fa loi de
l'*épargne ;* il a ouvert le robinet du mauvais tonneau
quand il s'eft trouvé auprès de *Jupiter.* Quelle
étrange misère, d'avoir paffé de *Jupiter* à *la Beaumelle !*
Peut-il fe difculper de la cruauté qu'il eut de fufciter
contre moi un pareil homme ? peut-il empêcher qu'on
ne fache où il a fait imprimer depuis peu un Mémoire
de *la Beaumelle* , revu et corrigé par lui ? ne fait-on
pas dans quelle ville il refta les quatre premiers jours
du mois de mai dernier, fous le nom de *Morel* , pour
faire imprimer ce libelle ? ne connaît-on pas le libraire
qui l'imprima fous le titre de Francfort ? Quel emploi

pour un préfident d'académie! Il en envoya, le 12 mai,
un exemplaire à fon alteffe féréniffime monfeigneur
le duc de *Saxe-Gotha*, croyant par là m'arracher les
bontés, la protection et les foins dont on m'hono-
rait à Gotha pendant ma maladie. C'était mal calculer de toutes les façons pour un géomètre. *La
Beaumelle* était à la baftille, dès le 22 avril, pour
avoir infulté des citoyens et des fouverains dans deux
mauvais livres; il ne pouvait par conféquent alors
envoyer à Gotha, et dans d'autres cours d'Allemagne, ce Mémoire ridicule, imprimé fous fon
nom.

Voilà un de ces argumens, Monfieur, dont on
ne peut fe tirer. Il eft, dans le genre des *probabilités*,
ce que les vôtres font dans le genre des *démonftrations*.

Ce que je vous écrivais, il y a près d'un an, eft bien
vrai; les artifices font, pour les gens de lettres, la
plus mauvaife des armes; l'on fe croit un politique,
et on n'eft que méchant. Point de politique en littérature. Il faut avoir raifon, dire la vérité et s'immoler; mais faire condamner fon ami comme fauf-
faire, et fe parer de la modération de ne point
affifter au jugement; mais ne point répondre à des
preuves évidentes, et payer de l'argent de l'académie la plume d'un autre; mais s'unir avec le plus
vil des écrivains, ne s'occuper que de cabales, et
en accufer ceux mêmes qu'on opprime : c'eft la
honte éternelle de l'efprit humain.

Les belles-lettres font d'ordinaire un champ de
difputes; elles font, dans cette occafion, un champ
de bataille. Il ne s'agit plus d'une plaifanterie gaie

et innocente fur les diffections de géans, et fur la
manière d'exalter fon ame pour lire dans l'avenir;

Ludus enim trepidum genuit certamen et iram,
Ira, truces inimicitias et funebre bellum.

Je ne difpute point quand il s'agit de poëfie et
d'éloquence, c'eft une affaire de goût; chacun a le
fien : je ne peux prouver à un homme que c'eft lui
qui a tort, quand je l'ennuie.

Je réponds aux critiques quand il s'agit de philofophie ou d'hiftoire, parce qu'on peut, à toute
force, dans ces matières, faire entendre raifon à fept
ou huit lecteurs qui prennent la peine de vous
donner un quart d'heure d'attention. Je réponds
quelquefois aux calomnies, parce qu'il y a plus
de lecteurs des feuilles médifantes que des livres
utiles.

Par exemple, Monfieur, lorfqu'on imprime que
j'ai donné avis à un auteur illuftre que vous vouliez
écrire contre fes ouvrages, je réponds que vous êtes
affez inftruit, par des preuves inconteftables, que
non-feulement cela eft très-faux, mais que j'ai fait
précifément le contraire.

Lorfqu'on ofe inférer, dans des feuilles périodiques, que j'ai vendu mes ouvrages à trois ou quatre
libraires d'Allemagne et de Hollande, je fuis encore
forcé de répondre qu'on a menti, et qu'il n'y a pas,
dans ces pays, un feul libraire qui puiffe dire que je
lui aye jamais vendu le moindre manufcrit.

Lorfqu'on imprime que je prends à tort le titre
de gentilhomme ordinaire de la chambre du roi de
France, ne fuis-je pas encore forcé de dire que, fans

—— me parer jamais d'aucun titre, j'ai pourtant l'honneur d'avoir cette place que fa majefté le roi mon maître m'a confervée ?

Lorfqu'on m'attaque fur ma naiffance, ne dois-je pas à ma famille de répondre que je fuis né égal à ceux qui ont la même place que moi ; et que fi j'ai parlé fur cet article avec la modeftie convenable, c'eft parce que cette même place a été occupée autrefois par les *Montmorenci* et par les *Châtillon* ?

Lorfqu'on imprime qu'un fouverain m'a dit : *Je vous conferve votre penfion, et je vous défends de paraître devant moi ;* je réponds que celui qui a avancé cette fottife, en a menti impudemment.

Lorfqu'on voit, dans les feuilles périodiques, que c'eft moi qui ai fait imprimer les variantes de la Henriade fous le nom de M. *Marmontel*, n'eft-il pas encore de mon devoir d'avertir que cela n'eft pas vrai ; que M. *Marmontel* a fait une préface à la tête d'une des éditions de la Henriade, et que c'eft M. l'abbé *Langlet Dufrenoy* qui avait fait imprimer les variantes auparavant à Paris chez *Gandóuin*.

Lorfqu'on imprime que je fuis l'auteur de je ne fais quel livre intitulé : Des beautés de la langue françaife, je réponds que je ne l'ai jamais lu, et j'en dis autant fur toutes les impertinentes pièces que des écrivains inconnus font courir fous mon nom qui eft trop connu.

Lorfqu'on imprime une prétendue Lettre de feu milord *Tirconel*, je fuis obligé de donner un démenti formel au calomniateur ; et puifqu'il débite ces pauvretés pour gagner quelque argent, je déclare, moi, que je fuis prêt de lui faire l'aumône pour le refte de fa vie, en cas qu'il puiffe prouver un feul des faits qu'il avance.

Lorfqu'on imprime que l'on doit s'attendre que j'écrirai contre les ouvrages d'un auteur refpectable à qui je ferai attaché jufqu'au dernier moment de ma vie, je réponds que jufqu'ici on n'a calomnié que pour le paffé, et jamais pour l'avenir ; que c'eft trop *exalter fon ame*, et que je ferai repentir le premier impudent qui oferait écrire contre l'homme vénérable dont il eft queftion.

Lorfqu'on imprime que je me fuis vanté mal à propos d'avoir une édition de la Henriade honorée de la préface d'un fouverain, je réponds qu'il eft faux que je m'en fois vanté ; qu'il eft faux que cette édition exifte ; et qu'il eft faux que cette préface, qui exifte réellement, ait été citée mal à propos : elle a toujours été citée dans les éditions de la Henriade, depuis celle de M. *Marmontel;* elle avait été compofée pour être mife à la tête de ce poëme que cet illuftre fouverain dont il eft parlé, voulait faire graver : c'était un double honneur qu'il fefait à cet ouvrage.

Lorfqu'on imprime que j'ai volé un madrigal à feu M. de *la Motte,* je réponds que je ne vole de vers à perfonne ; que je n'en ai que trop fait ; que j'en ai donné à beaucoup de jeunes gens, ainfi que de l'argent, fans que ni eux ni moi en aient jamais parlé.

Voilà, Monfieur, comment je ferai obligé de réfuter les calomnies dont m'accablent tous les jours quelques auteurs, dont les uns me font inconnus, et dont les autres me font redevables. Je pourrais leur demander pourquoi ils s'acharnent à entrer dans une querelle qui n'eſt pas la leur, et à me perſécuter ſur le bord de mon tombeau ; mais je ne leur demande rien. Continuez à défendre votre cauſe, comme je défends la mienne. Il y a des occaſions où l'on doit diré avec *Cicéron :*

Seipſum deſerere turpiſſimum eſt.

Il faut, en mourant, laiſſer des marques d'amitié à ſes amis, le repentir à ſes ennemis, et ſa réputation entre les mains du public. Adieu.

LETTRE XIV.

A M. LE COMTE D'ARGENTAL.

Juin.

MON cher ange, j'ai eſpéré de jour en jour de venir vous embraſſer. Je ne vous ai point écrit, mais toutes mes lettres à madame *Denis* ont été pour vous, et mon cœur vous écrivait toutes les poſtes. Il eût fallu faire des volumes pour vous inſtruire de tout, et ces volumes vous auraient paru les Mille et une nuits. Mon cher ange, j'ai eu tant de choſes à vous dire que je ne vous ai rien dit ; mais, dans tout ce tumulte, je vous ai envoyé Zulime. Jugez ſi je vous aime ; non que je croye que Zulime vaille Catilina, mais vous aimez cette femme ; je ne crois pas que vous ayez d'autre plaiſir que celui de la lire. Il faut, pour jouer Zulime, une perſonne jeune et belle, qui ne s'enivre pas.

J'efpère vous embraffer bientôt. A mon départ de
Syracufe, j'ai paffé par d'autres cours de la Gréce, 1753.
et je finirai par philofopher avec vous à Athènes.

Depuis trois mois je n'ai pas un moment à moi.
Mon cœur fera à jamais à vous.

LETTRE XV.

A M. LE COMTE D'ARGENTAL.

Juin.

Ma nièce me mande de Strasbourg que j'ai fait
un beau quiproquo; pardonnez, mon cher ange;
vous avez dû être un peu étonné des nouvelles dont
vous aurez deviné la moitié en lifant l'autre. Je ne
doute pas que ma nièce ne vous ait mis au fait, et ne
vous ait renvoyé la lettre qui était pour vous.

Vous verrez ci-joint un petit échantillon des calculs de *Maupertuis*. Eft-ce là fa *moindre action*?

Il n'eft pas moins furprenant que, pour fe faire
rendre un livre qu'on a donné, on arrête à deux
cents lieues un homme mourant qui va aux eaux.
Tout cela eft fingulier. *Maupertuis* eft un plaifant
philofophe.

Mon cher ange, il faut favoir fouffrir; l'homme
eft né en partie pour cela. Je ne crois pas que toute
cette belle aventure foit bien publique; il y a des
gens qu'elle couvre de honte; elle n'en fera pas à
ma mémoire.

Adieu, mon cher ange; adieu, tous les anges. La
pofte preffe. Et le pauvre petit abbé, où diable fait-il

pénitence de fa paffion effrénée pour le bien public ? Portez-vous bien.

A Francfort fur le Mein , fous l'enveloppe de M. *James de la Cour ;* ou fi vous voulez, à moi chétif, au lion d'or.

LETTRE XVI.

A MADAME DENIS.

A Mayence , 9 de juillet.

IL y avait trois ou quatre ans que je n'avais pleuré , et je comptais bien que mes vieilles prunelles ne connaîtraient plus cette faibleffe , jufqu'à ce qu'elles fe fermaffent pour jamais. Hier le fecrétaire du comte de *Stadion* me trouva fondant en larmes ; je pleurais votre départ et votre féjour ; l'atrocité de ce que vous avez fouffert perdait de fon horreur quand vous étiez avec moi ; votre patience et votre courage m'en donnaient ; mais, après votre départ, je n'ai plus été foutenu.

Je crois que c'eft un rêve ; je crois que tout cela s'eft paffé du temps de *Denys* de Syracufe : je me demande s'il eft bien vrai qu'une dame de Paris, voyageant avec un paffe-port du roi fon maître, ait été traînée dans les rues de Francfort par des foldats, conduite en prifon fans aucune forme de procès, fans femme de chambre, fans domeftique, ayant à fa porte quatre foldats la baïonnette au bout du fufil, et contrainte de fouffrir qu'un commis de *Freitag*, un fcélérat de la plus vile efpèce, pafsât

feul

feul la nuit dans fa chambre. Quand on arrêta la
Brinvilliers, le bourreau ne fut jamais feul avec elle :
il n'y a point d'exemple d'une indécence fi barbare.
Et quel était votre crime ? d'avoir couru deux cents
lieues pour conduire aux eaux de Plombières un
oncle mourant, que vous regardiez comme votre père.

Il eft bien trifte, fans doute, pour le roi de Pruffe,
de n'avoir pas encore réparé cette indignité commife
en fon nom, par un homme qui fe dit fon miniftre.
Paffe encore pour moi : il m'avait fait arrêter pour
ravoir fon livre imprimé de poëfies, dont il m'avait
gratifié, et auquel j'avais quelque droit ; il me l'avait
laiffé comme le gage de fes bontés, et comme la
récompenfe de mes foins : il a voulu reprendre ce
bienfait ; il n'avait qu'à dire un mot, ce n'était pas
la peine de faire emprifonner un vieillard qui va
prendre les eaux. Il aurait pu fe fouvenir que, depuis
plus de quinze ans, il m'avait prévenu par fes bontés
féduifantes ; qu'il m'avait, dans ma vieilleffe, tiré de
ma patrie ; que j'avais travaillé avec lui deux ans de
fuite à perfectionner fes talens, que je l'ai bien
fervi et ne lui ai manqué en rien ; qu'enfin, il eft
bien au-deffous de fon rang et de fa gloire de prendre
parti dans une querelle académique, et de finir,
pour toute récompenfe, en me fefant demander fes
poëfies par des foldats.

J'efpère qu'il connaîtra, tôt ou tard, qu'il a été
trop loin, que mon ennemi l'a trompé, et que ni
l'auteur ni le roi ne devaient pas jeter tant d'amertume
fur la fin de ma vie. Il a pris confeil de fa colère,
il le prendra de fa raifon et de fa bonté. Mais que
fera-t-il pour réparer l'outrage abominable qu'on

1753.

—— vous a fait en fon nom? Milord *Maréchal* fera, fans doute, chargé de vous faire oublier, s'il eft poffible, les horreurs où un *Freitag* vous a plongée.

On vient de m'envoyer ici des lettres pour vous; il y en a une de madame de *Fontaine*, qui n'eft pas confolante. On prétend toujours que j'ai été pruffien. Si on entend par-là que j'ai répondu par de l'atta-chement et de l'enthoufiafme aux avances fingulières que le roi de Pruffe m'a faites pendant quinze années de fuite, on a grande raifon; mais fi on entend que j'ai été fon fujet, et que j'ai ceffé un moment d'être français, on fe trompe. Le roi de Pruffe ne l'a jamais prétendu, et ne me l'a jamais propofé. Il ne m'a donné la clef de chambellan que comme une marque de bonté, que lui-même appelle frivole dans les vers qu'il fit pour moi, en me donnant cette clef et cette croix que j'ai remifes à fes pieds. Cela n'exigeait ni ferment, ni fonctions, ni naturalifation. On n'eft point fujet d'un roi pour porter fon ordre. M. d'*Ecouville*, qui eft en Normandie, a encore la clef de chambellan du roi de Pruffe, qu'il porte comme la croix de Saint-Louis.

Il y aurait bien de l'injuftice à ne pas me regarder comme français, pendant que j'ai toujours confervé ma maifon à Paris, et que j'y ai payé la capitation. Peut-on prétendre férieufement que l'auteur du Siècle de *Louis XIV* n'eft pas français? oferait-on dire cela devant les ftatues de *Louis XIV* et de *Henri IV;* j'ajouterai même de *Louis XV*, parce que je fuis le feul académicien qui fit fon panégyrique quand il nous donna la paix; et lui-même a ce panégyrique traduit en fix langues?

Il se peut faire que sa majesté pruffienne, trompée — **1753.** par mon ennemi et par un mouvement de colère, ait irrité le roi mon maître contre moi, mais tout cédera à sa justice et à sa grandeur d'ame. Il sera le premier à demander au roi mon maître qu'on me laisse finir mes jours dans ma patrie ; il se souviendra qu'il a été mon difciple, et que je n'emporte rien d'auprès de lui, que l'honneur de l'avoir mis en état d'écrire mieux que moi. Il se contentera de cette supériorité, et ne voudra pas se servir de celle que lui donne sa place, pour accabler un étranger qui l'a enseigné quelquefois, qui l'a chéri et respecté toujours. Je ne saurais lui imputer les lettres qui courent contre moi sous son nom : il est trop grand et trop élevé pour outrager un particulier dans ses lettres ; il fait trop comme un roi doit écrire, et il connaît le prix des bienséances ; il est né surtout pour faire connaître celui de la bonté et de la clémence. C'était le caractère de notre bon roi *Henri IV;* il était prompt et colère, mais il revenait. L'humeur n'avait chez lui que des momens, et l'humanité l'infpira toute sa vie.

Voilà, ma chère enfant, ce qu'un oncle, ou plutôt ce qu'un père malade dicte pour sa fille. Je ferai un peu confolé si vous arrivez en bonne fanté. Mes complimens à votre frère et à votre sœur. Adieu ; puiffé-je venir mourir dans vos bras, ignoré des hommes et des rois.

Réponse de madame Denis à M. de Voltaire.

A Paris, le 26 augufte.

J'AI à peine la force de vous écrire, mon cher oncle : je fais un effort que je ne peux faire que pour vous. L'indignation univerfelle, l'horreur et la pitié que les atrocités de Francfort ont excitées, ne me guériffent pas. Dieu veuille que mon ancienne prédiction, que le roi de Pruffe vous ferait mourir, ne retombe que fur moi. J'ai été faignée quatre fois en huit jours. La plupart des miniftres étrangers ont envoyé favoir de mes nouvelles : on dirait qu'ils veulent réparer la barbarie exercée à Francfort.

Il n'y a perfonne en France, je dis perfonne fans aucune exception, qui n'ait condamné cette violence, mêlée de tant de ridicule et de cruauté. Elle donne des impreffions plus grandes que vous ne croyez. Milord *Maréchal* s'eft tué de défavouer à Verfailles, et dans toutes les maifons, tout ce qui s'eft paffé à Francfort. Il a affuré, de la part de fon maître, qu'il n'y avait point de part. Mais voici ce que le fieur *Federsdoff* m'écrit de Potfdam, le 12 de ce mois : *Je déclare que j'ai toujours honoré M. de Voltaire comme un père, toujours prêt à lui fervir. Tout ce qui vous eft arrivé à Francfort a été fait par ordre du roi. Finalement, je fouhaite que vous jouiffiez toujours d'une profpérité fans pareille, étant avec refpect, &c.*

Ceux qui ont vu cette lettre ont été confondus. Tout le monde dit que vous n'avez de parti à prendre que celui que vous prenez, d'oppofer de la philofo-phie à des chofes fi peu philofophes. Le public juge les hommes fans confidérer leur état, et vous gagnez votre caufe à ce tribunal. Nous fefons très-bien tous deux de nous taire, le public parle affez.

Tout ce que j'ai fouffert augmente encore ma tendreffe pour vous, et je viendrais vous trouver à Strasbourg ou à Plombières, fi je pouvais fortir de mon lit, &c. &c.

LETTRE XVII.

A M. ROQUES.

Juillet.

MONSIEUR,

JE comptais, en paffant par Francfort, vous préfenter moi-même le Supplément au Siècle de *Louis XIV* (2), que je vous ai dédié. C'eft un procès bien violent ; vous en êtes le juge par votre efprit et par votre probité, et vous êtes devenu un témoin néceffaire. Vous ne pouvez être informé pleinement du malheur que le paffage de *la Beaumelle* à Berlin a caufé. Vous en jugerez en partie par ma dernière lettre au roi de Pruffe, dont je vous envoie copie pour vous feul. (*)

Vous favez que je vous ai toujours mandé que j'étais trop inftruit des cruels procédés de M. de

(2) Ce Supplément, divifé en trois parties, eft la réfutation des calomnies de *la Beaumelle*. Il eft précédé d'une lettre à M. *Roques*. Voyez Mélanges hiftoriques, tome I, page 105.

(*) Voyez la correfp. du roi, année 1753.

Maupertuis envers moi. Je favais que madame la comteffe de *Bentink* avait obligé deux fois *la Beaumelle* de jeter dans le feu cet indigne ouvrage, où tant de fouverains et fa majefté pruffienne font encore plus outragés que moi. Je favais que *la Beaumelle*, au fortir de chez *Maupertuis*, avait deux fois recommencé; mais je ne puis citer le témoignage de madame la comteffe de *Bentink*, ni celui des autres perfonnes qui ont été témoins de la cruauté artificieufe avec laquelle *Maupertuis* m'a pourfuivi près de deux années entières. Je ne peux citer que des témoignages par écrit, et je n'ai que la lettre de *la Beaumelle*.

Vous n'ignorez pas avec quel nouvel artifice *Maupertuis* a voulu, en dernier lieu, déguifer et obfcurcir l'affaire, en exigeant de *la Beaumelle* un défaveu; mais ce défaveu ne porte que fur des chofes étrangères à fon procédé.

Je n'ai jamais accufé *Maupertuis* d'avoir fait les quatre lettres fcandaleufes dont *la Beaumelle* a chargé la coupable édition du Siècle de *Louis XIV*. Je me fuis plaint feulement de ce qu'il m'a voulu perdre, et de ce qu'il a réuffi. Je ne me fuis défendu qu'en difant la vérité; c'eft une arme qui triomphe de tout à la longue. C'eft au nom de cette vérité toujours refpectable et fouvent perfécutée que je vous écris. Je fuis très-malade, et j'efpèrerai jufqu'au dernier moment que le roi de Pruffe ouvrira enfin les yeux. Je mourrai avec cette confolation, qui fera probablement la feule que j'aurai. Je fuis, &c.

AU MEME. 1753.

Juillet.

JE suis fâché à présent, Monsieur, d'avoir répondu
à *la Beaumelle* avec la sévérité qu'il méritait. On dit
qu'il est à la bastille ; le voilà malheureux, et ce n'est
pas contre les malheureux qu'il faut écrire. Je ne
pouvais deviner qu'il serait enfermé dans le temps
même que ma réponse paraissait. Il est vrai qu'après
tout ce qu'il a écrit avec une si furieuse démence contre
tant de citoyens et de princes, il n'y avait guère de pays
dans le monde où il ne dût être puni tôt ou tard ;
et je sais, de science certaine, qu'il y a deux cours
où on lui aurait infligé un châtiment plus capital
que celui qu'il éprouve. Vous me parlez de votre
amitié pour lui ; vous avez apparemment voulu dire
pitié.

Il était de mon devoir de donner un préser-
vatif contre sa scandaleuse édition du Siècle de
Louis XIV, qui n'est que trop publique en Allemagne
et en Hollande. J'ai dû faire voir par quel cruel
artifice on a jeté ce malheureux auteur dans cet
abyme. Je vous répète encore, Monsieur, ce que
j'ai mandé au roi de Prusse ; c'est que si les choses
dont vous m'avez bien voulu avertir, et que j'ai sues
par tant d'autres, ne sont pas vraies ; si *Maupertuis* n'a
pas trompé *la Beaumelle*, tandis qu'il était à Berlin,
pour l'exciter contre moi ; si *Maupertuis* peut se laver
des manœuvres criminelles dont la lettre de *la
Beaumelle* le charge, je suis prêt à demander pardon
publiquement à *Maupertuis* : mais aussi, Monsieur, si

vous ne m'avez pas trompé, fi tous les autres témoins font unanimes ; s'il eft vrai que *Maupertuis*, parmi les inftrumens qu'il a employés pour me perdre, n'ait pas dédaigné de me calomnier même auprès de *la Beaumelle*, et de l'exciter contre moi, il eft évident que le roi de Pruffe me doit rendre juftice.

Je ne demande rien, finon que ce prince connaiffe qu'après lui avoir été paffionnément attaché pendant quinze ans, ayant enfin tout quitté pour lui dans ma vieilleffe, ayant tout facrifié, je n'ai pu certainement finir par trahir envers lui des devoirs que mon cœur m'impofait. Je n'ai d'autre reffource que dans les remords de fon ame royale, que j'ai crue toujours philofophe et jufte. Ma fituation eft très-funefte ; et quand la maladie fe joint à l'infortune, c'eft le comble de la misère humaine. Je me confole par le travail et par les belles-lettres, et furtout par l'idée qu'il y a beaucoup d'hommes qui valaient cent fois mieux que moi, et qui ont été cent fois plus infortunés. Dans quelque fituation cruelle que nous nous trouvions, que fommes-nous pour ofer murmurer ?

Au refte, je ne vous ai rien écrit que je ne veuille bien que tout le monde fache, et je peux vous affurer que, dans toute cette affaire, je n'ai pas eu un fentiment que j'euffe voulu cacher. Je fuis, Monfieur, &c.

LETTRE XVIII.

A M. LE COMTE D'ARGENTAL.

Strasbourg, 19 auguſte.

MON cher ange, j'ignore ſi madame *Denis* vous a
donné un chiffon de lettre que je vous écrivis étant
un peu attriſté et très-malade. J'ai été en France
depuis à petits pas, m'arrêtant par-tout où je trouvais
bon gîte, et ſurtout chez l'électeur palatin. Vous me
direz que je dois être raſſaſié d'électeurs, mais celui-
là eſt très-conſolant.

Sæpè premente Deo, fert Deus alter opem.

Enfin, je m'en allais tout doucement à Plombières
prendre les eaux, par ordre du roi; mais, par les
ordonnances de *Gervaſi*, qui eſt meilleur médecin
que les plus grands rois, je reſte quelque temps à
Strasbourg. Je viſe à l'hydropiſie. Je n'en avais pas
l'air; mais vous ſavez qu'il n'y a rien de plus ſec
qu'un hydropique. *Gervaſi* a jugé que des eaux
n'étaient pas trop bonnes contre des eaux, et il m'a
condamné aux cloportes. J'ai été plus d'une fois en
ma vie condamné aux bêtes.

J'ai trouvé ici la fille de *Monime*, à qui vos bontés
ont ſauvé autrefois quelque bien. C'eſt une créature
aujourd'hui bien à plaindre. J'ai peur même que le
préteur ſon père, qui n'était pas un préteur romain,
ne lui ait fait perdre une partie de ce que vous lui
aviez ſauvé. J'ai cherché dans ſes traits quelque

reſſemblance à votre ancienne amie, et je n'en ai point trouvé. Je ne m'intéreſſe pas moins à ſon triſte ſort.

L'abbé *Daidi*, qui a paſſé ici avec M. le cardinal de *Soubiſe*, m'eſt venu apparaître un moment. Vous le verrez probablement bientôt, et ce ne ſera pas à Pontoiſe. Je me flatte bien que vous faites à Paris de fréquens voyages, et que, ſi vous vous exilez par reſpect humain, vous revenez voir vos amis par goût. J'ignore parfaitement quand j'aurai la conſolation de vous embraſſer de mes mains potelées. Je crois que ſi vous me voyez en vie, vous me mettrez à mal, cela veut dire que vous me feriez faire encore une tragédie. L'électeur palatin m'a fait la galanterie de faire jouer quatre de mes pièces. Cela a ranimé ma vieille verve; et je me ſuis mis, tout mourant que je ſuis, à deſſiner le plan d'une pièce nouvelle toute pleine d'amour. J'en ſuis honteux; c'eſt la rêverie d'un vieux fou. Tant que j'aurai les doigts enflés à Strasbourg, je ne ſerai pas tenté d'y travailler; mais ſi je vous voyais, mon cher ange, je ne répondrais de rien.

Comment ſe porte madame d'*Argental*? comment vont vos amis, vos plaiſirs, votre Pontoiſe? avez-vous vu ma pauvre nièce, le martyr de l'amitié et la victime des Vandales? n'avez-vous pas été bien ébaubi? L'aventure eſt unique. Jamais pariſienne n'avait été encore miſe en priſon chez les Bructères pour l'*œuvre de poëſhies* d'un roi des Boruſſes. Certes, le cas eſt rare.

Mon ange, tout ce que vous voyez vous rendra plus philoſophe que jamais. Si je vous diſais que je

le fuis, me croiriez-vous? Je n'en crois rien, moi. ———
Cependant, depuis Gotha jufqu'à Strasbourg, de   1753.
princes en yangois, et de palais en prifon et cabarets,
j'ai tranquillement travaillé cinq heures par jour au
même ouvrage. J'y travaille encore avec mes doigts
enflés, qui vous écrivent que je vous aime tendrement.

LETTRE XIX.

A MADAME

LA COMTESSE DE LUTZELBOURG.

Auprès de Strasbourg, 22 augufte.

LA deftinée, Madame, qui joue avec les pauvres
humains comme avec des balles de paume, m'a
amené dans votre voifinage, à la porte de Strasbourg.
Je fuis dans une petite maifonnette appartenante à
madame *Léon*, condamné par M. *Gervafi* aux racines
et aux cloportes, et pour comble de malheur, privé
de la confolation de vous revoir. J'apprends que vous
êtes chez madame la comtèffe de *Rofen;* mon premier
foin eft de vous y adreffer les vœux qu'un ancien
ami fait du fond de fon cœur pour la fin de toutes
vos peines. J'ai plus d'un titre pour vous faire agréer
les fincères témoignages de ma fenfibilité pour tout
ce qui vous touche ; je fuis un de vos plus anciens
ferviteurs, et je ne fuis pas mieux traité que vous par
la méchanceté des hommes. Cette vie-ci n'eft qu'un
jour ; le foir devrait du moins être fans orages, et il

1753.

—— faudrait pouvoir s'endormir paifiblement. Il eft affreux de finir au milieu des tempêtes une fi courte et fi malheureufe carrière. Ce ferait pour moi, Madame, une fatisfaction bien confolante de pouvoir vous entretenir, de vous parler de nos anciens amis (s'il eft des amis), et de vous renouveler tous les fenti-mens qui m'ont toujours attaché à vous, malgré une fi longue féparation. Que de chofes nous avons vues, Madame, et que de chofes nous aurions à nous dire! nous rappellerions tout ce que le temps a fait évanouir, et un peu de philofophie adoucirait les maux préfens.

Je ne connais guère de vos anciens amis que M. *Defalleurs* qui ait eu un bon lot, parce qu'il eft chez les Turcs, chez qui je ne crois pas qu'il y ait tant d'infidélité et tant de malice noire et raffinée que chez les chrétiens.

Adieu, Madame; recevez avec vos premières bontés les affurances du refpectueux et tendre atta-chement de votre ancien courtifan, qui défire paf-fionnément l'honneur et la confolation de vous voir, et qui vous écrit comme autrefois, fans cérémonie.

LETTRE XX.

A MADAME

LA COMTESSE DE LUTZELBOURG.

2 septembre.

J'AI lu, Madame, ce Mémoire touchant, dont vous me faites l'honneur de me parler. C'eft par où j'ai commencé en arrivant à Strasbourg. Je ne vois pas ce que la rage de nuire pourrait oppofer à des raifons fi fortes. Je fuis encore un peu enthoufiafte, malgré mon âge. L'innocence opprimée m'attendrit; la perfécution m'indigne et m'effarouche. Je prends le plus vif intérêt à cette affaire, même indépendamment des fentimens qui m'attachent à vous depuis fi long-temps. J'ai entendu beaucoup parler, beaucoup raifonner dans mon hermitage, où il vient trop de monde, et où je ne voulais voir perfonne. Je conclus, moi, à faire élever un monument à la gloire de votre frère, et à recevoir monfieur fon fils en triomphe à Strasbourg. Tout ce que je fais, c'eft que feu M. de *Klinglin* a rendu, pendant trente ans, Strasbourg refpectable aux étrangers, et que la patrie ne lui doit que de la reconnaiffance. On dit que l'affaire eft jugée au moment que je vous écris, et j'attends avec impatience le moment de juger l'arrêt. Le tribunal des honnêtes gens et des efprits fermes eft le dernier reffort pour les perfécutés.

Madame de *Gayot* eft venue dans ma folitude.

—— Dieu veuille que vous ayez la fanté ; je n'en ai point du tout, mais je porte par-tout un peu de ftoïcifme. Croiriez-vous, Madame, que cette deftinée qui nous ballotte, m'a fait prefque alfacien ? Je me fuis trouvé, fans le favoir, poffeffeur d'un bien fur des terres auprès de Colmar, et il fe pourrait bien que j'y allaffe. Je ne m'attendais pas à avoir une rente fur les vignes du duc de *Virtemberg ;* mais la chofe eft ainfi. Je ferais certainement le voyage, fi je croyais pouvoir vous faire ma cour dans le voifinage où vous êtes ; mais fi vous revenez dans votre folitude auprès de Strasbourg, je ne ferai pas le voyage de Colmar. Je me meurs d'envie de vous revoir, Madame ; il n'y aurait pas de plus grande confolation pour moi. Peut-être même, le plaifir de vous entretenir de tout ce que nous avons vu, et de repaffer fur nos premières années, pourrait adoucir les amertumes que votre fenfibilité vous fait éprouver. Les matelots aiment, dans le port, à parler de leurs tempêtes. Mais y a-t-il un port dans ce monde ? Si vous êtes en commerce de lettre avec M. *Defalleurs*, je vous prie, Madame, de le faire fouvenir de moi. Je lui crois à préfent une vraie face à turban. Pour moi, je fuis plus maigre que jamais ; je fuis une ombre, mais une ombre très-fenfible, très-touchée de tout ce qui vous regarde, et qui voudrait bien vous apparaître. Adieu, Madame ; je vous fouhaite un foir ferein fur la fin de ce jour orageux qu'on appelle la vie. Comptez que je vous fuis dévoué avec le plus tendre refpect.

LETTRE XXI.

A M. LE MARECHAL DUC DE RICHELIEU.

A Strasbourg, ou tout auprès, 7 feptembre.

Mais vraiment, Monfeigneur, cela eft affez extra-ordinaire. Quoi, pour l'œuvre de *poëshies!* Les vers font donc une belle chofe ! Je les ai toujours aimés à la folie quand ils font bons. Mais ma pauvre nièce ! qu'allait - elle faire dans cette galère ! Les gens qui difent que tout cela s'eft paffé de nos jours ont grand tort ; l'aventure eft du temps de *Denys* de Syracufe. Je fuis au défefpoir de ne vous point faire ma cour. Le temps fe paffe , et je ne me confolerais pas d'être mort fans avoir eu l'honneur de vous entretenir. Et le voyage d'Italie, et Saint-Pierre de Rome, et la ville fouterraine, n'avez - vous pas quelque envie de les voir? et ne pourrait-on pas venir recevoir vos ordres dans le chemin ? et n'iriez - vous pas faire un cours à Montpellier ? Un beau foleil et vous , vous êtes mes dieux. Il ferait doux de les voir de près. J'aime ceux qui échauffent et qui éclairent, et non pas ceux qui brûlent.

Je joins les fentimens de la plus tendre reconnaif-fance à un attachement d'environ quarante années ; mais j'ai des paffions malheureufes, et la jouiffance de l'objet aimé m'eft interdite par ordre du médecin. Si votre belle imagination trouve quelque tournure pour que je puiffe *bacciar vi la mano* quand vous irez à Montpellier, ce ferait pour moi l'heure du berger.

E per che no ? Un gran' re m'a bacciato la mano, à me, fi, la brutta mano per incitar mi à rimanere nel fuo palazzo d'Alcina. Ed io baccierò la voftra bella mano con un più grande e faporito piacere. Ah, fignore amabile, fignore cortefe e bravo, la vita fi perde fi confuma e la fperanza ancora fi diftrugge.

Eft-ce que vous feriez affez bon pour vouloir bien me mettre aux pieds de madame de *Pompadour*, quand vous n'aurez rien à lui dire ? Pardon, Monfeigneur, de la liberté grande. Il y a dans Paris force vieilles et illuftres catins à qui vous avez fait paffer de joyeux momens, mais il n'y en a point qui vous aime plus que moi. Je crois que ia première converfation que j'aurais l'honneur d'avoir avec vous ferait affez amu-fante. Non, ce ferait la feconde ; car, à force de plaifir, je ne faurais ce que je dirais dans la première.

A propos, je fuis bien malade ; daignez-vous en fouvenir. Il n'y a que mes ennemis qui difent que je me porte. *In tanto con ogni offequio, &c.*

LETTRE XXII.

A MADAME

LA COMTESSE DE LUTZELBOURG.

14 feptembre.

JE vous demande pardon, Madame, de ne vous avoir pas parlé de votre digne et aimable fils ; mais ce qui eft dans le cœur n'eft pas toujours au bout de la plume, furtout quand on écrit vîte et qu'on eft malade.

malade. J'ai eu l'honneur de lui faire ma cour quand
il était, à Lunéville, poffeffeur d'une femme qu'il doit
avoir bien regrettée; mais il lui refte une mère dont il
fait la confolation, et qui doit faire la fienne. Peut-
être aurai-je le bonheur de vous voir tous deux avant
que je quitte ce pays-ci. Avouez donc, Madame,
que je fuis prophète de mon métier, et que je ne fuis
pas prophète de malheur; non-feulement j'avais lu le
mémoire de M. de *Klinglin*, mais encore un autre qui
eft très-fecret, et vous voyez que je n'avais pas mal
conclu. J'efpère encore que M. de *Klinglin* viendra
exercer ici fa préture, malgré les tribuns du peuple
qui s'y oppofent vivement. C'était une chofe trop
abfurde qu'un homme perdît fa place pour avoir
été déclaré innocent. Je fuis bien aife que vous
admettiez une divinité; c'eft ce que je tâchais de
perfuader à un roi qui n'y croit pas, et qui fe conduit
en conféquence. Il lui arrivera malheur, mais il
mourra impénitent. Je ne fais pas quand j'irai dans
le voifinage de ces vignes fur lefquelles j'ai une bonne
hypothèque. Elles appartiennent au duc de *Virtemberg*.
Il y a des gens qui veulent me perfuader que ce fera
la vigne de *Nabot*, et que mon hypothèque eft *le
beau billet qu'a la Châtre;* mais je n'en crois rien. Le
duc de *Virtemberg* eft un honnête homme, Dieu
merci; il n'eft pas roi, et je penfe qu'il croit en
DIEU, quoiqu'il n'ait jamais voulu baifer la mule
du pape. Vous me donnez par le nez de l'*hiftoriographe*. Vraiment le roi m'ôta cette charge quand
le roi de Pruffe me prit à force, et je fuis demeuré
entre deux rois le cu à terre. Deux rois font de
très-mauvaifes felles. Il eft vrai qu'on m'a laiffé ma

place de gentilhomme ordinaire de la chambre ; j'aimerais mieux la vôtre mille fois.

Ayez donc la bonté de m'inftruire de vos marches. L'accident de votre neveu vous retient-il à Colmar? Il me fouvient que M. de *Richelieu* eut la même maladie à vingt ans. C'eût été dommage que la région *de la veffie fût demeurée paralytique* chez lui. Sa maladie fit place à beaucoup de vigueur, et j'en efpère autant pour monfieur votre neveu. Vous vous imaginez donc, Madame, que je demeure toujours dans la rue des Charpentiers, point du tout; je fuis à la campagne, vis-à-vis votre maifon, où par malheur vous n'êtes point. Je dépeuple le pays de cloportes auxquels on m'a condamné. Je vis tout feul, je ne m'en trouve pas mal. J'ai pourtant un appartement chez M. le maréchal de *Coigny*, dont je ne fais fi je ferai ufage; tout ce que je fais bien furement, c'eft que je meurs d'envie de vous voir, de caufer avec vous, et de vous renouveler cent fois mes refpectueux et tendres fentimens.

LETTRE XXIII.

A M. LE COMTE D'ARGENTAL.

Auprès de Colmar, 3 d'octobre.

Mon cher ange, fi madame la maréchale de *Duras*, qui a l'air fi réfolue, avait fait comme madame de *Montaigu* et comme la feue reine d'Angleterre; fi elle avait donné bravement la petite vérole à fes enfans, vous ne pleureriez pas aujourd'hui madame la

duchefse d'*Aumont*. Il y a trente ans que j'ai crié qu'on
pouvait fauver la dixième partie de la nation. Il y a
quelques gens qui, frappés de la mort des perfonnes
confidérables enlevées à la fleur de leur âge par la
petite vérole, difent : Mais vraiment il faudrait
effayer l'inoculation. Et puis, au bout de quinze jours,
on ne penfe plus ni à ceux qui font morts, ni à
ceux que ce fléau de la nature menace encore de la
mort.

L'année paffée, l'évêque de Vorcefter prêcha dans
Londres devant le parlement en faveur de l'inoculation,
et prouva qu'elle fauvait la vie tous les ans à deux mille
perfonnes dans cette capitale. Voilà des fermons qui
valent bien mieux que les bavarderies de nos prédi-
cateurs.

Il y a un homme dans le monde plus dangereux que
la petite vérole; il s'abaiffe jufqu'à la calomnie. Un
fourdaud, qui eft la trompette de *Maupertuis*, répand
fes horreurs. Où fe fauver ? Vous me direz que c'eft
au château de M. de *Sainte-Palaye;* mais le père *Goulu*
perfécutait *Balzac* jufque fur les bords de la Charente.

I nunc, et verfus tecum meditare canoros.

Mais, mon cher ange, fi vous me promettez, vous
et madame d'*Argental*, d'aller dans ce château, je figne
le marché aveuglément. J'ai un bien affez confidérable
en Alface, et je voulais bâtir fur les ruines d'un vieux
palais qui appartiennent à M. le duc de *Virtemberg*.
Toutes mes idées s'évanouiffent dès qu'il s'agit de
me rapprocher de vous.

Je n'ofe vous prier de préfenter mes refpects et
ma fenfibilité à M. le duc d'*Aumont*. Qui aurait dit

que *Fontenelle* enterrerait madame d'*Aumont* ? mais cent ans et trente font la même chofe pour la faulx de la mort. Tout eſt un point, et tout eſt un fonge. Le fonge de ma vie a été un cochemar aſſez perpétuel ; il fera bien doux s'il peut finir en vous voyant ; ce fera ouvrir les yeux à une lumière bien agréable.

On m'a envoyé *La Querelle* ; il vaudrait mieux point de querelle. Adieu, mon très-aimable ange. Mille tendres refpects à tous les vôtres.

Je fuis bien malade. Adieu les tragédies.

LETTRE XXIV.

A MADAME

LA COMTESSE DE LUTZELBOURG.

A Colmar, ce 5 ou 6 d'octobre.

JE fuis pénétré de regrets, Madame ; vous et madame *de Brumat* vous me faites paſſer de mauvais quarts d'heure. J'écris peut-être fort mal le nom de votre amie, mais je ne me trompe pas fur fon mérite, et fur le plaifir que j'avais de venir les foirs, de ma folitude dans la vôtre, jouir des charmes de votre fociété. Je fuis arrivé fi malade que je n'ai pu aller rendre moi-même votre lettre à monfieur le premier préfident. Que dites-vous de lui, Madame ? Il a eu la bonté de venir chez ce pauvre affligé. Il m'a amené fon fils aîné qui paraît fort aimable, et qui n'a pas l'air d'être paralytique comme fon cadet. Je paſſe une page, parce que mon papier boit, et qu'il n'y a pas moyen d'écrire fur ce

vilain papier. Cela vous épargne une longue lettre. ——
On dit que le miniftère n'eft pas difpofé à rendre à
M. *Klinglin* la juftice que nous attendons. Je veux
douter encore de cette trifte nouvelle. On dit que
monfieur votre fils revient : quand pourrai-je être affez
heureux pour voir le fils et la mère ? Il me femble
que je voudrais paffer le refte de mes jours avec
vous dans la retraite. La deftinée m'y aurait conduit,
et mon cœur ne veut pas la démentir. Adieu ,
Madame ; je fuis pour toujours à vos ordres avec
le plus tendre refpect.

LETTRE XXV.

A M. LE COMTE D'ARGENTAL , à *Paris.*

Au pied d'une montagne , le 10 d'octobre.

Mon cher ange, il me femble que je fuis bien
coupable ; je ne vous écris point et je ne fais point
de tragédies. J'ai beau être dans un cas affez tragique,
je ne peux parvenir à peindre les infortunes de ceux
qu'on appelle les héros des fiècles paffés , à moins que
je ne trouve quelque princeffe mife en prifon pour
avoir été fecourir un oncle malade. Cette aventure
me tient plus au cœur que toutes celles de *Denys* et
d'*Hiéron*.

Il me femble qu'il faut avoir fon ame bien à fon
aife pour faire une tragédie ; qu'il faut avoir un
fujet dont on foit vivement frappé , et devant les
yeux un public , une cour , qui aiment véritablement

les arts. Un petit article encore, c'eſt qu'il faut être jeune. Tout ce que je peux faire, c'eſt de ſoutenir tout doucement mon état et ma mauvaiſe ſanté. Je ne me pique point d'avoir du courage, il me ſemble qu'il n'y a à cela que de la vanité. Souffrir patiemment ſans ſe plaindre à perſonne, ſans demander grâce à perſonne, cacher ſes douleurs à tout le monde, les répandre dans le ſein d'un ami comme vous; voilà à quoi je me borne. Je n'ai pas ſurtout le courage de faire une tragédie pour le préſent. Vous m'en aimerez moins; mais ſongez que votre amitié, qui a un empire ſi doux, n'eſt pas faite pour commander l'impoſſible. Je ne ſais pas trop ce que je deviendrai et où je finirai mes jours. Que ne puis-je au moins, mon cher ange, vous revoir avant de ſortir de cette vie !

J'ai la mine de paſſer l'hiver dans une ſolitude des montagnes des Voſges. Si vous aviez quelque choſe à me mander, vous n'auriez qu'à écrire à M. *Schœpfling le jeune*, à Colmar, ſans mettre mon nom, ſans autre adreſſe, et la lettre me ſerait rendue avec la plus grande fidélité. Vous paſſerez probablement l'hiver à Paris, et il n'y aura plus de Pontoiſe; mais il y aura des Voſges pour moi. J'ai vu à Colmar M. de *Voyer*, feſant ſon entrée en fils d'un ſecrétaire d'État; vous vous doutez bien que je ne lui ai parlé de rien du tout; je ne ſais même ſi je parlerais à ſon père. Ce n'eſt pas trop la peine d'importuner ſon prochain de ſes afflictions, ſurtout quand ce prochain eſt miniſtre ou fils de miniſtre.

J'ai vu quelquefois, dans ma ſolitude auprès de Strasbourg, la fille de *Monime*; ſa naiſſance eſt un

roman, fa vie eft obfcure et trifte, l'aventure du ——
préteur n'a abouti qu'à faire une douzaine de mal- 1753.
heureux. Il en pleut des malheureux de tous côtés,
mon cher ange, et des ennuyeux encore davantage;
c'eft ce qui fait que j'aime mes montagnes, ne pouvant pas être auprès de vous. Dieu veuille me
donner quelque beau fujet bien tendre dans ma
chartreufe ! mais alors j'aurais peur que la montagne
n'accouchât d'une fouris. Mon pauvre petit génie ne
peut plus faire d'enfans. Il me femble que ce que
vous favez m'a manqué.

Ce qui ne me manquera jamais, c'eft ma tendre
amitié pour vous. Cette idée feule me confole. Je
me flatte que madame d'*Argental* et vos amis ne
m'oublient pas tout-à-fait. Adieu, mon cher ange;
pardonnez-moi d'avoir été fi long-temps fans vous
écrire : il faut enfin que je vous avoue que j'avais
fait quatre plans bien arrangés fcène par fcène; rien
ne m'a paru affez tendre ; j'ai jeté tout au feu.

Adieu, mon cher ange.

LETTRE XXVI.

A MADAME

LA COMTESSE DE LUTZELBOURG.

Dans mes montagnes, ce 24 d'octobre.

Comment, Madame, est-ce que vous n'auriez pas reçu la lettre datée de mes montagnes, et mes remercîmens des belles nouvelles de la fermeté romaine du grand châtelet de Paris ? Tout ceci est le combat des rats et des grenouilles. On songe à Paris à de misérables billets de confession, et on ne songe ni à la petite vérole ni à l'autre. Ces deux demoiselles font pourtant plus de ravage que le clergé et le parlement. On voit tranquillement nos voisins les Anglais se garantir au moins de la petite: vous n'entendrez parler à Londres d'aucunes dames mortes de cette maladie ; l'insertion les sauve, et l'on n'a pas eu encore le courage de les imiter. M. de *Beaufremont* est le seul qui ait fait inoculer un de ses enfans, et on s'est moqué de lui : voilà ce qu'on gagne en France. Tout ce qui est au-dessus des forces de la nation, est ridicule. Je retournerai bientôt de ma solitude dans la grande ville de Colmar. J'ai été voir les ruines du château de Honsbourg, sur lesquelles j'avais quelque dessein de bâtir une jolie maison. Il s'y trouve quelque difficulté ; le duc de *Virtemberg* a un procès pour cette vénérable masure au conseil privé, et je n'irai pas bâtir un hospice qui aurait un procès pour fondement. Mais, Madame, on m'a dit

un mot du beau château de feu monſieur votre frère. ——— 1753.
N'eſt-ce pas Oberherkeim, ou quelque nom de cette
douceur ? Il eſt , je crois, difficile de le vendre.
N'appartient-il pas à des mineurs ? Mais perſonne
ne l'habite; et ſi la maiſon et le fief ne ſont pas com-
pris dans le fief invendable; ſi on peut louer le
château , avec les meubles qui y ſont, en attendant
que la famille s'arrange , ne ſerait-ce pas l'avantage
de la famille ? Je le louerai ſi on veut; je ferai un
bail; je payerai un an d'avance pour faire plaiſir à
la famille ; et pour pot de vin je vous ferai un
petit quatrain pour votre tableau; mais à qui faut-
il s'adreſſer, et comment faire ? ma propoſition n'eſt-
elle pas indiſcrète ? Je ne vous dis toutes ces rêveries
que parce qu'on m'a déjà preſſenti ſur un accom-
modement concernant ce château. N'y viendriez-vous
pas, Madame , avec votre charmante amie ; vous
ſentez bien que la maiſon ſerait à vous, et que je
n'y ferais que votre intendant. Mandez-moi, je vous
prie, ce que vous en penſez ; ſi on veut vendre à
vie, ſi on veut louer, ſi on veut s'arranger. J'ai la
meilleure partie de mon bien à la porte de Colmar.
J'ai envie de me faire alſacien pour vous, la fin de
ma vie en ſera plus douce. Je n'ai vu qu'en paſſant
l'abbé de Munſter, il eſt occupé à Colmar ; il m'a
paru fort aimable. Il a tué du monde, il a fait l'amour,
il eſt poli , il a de l'eſprit , il eſt riche , il ne lui manque
rien. Les proceſſions de Rouen n'ont pas le ſens commun ; ce n'eſt plus le temps des proceſſions de la
ligue; de petites cabales ont ſuccédé aux guerres
civiles; il faut payer ſon vingtième, ſe chauffer et ſe
taire , *le reſte viendra*. Mille tendres reſpects , &c.

LETTRE XXVII.

A M. DE CIDEVILLE.

A Colman, le 11 de novembre.

MON ancien ami, madame *Denis* m'apprit, il y a quelque temps, vos idées charmantes et les obstacles qu'elles trouvent. Vous sentez à quel point je dois être reconnaissant et affligé. Je comptais venir oublier *Denys* de Syracuse dans la retraite de *Platon;* la destinée s'est acharnée à en ordonner autrement. Vous auriez tous deux ranimé mon goût qui se rouille, et mon peu de génie qui s'éteint. Vous auriez fait de jolis vers, et j'en aurais fait de tristes que vous auriez égayés. Votre vallée de Tempé eût bien mieux valu que l'Olympe sablonneux où le diable m'avait transporté.

Mais tout cela n'est qu'un agréable songe. Il faut se soumettre à son destin. Des maladies, plus cruelles encore que les rois, me persécutent. Il ne me manque que des médecins pour m'achever ; mais, Dieu merci, je ne les vois que pour le plaisir de la conversation, quand ils ont de l'esprit ; précisément comme je vois les théologiens, sans croire ni aux uns ni aux autres.

On dit, mon ancien ami, que votre campagne est charmante ; mais vous en faites le plus grand agrément. Je ne me console pas de n'y pouvoir aller. Ne viendrez-vous point à Paris cet hiver ? Probablement la querelle des billets de confession y sera

affoupie. Ces maladies épidémiques ne durent guère ——
qu'une année.

Je ne fais ce qu'eft devenu *Formont* ; tout fe difperfe dans le grand tourbillon de ce monde. Si les êtres penfans étaient libres, ils fe raffembleraient ; mais, ô liberté, vous êtes de toutes façons une belle chimère !

Adieu, mon cher et ancien ami. *Durum , fed levius fit patientiâ* ; je mets, au lieu de ce mot, *amicitiâ*.

LETTRE XXVIII.

A MADAME

LA COMTESSE DE LUTZELBOURG.

A Colmar, 13 de novembre.

ON m'avait dit, Madame, que vous étiez à Andlau, et on me dit à préfent que vous êtes à l'île Jard. Je regrette toujours ce féjour, quoiqu'il foit en plein nord. Il y a bientôt trois mois que je ne fuis forti de ma chambre. J'en fortirais affurément fi j'étais dans votre voifinage ; je préférerais furtout cette petite maifon de campagne, qui eft près de votre île, à l'hôtel du maréchal de *Coigny*. N'y aurait-il pas moyen de conclure cette affaire, et de louer cette maifon meublée ? Il ferait bien doux de venir le foir jouir de votre charmant entretien et de celui de votre amie, après avoir fouffert et travaillé tout le jour ; car, de la manière dont ma vie folitaire eft arrangée, vivre à l'hôtel du maréchal de *Coigny*, ce ferait être à cent lieues de vous.

Cet abrégé de l'Histoire universelle, dont vous m'avez parlé, est un ouvrage ridiculement imprimé, où il y a autant de fautes que de lignes. Le roi de Prusse est bien destiné à me persécuter. Je lui avais donné, il y a plus de treize ans, ce manuscrit très-informe; il prétendit l'avoir perdu à la bataille de Sore, lorsque les hussards autrichiens pillèrent son bagage; cependant on lui rendit tout, jusqu'à son chien. Il se trouve aujourd'hui que c'est son libraire qui débite ce manuscrit tronqué, altéré, méconnaissable. Il prétend, ce libraire, qu'il l'a acheté d'un valet de chambre du prince *Charles*. Tout ce que je fais, c'est qu'on en a été très-scandalisé à la cour, et que j'ai eu beaucoup de peine à apaiser les rumeurs qu'il a causées. Cette affaire particulière m'a beaucoup tourmenté, dans le temps que la confusion des affaires générales me fait perdre mon bien. Je n'ai de consolation que dans le travail et dans la retraite auprès de l'île Jard. Je ne peux jeûner et prier comme le conseille M. de *Beaufremont*; j'ai pourtant autant de droits au paradis qu'aucun français. Mais vous, Madame, qui avez tant de droits aux félicités de ce monde, comment gouvernez-vous votre santé? comment vont les affaires de votre famille? Je ne vois que des injustices et des malheurs. Conservez votre santé et votre courage. Vous mande-t-on quelque chose de Paris? y a-t-il quelque nouvelle sottise? Que ce milieu du dix-huitième siècle est sot et petit! Je souhaite cependant que vous en puissiez voir la fin. Adieu, Madame; je voudrais être votre courtisan aussi assidu que respectueusement attaché.

LETTRE XXIX.

A MADAME DE FONTAINE, *à Paris*.

23 de novembre.

Mon aimable nièce, j'étais bien malade quand votre sœur avait l'honneur d'être entre les mains du premier médecin du roi très-chrétien. Je crois que nous avions encore, madame *Denis* et moi, un peu du poison de Francfort dans les veines; mais je crois aussi notre chère *Denis* un peu gourmande; et l'on raccommode avec du régime ce que les soupers ont gâté. Mais chez moi on ne raccommode rien, parce qu'il a plu à la nature de me donner l'esprit prompt et la chair faible.

Vous vous portez donc bien, ma chère nièce, puisque vous avez la main ferme et libre, et que vous êtes devenue un petit *Callot*, un petit *Tempest*. Je me flatte que vos dessins ne sont pas faits pour un oratoire, et qu'ils me réjouiront la vue. Dieu bénisse une famille qui cultive tous les arts. Je ferai enchanté de vous embrasser; mais où, et quand?

Peignez-vous d'après le nu, Madame; et avez-vous des modèles? Quand vous voudrez peindre un vieux malade emmitouflé, avec une plume dans une main et de la rhubarbe dans l'autre, entre un médecin et un secrétaire, avec des livres et une seringue: donnez-moi la préférence.

Connaissez-vous messieurs *Corringius*, *Vitriarius*, *Struvius*, *Spenner*, *Godstal*, et autres messieurs du bel

—— air ? ce font ceux qui broient actuellement mes couleurs. Vous peignez des chofes agréables d'une main légère, et moi des fottifes graves d'une main appefantie.

Je baife vos belles mains, et je décrafferai les miennes quand je vous verrai. Vous ne me dites rien du confeiller ; faites-lui bien mes complimens.

LETTRE XXX.

A MADAME DENIS.

A Colmar, 20 de décembre.

JE viens de mettre un peu en ordre, ma chère enfant, le fatras énorme de mes papiers que j'ai enfin reçus. Cette fatigue n'a pas peu coûté à un malade. Je vous affure que j'ai fait là une trifte revue : ce ne font pas des monumens de la bonté des hommes. On dit que les rois font ingrats, mais il y a des gens de lettres qui le font un peu davantage.

J'ai retrouvé la lettre originale de *Desfontaines* par laquelle il me remercie de l'avoir tiré de bicêtre ; il m'appelle fon bienfaiteur, il me jure une éternelle reconnaiffance, il avoue que fans moi il était perdu, que je fuis le feul qui ait eu le courage de le fervir ; mais dans la même liaffe j'ai trouvé les libelles qu'il fit contre moi, deux mois après, felon fa vocation. Dans le même paquet étaient les comptes de ce que j'ai dépenfé pour d'*Arnaud*, homme que vous connaiffez, que j'ai nourri et élevé pendant deux ans ; mais auffi la lettre qu'il écrivit contre moi dès

qu'il eût fait à Potſdam une petite fortune, fait
la clôture du compte.

Il faut avouer que *Linant*, *Lamare* et *Lefévre*, à
qui j'avais prodigué les mêmes ſervices, ne m'ont
donné aucun ſujet de me plaindre. La raiſon en eſt,
à ce que je crois, qu'ils ſont morts tous trois avant
que leur amour propre et leurs talens fuſſent aſſez
développés pour qu'ils devinſſent mes ennemis. Avez-
vous affaire à l'amour propre et à l'intérêt ? vous
avez beau avoir rendu les plus grands ſervices, vous
avez réchauffé dans votre ſein des vipères. C'eſt-là
mon premier malheur ; et le ſecond a été d'être trop
touché de l'injuſtice des hommes ; trop fièrement
philoſophe pour reſpecter l'ingratitude ſur le trône,
et trop ſenſible à cette ingratitude ; irrité de n'avoir
recueilli de tous mes travaux que des amertumes et
des perſécutions ; ne voyant d'un côté que des fanatiques déteſtables, et de l'autre des gens de lettres
indignes de l'être ; n'aſpirant plus enfin qu'à une
retraite, ſeul parti convenable à un homme détrompé
de tout.

Je ne peux m'empêcher de continuer ma revue des
mémoires de la baſſeſſe et de la méchanceté des gens
de lettres, et de vous en rendre compte.

Voici une lettre d'un bel eſprit nommé *Bonneval*,
dont vous n'avez jamais ſans doute entendu parler
(ce n'eſt pas le comte-bacha de *Bonneval*). Il me
parle pathétiquement des qualités de l'eſprit et du
cœur, et finit par me demander dix louis d'or. Vous
noterez que cet honnête homme m'en avait ci-devant
excroqué dix autres avec leſquels il avait fait imprimer un libelle abominable contre moi ; et il diſait

pour fon excufe que c'était madame *Pâris de Montmartel* qui l'avait engagé à cette bonne œuvre. Il fut chaffé de la maifon. C'eft au demeurant un homme d'honneur, loué dans les journaux, et à qui *Rouffeau* a, je crois, adreffé une épître.

En voici d'un nommé *Ravoifier* qui fe difait garçon athée de *Boindin*; il m'appelle fon protecteur, fon père; mais, en avancement d'hoirie, il finit par me voler vingt-cinq louis dans mon tiroir.

Un *Demoulin*, qui me diffipa trente mille francs de mon bien clair et net, m'en demande très-humblement pardon dans quatre ou cinq de fes lettres; mais celui-là n'a point écrit contre moi; il n'était pas bel efprit.

Le bel efprit qui m'écrivit ce billet connu (*), par lequel il m'offre de me céder, moyennant fix cents livres, tous les exemplaires d'une belle fatire où il me déchirait pour gagner du pain, s'appelle *Lajonchère*. C'eft l'auteur d'un fyftême de finances; et on l'a pris en Hollande pour *la Jonchère* le tréforier des guerres.

Je ne peux m'empêcher de rire en relifant les lettres de *Manori*. Voilà un plaifant avocat. C'eft affurément l'avocat patelin: il me demande un habit. *Je fuis honnête en robe*, dit-il, *mais je manque d'habit; je n'ai mangé hier et avant-hier que du pain.* Il fallut donc le nourrir et le vêtir. C'eft le même qui depuis fit contre moi un factum ridicule, quand je voulus rendre au public le fervice de faire condamner les libelles de *Roi* et d'un nommé *Travenol* fon affocié.

Voici des lettres d'un pauvre libraire (**) qui me

_____

(*) Voyez Mémoire fur la fatire, Mélanges littér. tome I, pag. 495.
(**) *Jore.*

demande

demande pardon ; il me remercie de mes bienfaits ; ———
il m'avoue que l'abbé *Desfontaines* fit fous fon nom un   1753.
libelle contre moi. Celui-là eft repentant ; c'eft du
moins quelque chofe. Il n'avait pas lu apparemment
le livre de *la Métrie* contre les remords.

Je trouve deux lettres d'un nommé *Bellemare*, qui
s'eft depuis réfugié en Hollande fous le nom de *Bénar*,
et qui a fait contre la France un journal hiftorique,
dans la dernière guerre. Il me remercie de l'argent que
je lui prête, c'eft-à-dire que je lui donne ; mais il
ne m'a payé que par quelques petits coups de dent
dans fon journal. On dit que depuis peu on l'a fait
arrêter ; c'eft dommage que le public foit privé de
fes belles productions.

Cet inventaire eft d'une groffeur énorme. La
canaille de la littérature eft noblement compofée !
Mais il y a une efpèce cent fois plus méchante ; ce
font les dévots. Les premiers ne font que des libelles,
les feconds font bien pis ; et fi les chiens aboient,
les tigres dévorent. Un véritable homme de lettres
eft toujours en danger d'être mordu par ces chiens,
et mangé par ces monftres. Demandez à *Pope* : il a
paffé par les mêmes épreuves ; et s'il n'a pas été
mangé, c'eft qu'il avait bec et ongles. J'en aurais
autant fi je voulais. Ce monde-ci eft une guerre
continuelle ; il faut être armé, mais la paix vaut
mieux.

Malgré les funeftes conditions auxquelles j'ai reçu
la vie, je croirai pourtant, fi je finis avec vous ma
carrière, qu'il y a plus de bien encore que de mal fur
la terre ; finon je ferai de l'avis de ceux qui penfent
qu'un génie mal-fefant a fagoté ce bas monde.

Correfp. générale.   Tome IV.   E

LETTRE XXXI.

A M. LE MARECHAL DUC DE RICHELIEU.

À Colmar, 30 de décembre.

Avec des malheurs qui accablent, avec une maladie qui mène au tombeau, avec des Annales de l'Empire qui furchargent l'efprit, on n'écrit guère; cependant, Monfeigneur, je vous écrirais à l'agonie. J'apprends que M. le duc de *Fronfac* eft réchappé d'une maladie dangereufe. Je vous en félicite, et je lui fouhaite une carrière auffi brillante et auffi glorieufe que la vôtre. Il eft trifte que je voye finir la mienne loin de vous. Un événement imprévu recule encore mes efpérances. Voici des pièces qui peuvent démontrer mon innocence, et qui peut-être la laifferont opprimée. Je vous demande en grâce que la copie de ma lettre à madame de *Pompadour* ne foit pas vue de vos fecrétaires. J'ai un petit malheur, c'eft que je n'écris pas une ligne qui ne coure l'Europe. Il y a un lutin qui préfide à ma deftinée. Si ce farfadet pouvait s'entendre avec le génie qui préfide à la vôtre, je bénirais ma dernière courfe.

Je pourrais m'étonner qu'on m'eût accufé d'avoir fait imprimer cette hiftoire informe, dans le temps que j'en ai depuis dix ans des manufcrits cent fois plus corrects, plus curieux et plus amples; je pourrais m'étonner qu'on eût eu cette injuftice, dans le temps que je fuis en France, dans le temps que j'ai fupplié très-inftamment M. de *Malesherbes* de

fupprimer cette édition ; mais je ne m'étonne de
rien , je ne me plains de rien , et je fuis préparé à 1753.
tout. Adieu , Monfeigneur ; confervez - moi vos
bontés.

P. S. On m'affure que le prince *Charles* rendit au
roi de Pruffe fa caffette prife à la bataille de Sore ,
dans laquelle fa Majefté pruffienne prétend qu'il
avait mis mon manufcrit. Je fais qu'on lui rendit
jufqu'à fon chien. Il me demanda depuis un nouvel
exemplaire ; je lui en donnai un plus correct et plus
ample. Il a gardé celui-là ; fon libraire *Jean Néaulme*
a imprimé l'autre.

Nous n'avons pas porté de fanté , ma nièce ni
moi, depuis un fouper où nous nous trouvâmes tous
deux un peu mal à Francfort. Voilà pourquoi ma
fanté toujours languiffante ne m'a pas permis de
vous écrire.

LETTRE XXXII.

A M. DE CIDEVILLE.

A Colmar, le 28 de janvièr.

Mon cher et ancien ami, s'il eſt triſte que les Français n'aient point de muſique, il eſt encore plus triſte qu'ils n'aient point de lois, et que les affaires publiques ſoient dans une confuſion dont tous les particuliers ſe reſſentent. *Porrò unum eſt neceſſarium*, dit le père *Berruyer* après l'autre. Mais ce *neceſſarium*, c'eſt la juſtice. Ce monde-ci eſt deſtiné à être bien malheureux, puiſque, dans la plus profonde paix, on éprouve des déſaſtres que la guerre même n'a jamais cauſés.

Si je voulais me plaindre des petites choſes, je me plaindrais de l'édition barbare et tronquée qu'on a faite d'un ouvrage qui pouvait être utile ; mais les coups d'épingle ne ſont pas ſentis par ceux qui ont la jambe emportée d'un coup de canon. Ce *ratio ultima regum* me déplaît beaucoup. Je regarde comme un des plus triſtes effets de ma deſtinée, de n'avoir pu paſſer avec vous le reſte d'une vie que j'ai commencée avec vous ; mais les pauvres humains ſont des balles de paume avec leſquelles la fortune joue.

Je voudrais bien que ma balle fût pouſſée à Launai ; mais elle fait tant de faux bonds que je ne peux ſavoir où elle tombera ; ce ne ſera pas probablement au théâtre des oſtrogots de Paris. Je n'irai plus me fourrer dans ce tripot de la décadence. Vous avez

d'ailleurs tant de grands-hommes à Paris, qu'on
peut bien négliger cette partie de la littérature ; vous
avez de plus des navets, et moi je n'ai plus de fleurs.
Mon cher *Cideville*, à notre âge il faut fe moquer de
tout, et vivre pour foi. Ce monde-ci eft un vafte
naufrage ; fauve qui peut : mais je fuis bien loin du
rivage !

Mes complimens au grand abbé. Je vous embraffe,
mon ancien ami, bien tendrement.

LETTRE XXXIII.

A M. ROUSSET DE MISSY,

AUTEUR DE PLUSIEURS OUVRAGES PERIODIQUES EN HOLLANDE.

A Colmar, 9 de février.

LORSQUE je me plaignis à vous, Monfieur, avec
franchife des calomnies que vous avez adoptées fur
mon compte dans vos feuilles, vous me répondîtes
que votre attachement à la mémoire de *Rouffeau*,
votre intime ami, était votre excufe.

J'ai retrouvé, dans mes papiers, deux lettres de
votre main qui doivent me faire efpérer plus de
juftice. Je vous en envoie ici copie, et je vous laiffe à
penfer quelle eft votre excufe.

1754. *Copie de la lettre de M. de Médine à M. Rouffet de*
Miffy, tranfcrite de la main de M. Rouffet.

A Bruxelles, le 17 de février 1737.

,, Vous allez être étonné du malheur qui m'arrive.
,, Il m'eft revenu des lettres proteftées ; je n'ai pu
,, les rembourfer. J'avais quelques autres petites
,, affaires dont l'objet n'était pas important. Enfin,
,, l'on m'enlève mercredi au foir, et l'on me mit en
,, prifon d'où je vous écris. Je compte tout payer
,, ces jours-ci, et être dehors. Mais croiriez-vous
,, que ce coquin, cet indigne, ce monftre de *Rouffeau,*
,, qui, depuis fix mois, n'a bu et mangé que chez moi,
,, à qui j'ai rendu les fervices les plus effentiels et en
,, nombre, a été la caufe qu'on m'a pris ? que c'eft
,, lui qui en a donné le confeil? que c'eft lui qui a
,, irrité contre moi le porteur de mes lettres, qui
,, n'avait nul deffein de me chagriner ? et qu'enfin
,, ce monftre vomi des enfers, achevant de boire avec
,, moi à table, de me baifer, m'embraffer, a fervi
,, d'efpion pour me faire enlever à minuit dans ma
,, chambre ? Non, jamais trait n'a été fi noir, plus
,, épouvantable : je n'y puis penfer fans horreur. Si
,, vous faviez tout ce que j'ai fait pour lui, toutes
,, les obligations qu'il m'a, en un mot, tout ce qu'il
,, me doit, vous frémiriez d'en faire un parallèle
,, avec fa manœuvre. Enfin, patience ; je compte
,, que notre correfpondance à vous et à moi ne
,, fera pas altérée par cet événement. Je ferai toute
,, ma vie de même, c'eft-à-dire l'ami le plus

,, vrai et le plus tendre que vous puiffiez avoir, et

,, toujours tout à vous ,,.

Lettre de M. Rouffet de Miffy à M. de Voltaire, en lui envoyant à Cirey, en Chàmpagne, la lettre de M. de Médine.

7 de mars 1737.

,, JE joins, Monfieur, mes tendres remercîmens
,, à ceux que M. de *Médine*, mon intime ami, vous
,, fait de votre générofité. Je partage les fervices que
,, vous avez la bonté de lui rendre, et j'admire votre
,, procédé qui eft auffi grand et auffi noble que celui
,, de ce fcélérat de *Rouffeau* eft abominable. Difpofez
,, de moi, Monfieur, dans ce pays-ci. Je fuis à vos
,, ordres. Je publierai par-tout le mérite extrême de
,, votre cœur et de votre efprit. Ne m'épargnez pas :
,, je brûle d'envie de vous faire connaître à quel
,, point je fuis, Monfieur, votre, &c. ,,.

LETTRE XXXIV.

AU PERE MENOU, *jéfuite*.

A Colmar, le 17 de février.

VOUS ne vous fouvenez peut-être plus, mon
révérend père, d'un homme qui fe fouviendra de
vous toute fa vie. Cette vie eft bientôt finie. J'étais
venu à Colmar pour arranger un bien affez confidérable que j'ai dans les environs de cette ville. Il y a
trois mois que je fuis dans mon lit. Les perfonnes

——— les plus confidérables de la ville m'ont averti que je n'avais pas à me louer des procédés du père *Merat*, que je crois envoyé ici par vous. S'il y avait quelqu'un au monde dont je puiffe efpérer de la confolation , ce ferait d'un de vos pères et de vos amis que j'aurais dû l'attendre. Je l'efpérais d'autant plus que vous favez combien j'ai toujours été attaché à votre fociété et à votre perfonne. Il n'y a pas deux ans que je fis les plus grands efforts pour être utile aux jéfuites de Breflau. Rien n'eft donc plus fenfible ici pour moi que d'apprendre, par les premières perfonnes de l'Eglife, de l'épée et de la robe, que la conduite du père *Merat* n'a été ni felon la juftice ni felon la prudence. Il aurait dû bien plutôt me venir voir dans ma maladie, et exercer envers moi un zèle charitable, convenable à fon état et à fon miniftère, que d'ofer fe permettre des difcours et des démarches qui ont révolté ici les plus honnêtes gens , et dont M. le comte d'*Argenfon*, fecrétaire d'Etat de la province, qui a de l'amitié pour moi depuis quarante ans, ne peut manquer d'être inftruit. Je fuis perfuadé que votre prudence et votre efprit de conciliation préviendront les fuites défagréables de cette petite affaire. Le père *Merat* comprendra aifément qu'une bouche chargée d'annoncer la parole de DIEU, ne doit pas être la trompette de la calomnie, qu'il doit apporter la paix et non le trouble, et que des démarches peu mefurées ne pourront infpirer ici que de l'averfion pour une fociété refpectable qui m'eft chère, et qui ne devrait point avoir d'ennemis.

Je vous fupplie de lui écrire ; vous pourrez même lui envoyer ma lettre, &c.

LETTRE XXXV.

A M. LE, COMTE D'ARGENTAL , *à Paris.*

Colmar , 24 de février.

JE ne vous écris point de ma main, mon cher et refpectable ami. On dit que vous êtes malade comme moi ; jugez de mes inquiétudes. Voici le temps de profiter des voies du falut que le clergé ouvre à tous les fidelles. Si vous avez un Bayle dans votre biblio-théque , je vous prie de me l'envoyer par la pofte , afin que je le faffe brûler, comme de raifon, dans la .place publique de la capitale des Hottentots où j'ai l'honneur d'être. On fait ici de ces facrifices affez communément ; mais on ne peut reprocher en cela à nos fauvages d'immoler leurs femblables, comme font les autres anthropophages. Des révérends pères jéfuites fanatiques ont fait incendier ici fept exem-plaires de Bayle; et un avocat général de ce qu'on appelle le confeil fouverain d'Alface a jeté le fien tout le premier dans les flammes, pour donner l'exemple , dans le temps que d'autres jéfuites plus adroits font imprimer *Bayle* à Trévoux pour leur profit. Je cours rifque d'être brûlé, moi qui vous parle, avec la belle hiftoire de *Jean Néaulme.* Nous avons un évêque de Porentru ; (qui eût cru qu'un Porentru fût évêque de Colmar ?) ce Porentru eft grand chaffeur , eft grand buveur de fon métier, et gouverne fon diocèfe par des jéfuites allemands qui font auffi defpotiques, parmi nos fauvages des bords du Rhin , qu'ils le font

—— au Paraguai. Vous voyez quels progrès la raifon
1754. a faits dans les provinces. Il y a plus d'une ville gou-
vernée ainfi ; quelques juftes hauffent les épaules et
fe taifent. J'avais choifi cette ville comme un afile
fûr, dans lequel je pourrais furtout trouver des fecours
pour les Annales de l'Empire ; et j'en ai trouvé pour
mon falut plus que je ne voulais. Je fuis prêt d'être
excommunié folidairement avec *Jean Néaulme*. Je
fuis dans mon lit, et je ne vois pas que je puiffe être
enfeveli en terre fainte. J'aurai la deftinée de votre
chère *Adrienne*, mais vous ne m'en aimerez pas moins.

Portez-vous bien, je vous en prie, fi vous voulez
que j'aye du courage. J'en ai grand befoin. *Jean Néaulme*
m'a achevé. *Jeanne d'Arc* viendra à fon tour. Tout
cela eft un peu embarraffant avec des cheveux blancs,
des coliques et un peu d'hydropifie et de fcorbut.
Deux perfonnes de ce pays-ci fe font tuées ces jours
paffés ; elles avaient pourtant moins de détreffes que
moi ; mais l'efpérance de vous revoir un jour me fait
encore fupporter la vie.

LETTRE XXXVI.

A M. DE FORMONT.

A Colmar, 29 de février.

Mon ancien ami, quand on écrit d'un bout de
l'univers à l'autre, il faut mander fon adreffe. Votre
fouvenir me confole beaucoup ; mais ce que vous me
dites des yeux de madame *du Deffant* me fait une peine
extrême. Ils étaient autrefois bien brillans et bien

beaux. Pourquoi faut-il qu'on foit puni par où l'on a péché ! et quelle rage a la nature de gâter fes plus beaux ouvrages ! Du moins madame *du Deffant* conferve fon efprit qui eft encore plus beau que fes yeux. La voilà donc à peu-près comme madame de *Staal*, à cela près qu'elle a, ne vous déplaife, plus d'imagination que madame de *Staal* n'en a jamais eu. Je la prie de joindre à cette imagination un peu de mémoire, et de fe fouvenir d'un de fes plus paffionnés courtifans, qui s'intéreffera toute fa vie à elle.

Je ne fais pas quelle eft la paix dont vous me parlez. Ni mon cœur ni ma bouche ne firent de paix avec un homme qui m'avait trompé, et qui payait par une ingrate jaloufie les foins que j'avais pris de l'enfeigner et les facrifices que je lui avais faits. Les vifions cornues des géans difféqués aux antipodes, et des malades guéris par des pirouettes, &c., n'ont été affurément que des prétextes. Je ne regrette d'ailleurs rien de ce que je méprife. Je ne regrette que mes amis, et ma fenfibilité ne s'eft portée douloureufement que fur les traitemens barbares qu'un *Denys* de Syracufe a fait indignement fouffrir à une athénienne qui vaut beaucoup mieux que lui. Les nouvelles qu'on me mande de la littérature ne me donnent pas une grande envie de revoir Paris. Le fiècle de *Louis XIII* était encore groffier, celui de *Louis XIV* admirable, et le fiècle préfent n'eft que ridicule. C'eft une confolation qu'il y ait des gens qui penfent comme vous, mais vous ne ramènerez pas le goût qui eft perdu.

On a débité fous mon nom une édition barbare d'une prétendue Hiftoire univerfelle. Il faut être

——— libraire hollandais pour imprimer tant de fottifes, et abbé français pour me les imputer.

Adieu ; je vous embraffe philofophiquement et tendrement.

LETTRE XXXVII.

A M. LE MARQUIS D'ARGENS.

A Colmar , 3 de mars.

FRÈRE ,

MES entrailles fraternelles qui s'émeuvent, me forcent à vous faluer en *Belzébuth*. Je fuis dans une ville moitié allemande, moitié françaife , et entièrement iroquoife, où l'on vous brûla, il y a quelque temps, en bonne compagnie. Un brave iroquois jéfuite, nommé *Aubert* , prêcha fi vivement contre *Bayle* et contre vous que fept perfonnes, chargées du facrifice, apportèrent chacune leur Bayle, et le brûlerent dans la place publique avec les Lettres juives. Je vous prie de m'envoyer le Bayle qui eft dans la bibliothéque de Sans-Souci, afin que je le brûle : je ne doute pas que le roi n'y confente.

Je me fuis arrêté pour quelques mois dans cette ville, parce qu'il y a quelques avocats qui entendent affez bien le fatras du droit public d'Allemagne , et que j'en avais befoin ; d'ailleurs j'ai un bien affez honnête dans la province d'Alface. ,

Je vous prie de permettre que je faffe ici mes complimens à frère *Gaillard :* je me flatte qu'il vit du bien de l'Eglife, et affurément il l'a mérité.

Je fuis plus frère dolent que jamais. Il y a cinq mois que je ne fuis forti de ma chambre, et je ferai frère mourant fi vous, ou frère *Gaillard*, ne faites parvenir au roi ce petit mémoire ci-joint. Sérieufement, frère, il me doit quelque juftice et quelque compaffion.

Adieu ; gardez-vous des langues de bafilic, et fongez que qui n'aime pas fon frère n'eft pas digne du royaume où nous ferons tous réunis.

1754.

LETTRE XXXVIII.

A MADAME

LA MARQUISE DU DEFFANT.

Colmar, 3 de mars.

VOTRE lettre, Madame, m'a attendri plus que vous ne penfez, et je vous affure que mes yeux ont été un peu humides en lifant ce qui eft arrivé aux vôtres. J'avais jugé par la lettre de M. de *Formont* que vous étiez entre chien et loup, et non pas tout-à-fait dans la nuit. Je penfais que vous étiez à peu-près dans l'état de madame de *Staal*, ayant par-deffus elle le bonheur ineftimable d'être libre, de vivre chez vous, et de n'être point affujettie chez une princeffe à une conduite gênante qui tenait de l'hypocrifie ; enfin d'avoir des amis qui penfent et qui parlent librement avec vous.

Je ne regrettais donc, Madame, dans vos yeux que la perte de leur beauté, et je vous favais même

—— affez philofophe pour vous en confoler ; mais fi vous avez perdu la vue, je vous plains infiniment; je ne vous propoferai pas l'exemple de M. de S..., aveugle à vingt ans, toujours gai, et même trop gai. Je conviens avec vous que la vie n'eft pas bonne à grand'chofe ; nous ne la fupportons que par la force d'un inftinct prefque invincible que la nature nous a donné : elle a ajouté à cet inftinct le fond de la boîte de *Pandore*, l'efpérance.

C'eft quand cette efpérance nous manque abfolument, ou lorfqu'une mélancolie infupportable nous faifit, que l'on triomphe alors de cet inftinct qui nous fait aimer les chaînes de la vie, et qu'on a le courage de fortir d'une maifon mal bâtie qu'on défefpère de raccommoder. C'eft le parti qu'ont pris en dernier lieu deux perfonnes du pays que j'habite.

L'un de ces deux philofophes était une fille de dix-huit ans à qui les jéfuites avaient tourné la tête, et qui, pour fe défaire d'eux, eft allée dans l'autre monde. C'eft un parti que je ne prendrai point, du moins fitôt, par la raifon que je me fuis fait des rentes viagères fur deux fouverains, et que je ferais inconfolable fi ma mort enrichiffait deux têtes couronnées.

Si vous avez, Madame, des rentes viagères fur le roi, ménagez-vous beaucoup, mangez peu, couchez-vous de bonne heure, et vivez cent ans.

Il eft vrai que le procédé de *Denys* de Syracufe eft incompréhenfible comme lui ; c'eft un rare homme. Il eft bon d'avoir été à Syracufe, car je vous affure que cela ne reffemble en rien au refte de notre globe.

Le *Platon* de Saint-Malo, au nez écrafé et aux vifions

cornues , n'eſt guère moins étrange ; il eſt né avec
beaucoup d'eſprit et avec des talens ; mais l'excès ſeul
de ſon amour propre en a fait à la fin un homme
très - ridicule et très - méchant. N'eſt - ce pas une
choſe affreuſe qu'il ait perſécuté ſon bon médecin
Akakia , qui avait voulu le guérir de ſa folie par ſes
lénitifs ?

Qui donc , Madame , a pu vous dire que je me
marie ? Je ſuis un plaiſant homme à marier ! Il y a
ſix mois que je ne ſors point de ma chambre , et que ,
de douze heures du jour , j'en ſouffre dix. Si quelque
apothicaire avait une fille bien faite , qui ſût donner
promptement et agréablement des lavemens , engraiſſer
des poulets et faire la lecture , j'avoue que je ſerais
tenté ; mais le plus vrai et le plus cher de mes déſirs
ferait de paſſer avec vous le ſoir de cette journée ora-
geuſe qu'on appelle la vie. Je vous ai vue dans votre
brillant matin , et ce ferait une grande douceur pour
moi ſi je pouvais aider à votre conſolation , et m'entretenir avec vous librement dans ces momens ſi
courts qui nous reſtent , et qui ne ſont ſuivis d'aucuns
momens.

Je ne ſais pas trop ce que je deviendrai , et je ne
m'en ſoucie guère ; mais comptez , Madame , que
vous êtes la perſonne du monde pour qui j'ai le plus
tendre reſpect et l'amitié la plus inaltérable.

Permettez que je faſſe mille complimens à M. de
Formont. Le préſident *Hénault* donne-t-il toujours
la préférence à la reine ſur vous ? Il eſt vrai que la
reine a bien de l'eſprit.

Adieu , Madame ; comptez que je ſens bien vivement votre triſte état , et que du bord de mon tombeau

1754.

—————— je voudrais pouvoir contribuer à la douceur de votre
1754. vie. Reftez-vous à Paris ? paffez-vous l'été à la
campagne ? les lieux et les hommes vous font-ils
indifférens ? Votre fort ne me le fera jamais.

LETTRE XXXIX.

A M. LE COMTE D'ARGENTAL.

Colmar, 3 de mars.

MON cher et refpectable ami, j'applique à mes
bleffures cruelles la goutte de baume qui me refte,
c'eft la confolation de m'entretenir avec vous. Je ne
pouvais pas deviner quand je pris, en 1752, la réfolution de revenir vivre avec vous et avec madame
Denis, quand pour cet effet je fefais repaffer une
partie de mon bien en France avec autant de difficultés que de précautions, que le roi de Pruffe, qui
ouvrait toutes les lettres de madame *Denis*, et qui
en a un recueil, deviendrait mon plus cruel perfécuteur? Je ne pouvais deviner qu'en revenant en France
fur la parole de madame de *Pompadour*, fur celle de
M. d'*Argenfon*, j'y ferais exilé; je ne pouvais affurément prévoir la barbarie iroquoife de Francfort. Vous
m'avouerez encore que je ne devais pas m'attendre
que *Jean Néaulme* dût prendre ce temps pour imprimer ce malheureux abrégé d'une prétendue Hiftoire
univerfelle, et que ce coquin de libraire dût, fans
m'en avertir, fe fervir de mon nom pour gagner
quelques florins, et pour achever de me perdre; ni

qu'il

qu'il eût la friponnerie d'ofer écrire à M. de *Malesherbes*, — 1754.
et de lui faire accroire que je n'étais pas fâché du
tour qu'il me jouait. Il me femble encore que quand
je me retirai à Colmar pour y avoir les fecours de
deux avocats qui entendent le droit public d'Allemagne, et pour y achever les Annales de l'Empire,
je ne pouvais favoir que j'allais dans une ville de
Hottentots gouvernés par des jéfuites allemands. Ce
n'eft que depuis peu que j'ai fu que ces ours à fou-
tane noire avaient fait brûler Bayle dans la place
publique, il y a cinq ans; et que l'avocat général
de ce parlement apporta humblement fon Bayle, et le
brûla de fes mains. Je ne pouvais encore prévoir que
ces jéfuites exciteraient contre moi un évêque de
Porentru, qu'ils voudraient faire agir le procureur
général.

Vous fentez mon état, mon cher ange, vous devez
d'ailleurs ne vous pas diffimuler que ma douloureufe
fituation ne peut changer; que je n'ai rien à efpérer,
rien à faire qu'à aller mourir dans quelque retraite
paifible. Le fort de quiconque fert le public de fa
plume n'eft pas heureux. Le préfident de *Thou* fut
perfécuté, *Corneille* et *la Fontaine* moururent dans
des greniers, *Molière* fut enterré à grand'peine, *Racine*
mourut de chagrin, *Roußeau* dans le banniffement,
moi dans l'exil; mais *Moncrif* a réuffi, et cela confole.

Mon cher ange, la vraie confolation eft une amitié
comme la vôtre, foutenue d'un peu de philofophie.

LETTRE XL.

A MADAME

LA COMTESSE DE LUTZELBOURG.

A Colmar, 13 de mars.

Grand merci , Madame , de votre confolante lettre ; j'en avais grand befoin comme malade et comme perfécuté ; ce font des bombes qui tombent fur ma tête en pleine paix. Il n'y a que deux chofes à faire dans ce monde, prendre patience et mourir. Madame *du Deffant* me mande qu'il n'y a que les fous et les imbécilles qui puiffent s'accommoder de la vie; et moi je lui écris que, puifqu'elle a des rentes fur le roi , il faut qu'elle vive le plus long-temps qu'elle pourra, attendu qu'il eft trifte de laiffer le roi fon héritier, quelque bien aimé qu'il puiffe être.

Comment trouvez-vous, Madame, la lettre du garde des fceaux à monfieur l'évêque de Metz ? Pour moi, je crois que l'évêque de Metz l'excommuniera.. Le tréfor royal eft déjà interdit. Je me flatte de venir , au temps de Pâques, faire ma cour aux deux habitantes de l'île Jard, et de leur apporter mon billet de confeffion.

On va plaider bientôt ici l'affaire de monfieur votre neveu et de madame votre belle-fœur. Cela eft bien trifte, mais je ne vois guère de chofes agréables. Supportons la vie , Madame; nous en jouiffions autrefois. Recevez mes tendres refpects.

LETTRE XLI.

A M. ROYER.

Le 20 de mars.

J'AVAIS eu, Monfieur, l'honneur de vous écrire, non-feulement pour vous marquer tout l'intérêt que je prends à votre mérite et à vos fuccès, mais pour vous faire voir auffi quelle eft ma jufte crainte que ces fuccès fi bien mérités ne foient ruinés par le poëme défectueux que vous avez vainement embelli (*). Je peux vous affurer que l'ouvrage fur lequel vous avez travaillé, ne peut réuffir au théâtre. Ce poëme, tel qu'on l'a imprimé plus d'une fois, eft peut-être moins mauvais que celui dont vous vous êtes chargé; mais l'un et l'autre ne font faits ni pour le théâtre ni pour la mufique. Souffrez donc que je vous renouvelle mon inquiétude fur votre entreprife, mes fouhaits pour votre réuffite, et ma douleur de voir expofer au théâtre un poëme qui en eft indigne de toutes façons, malgré les beautés étrangères dont votre ami, M. de *Sireuil*, en a couvert les défauts. Je vous avais prié, Monfieur, de vouloir bien me faire tenir un exemplaire du poëme, tel que vous l'avez mis en mufique, attendu que je ne le connais pas. Je me flatte, Monfieur, que vous voudrez bien vous prêter à la condefcendance de M. de *Moncrif*, examinateur de l'ouvrage, en mettant à la tête un avis néceffaire, conçu en ces termes:

(*) Pandore. Théâtre, tome IX.

1754.

Ce poëme est imprimé tout différemment dans le recueil des ouvrages de l'auteur ; les usages du théâtre lyrique et les convenances de la musique ont obligé d'y faire des changemens pendant son absence.

Il serait mieux, sans doute, de ne point hasarder les représentations de ce spectacle qui n'était propre qu'à une fête donnée par le roi, et qui exige une prodigieuse quantité de machines singulières. Il faut une musique aussi belle que la vôtre, soutenue par la voix et par les agrémens d'une actrice principale, pour faire pardonner le vice du sujet et l'embarras inévitable de l'exécution. Le combat des dieux et des géans est au rang de ces grandes choses qui deviennent ridicules, et qu'une dépense royale peut sauver à peine.

Je suis persuadé que vous sentez comme moi tous ces dangers ; mais si vous pensez que l'exécution puisse les surmonter, je n'ai auprès de vous que la voie de représentation. Je ne peux, encore une fois, que vous confier mes craintes ; elles sont aussi fortes que la véritable estime avec laquelle j'ai l'honneur d'être, &c.

LETTRE XLII.

A M. LE COMTE D'ARGENTAL, *à Paris.*

Colmar, 21 de mars.

Mon cher et respectable ami, je reçois votre lettre du 17 de mars. Elle fait ma consolation, et j'y ajoute celle de vous répondre. C'est bien vous qui parlez avec éloquence de l'amitié ; rien n'est plus juste. A

qui appartient-il mieux qu'à vous de parler dignement
de cette vertu, qui n'eſt qu'une hypocriſie dans la
plupart des hommes, et qu'un enthouſiaſme paſſager
dans quelques-uns ?

Les malheurs d'une autre eſpèce, qui m'accablent,
ne me permettent pas de m'occuper des autres malheurs qui ſont le partage des gens qu'on nomme
heureux. Si j'ai le bonheur de vous voir, je vous en
dirai davantage ; mais, mon cher ami, voici mon
état.

Il y a ſix mois que je n'ai pu ſortir de ma chambre.
Je lutte à la fois contre les ſouffrances les plus opi-
niâtres, contre une perſécution inattendue, et contre
tous les déſagrémens attachés à la diſgrâce. Je ſais
comme on penſe, et depuis peu des perſonnes qui
ont parlé au roi tête à tête, m'ont inſtruit. Le roi n'eſt
pas obligé de ſavoir et d'examiner ſi un trait, qui ſe
trouve à la tête de cette malheureuſe Hiſtoire prétendue univerſelle, eſt de moi, ou n'en eſt pas ; s'il
n'a pas été inſéré uniquement pour me perdre : il a
lu ce paſſage, et cela ſuffit. Le paſſage eſt criminel ;
il a raiſon d'en être très-irrité, et il n'a pas le temps
d'examiner les preuves inconteſtables que ce paſſage
eſt falſifié. Il y a des impreſſions funeſtes dont on
ne revient jamais, et tout concourt à me démontrer
que je ſuis perdu ſans reſſource. Je me ſuis fait un
ennemi irréconciliable du roi de Pruſſe, en voulant
le quitter. La prétendue Hiſtoire univerſelle m'a
attiré la colère implacable du clergé. Le roi ne peut
connaître mon innocence. Il ſe trouve, enfin, que
je ne ſuis revenu en France que pour y être expoſé
à une perſécution qui durera même après moi. Voilà

F 3

mon état, mon cher ange ; et il ne faut pas fe faire illufion. Je fens que j'aurais beaucoup de courage fi j'avais de la fanté ; mais les fouffrances du corps abattent l'ame, furtout lorfque l'épuifement ne me permet plus la confolation du travail. Je crains d'être inceffamment au point de me voir incapable de jouir de la fociété, et de refter avec moi-même. C'eft l'effet ordinaire des longues maladies, et c'eft la fituation la plus cruelle où l'on puiffe être. C'eft dans ce cas qu'une famille peut fervir de quelque reffource, et cette reffource m'eft enlevée.

Si je cherchais un afile ignoré, et fi je le pouvais trouver ; fi on croyait que cet afile eft dans un pays étranger, et fi cela même était regardé comme une défobéiffance, il eft certain qu'on pourrait faifir mes revenus. Qui en empêcherait ? J'ai écrit à madame de *Pompadour*, et je lui ai mandé que, n'ayant reçu aucun ordre pofitif de fa Majefté, étant revenu en France uniquement pour aller à Plombières, ma fanté empirant et ayant befoin d'un autre climat, je comptais qu'il me ferait permis d'achever mes voyages. Je lui ai ajouté que, comme elle avait peu le temps d'écrire, je prendrais fon filence pour une permiffion. Je vous rends un compte exact de tout. J'ai tâché de me préparer quelques iffues, et de ne me pas fermer la porte de ma patrie ; j'ai tâché de n'avoir point l'air d'être dans le cas d'une défobéif-fance. L'électeur palatin et madame la ducheffe de Gotha m'attendent ; je n'ai ni refufé ni promis. Vous aurez certainement la préférence, fi je peux venir vous embraffer fans être dans ce cas de défobéiffance. En attendant que de tant de démarches délicates

je puiffe en faire une, il faut fonger à me procurer,
s'il eft poffible, un peu de fanté. J'ignore encore fi
je pourrai aller au mois de mai à Plombières. Pardon
de vous parler fi long-temps de moi, mais c'eft un
tribut que je paye à vos bontés ; j'ai peur que ce
tribut ne foit bien long.

J'enverrai inceffamment le fecond tome des Annales;
je n'attends que quelques cartons. Adieu, mon cher
ange ; adieu le plus aimable et le plus jufte des
hommes. Mille tendres refpects à madame d'*Argental*.
Ah ! j'ai bien peur que l'abbé ne refte long-temps
dans fa campagne.

L E T T R E X L I I I.

A M. L E M A R Q U I S D'A R G E N S.

Colmar , mars.

A TRÈS-RÉVÉREND PERE EN DIABLE, ISAAC ONITZ.

Très-révérend père et très-cher frère, votre lettre
ferait mourir de rire les damnés les plus trifles. Je fuis
malheureufement de ce nombre : il y a fix mois que
je ne fuis forti de ma chaudière ; mais votre lettre
infernale et comique ferait capable de me rendre la
fanté.

J'aurais bien mieux aimé, fans doute, être exhorté
à la mort par votre paternité, que par des révérends
pères jéfuites qui, ne pouvant brûler les *Bayle* et les
Ifaac en perfonne, brûlent impitoyablement leurs
enfans. Mais votre révérence voudra bien confidérer

F 4

que la zizanie de quelque efprit malin fe fourra jufque dans notre petit royaume de *Satan*, et que le méchant diable *x x* (*), qui eft plus adroit que moi, me força enfin de quitter nos champs élyfées.

La philofophie du bon fens, mon cher diable, doit vous faire connaître, par vos propres règles, que je ne me plains, ni ne dois, ni ne puis me plaindre que le diable *x x* m'ait affublé d'une petite antienne publiée à Caffel, chez *Etienne*. J'ai marqué fimplement ce fait pour développer le caractère de ce diable qui fe donne fi fauffement pour n'être point fefeur d'antiennes. Ce méchant diable, à qui j'avais toujours fait patte de velours depuis la préférence que me donna fur lui l'illuftre diable dont vous me parlez, a toujours aiguifé fes griffes contre moi.

Je conçois qu'un diable aille à la meffe quand il eft en terre papale, comme Nanci ou Colmar ; mais vous devez gémir lorfqu'un enfant de *Belzébuth* va à la meffe par hypocrifie et par vanité.

Chaque diable, mon très-révérend père, a fon caractère. Nous fommes de bons diables, vous et moi, francs et fincères; mais, en qualité de damnés, nous prenons feu trop aifément. Le belzébutien *x x* eft plus cauteleux : jugez-en par l'anecdote fuivante.

En l'an de difgrâce 1738, il prit dans fes griffes deux habitantes de la zone glaciale, et écrivit à tous fes amis, comme à moi, que c'était le chirurgien de la troupe mefurante qui avait enlevé ces deux pauvres diableffes ; et en conféquence il fit d'abord faire une quête pour elles, comme réparateur des torts d'autrui. Je lui envoyai cinquante écus, du faubourg d'enfer

(*) *Maupertuis.*

nommé Cirey, où j'étais pour lors. Le diablotin
Thiriot porta lesdites cent cinquante livres tournois ;
témoin la lettre du diablotin *Thiriot*, que j'ai retrou-
vée parmi mes papiers, en date du 24 décembre
1738, à Paris : *Mon cher ami ; je portai hier les cinquante*
écus au père x x de l'académie des sciences, et je lui étalai
tout ce que me fesait sentir votre générosité pour les deux
créatures du Nord. Je voudrais bien qu'une si bonne action
fût suivie, &c.

Vous voyez, mon cher père et compère d'enfer,
qu'il n'y a rien de si différent que diable et diable,
et qu'il faut admettre le principe des indiscernables
d'*Asmodée-Leibnitz* ; mais surtout, mon cher réprouvé,
gardez-vous des langues médisantes. Je n'ai jamais
connu de damné plus crédule que vous. Souvenez-
vous de la parole sacrée que nous nous sommes
donnée dans le caveau de *Lucifer*, de ne jamais
croire un mot des tracasseries que pourraient nous
faire les esprits immondes déguisés en anges de
lumière.

Si je n'étais pas assez près d'aller voir *Satan*, notre
père commun, et si nous pouvions nous rencontrer
dans quelque coin de cet autre enfer qu'on appelle
la terre, je convaincrais votre révérence diabolique
de ma sincère et inaltérable dévotion envers elle. Ce
n'est pas qu'un damné ne puisse donner quelquefois
un coup de queue à son confrère, quand il se démène,
et qu'il a un fer rouge dans le cu ; mais les véritables
et bons damnés voient le cœur de leur prochain,
et je crois que nos cœurs sont faits l'un pour l'autre.

Il eût été à souhaiter que le très-révérend père
que j'ai tant aimé eût eu plus d'indulgence pour

1754.

un ferviteur très-attaché ; mais ce qui eft fait eft fait, et ni DIEU ni tous les diables ne peuvent empêcher le paffé.

Je trempe avec les eaux du Léthé le bon vin que je bois à votre fanté dans ces quartiers. J'en bois peu, parce que je fuis le damné le plus malingre de ce bas monde. Sur ce je vous donne ma bénédiction et vous demande la vôtre, vous exhortant à faire vos agapes.

LETTRE XLIV.

A MADAME

LA COMTESSE DE LUTZELBOURG.

A Colmar, 26 de mars.

On m'a dit, Madame, que vous allez à Andlau, et que ma lettre ne vous trouverait pas à Strasbourg ; je l'adreffe à M. le baron d'*Haflat*. J'ai fort bonne opinion de fon procès ; *Dupont* m'a lu fon plaidoyer, il m'a paru contenir des raifons convaincantes ; il tourne l'affaire de tous les fens, et il n'y a pas un côté qui ne foit entièrement favorable. J'aurais bien mauvaife opinion de mon jugement ou de celui du confeil d'Alface, fi monfieur votre neveu ne gagnait pas fa caufe tout d'une voix. Je me flatte, Madame, de vous retrouver à l'île Jard, quand je retournerai à Strasbourg. Il y a fix mois que je ne fuis forti de ma chambre ; il eft bon de s'accoutumer à fe paffer des hommes ; vous favez que j'en ai éprouvé la

méchanceté jufque dans ma folitude. Le père miffion-
naire eft venu s'excufer chez moi, et j'ai reçu, fes
excufes, parce qu'il y a des feux qu'il ne faut pas
attifer. Le père *Menou* a défavoué la lettre qui
court fous fon nom, et je me contente de fon
défaveu. Il faut facrifier au repos dont on a grand
befoin fur la fin de fa vie. Comme je m'occupe à
l'hiftoire, je voudrais bien favoir s'il eft vrai qu'il y
ait eu autrefois un parlement à Paris. Le chef du
parlement de cette province m'honore toujours
d'une bonté que je vous dois ; il vient me voir
quelquefois ; je me fens deftiné à être attaché à ce
qui vous appartient. Je préfente mes refpects aux
deux hermites de l'île Jard ; je me recommande à
leurs faintes prières.

L'hermite de Colmar.

LETTRE XLV.

A M. LE COMTE D'ARGENTAL.

Colmar, 16 d'avril.

Est-il vrai, mon cher ange, que votre fanté
s'altère ? eft-il vrai qu'on vous confeille les eaux de
Plombières ? eft-il vrai que vous ferez le voyage ?
Vous êtes bien fûr qu'alors je viendrais à ce Plombières, qui ferait mon paradis terreftre. La faifon
eft encore bien rude dans ces quartiers-là. Nos
Vofges font couvertes de neige. Il n'y a pas un arbre
dans nos campagnes qui ait pouffé une feuille, et le
verd manque encore pour les beftiaux. J'ai à vous

avertir, mon cher ange, que les deux prétendues faifons qu'on a imaginées pour prendre les eaux de Plombières, font un charlatanifme des médecins du pays, pour faire venir deux fois les mêmes chalands. Ces eaux font du bien en tout temps, fuppofé qu'elles en faffent, quand elles ne font pas infiltrées de la neige qui s'eft fait un paffage jufqu'à elles. Le pays eft fi froid d'ailleurs, que le temps le plus chaud eft le plus convenable; mais dans quelque temps que vous y veniez, foyez sûr de m'y voir. Je voudrais bien que votre ami l'abbé pût les venir prendre coupées avec du lait; mais je vous ai déjà dit, et je vous répète avec douleur que je crains qu'il ne meure dans fa maifon de campagne, et que la maladie dont il eft attaqué ne dure beaucoup plus que vous ne le penfiez. Cette maladie m'alarme d'autant plus que fon médecin eft fort ignorant et fort opiniâtre. Madame *Denis* me mande qu'elle pourrait bien auffi aller à Plombières. Elle prend du *Vinache*; elle fait comme j'ai fait, elle ruine fa fanté par des remèdes et par de la gourmandife. Il eft bien certain que, fi vous venez à Plombières tous deux, je ne ferai aucune autre démarche que celle de venir vous y attendre. Madame d'*Argental*, qui en a déjà tâté, voudrait-elle recommencer? En ce cas, vive Plombières.

Vous favez que le roi de Pruffe m'a écrit une lettre remplie d'éloges flatteurs qui ne flattent point. Vous favez que tout eft contradiction dans ce monde. C'en eft une affez grande que la conduite du père *Menou*, qui m'écrit lettre fur lettre pour fe plaindre de la trahifon qu'on nous a faite à tous deux de

publier et de falfifier ce que nous nous étions écrit ——
dans le fecret d'un commerce particulier, qui doit
être une chofe facrée chez les honnêtes gens. On
m'a parlé des Mémoires de milord *Bolingbroke*. Je
m'imagine que les Wigs n'en feront pas contens.
Ce qu'il y a de plus hardi dans fes lettres fur
l'Hiftoire, eft ce qu'il y a de meilleur ; auffi eft-ce la
feule chofe qu'on ait critiquée. Les Anglais paraiffent faits pour nous apprendre à penfer. Imagineriez - vous que les Suiffes ont pris la méthode
d'inoculer la petite vérole, et que madame la duchesse
d'*Aumont* vivrait encore fi M. le duc d'*Aumont* était
né à Laufane ? Ce Laufane eft devenu un fingulier
pays. Il eft peuplé d'anglais et de français philofophes, qui font venus y chercher de la tranquillité
et du foleil. On y parle français, on y penfe à
l'anglaife. On me preffe tous les jours d'y aller faire
un tour. Madame la duchesse de *Gotha* demande
à grands cris la préférence ; mais fon pays n'eft pas
fi beau, et on n'y eft pas à couvert du vent du nord.
Il n'y a à préfent que les montagnes cornues de
Plombières qui puiffent me plaire fi vous y venez.
Nous verrons fi je les changerai en eaux d'Hippocrène. Adieu, mon cher et refpectable ami ; je vous
embraffe avec la plus vive tendreffe.

LETTRE XLVI.

A MADAME

LA MARQUISE DU DEFFANT.

A Colmar, 23 d'avril.

JE me fens très-coupable, Madame, de n'avoir point répondu à votre dernière lettre ; ma mauvaife fanté n'eft point une excufe auprès de moi ; et quoique je ne puiffe guère écrire de ma main, je pouvais du moins dicter des chofes fort triftes, qui ne déplaifent pas aux perfonnes comme vous, qui connaiffent toutes les mifères de cette vie, et qui font détrompées de toutes les illufions.

Il me femble que je vous avais confeillé de vivre, uniquement pour faire enrager ceux qui vous payent des rentes viagères. Pour moi, c'eft prefque le feul plaifir qui me refte. Je me figure, dès que je fens les approches d'une indigeftion, que deux ou trois princes hériteront de moi ; alors je prends courage par malice pure, et je confpire contre eux avec de la rhubarbe et de la fobriété.

Cependant, Madame, malgré l'envie extrême de leur jouer le tour de vivre, j'ai été très-malade. Joignez à cela de maudites Annales de l'Empire qui font l'éteignoir de l'imagination, et qui ont emporté tout mon temps ; voilà la raifon de ma pareffe. J'ai travaillé à ces infipides ouvrages pour une prin- ceffe de *Saxe*, qui mérite qu'on faffe des chofes plus agréables pour elle. C'est une princesse infiniment aimable, chez qui on fait meilleure chère que chez madame la duchesse *du Maine*. On vit dans sa cour avec une liberté beaucoup plus grande qu'à Sceaux; mais malheureusement le climat est horrible, et je n'aime à présent que le soleil. Vous ne le voyez guère, Madame, dans l'état où sont vos yeux; mais il est bon du moins d'en être réchauffé. L'hiver horrible que nous avons eu donne de l'humeur, et les nouvelles que l'on apprend n'en donnent guère moins.

Je voudrais pouvoir vous envoyer quelques bagatelles pour vous amuser; mais les ouvrages auxquels je travaille ne sont point du tout amusans.

J'étais devenu anglais à Londres, je suis allemand en Allemagne. Ma peau de caméléon prendrait des couleurs plus vives auprès de vous; votre imagination rallumerait la langueur de mon esprit.

J'ai lu les Mémoires de milord *Bolingbroke*. Il me semble qu'il parlait mieux qu'il n'écrivait. Je vous avoue que je trouve autant d'obscurité dans son style que dans sa conduite. Il fait un portrait affreux du comte d'*Oxford*, sans alléguer contre lui la moindre preuve. C'est ce même *Oxford* que *Pope* appelle une ame sereine, au-dessus de la bonne et de la mauvaise fortune, de la rage des partis, de la fureur du pouvoir, et de la crainte de la mort.

Bolingbroke aurait bien dû employer son loisir à faire de bons Mémoires sur la guerre de la succession, sur la paix d'Utrecht, sur le caractère de la reine *Anne*, sur le duc et la duchesse de *Marlborough*, sur *Louis XIV*, sur le duc d'*Orléans*, sur les ministres de

—— France et d'Angleterre. Il aurait mêlé adroitement
1754. fon apologie à tous ces grands objets, et il l'eût
immortalifée ; au lieu qu'elle eft anéantie dans le
petit livret tronqué et confus qu'il nous a laiffé.

Je ne conçois pas comment un homme, qui fem-
blait avoir des vues fi grandes, a pu faire des chofes
fi petites. Son traducteur a grand tort de dire que je
veux profcrire l'étude des faits. Je reproche à M. de
Bolingbroke de nous en avoir trop peu donné, et
d'avoir encore étranglé le peu d'événemens dont il
parle. Cependant je crois que fes Mémoires vous
auront fait quelque plaifir, et que vous vous êtes
fouvent trouvée, en le lifant, en pays de connaiffance.

Adieu, Madame ; fouffrons nos mifères humaines
patiemment. Le courage eft bon à quelque chofe ; il
flatte l'amour propre, il diminue les maux, mais il
ne rend pas la vue. Je vous plains toujours beaucoup ;
je m'attendris fur votre fort.

Mille complimens à M. de *Formont*. Si vous voyez
monfieur le préfident *Hénault*, je vous prie de ne me
point oublier auprès de lui. Soyez bien perfuadée de
mon tendre refpect.

LETTRE

LETTRE XLVII.

A M. LE COMTE D'ARGENTAL.

Colmar, 2 de mai.

MON cher ange, mon ombre fera à Plombières à l'inftant que vous y ferez. Bénis foient les préjugés du genre-humain , puifqu'ils vous amènent avec madame d'*Argental* en Lorraine ! Venez boire , venez vous baigner. J'en ferai autant , et je vous apporterai peut-être de quoi vous amufer dans les momens où il eft ordonné de ne rien faire. Que je ferai enchanté de vous revoir, mon cher et refpectable ami ! N'allez pas vous avifer de vous bien porter ; n'allez pas changer d'avis. Croyez fermement que les eaux font abfolument néceffaires pour votre fanté. Pour moi, je fuis bien fûr qu'elles font néceffaires à mon bonheur; mais ce fera à condition, s'il vous plaît, que vous ne vous moquerez point des délices de la Suiffe. Je fuis bien aife de vous dire qu'à Laufane il y a des coteaux méridionaux, où l'on jouit d'un printemps prefque perpétuel , et que c'eft le climat de Provence. J'avoue qu'au Nord il y a de belles montagnes de glace ; mais je ne compte plus tourner du côté du Nord. Mon cher ange , le petit abbé a donc permuté fon bénéfice ? L'avez-vous vu dans fa nouvelle abbaye ? Je vous prie de lui dire, fi vous le voyez, combien je m'intéreffe à fa fanté. Il eft vrai que je n'ai nulle opinion de fon médecin ; c'eft un homme entêté de préjugés en *ifme*, qui ne veut pas qu'on change une drachme à fes ordonnances, et qui eſt tout propre à tuer ſes malades, par le régime ridicule où il les met. Je crois, pour moi, qu'il faut changer d'air et de médecin.

Que je ſuis mécontent des Mémoires fecrets de *Bolingbroke* ! je voudrais qu'ils fuſſent ſi fecrets que perſonne ne les eût jamais vus. Je ne trouve qu'obſcu-rités dans ſon ſtyle comme dans ſa conduite. On a rendu un mauvais fervice à ſa mémoire d'imprimer cette rapfodie ; du moins c'eſt mon avis, et je le haſarde avec vous parce que, ſi je m'abuſe, vous me détromperez. Voilà donc M. de *Céreſte* qui devient une nouvelle preuve combien les Anglais ont raiſon, et combien les Français ont tort. *O tardi ſtudiorum!* Nous ſommes venus les derniers preſqu'en tout genre. Nous ne fongeons pas même à la vie.

Mon cher ami, je fonge à la mort ; je ne me ſuis jamais ſi mal porté ; mais j'aurai un beau moment quand j'aurai la confolation de vous embraſſer.

LETTRE XLVIII.

A M. LE PRESIDENT HENAULT,

En lui envoyant les Annales de l'Empire.

A Colmar, le 12 de mai.

MES doigts enflés, Monfieur, me refufent le plaifir de vous écrire de ma main. Je vous traite comme une cinquantaine d'empereurs ; car j'ai dicté toute cette hiftoire. Mais j'ai bien plus de fatisfaction à dicter ici les fentimens qui m'attachent à vous.

Je vous jure que vous me faites trop d'honneur de penfer que vous trouverez, dans ces Annales, l'examen du droit public de l'Empire. Une partie de ce droit public confifte dans la *Bulle d'or*, dans la *Paix de Veftphalie*, dans les *Capitulaires* des empereurs; c'eft ce qui fe trouve imprimé par-tout, et qui ne pouvait être l'objet d'un abrégé. L'autre partie du droit public confifte dans les prétentions de tant de princes à la charge des uns des autres, dans celles des empereurs fur Rome et des papes fur l'Empire, dans les droits de l'Empire fur l'Italie : et c'eft ce que je crois avoir affez indiqué, en réduifant tous ces droits douteux à celui du plus fort que le temps feul rend légitime. Il n'y en a guère d'autre dans le monde.

Si vous daignez jeter les yeux fur les Doutes (*)

(*) Ils fe trouvent dans le tome III des Mélanges littéraires.

G 2

qui fe trouvent à la fin du fecond tome, et qui pourraient être en beaucoup plus grand nombre, vous jugerez fi l'original des donations de *Pepin* et de *Charlemagne* ne fe trouve pas au dos de la donation de *Conftantin*. Le Diurnal romain des feptième et huitième fiècles, eft un monument de l'hiftoire bien curieux, et qui fait voir évidemment ce qu'étaient les papes dans ce temps-là. On a eu grand foin, au Vatican, d'empêcher que le refte de ce Diurnal ne fût imprimé. La cour de Rome fait comme les grandes maifons qui cachent, autant qu'elles le peuvent, leur première origine. Cependant, en dépit des *Boulainvilliers*, toute origine eft petite, et le capitole fut d'abord une chaumière.

La grande partie du droit public, qui n'a été pendant fix cents ans qu'un combat perpétuel entre l'Italie et l'Allemagne, eft l'objet principal de ces Annales ; mais je me fuis bien donné de garde de traiter cette matière dogmatiquement. J'ai fait encore moins le raifonneur fur les droits des empereurs et des Etats de l'Empire.

Il eft certain que *Tibère* était un prince un peu plus puiffant que *Charles VII* et *François I.* Tout le pouvoir que les empereurs allemands ont exercé fur Rome, depuis *Charlemagne*, a confifté à la faccager et à la rançonner dans l'occafion. Voilà ce que j'indique, et le lecteur bénévole peut juger.

J'aurais eu affurément, Monfieur, des lecteurs plus bénévoles, fi j'avais pu vous imiter comme j'ai tâché de vous fuivre : mais je n'ai fait ce petit abrégé que par pure obéiffance pour madame la ducheffe de *Saxe-Gotha;* et quand on ne fait qu'obéir,

on ne réuſſit que médiocrement. Cependant j'oſe dire
que, dans ce petit abrégé, il y a plus de choſes 1754.
eſſentielles que dans la grande hiſtoire du révérend
père *Barre*. Je vous ſoumets cet ouvrage, Monſieur,
comme à mon maître en fait d'hiſtoire.

Puiſque me voilà en train de vous parler de cet
objet de vos études et de votre gloire, permettez-moi
de vous dire que je ſuis un peu fâché qu'on ſoit tombé
depuis peu ſi rudement ſur *Rapin Thoiras*. Rien ne
me paraît plus injuſte et plus indécent. Je regarde
cet hiſtorien comme le meilleur que nous ayons :
je ne ſais ſi je me trompe. Je me flatte, au reſte, que
vous me rendrez juſtice ſur la prétendue Hiſtoire
univerſelle qu'on a imprimée ſous mon nom. Celui
qui a vendu un mauvais manuſcrit tronqué et défiguré, n'a pas fait l'action du plus honnête homme
du monde. Les libraires qui l'ont imprimé ne ſont
ni des *Robert Etienne* ni des *Plantin* ; et ceux qui
m'ont imputé cette rapſodie ne ſont pas des
Bayle.

J'eſpère faire voir (ſi je vis) que mon véritable
ouvrage eſt un peu différent ; mais, pour achever une
telle entrepriſe, il me faudrait plus de ſanté et de
ſecours que je n'en ai.

Adieu, Monſieur ; conſervez-moi vos bontés, et
ne m'oubliez pas auprès de madame *du Deffant*.
Soyez très-perſuadé de mon attachement et de ma
tendre et reſpectueuſe eſtime.

LETTRE XLIX.

A M. LE COMTE D'ARGENTAL.

Colmar, 16 de mai.

Mon cher ange, le 7 de juillet approche; per-
fiftez bien, madame d'*Argental* et vous, dans la foi
que vous avez aux eaux de Plombières. N'allez pas
foupçonner que la fanté puiffe fe trouver ailleurs.
Venez boire avec moi, mon cher et refpectable ami.
Je vous prie, quand vous verrez cet abbé *Caton*, qui
eft malade à fa nouvelle campagne, de lui faire pour
moi les plus tendres complimens. Je ne fais fi fon
médecin a la vogue, mais il me femble que je n'entends point parler de fes guérifons. Je crois fes
malades enterrés. Vous êtes fort heureux de n'avoir
point été attaqué. Le nouveau régime ne vous
convient pas.

Je viendrai, mon cher ange, à Plombières avec
deux domeftiques tout au plus, et je ne ferai pas
difficile à loger; peut-être même y ferai-je avant
vous, et en ce cas je vous demanderai vos ordres.
J'apporterai quelques paperaffes de profe et de vers
pour vous endormir après le dîner. Comment pouvez-vous craindre que je manque un tel rendez-vous?
Je voudrais que vous fuffiez à Conftantinople à la
place de votre oncle, et vous venir trouver dans le
ferraï des franguis de Galata, fur le canal de la Pro-
pontide. Mon ange, Plombières eft un vilain trou,
le féjour eft abominable, mais il fera pour moi le
jardin d'*Armide*.

Je vous ai envoyé le fecond tome des Annales de
l'Empire dans toute la plénitude de l'horreur hifto- 1754.
rique. Dieu merci, il n'y a pas un mot à changer,
non plus qu'au placet de *Caritidès*. Gardez-vous de
lire ce fatras ; il eft d'un ennui mortel ; rien n'eft
plus mal-fain. Que vous importe *Albert d'Autriche*?
J'ai été entraîné dans ce précipice de ronces par ma
malheureufe facilité ; on ne m'y rattrapera plus. C'eft
être trop ennemi de foi-même que de fe confumer
à ramaffer des antiquités barbares. La ducheffe de
Gotha, qui eft très-aimable, m'a transformé en pédant
en *us*, comme *Circé* changea les compagnons d'*Ulyffe*
en bêtes. Il faut que je revoye monfieur et madame
d'*Argental* pour reprendre ma première forme.

Bonfoir ; mille refpects à madame d'*Argental*.
Amenez-la pour fa fanté et pour mon bonheur.

LETTRE L.

A MADAME

LA MARQUISE DU DEFFANT.

A Colmar, 19 de mai.

Savez-vous le latin, Madame? Non : voilà
pourquoi vous me demandez fi j'aime mieux *Pope* que
Virgile. Ah! Madame, toutes nos langues modernes
font sèches, pauvres et fans harmonie, en comparaifon de celles qu'ont parlé nos premiers maîtres,
les Grecs et les Romains. Nous ne fommes que des

G 4

—— violons de village. Comment voulez-vous d'ailleurs

1754. que je compare des épîtres à un poëme épique, aux amours de *Didon*, à l'embrafement de Troye, à la defcente d'*Enée* aux enfers ?

Je crois l'Effai fur l'homme, de *Pope*, le premier des poëmes didactiques, des poëmes philofophiques; mais ne mettons rien à côté de *Virgile*. Vous le connaiffez par les traductions; mais les poëtes ne fe traduifent point. Peut-on traduire de la mufique? Je vous plains, Madame, avec le goût et la fenfibilité éclairée que vous avez, de ne pouvoir lire *Virgile*. Je vous plaindrais bien davantage fi vous lifiez des Annales, quelque courtes qu'elles foient. L'Allemagne en miniature n'eft pas faite pour plaire à une imagination françaife telle que la vôtre.

J'aimerais bien mieux vous apporter la Pucelle, puifque vous aimez les poëmes épiques. Celui-là eft plus long que la Henriade, et le fujet en eft un peu plus gai. L'imagination y trouve mieux fon compte; elle eft trop rétrécie chez nous dans la févérité des ouvrages férieux. La vérité hiftorique et l'auftérité de la religion m'avaient rogné les ailes dans la Henriade, elles me font revenues avec la Pucelle. Ces annales font plus agréables que celles de l'Empire.

Si vous avez encore M. de *Formont*, je vous prie, Madame, de le faire fouvenir de moi; et s'il eft parti, je vous prie de ne me point oublier en lui écrivant. Je vais aux eaux de Plombières, non que j'efpère y trouver la fanté à laquelle je renonce, mais parce que mes amis y vont. J'ai refté fept mois entiers à Colmar fans fortir de ma chambre, et je crois que j'en ferai autant à Paris, fi vous n'y êtes pas.

Je me fuis aperçu à la longue que tout ce qu'on dit et tout ce qu'on fait ne vaut pas la peine de fortir de chez foi. La maladie ne laiffe pas d'avoir de grands avantages : elle délivre de la fociété. Pour vous, Madame, ce n'eft pas de même ; la fociété vous eft néceffaire comme un violon à *Guignon*, parce qu'il eft le roi du violon.

M. d'*Alembert* eft bien digne de vous, bien au-deffus de fon fiècle. Il m'a fait cent fois trop d'honneur, et il peut compter que fi je le regarde comme le premier de nos philofophes gens d'efprit, ce n'eft point du tout par reconnaiffance.

Je vous écris rarement, Madame, quoiqu'après le plaifir de lire vos lettres, celui d'y répondre comme je peux, foit le plus grand pour moi; mais je fuis enfoncé dans des travaux pénibles qui partagent mon temps avec la colique. Je n'ai point de temps à moi, car je fouffre et je travaille fans ceffe. Cela fait une vie pleine, pas tout-à-fait heureufe ; mais où eft le bonheur ? je n'en fais rien, Madame ; c'eft un beau problème à réfoudre.

1754.

LETTRE LI.

A M. LE COMTE D'ARGENTAL.

Colmar, 29 de mai.

MON cher ange, j'ai oublié, dans ma dernière lettre, de vous parler d'un vieux papier cacheté dont vous avez eu la bonté de vous charger. Le plaisir de m'occuper de votre voyage des eaux me tenait tout entier.

Posthabui tamen illorum mea seria ludo.

Ce papier est, ne vous déplaise, mon testament qu'il faut que je corrige comme mes autres ouvrages, pour éviter la critique, attendu que mes affaires ayant changé de face, et moi aussi, depuis cinq ans, il faut que je conforme mes dispositions à mon état présent. Vous souvenez-vous encore que vous avez une Pucelle d'une vieille copie, et que cette *Jeanne* négligée et ridée doit faire place à une *Jeanne* un peu mieux atournée, que j'aurai l'honneur de vous apporter pour faire passer vos eaux plus allégrement. N'auriez-vous point le Factum de monsieur de *la Bourdonaye*, que je n'ai jamais vu et que j'ai une passion extrême de lire? Si vous l'avez, je vous supplie de l'apporter avec vous. J'ai grande envie de voir comment il se peut faire qu'on n'ait pas pendu *la Bourdonaye* pour avoir fait la conquête de Madras.

Et les grands et les petits prophètes (3)? On dit

(3) Titres de quelques brochures sur les musiciens français et les bouffons italiens, dont les querelles occupaient alors tous les oisifs de Paris.

que cela eft fort plaifant. C'eft dans ces chofes fublimes
qu'on excelle à préfent dans ma chère patrie. Adieu,
mon adorable ange; fouvenez-vous de mon ancien teftament. Je fuis errant comme un juif, et je n'ai guère
d'efpérance dans la loi nouvelle; mais je vous embraf-
ferai à la pifcine de Plombières, et vous me direz :
Surge et ambula. Il faut que madame d'*Argental* ne
change point d'avis fur les eaux, elles font indifpenfables.

LETTRE LII.

AU MEME.

A Senones, 12 de juin.

MON cher ange, ceux qui difent que l'homme
eft libre ne difent que des fottifes; fi on était libre,
ne ferais-je pas auprès de vous et de madame
d'*Argental*? ma deftinée ferait-elle d'avoir des anges
gardiens invifibles? Je pars le 8 de Colmar, dans le
deffein de venir jouir enfin de votre préfence réelle.
Je reçois, en partant, une lettre de madame *Denis*,
qui me mande que *Maupertuis* et *la Condamine* vont
à Plombières, qu'il ne faut pas abfolument que je
m'y trouve dans le même temps, que cela produirait
une fcène odieufe et ridicule, qu'il faut que je n'aille
aux eaux que quand elle me le mandera. Elle ajoute
que vous ferez de cet avis, et que vous vous joindrez
à elle pour m'empêcher de vous voir. Surpris,
affligé, inquiet, embarraffé, me voilà donc ayant
fait mes adieux à Colmar et embarqué pour Plombières. Je m'arrête à moitié chemin; je me fais

bénédictin dans l'abbaye de Senones avec dom *Calmet*, l'auteur des Commentaires fur la Bible, au milieu d'une bibliothéque de douze mille volumes, en attendant que vous m'appeliez dans votre fphère. Donnez-moi donc vos ordres, mon cher ange; je quitterai le cloître dès que vous l'ordonnerez; mais je ne le quitterai pas pour le monde, auquel j'ai un peu renoncé; je ne le quitterai que pour vous.

Je ne perds pas ici mon temps. Condamné à travailler férieufement à cette Hiftoire générale, imprimée pour mon malheur, et dont les éditions fe multiplient tous les jours, je ne pouvais guère trouver de grands fecours que dans l'abbaye de Senones. Mais je vous facrifierai bien gaiement le fatras d'erreurs imprimées dont je fuis entouré, pour goûter enfin la douceur de vous revoir. Prenez-vous les eaux? comment madame d'*Argental* s'en trouve-t-elle? Que je bénis le préjugé qui fait quitter Paris pour aller chercher la fanté au milieu des montagnes, dans un très-vilain climat! La médecine a le même pouvoir que la religion; elle fait entreprendre des pelerinages. Réglez le mien; vous êtes tous deux les maîtres de ma marche comme de mon cœur.

La pofte va deux fois par femaine de Plombières *à Senones par Raon*. Elle arrive un peu tard, parce qu'elle paffe par Nanci; mais enfin, j'aurai le bonheur de recevoir de vos nouvelles. Adieu; je vous embraffe.

Le moine Voltaire.

LETTRE LIII.

AU MEME.

A Senones par Ravon ou Raon, 16 de juin.

MON cher ange, je ne fais fi madame *Denis* a raifon ou non. J'attends votre décifion. Je fuis un moine foumis aux ordres de mon abbé, et je n'attends que votre obédience. Je vous fupplie de vouloir bien vous faire donner une ou deux lettres qui doivent m'être adreffées à Plombières vers le 20 du mois ; je me flatte que vous me manderez de les venir chercher moi-même. Savez-vous bien que je ne fuis point en France, que Senones eft terre d'Empire, et que je ne dépends que du pape pour le fpirituel ? Je lis ici, ne vous déplaife, les Pères et les Conciles. Vous me remettrez peut-être au régime de la tragédie, quand j'aurai le bonheur de vous voir. Comment vous trouvez-vous du régime des eaux, vous et madame d'*Argental*? Faites-vous une fanté vigoureufe pour une cinquantaine d'années, et puiffions-nous vivre à la *Fontenelle*, avec un cœur un peu plus fenfible que le fien. Il ferait beau de s'aimer à cent ans. Nous avons à peu-près cinquante ans d'amitié fur la tête. Je me meurs d'impatience de vous voir. Je n'ai jamais eu de défirs fi vifs dans ma jeuneffe. Donnez-moi donc un rendez-vous à Plombières, fût-ce malgré madame *Denis*. Je tremble d'être né pour les paffions malheureufes. Adieu, mon cher ange ; je volerai fous vos ailes à vos ordres, et je me remettrai de tout à votre providence.

LETTRE LIV.

AU MEME.

A Senones par Ravon, 20 de juin.

Vous me laiffez faire, mon cher et refpectable ami, un long noviciat dans ma Thébaïde. Voici la troifième lettre que je vous écris. Je n'ai de nouvelles ni de vous ni de madame *Denis*. Elle m'a mandé que vous m'avertiriez du temps où je dois venir vous trouver; mon cœur n'avait pas befoin de fes avertif-femens pour être à vos ordres. Je ne fuis parti que pour venir vous voir, et me voici à moitié chemin fans favoir encore fi je dois avancer. Je vous ai fupplié de vouloir bien vous informer d'un paquet de lettres qu'on m'a adreffé à Plombières où je devrais être. J'écris au maître de pofte de Remiremont pour en favoir des nouvelles. Ce paquet m'eft de la plus grande conféquence. Si vous avez eu la bonté de le retirer, ayez celle de me le renvoyer par la pofte à Senones, avec les ordres pofitifs de venir vous joindre. Il ne me faut qu'une chambre, un trou auprès de vous, et je fuis très-content. Mes gens logeront comme ils pourront. Votre grenier ferait pour moi un palais. Je fuis comme une fille paffionnée qui s'eft jetée dans un couvent en attendant que fon amant puiffe l'enlever. C'eft une étrange deftinée que je fois fi près de vous, et que je n'aye pu encore vous voir. Je vous embraffe avec autant d'empreffement que de douleur. Mille tendres refpects à madame d'*Argental*.

Voici un autre de mes embarras : je crains que
vous ne foyez pas à Plombières. J'ignore tout dans
mon tombeau ; reffufcitez-moi.

Il faut malheureufement huit jours pour recevoir
réponfe, et nous ne fommes qu'à quinze lieues.

LETTRE LV.

AU MEME.

Senones, 24 de juin.

O Adorables anges, je compte être inceffamment
dans votre ciel, c'eft-à-dire, dans votre grenier. Je
n'ai reçu qu'aujourd'hui vos lettres du 9 et du 16.
Comment m'accufez-vous de n'avoir point écrit à
madame d'*Argental*? Je vous écris toujours, Madame :
vous êtes *confubftantiels*. Je ne vous ai point écrit
nommément et privativement, parce que moi,
pauvre moine, je comptais venir, il y a quinze jours,
réellement, dans votre vilain paradis de Plombières,
où eft mon ame, du jour que vous y êtes arrivée.
Daignez donc me conferver cet heureux trou que
vous avez bien voulu me retenir. J'arriverai peut-être
avant ma lettre, peut-être après ; mais il eft très-
sûr que j'arriverai, tout malingre que je fuis. Ma
fanté eft au bout de vos ailes. Je veux me flatter
que la vôtre va bien, puifque vous ne m'en parlez
pas. Divins anges, je ne connais qu'un malheur,
c'eft d'avoir été fi long-temps à quinze lieues de
votre empyrée, et de ne m'être point jeté dedans.

Voilà qui eſt bien plaiſant, d'être en couvent, et de dire *Benedicite* au lieu d'être avec vous. Je m'occupe avec dom *Mabillon*, dom *Martenne*, dom *Tuilier*, dom *Ruinart*. Les antiquailles où je ſuis condamné, et les Capitulaires de *Charlemagne* ſont bien reſpectables; mais cela ne conſole pas de votre abſence. Je vais donc fermer mon cahier de remarques ſur la ſeconde race, faire mon paquet et m'embarquer. *Lazare* va ſe rendre à votre piſcine. Il y a, dit-on, un monde prodigieux à Plombières; mais je ne le verrai certainement pas. Vous êtes tout le monde pour moi. Je ſuis devenu bien pédant; mais n'importe, je vous aime comme ſi j'étais un homme aimable. Adieu, vous deux qui l'êtes tant; adieu, vous avec qui je voudrais paſſer ma vie. Quelle pauvre vie! Je n'ai plus qu'un ſouffle.

Quel chien de temps il fait! Des grelons gros comme des œufs de poule d'inde ont caſſé mes vitres: et les vôtres? Adieu, adorable ange.

LETTRE LVI.

A MADAME

LA MARQUISE DU DEFFANT.

Entre deux montagnes, le 2 de juillet.

J'AI été malade, Madame; j'ai été moine; j'ai paſſé un mois avec St *Auguſtin*, *Tertullien*, *Origène* et *Raban*. Le commerce des pères de l'Egliſe et des ſavans du temps de *Charlemagne* ne vaut pas le vôtre: mais, que vous mander des montagnes des Voſges? et

comment

comment vous écrire, quand je n'étais occupé que
des prifcillianiftes et des neftoriens ?

Au milieu de ces beaux travaux dont j'ai gour-
mandé mon imagination, il a fallu encore obéir à
des ordres que M. d'*Alembert*, votre ami, m'a donnés
de lui faire quelques articles pour fon Encyclopédie ;
et je les ai très-mal faits. Les recherches hiftoriques
m'ont appefanti. Plus j'enfonce dans la connaiffance
des feptième et huitième fiècles, moins je fuis fait
pour le nôtre, et furtout pour vous.

M. d'*Alembert* m'a demandé un article fur l'*efprit* :
c'eft comme s'il l'avait demandé au père *Mabillon* ou
au père *Montfaucon*. Il fe repentira d'avoir demandé
des gavottes à un homme qui a caffé fon violon.

Et vous auffi, Madame, vous vous repentirez
d'avoir voulu que je vous écrive. Je ne fuis plus de
ce monde, et je me trouve affez bien de n'en plus
être. Je ne m'intérefferai pas moins tendrement à
vous ; mais, dans l'état où nous fommes tous deux,
que pouvons-nous faire l'un pour l'autre ? Nous
nous avouerons que tout ce que nous avons vu et
tout ce que nous avons fait, a paffé comme un fonge ;
que les plaifirs fe font enfuis de nous ; qu'il ne faut
pas trop compter fur les hommes.

Nous nous confolerons auffi en nous difant combien peu ce monde eft confolant. On ne peut y vivre
qu'avec des illufions : et dès qu'on a un peu vécu,
toutes les illufions s'envolent. J'ai conçu qu'il n'y
avait de bon, pour la vieilleffe, qu'une occupation
dont on fût toujours sûr, et qui nous menât jufqu'au
bout, en nous empêchant de nous ronger nous-
mêmes.

J'ai paſſé un mois avec un bénédictin de quatre-vingt-quatre ans, qui travaille encore à l'hiſtoire. On peut s'y amuſer quand l'imagination baiſſe. Il ne faut point d'eſprit pour s'occuper des vieux événe-mens : c'eſt le parti que j'ai pris. J'ai attendu que j'euſſe repris un peu de ſanté pour m'aller guérir à Plombières. Je prendrai les eaux en n'y croyant pas, comme j'ai lu les Pères.

J'exécuterai vos ordres auprès de M. d'*Alembert*. Je vois les fortes raiſons du prétendu éloignement dont vous parlez ; mais vous en avez oublié une, c'eſt que vous êtes éloignée de ſon quartier. Voilà donc le grand motif ſur lequel court le commerce de la vie ! Savez-vous bien, vous autres, ce qu'il y a de plus difficile à Paris ? c'eſt d'attraper le bout de la journée.

Puiſſent vos journées, Madame, être tolérables ! c'eſt encore un beau lot ; car, de journées toujours agréables, il n'y en a que dans les Mille et une nuits, et dans la Jéruſalem céleſte.

Réſignons-nous à la deſtinée qui ſe moque de nous, et qui nous emporte. Vivons tant que nous pourrons, et comme nous pourrons. Nous ne ferons jamais auſſi heureux que les ſots, mais tâchons de l'être à notre manière..... Tâchons....; quel mot ! Rien ne dépend de nous : nous ſommes des horloges, des machines.

Adieu, Madame ; mon horloge voudrait ſonner l'heure d'être auprès de vous.

LETTRE LVII.

A M. LE COMTE D'ARGENTAL.

Colmar, 26 de juillet.

ANGES,

JE ne peux me confoler de vous avoir quittés qu'en vous écrivant. Je fuis parti de Plombières pour la Chine. Voyez tout ce que vous me faites entreprendre. O Grecs, que de peines pour vous plaire ! Eh bien ! me voilà chinois, puifque vous l'avez voulu ; mais je ne fuis ni mandarin ni jéfuite, et je peux très-bien être ridicule. Anges, fcellez la bouche de tous ceux qui peuvent être inftruits de ce voyage de long cours ; car, fi on me fait embarqué, tous les vents fe déchaîneront contre moi. Mon voyage à Colmar était plus néceffaire, et n'eft pas fi agréable. Il n'y a de plaifir qu'à vous obéir, à faire quelque chofe qui pourra vous amufer. J'y vais mettre tous mes foins, et je ne vous écris que ce petit billet, parce que je fuis affidu auprès du berceau de l'Orphelin. Il m'appelle, et je vais à lui en fefant la pagode. J'ignore fi ce billet vous trouvera à Plombières. Il n'y a que le préfident qui puiffe y faire des vers. Moi je n'en fais que dans la plus profonde retraite, et quand c'eft vous qui m'infpirez. Dieu vous donne la fanté, et que le King-tien me donne de l'enthoufiafme et point de ridicule ! Sur ce je baife le bout de vos ailes.

LETTRE LVIII.

AU MEME.

Colmar, 3 d'auguste.

MON divin ange, les eaux de Plombières ne font pas fi fouveraines, puifqu'elles donnent des coliques à madame d'*Argental*, et qu'elles m'ont attaqué vio-lemment la poitrine; mais peut-être auffi que tout cela n'eft point l'effet des eaux. Qui fait d'où viennent nos maux et notre guérifon? Au moins les médecins n'en favent rien. Ce qui eft fûr, c'eft que Plombières a fait, pendant quinze jours, le bonheur de ma vie, et vous favez tous deux pourquoi. Cette année doit m'être heureufe. Je vous remercie pour Mariamne, et furtout pour Rome. Les comédiens font de grands butors, s'ils ne favent pas faire copier les rôles. Voulez-vous que je vous envoye l'imprimé? Dites comment; et il partira. Nos magots de la Chine n'ont pas réuffi. J'en ai fait cinq; cela eft à la glace, alongé, ennuyeux. Il ne faut pas faire un Verfailles de Trianon; chaque chofe a fes proportions. Nous avons trouvé, madame *Denis* et moi, les cinq pavillons réguliers; mais il n'y a pas moyen d'y loger; les appartemens font trop froids. Nous avons été confondus du mauvais effet que fait l'art détestable de l'amplification; alors je n'ai eu de reffource que d'embellir trois corps de logis; j'y ai travaillé avec ce courage que donne l'envie de vous plaire; enfin, nous fommes très-contens. Ce n'eft pas peu que je le fois; je vous

réponds que je fuis auffi difficile qu'un autre. J'ofe
vous affurer que c'eft un ouvrage bien fingulier, et
qu'il produit un puiffant intérêt depuis le premier
vers jufqu'au dernier. Il vaut mieux certainement
donner quelque chofe de bon en trois actes, que
d'en donner cinq infipides, pour fe conformer à
l'ufage. Il me femble qu'il ferait très à propos de
faire jouer cette nouveauté immédiatement avant le
voyage de Fontainebleau, fuppofé que l'ouvrage
vous paraiffe auffi paffable qu'à nous, fuppofé que
cela ne faffe aucun tort à Rome fauvée, fuppofé
encore qu'on ne trouve dans nos Chinois rien qui
puiffe donner lieu à des allufions malignes. J'ai eu
grand foin d'écarter toute pierre de fcandale. Le
conquérant tartare ferait à merveille entre les mains
de *le Kain*; *la Noue* a affez l'air d'un lettré chinois,
ou plutôt d'un magot; c'eft grand dommage qu'il ne
foit pas cocu. *Idamé* eft coupée fur la taille de mademoifelle *Clairon*. Peut-être les circonftances préfentes
feraient favorables : en tout cas, je vais faire tranfcrire
l'ouvrage; indiquez-moi la façon de vous l'envoyer
par la pofte.

Ce que vous me mandez, mon cher ange, de
mon troifième volume, me fait un extrême plaifir;
Plus il fera lu, et plus les gens raifonnables feront
indignés contre le brigandage et l'impofture qui
m'ont attribué les deux premiers; ils feront bientôt
prêts à paraître de ma façon. Il ne me faut pas fix
mois pour que tout l'ouvrage foit fini, pour peu que
j'aye, je ne dis pas une fanté, mais une langueur
tolérable. Je ne demande, pour travailler beaucoup,
qu'à ne pas fouffrir beaucoup. Tout cela fera fans

préjudice de Zulime, fur laquelle j'ai toujours de grands deffeins. Voilà toute mon ame mife au pied de mes anges.

Vous pouvez donc aller à préfent à la comédie! Le ciel en foit béni. Daignez donc faire mes complimens à *Hérode* quand vous le rencontrerez dans le foyer. Pardon de la liberté grande. Madame *Denis* vous fait les fiens très-tendrement. Elle s'eft fait garde-malade. Elle travaille dans fon infirmerie et moi dans la mienne. Nous fommes deux reclus. Quand on ne peut vivre avec vous, il faut ne vivre avec perfonne. Adiĕu, mes anges ; mes magots chinois et moi nous fommes à vos ordres. Je vous falue en *Confucius*, et je m'incline devant votre doctrine, m'en rapportant à votre tribunal des rites.

LETTRE LIX.

A M. LE MARECHAL DUC DE RICHELIEU.

A Colmar, 6 d'augufte.

CROYEZ fermement, Monfeigneur, que je vous mets immédiatement au-deffus du foleil et des bibliothéques. Je ne peux, en vérité, vous donner une plus belle place dans la diftribution de mes goûts. Je fuis affez content du foleil pour le moment ; mais ne vous figurez pas que, dans votre belle province, vous ayez les livres qu'il faut à ma pédanterie. Je les ai trouvés au milieu des montagnes des Vofges. Où ne va-t-on pas chercher l'objet de fa paffion ? Il me fallait de vieilles chroniques du temps de

Charlemagne et de *Hugues-Capet*, et tout ce qui concerne l'histoire du moyen âge, qui est la chose du monde la plus obscure ; j'ai trouvé tout cela dans l'abbaye de dom *Calmet*. Il y a, dans ce désert sauvage, une bibliothéque presque aussi complète que celle de Saint-Germain-des-prés de Paris. Je parle à un académicien , ainsi il me permettra ces petits détails. Il saura donc que je me suis fait moine bénédictin pendant un mois entier. Vous souvenez-vous de M. le duc de *Brancas*, qui s'était fait dévot au Bec ? Je me suis fait savant à Senones , et j'ai vécu délicieusement au réfectoire. Je me suis fait compiler par les moines des fatras horribles d'une érudition assommante. Pourquoi tout cela ? pour pouvoir aller gaiement faire ma cour à mon héros, quand il sera dans son royaume. Pédant à Senones , et joyeux auprès de vous , je ferais tout doucement le voyage avec ma nièce. Je ne pouvais régler aucune marche avant d'avoir fait un grand acte de pédantisme que je viens de mettre à fin. J'ai donné moi-même un troisième volume de l'Histoire universelle, en attendant que je puisse publier à mon aise les deux premiers qui demandaient toutes les recherches que j'ai faites à Senones ; et je publie exprès ce troisième volume pour confondre l'imposture qui m'a attribué ces deux premiers tomes si défectueux. J'ai dédié exprès à l'électeur palatin ce tome troisième , parce qu'il a l'ancien manuscrit des deux premiers entre les mains ; et je le prends hardiment à témoin que ces deux premiers ne sont point mon ouvrage. Cela est, je crois, sans réplique ; et d'autant plus sans réplique , que monseigneur l'électeur palatin me fait l'honneur de me mander *qu'il eft très-aife de concourir à la juftice que le public me doit.*

Je rends compte de tout cela à mon héros. Mon excufe eft dans la confiance que j'ai en fes bontés. Je le fupplie de mander comment je peux faire pour lui envoyer ce troifième volume par la pofte. Il aime l'hiftoire, il trouvera peut-être des chofes affez curieufes, et même des chofes dans lefquelles il ne fera point de mon avis. J'aurai de quoi l'amufer davantage quand je ferai affez heureux pour venir me mettre quelque temps au nombre de fes courtifans dans fon royaume de *Théodoric*. Madame *Denis*, ma garde-malade, voulait avoir l'honneur de vous écrire. Elle joint fes refpects aux miens. Nous difputons à qui vous eft attaché davantage, à qui fent le mieux tout ce que vous valez, et nous vous donnons toujours la préférence fur tout ce que nous avons connu.

Vous êtes le faint pour qui nous avons envie de faire un pélerinage. Je crois que fix femaines de votre préfence me feraient plus de bien que Plombières. Adieu, Monfeigneur; votre ancien courtifan fera toujours pénétré pour vous du plus tendre refpect et de l'attachement le plus inviolable.

LETTRE LX.   1754.

A MADAME DE FONTAINE, *à Paris.*

A Colmar, 22 d'augufte.

JE veux vous écrire, ma chère nièce, et je ne vous écris point de ma main, parce que je fuis un peu malade ; et me voilà fur mon lit fans en rien dire à votre fœur. J'efpère que vous trouverez ma lettre à votre arrivée à Paris. Nous faurons fi les eaux vous ont fait du bien, fi vous digérez, fi vous et votre fils vous faites toujours de grands progrès dans la peinture, fi l'abbé *Mignot* a obtenu enfin quelque bénéfice.

Vous allez avoir le Triumvirat, ainfi ce n'eft pas la peine d'envoyer mes magots de la Chine (*). Je ne peux d'ailleurs avoir abfolument que trois magots ; les cinq feraient fecs comme moi, au lieu que les trois ont de gros ventres comme des chinois. Votre fœur en eft fort contente. Ils pourront un jour vous amufer ; mais à préfent il ne faut rien précipiter.

Ne hâtons pas plus nos affaires en France qu'à la Chine : ne faites nul ufage, je vous en prie, du papier que vous favez ; nous avons quelque chofe en vue, madame *Denis* et moi, du côté de Lyon. On dit que cela fera fort agréable. Nous vous en rendrons bientôt compte.

Je me lève pour vous dire que nous fommes ici deux folitaires qui vous aimons de tout notre cœur.

(*) L'Orphelin.

LETTRE LXI.

A M. LE COMTE D'ARGENTAL.

Colmar, 27 d'augufte.

L'EPUISEMENT où je fuis, mon cher et refpectable ami, m'interdit les cinq actes, puifqu'il m'empêche de vous écrire de ma main.

Vous m'avouerez qu'à mon âge trois fois font bien honnêtes; j'ai été jufqu'à cinq pour vous plaire, mais en vérité ce n'était que cinq langueurs. Comptez que j'ai fait tout ce que j'ai pu pour m'échauffer le tempérament. Je vous conjure d'ailleurs de tâcher de croire que chaque fujet a fon étendue; que la Mort de Céfar ferait déteftable en cinq actes, et que nos Chinois font beaucoup plus intéreffans et beaucoup plus faits pour le théâtre. J'aurai, je crois, le temps de les garder encore, puifqu'on va donner le Triumvirat. Le public aura, grâces à vos bontés, une fuite de l'hiftoire romaine fur le théâtre. Vous ferez une action de romain, fi vous parvenez à faire jouer Rome Sauvée.

Les fentimens de *le Kain* me plaifent autant que fes talens, mais il faut que je renonce au plaifir de l'entendre. C'eft une injuftice bien criante de me rendre refponfable de deux volumes impertinens que l'impofture et l'ignorance ont publiés fous mon nom. Je ferai voir bientôt qu'il y a quelque différence entre mon ftyle et celui de *Jean Néaulme*. On aurait dû me plaindre plutôt que de fe fâcher contre

moi ; mais je fuis accoutumé à ces petites méprifes
de la fottife et de la méchanceté humaine. Vous
m'en confolez, mon cher ange. Protégez bien Rome
et la Chine pendant que je fuis encore fur les bords
du Rhin. Mille tendres refpects à madame d'*Argental*.
Je n'en peux plus, mais je vous aime de tout mon
cœur.

1754.

LETTRE LXII.

AU MEME.

Colmar, 8 de feptembre.

C'EST moi, mon cher ange, qui veux et qui fais
tout ce que vous voulez, puifque je vous envoie,
par pure obéiffance, des Tartares et des Chinois dont
je ne fuis point content. Il me paraît que c'eft un
ouvrage plus fingulier qu'intéreffant, et je dois
craindre que la hardieffe de donner une tragédie en
trois actes ne foit regardée comme l'impuiffance d'en
faire une en cinq. D'ailleurs, quand elle aurait un
peu de fuccès, quel avantage me procurerait-elle?
L'affiduité de mes travaux ne défarmera point ceux
qui me veulent du mal. Enfin, je vous obéis. Faites
ce que vous croirez le plus convenable. Soyez févère,
et faites lire la pièce par des yeux encore plus févères
que les vôtres.

Vous connaiffez trop le théâtre et le cœur humain
pour ne pas fentir que, dans un pareil fujet, cinq actes
alongeraient une action qui n'en comporte que trois.
Dès qu'un homme comme notre conquérant tartare

—————— a dit *j'aime*, il n'y a plus pour lui de nuances ; il y en a encore moins pour *Idamé*, qui ne doit pas combattre un moment ; et la fituation d'un homme à qui on veut ôter fa femme, a quelque chofe de fi aviliffant pour lui, qu'il ne faut pas qu'il paraiffe ; fa vue ne peut faire qu'un mauvais effet. La nature de cet ouvrage eft telle qu'il faut plutôt fupprimer des fituations et des fcènes, que fonger à les multiplier ; je l'ai tenté, et je fuis demeuré convaincu que je gâtais tout ce que je voulais étendre. C'eft à vous maintenant à voir, mon cher et refpectable ami, fi cette nouveauté peut être hafardée, et fi le temps eft convenable.

Je vous remercie de Rome fauvée dont je fais plus de cas que de mon Orphelin. Je tâcherai de dérober quelques momens à mes maladies et à mes occupations pour faire ce que vous exigez.

Vous montrerez, fans doute, mes trois magots à M. de *Pont-de-Vefle* et à M. l'abbé de *Chauvelin*. Vous affemblerez tous les anges. Je me fie beaucoup au goût de M. le comte de *Choifeul*. Si tout cet aréopage conclut à donner la pièce, je foufcris à l'arrêt.

L'Hiftoire générale me donne tòujours quelques alarmes. Le troifième volume ne pouvait révolter perfonne. Les objets de ce temps-là ne font pas fi délicats à traiter que ceux de la grande révolution qui s'eft faite dans l'Eglife du temps de *Léon* X. Les fiècles qui précédèrent *Charlemagne*, et dont il faut donner une idée, portent encore avec eux plus de danger, parce qu'ils font moins connus, et que les ignorans feraient bien effarouchés d'apprendre que

tant de faits, qu'on nous a débités comme certains,
ne font que des fables. Les donations de *Pépin* et
de *Charlemagne* font des chimères ; cela me paraît
démontré. Croiriez-vous bien que les prétendues
perfécutions des empereurs contre les premiers chrétiens ne font pas plus véritables ? On nous a trompés
fur tout ; et on eft encore fi attaché à des erreurs qui
devraient être indifférentes, qu'on ne pardonnera
pas à qui dira la vérité, quelque circonfpection et
quelque modeftie qu'il employe.

Les deux premiers volumes qu'on a fi indignement
tronqués et falfifiés ne devraient m'être attribués par
perfonne ; ce n'eft pas là mon oùvrage. Cependant
fi on a eu la cruauté de me condamner fur un
ouvrage qui n'eft pas le mien, que ne fera-t-on pas
quand je m'expoferai moi-même ?

Puifque je fuis en train de vous parler de mes
craintes, je vous dirai que notre *Jeanne* me fait plus
de peine que *Léon X* et *Luther*, et que toutes les
querelles du facerdoce et de l'Empire. Il n'y a que
trop de copies de cette dangereufe plaifanterie. Je
fais, à n'en pas douter, qu'il y en a à Paris et à
Vienne, fans compter Berlin. C'eft une bombe qui
crèvera tôt ou tard pour m'écrafer, et des tragédies
ne me fauveront pas. Je vivrai et je mourrai la
victime de mes travaux, mais toujours confolé par
votre inébranlable amitié. Madame *Denis* eft bien
fenfible à votre fouvenir ; elle partage en paix ma
folitude, et m'aide à fupporter mes maux. Nous
préfentons tous deux nos refpects à madame d'*Argental*.
J'envoie, fous l'enveloppe de M. de *Chauvelin*, le
paquet tartare et chinois.

Non, mon cher ange, non. Je viens de relire la pièce. Il me paraît qu'on peut faire des applications dangereuſes ; vous connaiſſez le ſujet et vous connaiſſez la nation. Il n'eſt pas douteux que la conduite d'*Idamé* ne fût regardée comme la condamnation d'une perſonne qui n'eſt point chinoiſe. L'ouvrage ayant paſſé par vos mains, vous ferait tort ainſi qu'à moi. Je ſuis vivement frappé de cette idée. L'application que je crains eſt ſi aiſée à faire, que je n'oſerais même envoyer l'ouvrage à la perſonne qui pourrait être l'objet de cette application. Je vais tâcher de ſupprimer quelques vers dont on pourrait tirer des interprétations malignes, enſuite je vous l'enverrai. Mais, encore une fois, la crainte des alluſions, le déſagrément de paraître lutter contre *Crébillon*, la ſtérilité des trois actes, voilà bien des raiſons pour ne rien haſarder. J'attends vos ordres, et je m'y conformerai toute ma vie, mon cher ange.

LETTRE LXIII.

A MADAME DE FONTAINE, *à Paris.*

A Colmar, ce 12 de ſeptembre.

Je fais les plus tendres complimens au frère et à la ſœur. Je ſens qu'il eſt très-triſte d'avoir une ſi aimable famille, et d'en être ſéparé. Madame *Denis* fait ma conſolation dans ma ſolitude et dans mes maladies. Plus elle eſt aimable, plus elle me fait ſentir combien le charme de ſa ſociété redoublerait par celui de la vôtre.

La nouvelle la plus intéreſſante que le conſeiller du grand conſeil me mande, eſt la démarche que ſon corps a faite. Je vous en fais mon compliment, mon cher abbé ; il fera difficile que l'ancien des jours, *Boyer*, réſiſte à une ſollicitation ſi preſſante pour lui, et ſi honorable pour vous. L'homme du monde pour la conſervation de qui je fais actuellement le plus de vœux eſt l'évêque de Mirepoix.

Je ſuis bien aiſe que le parlement ait enregiſtré ſa condamnation et ſa grâce, ſans demeurer d'accord des qualités. Le grand point eſt que l'Etat ait la paix, et que les particuliers aient juſtice. Votre ſœur, à qui le fils de *Samuel Bernard* s'eſt aviſé de faire en mourant une petite banqueroute, eſt intéreſſée à voir le parlement reprendre ſes fonctions. Il ſerait douloureux que la ſituation de mille familles demeurât incertaine, parce que quelques fanatiques exigent des billets de confeſſion de quelques ſots. Il n'y a que les billets à ordre ou au porteur qui doivent être l'objet de la juriſprudence : il faut ſe moquer de tous les autres, excepté des billets doux.

Pour mon billet d'avoir une terre, ma chère nièce, j'eſpère l'acquitter ſi je vis.

Il y a quelque apparence que nous paſſerons, votre ſœur et moi, l'hiver à Colmar. Ce n'eſt pas la peine d'aller chercher une ſolitude ailleurs. Le printemps prochain décidera de ma marche.

Je ſuis bien aiſe qu'on trouve au moins ce troiſième tome, dont vous me parlez, paſſable et modéré : c'eſt tout ce qu'il eſt. Je ne l'ai donné que pour confondre l'impoſture et l'ignorance qui m'ont attribué les deux premiers. Il y a une extrême injuſtice à me rendre responsable de cet avorton informe dont des imprimeurs avides avaient fait un monstre méconnaissable. Si jamais j'ai le temps de mettre en ordre tout ce grand ouvrage, on verra quelque chose de plus exact et de plus curieux. C'est un beau plan, mais l'exécution demande plus de santé et de secours que je n'en ai.

Votre vie est plus agréable que celle des gens qui s'occupent de la grâce et des anciennes révolutions de ce bas monde. Le mieux est de vivre pour soi, pour son plaisir et pour ses amis; mais tout le monde ne peut pas faire ce mieux, et chacun est dirigé par son instinct et par son destin.

Vous ne me dites rien de votre fils; je l'embrasse. Je fais mes complimens à tout ce que vous aimez.

Adieu, la sœur et le frère : vous êtes charmans de ne pas oublier ceux qui sont aux bords du Rhin.

LETTRE LXIV.

A M. LE COMTE D'ARGENTAL.

Colmar, 21 de septembre.

JE vous obéis avec douleur, mon cher ange; l'état de ma santé me rend bien indifférent sur une pièce de théâtre, et ne me laisse sensible qu'au chagrin d'envisager que peut-être je ne vous reverrai plus; mais je vous avoue que je serais infiniment affligé si j'étais exposé à la fois à des dégoûts, à l'opéra et à la comédie, immédiatement après l'affliction que cette

Histoire

Hiftoire prétendue univerfelle m'a caufée. Amufez-
vous, mon cher ange, avec vos amis, de mes tartares et de mes chinois, qui ont au moins le mérite
d'avoir l'air étranger. Ils n'ont que ce mérite-là; ils ne
font point faits pour le théâtre; ils ne caufent pas
affez d'émotion. Il y a de l'amour, et cet amour, ne
déchirant pas le cœur, le laiffe languir. Une action
vertueufe peut être approuvée fans faire un grand
effet. Enfin, je fuis sûr que cela ne réuffirait pas, que
les circonftances feraient très-peu favorables, et que
les allufions de la malignité humaine feraient très-
dangereufes. Les perfonnes fur lefquelles on ferait
ces applications injuftes fe garderaient bien, je
l'avoue, de les prendre pour elles, de s'en fâcher, d'en
parler même; mais, dans le fond du cœur, elles feraient
très-piquées et contre moi et contre ceux qui auraient
donné la pièce. Elles la feraient tomber à la cour;
c'eft bien le moins qu'elles puffent faire. Qui jamais
approuvera un ouvrage dont on fait des applications
qui condamnent notre conduite? Je vous demande
donc en grâce que cet avorton ne foit vu que de vous
et de vos amis. J'ai donné mon confentement à la
repréfentation de ce malheureux opéra de Prométhée,
comme je donne mon confentement à mon abfence
qui me tient éloigné de vous. Je fouffre avec douleur
ce que je ne peux empêcher. On m'a fait affez fentir
que je n'ai aucun droit de m'oppofer aux repréfentations d'un ouvrage imprimé depuis long-temps, dont
la mufique eft approuvée des connaiffeurs de l'hôtel
de ville, et pour lequel on a déjà fait de la dépenfe.
Je fais affez qu'il faudrait une dépenfe royale et une
mufique divine pour faire réuffir cet ouvrage : il n'eft

—— pas plus propre pour le théâtre lyrique, que les Chinois pour le théâtre de la comédie. Tout ce que je peux faire, c'eſt d'exiger qu'on ne mette pas au moins ſous mon nom les embelliſſemens dont M. de *Sireuil* a honoré cette bagatelle. Je vois qu'on eſt toujours puni de ſes anciens péchés. On me défigure une vieille Hiſtoire générale, on me défigure un vieil Opéra. Tout ce que je peux faire à préſent, c'eſt de tâcher de n'être pas ſifflé ſur tous les théâtres à la fois. Vous jugerez, mon cher ange, de la nature du conſentement donné à *Royer*, par la lettre ci-jointe. Je vous ſupplie de la faire paſſer dans les mains de *Moncrif*, ſi cela ſe peut ſans vous gêner.

J'ai encore pris la précaution d'exiger de *Lambert* qu'il faſſe une petite édition de cette Pandore, avant qu'on ait le malheur de la jouer ; car la Pandore de *Royer* eſt toute différente de la mienne ; et je veux du moins que ces deux turpitudes ſoient bien diſtinctes. Je vous ſupplie d'encourager *Lambert* à cette bonne action, quand vous irez à la comédie. Je vous remercie tendrement de Mahomet et de Rome. Vous conſolez mon agonie. Madame *Denis* et moi, nous nous inclinons devant les anges. Adieu, mon cher et reſpectable ami.

LETTRE LXV.

A MADAME

LA COMTESSE DE LUTZELBOURG.

A Colmar, ce 23 de feptembre.

JE ne guéris point, Madame; mais je m'habitue à Colmar plus que la grand'chambre à Soiffons. Les bontés de monfieur votre frère contribuent beaucoup à me rendre ce féjour moins défagréable. Je ferais heureux dans l'île Jard, mais cette île Jard me fuit par-tout. Vous avez deux neveux auffi à plaindre qu'ils font aimables : l'un plaide, l'autre eft paralytique. Je ne vois de tous côtés que défaftres au monde. La langueur, la misère et la confternation règnent dans Paris. Il y a toujours quelques belles dames qui vont parer les loges, et des petits-maîtres qui font des pirouettes fur le théâtre; mais le refte fouffre et murmure. Il y a un an que j'ai de l'argent aux confignations du parlement, le receveur jouit. Combien de familles font dans le même cas, et dans une fituation bien trifte ! On exige, dans votre province, de nouvelles déclarations qui défolent les citoyens. On fouille dans les fecrets des familles ; on donne un effet rétroactif à cette nouvelle manière de payer le vingtième, et on fait payer pour les années précédentes. Voilà bien le cas de jeûner et de prier, et d'avoir des lettres confolantes de M. de *Beaufremont*. Il n'eft pas plus queftion de la préture de Strasbourg que des préteurs de l'ancienne Rome. Vivez tranquille, Madame, avec votre refpectable amie à qui je préfente mes refpects. Faites bon feu ; continuez votre régime : cette forte de vie n'eft pas bien animée, mais cela vaut toujours mieux que rien. Si vous avez quelques nouvelles, daignez en faire part à un pauvre malade enterré à Colmar. Permettez-moi de préfenter mes refpects à monfieur votre fils, et de vous fouhaiter comme à lui des années heureufes, s'il y en a.

LETTRE LXVI.

A MADAME DE FONTAINE, *à Paris.*

A Colmar, 6 d'octobre.

MA chère nièce, je penfe que c'eft bien affez que mes trois magots vous aient plu ; mais ils pourraient déplaire à d'autres perfonnes : et quoique ni vous ni elles ne foyez pas abfolument difpofées à vous tuer avec vos maris, cependant il fe pourrait trouver des gens qui feraient croire que toutes les fois qu'on ne fe tue pas, en pareil cas, on a grand tort : et on irait s'imaginer que les dames qui fe tuent à fix mille lieues d'ici font la fatire de celles qui vivent à Paris ; cela ferait très-injufte ; mais on fait des tracafferies mortelles tous les jours fur des prétextes encore plus déraifonnables.

J'ai prié inftamment M. d'*Argental* de ne me point expofer à de nouvelles peines. Ce qui pourrait réfulter d'agrément d'un petit fuccès ferait bien peu de chofe, et les dégoûts qui en naîtraient feraient violens. Je

1754.

vous remercie de vous être jointe à moi pour modérer l'ardeur de M. d'*Argental* qui ne connaît point de danger quand il s'agit de théâtre. C'en ferait trop que d'être vilipendé à la fois à l'opéra et à la comédie : c'eft bien affez que M. *Royer* m'immole à fes doubles croches.

Ne pourriez-vous point, quand vous irez à l'opéra, parler à ce fublime *Royer* , et lui demander au moins une copie des paroles telles qu'il les a embellies par fa divine mufique ? Vous auriez au moins le premier avant-goût des fifflets : c'eft un droit de famille qu'il ne peut vous refufer.

Vous ne me dites rien de monfieur l'abbé; je le croyais déjà fur la lifte des bénéfices. Votre fœur eft religieufe dans mon couvent; cependant, fi ma fanté le permet, nous irons paffer une partie de l'hiver à la cour de l'électeur palatin , qui veut bien m'en donner la permiffion; après quoi nous irions habiter une terre affez belle , du côté de Lyon , qu'on me propofe actuellement. Mais la mauvaife fanté eft un grand obftacle au voyage de Manheim ; j'aimerais mieux fans doute faire celui de Plombières : fi votre eftomac vous y ramène jamais, mon cœur m'y ramènera. Votre fœur aura un autre régime que vous : elle n'eft pas faite pour prendre les eaux avec votre régularité.

Adieu, ma chère nièce; il faut efpérer que je vous reverrai encore.

LETTRE LXVII.

A M. LE COMTE D'ARGENTAL.

Colmar, 6 d'octobre.

MON cher ange, j'ai assez de justice, et, dans cette occasion-ci, assez d'amour propre pour croire que vous jugez bien mieux que moi. C'est déjà beaucoup; c'est tout pour moi que vous, et madame d'*Argental*, et vos amis, vous soyez contens; mais, en vérité, les personnes que vous savez ne le feront point du tout. Les partisans éclairés de *Crébillon* ne manqueront pas de crier que je veux attaquer impudemment, avec mes trois bataillons étrangers, les cinq gros corps d'armée romaine. Vous croyez bien qu'ils ne manqueront pas de dire que c'est une bravade faite à sa protectrice; et Dieu sait si alors on ne lui fera pas entendre que c'est non-seulement une bravade, mais une offense et une espèce de satire. Comme vous jugez mieux que moi, vous voyez encore mieux que moi tout le danger; vous sentez si ma situation me permet de courir de pareils hasards. Vous m'avouerez que, pour se montrer dans de telles circonstances, il faudrait être sûr de la protection de la personne à qui je dois craindre de déplaire. Si malheureusement les allusions, les interprétations malignes fesaient l'effet que je redoute, on en saurait aussi mauvais gré à vos amis, et surtout à vous, qu'à moi. Je suis persuadé que vous avez tout examiné avec votre sagesse ordinaire; mais l'événement trompe souvent la fageffe. Vous ne voyez point les allufions, parce que vous êtes jufte ; le grand nombre les verra très-clairement, parce qu'il eft très-injufte. En un mot, ce qui peut en réfulter d'agrémens eft bien peu de chofe. Le danger eft très-grand, les dégoûts feraient affreux et les fuites bien cruelles. Peut-être faudrait-il attendre que le grand fuccès du Triumvirat fût paffé : alors on aurait le temps de mettre quelques fleurs à notre étoffe de Pékin ; on pourrait même en faire fa cour à la perfonne qu'on craint, et on préviendrait ainfi toutes les mauvaifes impreffions qu'on pourrait lui donner. Vous me direz que je vois tout en noir parce que je fuis malade ; madame *Denis*, qui fe porte bien, penfe tout comme moi. Si vous croyez être abfolument sûr que la pièce réuffira auprès de tout le monde, et ne déplaira à perfonne, mes raifons, mes repréfentations ne valent rien ; mais vous n'avez aucune fureté, et le danger eft évident. Vous feriez au défefpoir d'avoir fait mon malheur, et de vous être compromis en ne cherchant qu'à me donner de nouvelles marques de vos bontés et de votre amitié. Songez donc à tout cela, mon cher et refpectable ami. Je veux bien du mal à ma maudite Hiftoire générale, qui ne m'a pas fourni encore un fujet de cinq actes. Je n'en ai trouvé que trois à la Chine, il en faudra chercher cinq au Japon. Je crois y être, en étant à Colmar ; mais j'y fuis avec une perfonne qui vous eft auffi attachée que moi. Nous parlons tous les jours de vous ; c'eft le feul plaifir qui me refte. Adieu ; mille tendres refpects à toute la hiérarchie des anges.

LETTRE LXVIII.

A MADAME

LA COMTESSE DE LUTZELBOURG.

Dans les Vofges, 14 d'octobre.

J'AI été, Madame, dans les Vofges chercher la fanté qui n'eft pas là plus qu'ailleurs. J'aimerais bien mieux être encore dans votre voifinage. Cette petite maifonnette, dont vous me parlez, m'accommoderait bien. Je ferais à portée de faire ma cour à vous et à votre amie, malgré les brouillards du Rhin. Je ne puis encore prendre de parti que je n'aye fini l'affaire qui m'a amené à Colmar. Je refte tranquillement dans une folitude entre deux montagnes, en attendant que les papiers arrivent. Toutes les affaires font longues; vous en faites l'épreuve dans celle de monfieur votre neveu. Tout mal arrive avec des ailes, et s'en retourne en boitant. Prendre patience eft affez infipide; vivre avec fes amis, et laiffer aller le monde comme il va, ferait chofe fort douce; mais chacun eft entraîné comme de la paille dans un tourbillon de vent. Je voudrais être à l'île Jard, et je fuis entre deux montagnes. Le parlement voudrait être à Paris, et il eft difperfé comme des perdreaux. La commiffion du confeil voudrait juger comme *Perrin Dandin*, et ne trouve pas feulement un *Petit-Jean* qui braille devant elle. Tout eft plein à la cour de petites factions qui ne favent ce qu'elles veulent. Les gens qui ne font point payés au trésor royal, savent bien ce qu'ils veulent ; mais ils trouvent les coffres fermés. Ce sont-là de très-petits malheurs ; j'en ai vu de toutes les espèces, et j'ai toujours conclu que la perte de la santé était le pire. Les gens qui essuient des contradictions dans ce monde auraient mauvaise grâce de se plaindre devant monsieur votre neveu paralytique, et ce neveu-là n'est-il pas dix mille fois plus malheureux que l'autre ? Vous lui avez envoyé un médecin : si, par hasard, ce médecin le guérit, il aura plus de réputation qu'*Esculape*. Portez-vous bien, Madame, supportez la vie ; car lorsqu'on a passé le temps des illusions, on ne jouit plus de cette vie, on la traîne ; traînons donc. J'en jouirais délicieusement, Madame, si j'étais dans votre voisinage. Mille tendres respects à vous deux, et mille remercîmens.

LETTRE LXIX.

A M. LE COMTE D'ARGENTAL.

Colmar, 15 d'octobre.

Mon cher ange, votre lettre du 11 a fait un miracle ; elle a guéri un mourant. Ce n'est pas un miracle du premier ordre, mais je vous assure que c'est beaucoup de suspendre comme vous faites toutes mes souffrances. Je ne suis pas sorti de ma chambre depuis que je vous ai quitté. Je crois qu'enfin je sortirai, et que je pourrai même aller jusqu'à Dijon voir M. de *Richelieu* sur son passage, avec ma garde-

—— malade. Je ferai bien aife de retrouver enfin M. de *la*
1754. *Marche;* et quand le préfident de *Ruffei* devrait encore
m'affaffiner de fes vers, je rifquerai le voyage. Vous
me mettez du baume dans le fang, en m'affurant
tous que les allufions ne font point à craindre dans
mes magots de chinois ; et vous m'en verfez auffi
quelques gouttes, en remettant à d'autres temps
Rome fauvée et la Chine. Il me femble qu'il faut
laiffer paffer le Triumvirat, et ne me point mettre au
nombre des profcrits. Je ne le fuis que trop avec
l'opéra de *Royer*. Je ne fais pas s'il fait faire des croches,
mais je fais bien qu'il ne fait pas lire. M. de *Sireuil* eft
un digne porte-manteau du roi ; mais il aurait mieux
fait de garder les manteaux que de défigurer Pandore.
Un des grands maux qui foient fortis de fa boîte, eft
certainement cet opéra. On doit trouver au fond de
cette boîte fatale plus de fifflets que d'efpérance. Je
fais ce que je peux pour n'avoir au moins que le tiers
des fifflets : les deux tiers, pour le moins, appartiennent
à *Sireuil* et à *Royer*. Je vous prie, au nom de tous les
maux que *Pandore* a apportés dans ce monde, d'engager *Lambert* à donner une petite édition de mon
véritable ouvrage, quelques jours avant que le chaos
de *Sireuil* et de *Royer* foit repréfenté. Je me flatte que
vous et vos amis feront au moins retentir par-tout
le nom de *Sireuil*. Il eft jufte qu'il ait fa part de la
vergogne. Chacun pille mon bien, comme s'il était
confifqué, et le dénature pour le vendre. L'un mutile
l'Hiftoire générale, l'autre eftropie Pandore, et, pour
comble d'horreur, il y a grande apparence que la
Pucelle va paraître. Un je ne fais quel *Chevrier* fe
vante d'avoir eu fes faveurs, de l'avoir tenue dans fes

vilaines mains , et prétend qu'elle fera bientôt prof-
tituée au public. Il en eft parlé dans les mal-femaines
de ce coquin de *Fréron*. Il eft bon de prendre des précautions contre ce dépucelage cruel , qui ne peut
manquer d'arriver tôt ou tard. Mon cher ange, cela
eft horrible ; c'eft un piége que j'ai tendu , et où je
ferai pris dans ma vieilleffe. Ah ! maudite *Jeanne*! Ah !
monfieur St *Denis*, ayez pitié de moi ! Comment
fonger à *Idamé* , à *Gengis*, quand on a une pucelle
en tête ? Le monde eft bien méchant. Vous me parlez
des deux premiers tomes de l'Hiftoire univerfelle, ou
plutôt de l'effai fur les fottifes de ce globe. J'en ferais
un gros des miennes ; mais je me confole en parcou-
rant les butorderies de cet univers. Vraiment, j'en ai
cinq à fix volumes tout prêts. Les trois premiers font
entièrement différens ; cela eft plein de recherches
curieufes. Vous ne vous doutez pas du plaifir que
cela vous ferait. J'ai pris les deux hémifphères en
ridicule ; c'eft un coup sûr. Adieu , tous les anges :
battez des ailes , puifque vous ne pouvez battre des
mains aux trois magots.

LETTRE LXX.

A M. LE MARECHAL DUC DE RICHELIEU.

A Colmar , le 17 d'octobre.

MADAME *Denis* vous avait déjà demandé vos
ordres, Monfeigneur, avant que je reçuffe votre lettre
charmante. Je fuis dans la confiance que le plaifir
donne de la force. J'aurai furement celle de venir

vous faire ma cour. L'oncle et la nièce se mettront en chemin dès que vous l'ordonnerez, et iront où vous leur donnerez rendez-vous. J'accepte d'ailleurs de grand cœur la proposition que vous voulez bien me faire, de vous être encore attaché une quarantaine d'années; mais je vous donne mes quarante ans qui, joints avec les vôtres, feront quatre-vingts. Vous en ferez un bien meilleur usage que moi chétif, et vous trouverez le secret d'être encore très-aimable au bout de ces quatre-vingts ans. Franchement, c'est bien peu de chose. On n'a pas plutôt vu de quoi il s'agit dans ce petit globe, qu'il faut le quitter. C'est à ceux qui l'embellissent comme vous, et qui y jouent de beaux rôles, d'y rester long-temps. Enfin, Monseigneur, je vous apporterai ma figure malingre et ratatinée avec un cœur toujours neuf, toujours à vous, incapable de s'user comme le reste.

J'ai pensé mourir il y a quelques jours, mais cela ne m'empêchera de rien. Le corps est un esclave qui doit obéir à l'ame, et surtout à une ame qui vous appartient. Mettez donc deux êtres qui vous sont tendrement attachés, au fait de votre marche, et nous nous trouverons sur votre route à l'endroit que vous indiquerez : ville, village, grand chemin, il n'importe, pourvu que nous puissions avoir l'honneur de vous voir, tout nous est absolument égal ; ce qui ne l'est pas, c'est d'être si long-temps sans vous faire sa cour. Donnez vos ordres aux deux personnes qui les recevront avec l'empressement le plus respectueux et le plus tendre.

LETTRE LXXI.

AU MÊME.

A Colmar, 27 d'octobre.

C'EST actuellement que je commence à me croire malheureux. Nous voilà malades en même temps, ma nièce et moi. Je me meurs, Monfeigneur ; je me meurs, mon héros, et j'en enrage. Pour ma nièce, elle n'eft pas fi mal ; mais fa maudite enflure de jambe et de cuiffe lui a repris de plus belle. Il faut des béquilles à la nièce, et une bière à l'oncle. Comptez que je fufpends l'agonie en vous écrivant ; et ce qui va vous étonner, c'eft que, fi je ne me meurs pas tout-à-fait, ma demi-mort ne m'empêchera point de venir vous voir fur votre paffage. Je ne veux affurément pas m'en aller dans l'autre monde fans avoir encore fait ma cour à ce qu'il y a de plus aimable dans celui-ci. Savez-vous bien, Monfeigneur, que la fœur du roi de Pruffe, madame la margrave de *Bareith*, m'a voulu mener en Languedoc et en terre papale. Figurez-vous mon étonnement, quand on eft venu dans ma folitude de Colmar pour me prier à fouper, de la part de madame de *Bareith*, dans un cabaret borgne. Vraiment, l'entrevue a été très-touchante. Il faut qu'elle ait fait fur moi grande impreffion, car j'ai été à la mort le lendemain.

LETTRE LXXII.

A M. LE COMTE D'ARGENTAL.

Octobre.

J'écris au préfident *Hénault*, et je le prie d'engager *Royer*, qu'il protége, à fupprimer fon déteftable opéra, ou du moins à différer. Vous connaiffez, mon cher ange, cette Pandore imprimée dans mes œuvres. On en a fait une rapfodie de paroles du Pont-neuf. Cela eft vrai à la lettre. J'avais écrit à *Royer* une lettre de politeffe, ignorant jufqu'à quel point il avait pouffé fon mauvais procédé et fa bêtife. Il a pris cette lettre pour un confentement; mais à préfent que M. de *Moncrif* m'a fait lire le manufcrit, je n'ai plus qu'à me plaindre. Je vous conjure de faire favoir au moins, par tous vos amis, la vérité. Faudra-t-il que je fois défiguré toujours impunément en profe et en vers, qu'on partage mes dépouilles, qu'on me difféque de mon vivant? Cette dernière injuftice aggrave tous mes malheurs. Rien n'eft pis qu'une infortune ridicule.

Je demande que, fi on laiffe *Royer* le maître de m'infulter et de me mutiler, on intitule au moins fon Prométhée, pièce *tirée des fragmens de Pandore*, à laquelle *le muficien a fait faire* les changemens et les additions qu'il a cru *convenables* au théâtre lyrique. Il vaudrait mieux lui rendre le fervice de fupprimer entièrement ce déteftable ouvrage; mais comment faire? je n'en fais rien; je ne fais que fouffrir et vous aimer,

LETTRE LXXIII.

AU MEME.

Colmar, 29 d'octobre.

DIEU est Dieu, et vous êtes son prophète, puisque vous avez fait réussir Mahomet; et vous serez plus que prophète, si vous venez à bout de faire jouer *Sémiramis* à mademoiselle *Clairon*. Les filles qui aiment, réussissent bien mieux au théâtre que les ivrognes, et la *Duménil* n'est plus bonne que pour les bacchantes. Mais, mon adorable ange, *Alla* qui ne veut pas que les fidelles s'énorgueillissent, me prépare des sifflets à l'opéra, pendant que vous me soutenez à la comédie. C'est une cruauté bien absurde, c'est une impertinence bien inouie que celle de ce polisson de *Royer*. Faites en sorte du moins, mon cher ange, qu'on crie à l'injustice, et que le public plaigne un homme dont on confisque ainsi le bien, et dont on vend les effets détériorés. Je suis destiné à toutes les espèces de persécution. J'aurais fait une tragédie pour vous plaire, mais il a fallu me tuer à refaire entièrement cette Histoire générale. J'y ai travaillé avec une ardeur qui m'a mis à la mort. Il me faut un tombeau et non une terre. M. de *Richelieu* me donne rendez-vous à Lyon; mais, depuis quatre jours, je suis au lit, et c'est de mon lit que je vous écris. Je ne suis pas en état de faire deux cents lieues de bond et de volée. Madame

—— la margrave de *Bareith* voulait m'emmener en Languedoc. Savez-vous qu'elle y va, qu'elle a paſſé par Colmar, que j'y ai ſoupé avec elle le 23, qu'elle m'a fait un préſent magnifique, qu'elle a voulu voir madame *Denis*, qu'elle a excuſé la conduite de ſon frère, en la condamnant. Tout cela m'a paru un rêve ; cependant je reſte à Colmar, et j'y travaille à cette maudite Hiſtoire générale qui me tue. Je me ſacrifie à ce que j'ai cru un devoir indiſpenſable. Je vous remercie d'aimer Sémiramis. Madame de *Bareith* en a fait un opéra italien, qu'on a joué à Bareith et à Berlin. Tâchez qu'on vous donne la pièce françaiſe à Paris. Madame *Denis* ſe porte aſſez mal ; ſon enflure recommence. Nous voilà tous deux giſans au bord du Rhin, et probablement nous y paſſerons l'hiver. Je devais aller à Manheim, et je reſte dans une vilaine maiſon d'une vilaine petite ville, où je ſouffre nuit et jour. Ce ſont-là des tours de la deſtinée ; mais je me moque de ſes tours avec un ami comme vous et un peu de courage. A propos, que deviendra ce courage prétendu, quand on me jouera le nouveau tour d'imprimer la Pucelle? Il eſt trop certain qu'il y en a des copies à Paris ; un *Chevrier* l'a lue. Un *Chevrier* ! Mon ange, il faut s'enfuir je ne ſais où. Il eſt bien cruel de ne pas achever auprès de vous le reſte de ſa vie. Mille reſpects à tous les anges.

LETTRE

LETTRE LXXIV.

A MADAME

LA COMTESSE DE LUTZELBOURG.

A Colmar, 7 de novembre.

QU'AI-JE été chercher à Colmar? Je suis malade, mourant, ne pouvant ni sortir de ma chambre, ni la souffrir, ni capable de société, accablé, et n'ayant pour toute ressource que la résignation à la Providence. Que ne suis-je près des deux saintes de l'île Jard! Je remercie bien madame de *Brumat* de l'honneur de son souvenir, et du châtelet, et de la comédie de Marseille, et de la liberté grecque de cet échevin héroïque, qui a la tête assez forte pour se souvenir qu'on était libre il y a environ deux mille cinq cents ans. Oh le bon temps que c'était! Pour moi, je ne connais de bon temps que celui où l'on se porte bien. Je n'en peux plus. O fond de la boîte de *Pandore*! ô espérance! où êtes-vous?

M. et madame de *Klinglin* me témoignent des bontés qui augmentent ma sensibilité pour l'état de monsieur leur fils. Il n'y a que la piscine de Siloë qui puisse le guérir : il sied bien après cela à d'autres de se plaindre! C'est auprès de lui qu'il faut apprendre à souffrir sans murmurer. Ah! Mesdames, Mesdames, qu'est-ce que la vie! quel songe, et quel funeste songe! Je vous présente les plus tristes et les plus tendres respects. . . . . Voilà une lettre bien gaie.

LETTRE LXXV.

A M. LE MARECHAL DUC DE RICHELIEU.

A Colmar, 7 de novembre.

VOICI, Monſeigneur, une lettre que madame *Denis* reçoit aujourd'hui. On m'en écrit quatre encore plus poſitives. Ce n'eſt pas là un rafraîchiſſement pour des malades. J'ai bien peur de mourir ſans avoir la conſolation de vous revoir. Nous ſommes forcés et tout prêts à prendre un parti bien triſte. Quelque choſe que je diſe à madame *Denis*, je ne peux la réſoudre à ſéparer ſa deſtinée de la mienne. Le comble de mon malheur, c'eſt que l'amitié la rende malheureuſe. Si vous aviez quelque choſe à me dire, quelque ordre à me donner, je vous ſupplie d'adreſſer toujours vos ordres à Colmar ; vos lettres me ſeront très-exactement rendues.

Je ne crois pas que le cérémonial ait entré dans la tête de madame la margrave de *Bareith*. Elle ne fait point difficulté d'aller affronter un vice-légat italien ; elle ferait beaucoup plus aiſe de voir celui qui fait l'honneur et les honneurs de la France ; elle voyage *incognito*. On n'eſt plus au temps où le *punctilio* feſait une grande affaire, et vous êtes le premier homme du monde pour mettre les gens à leur aiſe. Je crois qu'elle ne m'a point trompé quand elle m'a dit qu'elle craignait la foule des Etats et l'embarras du logement. Elle n'eſt pas ſi malingre que moi, mais elle a une ſanté très-chancelante,

qui demande du repos fans contrainte. Elle trouverait tout cela avec vous, avec les agrémens qu'on
ne trouve guère ailleurs. Refte à favoir fi elle aura
la force de faire le petit chemin d'Avignon à Montpellier ; car on dit qu'elle eft tombée malade en
route. Elle a un logement retenu dans Avignon,
elle n'en a point à Montpellier. Pour moi, je voudrais être caché dans un des fouterrains du Mer-
danfon, et vous faire ma cour le foir, quand vous
feriez las de la noble affemblée. Mais je fuis de
toutes façons dans un état à n'efpérer plus dans ce
monde d'autre plaifir que celui de vous être attaché
avec le plus tendre refpect, de vous regretter avec
larmes, et de fouffrir tout le refte patiemment.

LETTRE LXXVI.

A M. LE COMTE D'ARGENTAL, à Paris.

Colmar, 7 de novembre.

JE reçois deux lettres aujourd'hui, mon cher et
refpectable ami, par lefquelles on me mande qu'on
imprime la Pucelle, que *Thiriot* en a vu des feuilles,
qu'elle va paraître : on écrit la même chofe à madame
Denis. Fréron femble avoir annoncé cette édition. Un
nommé *Chevrier* en parle. M. *Pafquier* l'a lue tout
entière en manufcrit chez un homme de confidération
avec lequel il eft lié par fon goût pour les tableaux.
Ce qu'il y a d'affreux, c'eft qu'on dit que le chant de
l'âne s'imprime tel que vous l'avez vu d'abord, et

K 2

—— non tel que je l'ai corrigé depuis. Je vous jure par ma tendre amitié pour vous, que vous seul avez eu ce malheureux chant. Madame *Denis* a la copie corrigée, auriez-vous eu quelque domestique infidelle? je ne le crois pas. Vos bontés, votre amitié, votre prudence font à l'abri d'un pareil larcin, et vos papiers font fous la clef. Le roi de Prusse n'a jamais eu ce maudit chant de l'âne de la première fournée. Tout cela me fait croire qu'il n'a point transpiré, et qu'on n'en parle qu'au hafard. Mais, si ce chant trop dangereux n'est pas dans les mains des éditeurs, il y a trop d'apparence que le reste y est. Les nouvelles en viennent de trop d'endroits différens pour n'être pas alarmé. Je vous conjure, mon cher ange, de parler ou de faire parler à *Thiriot*. *Lambert* est au fait de la librairie, et peut vous instruire. Ayez la bonté de ne me pas laisser attendre un coup après lequel il n'y aurait plus de reffource, et qu'il faut prévenir fans délai. Je reconnais bien là ma destinée; mais elle ne sera pas tout-à-fait malheureuse, si vous me conservez une amitié à laquelle je suis mille fois plus fenfible qu'à mes infortunes. Je vous embraffe bien tendrement; madame *Denis* en fait tout autant. Nous attendons de vos nouvelles avant de prendre un parti.

LETTRE LXXVII.

AU MEME.

Colmar, 10 de novembre.

Nous partons pour Lyon, mon cher ange; M. de *Richelieu* nous y donne rendez-vous. Je ne fais comment nous ferons, madame *Denis* et moi : nous fommes malades, très-embarraffés, et toujours dans la crainte de cette Pucelle. Nous vous écrirons dès que nous ferons arrivés. Je dois à votre amitié compte de mes marches comme de mes penfées, et je n'ai que le temps de vous dire que je fuis très-attrifté d'aller dans un pays où vous n'êtes pas. Que n'êtes-vous archevêque de Lyon, folidairement avec madame d'*Argental* ! Mille tendres refpects à tous les anges.

LETTRE LXXVIII.

AU MEME.

Lyon, au palais royal, 20 de novembre.

Me voilà à Lyon, mon cher ange; M. de *Richelieu* a eu l'afcendant fur moi de me faire courir cent lieues; je ne fais où je vais, ni où j'irai; j'ignore le deftin de la Pucelle et le mien; je voyage tandis que je devrais être au lit, et je foutiens des fatigues et des peines qui font au-deffus de mes forces. Il n'y a pas d'apparence que je voye M. de *Richelieu* dans fa gloire aux Etats de Languedoc ; je ne le verrai qu'à Lyon en bonne fortune, et je pourrais bien aller paffer l'hiver fur quelque coteau méridional de la Suiffe. Je vous avouerai que je n'ai pas trouvé, dans M. le cardinal de *Tençin*, les bontés que j'efpérais de votre oncle ; j'ai été plus accueilli et mieux traité de la margrave de *Bareith* qui eft encore à Lyon. Il me femble que tout cela eft au rebours des chofes naturelles. Mon cher ange, ce qui eft bien moins naturel encore, c'eft que je commence à défefpérer de vous revoir. Cette idée me fait verfer des larmes. L'impreffion de cette maudite Pucelle me fait frémir, et je fuis continuellement entre la crainte et la douleur. Confolez par un mot une ame qui en a befoin, et qui eft à vous jufqu'au dernier foupir.

Madame *Denis* devient une grande voyageufe ; elle vous fait les plus tendres complimens.

LETTRE LXXIX.

A M. GUIOT DE MERVILLE.

A Lyon, novembre.

L A vengeance, Monfieur, fatigue l'ame, et la mienne a befoin d'un grand calme. Mon amitié eft peu de chofe, et ne vaut pas les grands facrifices que vous m'offrez. Je profiterai de tout ce qui fera jufte et raifonnable dans les quatre volumes de critiques que vous avez faites de mes ouvrages, et je vous remercie des peines infinies que vous avez généreufement

prifes pour me redreffer. Si les deux fatires que
Rouffeau et *Desfontaines* vous fuggérèrent contre moi 1754.
font agréables, le public vous applaudira. Il faut,
fi vous m'en croyez, le laiffer juge.

La dédicace de vos ouvrages, que vous me faites
l'honneur de m'offrir, n'ajouterait rien à leur mérite,
et vous compromettrait auprès du gentilhomme à
qui cette dédicace eft deftinée. Je ne dédie les miens
qu'à mes amis. Ainfi, Monfieur, fi vous le trouvez
bon, nous en refterons là.

Lettre de Guiot de Merville, à M. de Voltaire.

A Genève.

JE fais, Monfieur, que je vous ai offenfé, mais je ne l'ai point
fait par aucune de ces paffions qui déshonorent l'humanité et la
littérature. Mon attachement à *Rouffeau*, ma complaifance pour
l'abbé *Desfontaines*, font les feules caufes du mal que j'ai voulu
vous faire, et que je ne vous ai pas fait. Leur mort vous a vengé
de leurs infpirations ; et le peu de facrifices que je leur ai fait,
me confole de leur mort.

J'ai fait, Monfieur, en quatre volumes, la Critique de vos
ouvrages ; je vous la remettrai. A la tête de ma première
comédie, il y a une lettre qui vous a choqué ; je la fupprimerai. Je fupprimerai auffi deux pièces de vers que l'abbé
Desfontaines m'avait fuggérées, et qu'il avait fait imprimer. C'eft
à ce prix, Monfieur, que je veux mériter votre amitié. Mes
Oeuvres font dédiées à un gentilhomme du pays de Vaud : fi
vous le permettez, je vous les dédierai, ainfi que mon Théâtre,
en quatre volumes.

Il eft plus grand de reconnaître fes fautes que de n'en jamais
faire, et plus glorieux de pardonner que de fe venger.

LETTRE LXXX.

A M. LE COMTE D'ARGENTAL.

Lyon , 2 de décembre.

Est-il possible que je ne reçoive point de lettres de mon cher ange ? Les bontés qu'on a pour moi à Lyon, et l'empreffement d'un public de province, beaucoup plus enthoufiafmé que celui de Paris, le premier jour de Mérope, ne guériffent point les maladies dont je fuis accablé, ne confolent point mes chagrins, et ne guériffent point mes craintes ; c'eft de vous feul que j'attends du foulagement. On me donne tous les jours des inquiétudes mortelles fur cette maudite Pucelle. Il eft avéré que mademoifelle du *Thil* la pofsède; elle l'a trouvée chez feu madame *du Châtelet.* Il n'eft que trop vrai que *Pafquier* avait lu le chant de l'âne chez un homme qui tient fon exemplaire de mademoifelle du *Thil*, et que *Thiriot* a eu une fois raifon. Je me raffurais fur fon habitude de parler au hafard, mais le fait eft vrai. Un poliffon, nommé *Chevrier*, a lu tout l'ouvrage ; et enfin il y a lieu de croire qu'il eft entre les mains d'un imprimeur, et qu'il paraîtra auffi incorrect et auffi funefte que je le craignais. Cependant je ne peux ni refter à Lyon dans de fi horribles circonf-tances, ni aller ailleurs dans un état où je ne peux me remuer. Je fuis accablé de tous côtés dans une vieilleffe que les maladies changent en décrépitude, et je n'attends de confolation que de vous feul. Je

vous demande en grâce de vous informer, par vos
amis et par le libraire *Lambert*, de ce qui se passe,
afin que du moins je sois averti à temps, et que je
ne finisse pas mes jours avec *Talouet*. Je vous ai
écrit trois fois de Lyon; votre lettre me sera exactement rendue ; je l'attends avec la plus douloureuse
impatience, et je vous embrasse avec larmes. Vous
devez avoir pitié de mon état, mon cher ange.

LETTRE LXXXI.

A M. THIRIOT.

A Lyon, le 3 de décembre.

VOTRE lettre, mon ancien ami, m'a fait plus de
plaisir que tout l'enthousiasme et toutes les bontés
dont la ville de Lyon m'a honoré. Un ami vaut
mieux que le public. Ce que vous me dites d'une
douce retraite avec moi, dans le sein de l'amitié et de
la littérature, me touche bien sensiblement. Ce ne
serait peut-être pas un mauvais parti pour deux
philosophes qui veulent passer tranquillement leurs
derniers jours. J'ai avec moi, outre ma nièce, un
florentin qui a attaché sa destinée à la mienne. Je
compte m'établir dans une terre sur les lisières de la
Bourgogne, dans un climat plus chaud que Paris et
même que Lyon, convenable à votre santé et à la
mienne.

Je n'étais venu à Lyon uniquement que pour voir
M. le maréchal de *Richelieu*, qui m'y avait donné

—— rendez-vous. C'eſt une action de l'ancienne cheva-
lerie. D I E U, qui éprouve les ſiens, ne l'a pas récom-
penſée. Il m'a affublé d'un rhumatiſme goutteux
qui me tient perclus. On me conſeille les eaux d'Aix
en Savoie : on les dit ſouveraines, mais je ne ſuis
pas encore en état d'y aller, et je reſte au lit en
attendant.

Le haſard, qui conduit les aventures de ce monde,
m'a fait rencontrer au cabaret, à Colmar et à Lyon,
madame la margrave de *Bareith*, ſœur du roi de
Pruſſe, qui m'a accablé de bontés et de préſens.
Tout cela ne guérit pas les rhumatiſmes. Ce que je
redoute le plus, ce ſont les ſifflets dont on menace la
Pandore de *Royer* ; c'eſt un des fléaux de la boîte.
Cet opéra, un tant ſoit peu métaphyſique, n'eſt point
fait pour votre public. M. *Royer* a employé M. de
Sireuil, ancien porte-manteau du roi, pour changer
ce poëme, et le rendre plus convenable au muſicien.
Il ne reſte de moi que quelques fragmens ; mais,
malgré tous les ſoins qu'on a pu prendre ſans me
conſulter, je crains également pour le poëme et
pour la muſique. Si on a quelque juſtice, on ne me
doit tout au plus que le tiers des ſifflets.

A l'égard de *Jeanne d'Arc*, native de Domremy,
je me flatte que la dame qui la poſsède par une infidélité, ne ſera pas celle de la rendre publique. Une
fille ne fournit point de pucelles.

Je vous prie, mon ancien ami, de préſenter mes
hommages à la chimiſte, à la muſicienne, à la
philoſophe chez qui vous vivez. Elle me fait trembler ; vous ne la quitterez pas pour moi.

Madame *Denis* vous fait ſes complimens. Je vous

embraſſe de tout mon cœur. Quand vous aurez un quart d'heure à perdre, écrivez à votre vieux ami.

1754.

Qu'eſt devenu *Ballot l'imagination*? comment ſe porte *Orphée-Rameau*?

Quid agis? quomodo vales? Farewell.

LETTRE LXXXII.

A M. LE COMTE D'ARGENTAL.

De mon lit, à Lyon, 4 de décembre.

Mon cher ange, votre conſolante lettre, adreſſée à Colmar, eſt venue enfin à Lyon calmer une partie de mes inquiétudes. Vous aurez tout ce que vous daignez demander, et je ferai tout tranſcrire pour vous dès que je ſerai quitte d'une goutte ſciatique qui me retient au lit. J'éprouve tous les maux à la fois, et je perds dans les voyages et dans les ſouffrances un temps précieux que je voudrais employer à vous amuſer. Il me ſemble que je ſuis las du public, et que vous êtes ma ſeule paſſion. Je n'ai plus le cœur au travail que pour vous plaire ; mais comment faire quand on court et quand on ſouffre toujours? On veut à préſent que j'aille aux eaux d'Aix en Savoie, pour le rhumatiſme goutteux qui me tient perclus. On m'a prêté une maiſon charmante à moitié chemin ; il faudrait être un peu plus ſédentaire; mais je ſuis une paille que le vent agite, et madame *Denis* s'eſt engouffrée dans mon malheureux tourbillon. J'attends toujours de vos nouvelles à Lyon. On dit qu'on va jouer enfin le Triumvirat d'un côté ; et Pandore de l'autre ; ce font deux grands fléaux de la boîte. Hélas ! mon cher et refpectable ami, fi j'avais trouvé au fond de cette boîte l'efpérance de vous revoir, je mourrais content. Madame *Denis* vous fait mille complimens. Je baife, en pleurant, les ailes de tous les anges.

LETTRE LXXXIII.

AU MEME.

Lyon, 9 de décembre.

MON cher ange, votre lettre du 3 de novembre, à l'adreffe de madame *Denis*, nous a été rendue bien tard, et vous avez dû recevoir toutes celles que je vous ai écrites. Le feul parti que j'aye à prendre dans le moment préfent, c'eft de fonger à conferver une vie qui vous eft confacrée. Je profite de quelques jours de beau temps pour aller dans le voifinage des eaux d'Aix en Savoie. On nous prête une maifon très-belle et très-commode, vers le pays de Gex, entre la Savoie, la Bourgogne et le Lac de Genève, dans un afpect fain et riant. J'y aurai, à ce que j'efpère, un peu de tranquillité. On n'y ajoutera pas de nouvelles amertumes à mes malheurs, et peut-être que le loifir et l'envie de vous plaire tireront encore de mon efprit épuifé quelque tragédie qui vous amufera. Je n'ai à Lyon aucuns papiers ; je fuis logé très-mal à mon aife, dans un cabaret où je fuis malade. Il faut que je parte, mon adorable ami. Quand je ferai à moi, et un peu recueilli, je ferai tout ce que votre amitié généreufe et éclairée

1754.

me conseille. Je ne sais si on plaindra l'état où je suis ; ce n'est pas la coutume des hommes, et je ne cherche pas leur pitié ; mais j'espère qu'on ne désapprouvera pas à la cour qu'un homme accablé de maladies aille chercher sa guérison. Nous avons prévenu madame de *Pompadour* et M. le comte d'*Argenson* de ces tristes voyages. Dans quelque lieu que j'achève ma vie, vous savez que je serai toujours à vous, et qu'il n'y a point d'absence pour le cœur ; le mien sera toujours avec le vôtre.

Adieu, mon cher et respectable ami ; je vais terminer mon séjour à Lyon, en allant voir jouer Brutus. Si j'avais de l'amour propre, je resterais à Lyon ; mais je n'ai que des maux, et je vais chercher la solitude et la santé, bien plus sûr de l'une que de l'autre, mais plus sûr encore de votre amitié. Ma nièce, qui vous fait les plus tendres complimens, ose croire qu'elle soutiendra avec moi la vie d'hermite. Elle a fait son apprentissage à Colmar ; mais les beautés de Lyon, et l'accueil singulier qu'on nous y a fait, pourraient la dégoûter un peu des Alpes. Elle se croit assez forte pour les braver. Elle sera ma consolation tant que durera sa constance ; et quand elle sera épuisée, je vivrai et je mourrai seul, et je ne conseillerai à personne ni de faire des poëmes épiques et des tragédies, ni d'écrire l'histoire ; mais je dirai, quiconque est aimé de M. d'*Argental* est heureux.

Adieu, cher ange ; mille tendres respects à vous tous. Quand vous aurez la bonté de m'écrire, adressez votre lettre à Lyon, sous l'enveloppe de M. *Tronchin*, banquier ; c'est un homme sûr de toutes les manières. Je vous embrasse avec la plus vive tendresse.

LETTRE LXXXIV.

A M. THIRIOT.

Au château de Prangin, pays de Vaud, le 19 de décembre.

ME voilà fi perclus, mon ancien ami, que je ne peux écrire de ma main. Vous avez donc auffi des rhumatifmes malgré votre régime du lait.

Vous ne fauriez croire avec quelle fenfibilité j'entre dans le petit détail que vous me faites de ce que vous appelez votre fortune. On ne s'ouvre ainfi qu'à ceux qu'on aime, et j'ai, depuis environ quarante ans, compté toujours fur votre amitié. Vous devez vivre à Paris gaiement, librement et philofophiquement.

Ces trois adverbes joints font admirablement.

Mais certes vous me contez des chofes merveilleufes, en m'apprenant que votre ancien *Pollion*, et l'*Orphée* aux triples croches, et *Ballot l'imagination*, ne vivent plus ni avec *Pollion*, ni avec vous.

Le diable fe met donc dans toutes les fociétés, depuis les rois jufqu'aux philofophes.

Je ne favais pas que vous connuffiez M. de *Sireuil*. Il me paraît par fes lettres un fort galant homme. Je fuis perfuadé que lorfqu'il s'arrangea avec *Royer* pour me difféquer, il m'en aurait inftruit s'il avait fu où me prendre. Il faut que ce foit le meilleur homme du monde; il a eu la bonté de s'affervir au canevas de fon ami *Royer*; il fait dire à *Jupiter*, *les*

Grâces font fur vos traces , un tendre amour veut du
retour. Comme le parterre n'eft pas tout-à-fait fi
bon , il pourrait pour retour donner des fifflets. *Royer*
eft un profond génie; il joint l'efprit de *Lulli* à la
fcience de *Rameau*, le tout relevé de beaucoup de
modeftie. C'eft dommage que madame *Denis*, qui
fe connaît un peu en mufique, n'ait pas entendu la
fienne; mais madame de *la Poplinière* l'avait entendue
autrefois, et il me femble qu'elle n'en avait pas été
édifiée. D'honnêtes gens m'ont mandé de Paris qu'on
n'achèverait pas la pièce ; j'en fuis fâché pour
meffieurs de l'hôtel de ville; car voilà les décorations
de la terre, du ciel et des enfers à tous les diables.
M. de *Sireuil* en fera pour fes vers, *Royer* pour fes
croches , et le prévôt des marchands pour fon argent.
Pour moi, en qualité de difféqué, j'ai préfenté mon
cahier de remontrances au muficien et au poëte. Il
me prend fantaifie de vous en envoyer copie, et de
vous prier de faire fentir à M. de *Sireuil* l'énormité
du danger, les parodies de la foire, et les torche-
cu de *Fréron.* C'eft bien malgré moi que je fuis
obligé de parler encore de vers et de mufique, *nunc
itaque et verfus et cætera ludicra pono.* Je bois des eaux
minérales de Prangin , en attendant que je puiffe
prendre les bains d'Aix en Savoie. Tout cela n'eft pas
l'eau d'Hippocrène.

Je vous embraffe de tout mon cœur. Madame
Denis vous eft bien obligée de votre fouvenir ; elle
vous fait fes complimens. Quand vous voudrez écrire
à votre ancien ami le paralytique , ayez la bonté
d'adreffer votre lettre à M. *Tronchin*, banquier à
Lyon.

LETTRE LXXXV.

A M. LE COMTE D'ARGENTAL.

Au château de Prangin, 19 de décembre.

J'APPRENDS, mon cher ami, qu'on a fait chez vous une nouvelle lecture des Chinois, et que les trois magots n'ont pas déplu; cependant, s'il vous prend jamais fantaifie d'expofer en public ces étrangers, je vous prie de m'en avertir à l'avance, afin que je puiffe encore donner quelques coups de crayon à des figures fi bizarres. Voici le temps funefte où *Royer* et *Sireuil* vont me difféquer. Figurez-vous que j'avais fait donner à *Pandore* une très-honnête fête dans le ciel par le maître de la maifon : je vous en fais juge; un muficien doit-il être embarraffé à mettre en mufique ces paroles ?

> Aimez, aimez et régnez avec nous,
> Le Dieu des cieux eft feul digne de vous.
> Sur la terre on pourfuit avec peine
> Des plaifirs l'ombre légère et vaine :
> Elle échappe, et le dégoût la fuit.
> Si Zéphire un moment plaît à Flore
> Il flétrit les fleurs qu'il fait éclore :
> Un feul jour les forme et les détruit.
> Aimez, aimez, et régnez avec nous.
> Les fleurs immortelles
> Ne font qu'en nos champs :
> L'Amour et le Temps
> Ici n'ont point d'ailes.
> Aimez, aimez et régnez avec nous, &c.

On

On a fubftitué à ces vers : *Les Grâces font fur vos*
traces, régnez, triomphez, un tendre amour veut du 1754.
retour.

C'eft ainfi que tout l'opéra eft défiguré. Je demande
juftice, et la juftice confifte à faire favoir le fait.

Tandis que *Royer* me mutile, la nature m'accable
de maux, et la fortune me conduit dans un château
folitaire, loin du genre-humain, en attendant que je
puiffe aller chercher aux bains d'Aix en Savoie une
guérifon que je n'efpère pas. Je vous rends compte
de toutes les mifères de mon exiftence. Ce ne font
ni les acteurs de Lyon, ni le parterre, ni le public,
qui m'ont fait abandonner cette belle ville. Je vous
dirai en paffant qu'il eft plaifant que vous ayez à
Paris *Drouin* et *Bellecour*, tandis qu'il y a à Lyon
trois acteurs très-bons, et qui deviendraient à Paris
encore meilleurs; mais c'eft ainfi que le monde va.
Je le laiffe aller, et je fouffre patiemment. Je fouhaite
que ma nièce ait toujours affez de philofophie pour
s'accoutumer à la folitude et à mon genre de vie. Je
ne fuis point embarraffé de moi, mais je le fuis de
ceux qui veulent bien joindre leur deftinée à la
mienne; ceux-là ont befoin de courage.

Adieu; je vous embraffe mille fois.

LETTRE LXXXVI.

AU MEME.

A Prangin, pays de Vaud, 25 de décembre.

MON cher ange, vous ne ceffez de veiller de votre fphère fur la créature malheureufe dont votre providence s'eft chargée. Je fuis toujours très-malade dans le château de Prangin, en attendant que mes forces revenues, et la faifon plus douce, me permettent de prendre les bains d'Aix, ou plutôt en attendant la fin d'une vie remplie de fouffrances. Ma garde-malade vous fait les plus tendres complimens, et joint fes remercîmens aux miens. Je n'ai ici encore aucuns de mes papiers que j'ai laiffés à Colmar, ainfi je ne peux vous répondre ni fur les Chinois, ni fur les Tartares, ni fur les lettres que M. de *Lorges* veut avoir. Je crois au refte que ces lettres feraient affez inutiles. Je fuis très-perfuadé des fentimens que l'on conferve, et des raifons que l'on croit avoir. Je fais trop quel mal cet indigne avorton d'une Hiftoire univerfelle, qui n'eft certainement pas mon ouvrage, a dû me faire; et je n'ai qu'à fupporter patiemment les injuftices que j'effuie. Je n'ai de grâce à demander à perfonne, n'ayant rien à me reprocher. J'ai travaillé, pendant quarante ans, à rendre fervice aux lettres; je n'ai recueilli que des perfécutions; j'ai dû m'y attendre, et je dois les favoir fouffrir. Je fuis affez confolé par la conftance de votre amitié courageufe.

Permettez que j'infère ici un petit mot de lettre

pour *Lambert* dont je ne conçois pas trop les procédés. Je vous prie de lire la lettre, de la lui faire
rendre; et, fi vous lui parliez, je vous prierais de le
corriger; mais il eft incorrigible, et c'eft un libraire
tout comme un autre.

Je ne peux rien faire dans la faifon où nous fommes
que de me tenir tranquille. Si les maux qui m'accablent, et la fituation de mon efprit pouvaient me
laiffer encore une étincelle de génie, j'emploierais
mon loifir à faire une tragédie qui pût vous plaire;
mais je regarde comme un premier devoir de me
laver de l'opprobre de cette prétendue Hiftoire univerfelle, et de rendre mon véritable ouvrage digne
de vous et du public. Je fuis la victime de l'infidélité et de la fuppofition la plus condamnable. Je
tâcherai de tirer de ce malheur l'avantage de donner
un bon livre qui fera utile et curieux. Je réponds
affez des chofes dont je fuis le maître, mais je ne
réponds pas de ce qui dépend du caprice et de
l'injuftice des hommes. Je ne fuis fûr de rien que
de votre cœur. Comptez, mon cher ange, qu'avec
un ami comme vous on n'eft point malheureux.
Mille tendres refpects à madame d'*Argental* et à tous
vos amis.

LETTRE LXXXVII.

A M. LE MARÉCHAL DUC DE RICHELIEU.

Au château de Prangin, près de Nyon, au pays de Vaud, 5 de janvier.

JE vous fouhaite, Monfeigneur, la continuation durable de tout ce que la nature vous a prodigué; je vous fouhaite des jours auffi longs, qu'ils font brillans; et je ne me fouhaité, à moi chétif, que la confolation de vous revoir encore. Il fallait pour, arriver ici m'y prendre un peu de bonne heure. Le mont Jura eft couvert de neige au mois de janvier, et vous favez que je ne pouvais demeurer dans une ville où l'homme le plus confidérable n'avait pas feulement daigné me recevoir avec bonté, mais avait encore publié fon peu de bienveillance. Je fuis loin de me repentir d'un voyage qui m'a procuré le bonheur de vous retrouver; bonheur trop court pour moi, après lequel je foupirais depuis fi long-temps.

J'ofe efpérer qu'on ne m'enviera pas la folitude que j'ai choifie, et qu'on trouvera bon que je ne la quitte que pour vous faire encore ma cour, quand vous reviendrez dans votre royaume. Vous favez que j'ai toujours envifagé la retraite comme le port où il faut fe réfugier après les orages de cette vie. Vous favez que je vous aurais demandé la permiffion de finir mes jours à Richelieu, s'il eût été dans la nature d'un grand feigneur de France de pouvoir vivre fans dégoût dans fon propre palais; mais votre deftinée vous arrête à la cour pour toute votre vie.

Un homme tel que vous jamais ne s'en détache ;
Il n'eſt point de retraite ou d'ombre qui le cache ;
Et ſi du ſouverain la faveur n'eſt pour lui,
Il faut ou qu'il trébuche ou qu'il cherche un appui.

Ce font des vers de *Corneille* que vous me citiez autrefois, et que ſans doute vous vous rappelez encore. Appelez-moi du fond de mon aſile, quand il vous plaira ; et tant que j'aurai des forces, je viendrai encore jouir du plaiſir de vous renouveler le tendre reſpect et l'inviolable attachement que j'ai pour vous.

On ne dira pas que je n'aime point ma patrie, puiſque celui qui lui fait le plus d'honneur eſt celui qui peut tout ſur moi.

Madame *Denis* partage mes ſentimens, et vous préſente les mêmes hommages. Elle paraît bien ferme dans la réſolution de ſupporter ma ſolitude. Les femmes ont plus de courage qu'on ne croit.

LETTRE LXXXVIII.

A M. LE COMTE D'ARGENTAL, *à Paris.*

Prangin, pays de Vaud, 10 de janvier.

QUE j'abuſe de vos bontés, mon cher et reſpectable ami ! mais pardonnez à un ſolitaire qui n'a que ſes livres pour reſſource, et qui les perd. Je vous ſupplie de vouloir bien faire donner cette nouvelle ſemonce à ce maudit *Lambert*. Mon ange, tout le monde, hors vous, ſe moque des malheureux. Encore ſi j'avais fait le Triumvirat, mais je n'ai qu'un Orphelin, et

L 3

voilà la boîte de *Pandore* qui va s'ouvrir : pendant ce temps-là, nous fommes tout au beau milieu du mont Jura, *per frigora dura fecuta eft.* Si jamais vous voulez tâter des eaux de Plombières, envoyez-moi chercher; ce ne fera peut-être que là que je pourrai avoir encore une fois, avant de mourir, la confolation de vous voir. Au refte, notre mont Jura eft mille fois plus beau que Plombières; et ce lac fi fameux pour fes truites eft admirable; et puis doit-on compter pour rien d'être en face de Ripaille ? ma foi, oui.

Mon cher ange, le malade et la courageufe garde-malade vous embraffent de tout leur cœur.

LETTRE LXXXIX.

A M. DE CIDEVILLE.

A Prangin, le 23 de janvier.

MON cher et ancien ami ; car, Dieu merci, il y a cinquante ans que vous l'êtes, vous avez fur moi de terribles avantages. Vous êtes à Paris, vous avez une fanté et un efprit à la *Fontenelle ;* vous écrivez menu et avec plus d'agrément que jamais ; et moi je peux rarement écrire de ma main, et je fuis accablé de fouffrances fur les bords du lac de Genève. La feule chofe dont je puiffe bénir DIEU, eft la mort de *Royer.* Dieu veuille avoir fon ame et fa mufique!

Cette mufique n'était point de ce monde. Le traître m'avait immolé à fes doubles croches, et avait choifi, pour m'égorger, un ancien porte-manteau du roi, nommé *Sireuil.* DIEU eft jufte, il a retiré *Royer* à

lui , et je crains à présent beaucoup pour le porte-
manteau.

Si on s'obstine à jouer ce funeste opéra de Prométhée ,
que *Sireuil* et *Royer* ont défiguré à qui mieux mieux,
il faudra me mettre dans la liste des proscrits de ce
vieux fou de *Crébillon*. J'y ferais bien sans cela. J'ai
eu à craindre les sifflets sur le bord de la Seine , et
les *Mandrin* sur les bords du lac Leman. Ils prenaient
assez souvent leurs quartiers d'hiver dans une petite
ville tout auprès du château où je suis; et *Mandrin*
vint, il y a un mois , se faire panser de ses blessures
par le plus fameux chirurgien de la contrée. Du
temps de *Romulus* et de *Thésée*, il eût été un grand-
homme; mais de tels héros font pendus aujourd'hui.

Voilà ce que c'est que d'être venu au monde mal
à propos. Il faut prendre son temps en tout genre.
Les géomètres qui viennent après *Newton*, et les
poëtes tragiques qui viennent après *Racine*, font mal
reçus dans ce monde. Je plains les Troyennes et les
Adieux d'Hector de se présenter après la tragédie
d'Andromaque.

J'imagine que vous logez toujours avec votre digne
compatriote le grand abbé. Je vous souhaite à tous
deux des années longues et heureuses , exemptes de
coliques , de sciatiques , et de toutes les misères ras-
semblées sur mon pauvre individu. Je vous embrasse
tendrement.

LETTRE XC.

A M. LE COMTE D'ARGENTAL.

A Prangin, pays de Vaud, 23 de janvier.

TOUTE adreffe eft bonne, mon cher et refpectable ami, et il n'y a que la pofte qui foit diligente et fûre : ainfi je puis compter fur ma confolation, foit que vous écriviez par M. *Tronchin* à Lyon, ou par M. *Fleur* à Befançon, ou par M. *Chapuis* à Genève, ou en droiture au château de Prangin, au pays de Vaud.

DIEU a puni *Royer*; il eft mort. Je voudrais bien qu'on enterrât avec lui fon opéra, avant de l'avoir expofé au théâtre, fur fon lit de parade. L'Orphelin vivra peu de temps ; je ferai ce que je pourrai pour alonger fa vie de quelques jours, puifque vous voulez bien lui fervir de père. *Lambert* m'embarraffe actuellement beaucoup plus que les conquérans tartares, et il me paraît auffi tartare qu'eux.

Je vous demande mille pardons de vous importuner d'une affaire fi défagréable ; mais votre amitié conftante et généreufe ne s'eft jamais bornée au commerce de littérature, aux confeils dont vous avez foutenu mes faibles talens. Vous avez daigné toujours entrer dans toutes mes peines avec une tendreffe qui les a foulagées. Tous les temps et tous les événemens de ma vie vous ont été foumis. Les plus petites chofes vous deviennent importantes, quand il s'agit d'un homme que vous aimez : voilà mon excufe.

Pardon, mon cher ange, je n'ai que le temps de vous dire qu'on me fait courir, tout malade que je fuis, pour voir des maifons et des terres. Eft-il vrai que *Dupleix* s'eft fait roi, et que *Mandrin* s'eft fait héros à rouer ? On me mande que la Pucelle eft imprimée, et qu'on la vend un louis à Paris. C'eft apparemment *Mandrin* qui l'a fait imprimer : cela me fera mourir de douleur.

LETTRE XCI.

A M. THIRIOT, *à Paris.*

A Prangin, le 23 de janvier.

Le grand-turc, notre ambaffadeur à la Porte ottomane et *Royer*, font donc morts d'une indigeftion ? Je fuis très-fâché pour M. *Defalleurs* que j'aimais, mais je me confole de la perte de *Royer* et du grand-turc.

Puiffent les lois de la mécanique qui gouvernent ce monde faire durer la machine de madame de *Sandwich*, et que fon corps foit auffi vigoureux que fon ame, laquelle eft douée de la fermeté anglaife et de la douceur françaife.

Vous voyez, mon ami, que DIEU eft jufte : *Royer* eft mort parce qu'il avait fait accroire à *Sireuil* que c'était moi qui l'était. Il faut enterrer avec lui fon opéra, qui aurait été enterré fans lui. *Royer* avait engagé ce *Sireuil* dans la plus méchante action du monde, c'eft-à-dire, à faire des mauvais vers ; car

——— affurément on n'en peut pas faire de bons fur des canevas de muficiens. C'eft une méthode très-impertinente qui ne fert qu'à rendre notre poëfie ridicule, et à montrer la ftérilité de nos ménétriers. Ce n'eft point ainfi qu'en ufent les Italiens, nos maîtres. *Metaftafio* et *Vinci* ne fe gênaient point ainfi l'un l'autre : auffi, Dieu merci, on fe moque de nous par toute l'Europe.

Je vous prie, mon ancien ami, d'engager M. *Sireuil* à ne plus troubler fon repos et le mien par un mauvais opéra. C'eft un honnête homme, doux et modefte ; de quoi s'avife-t-il d'aller fe fourrer dans cette bagarre ? Donnez-lui un bon confeil, et infpirez-lui le courage de le fuivre.

Avez-vous férieufement envie de venir à Prangin, mon ancien ami ? Arrangez-vous de bonne heure avec madame de *Fontaine* et le maître de la maifon. Vous trouverez la plus belle fituation de la terre, un château magnifique, des truites qui pèfent dix livres, et moi qui n'en pèfe guère davantage, attendu que je fuis plus fquelette et plus moribond que jamais. J'ai paffé ma vie à mourir : mais ceci devient férieux, je ne peux plus écrire de ma main.

Cette main peut pourtant encore griffonner que mon cœur eft à vous.

LETTRE XCII.

A M. LE COMTE D'ARGENTAL.

Prangin, près de Nyon, pays de Vaud, janvier.

Mon cher et respectable ami, j'ai reçu votre lettre du 27 décembre, et toutes vos lettres en leur temps. Toute lettre arrive, et *Lambert* se moque du monde. Malgré les douleurs intolérables d'un rhumatisme goutteux, qui me tient perclus, j'ai songé dans les petits intervalles de mes maux à cette tragédie en trois actes, que je n'ai pas l'esprit de faire en cinq. J'y ai retranché, j'y ai ajouté, j'y ai corrigé. J'ai tellement appuyé sur les raisons du parti que prend *Idamé* de préférer sa mort et celle de son mari à l'amour de *Gengis-kan*; ces raisons sont si clairement fondées sur l'expiation qu'elle croit devoir faire de la faiblesse d'avoir accusé son mari; ces raisons sont si justes et si naturelles, qu'elles éloignent absolument toutes les allusions ridicules que la malignité est toujours prête à trouver. Je ne crains donc que les trois actes; mais je craindrais les cinq bien davantage; ils seraient froids. Il ne faut demander ni d'un sujet ni d'un auteur que ce qu'ils peuvent donner.

J'aimerai jusqu'au dernier moment les arts que vous aimez; mais comment les cultiver avec succès, au milieu de tous les maux que la nature et la fortune peuvent faire?

Mandez-moi comment je dois vous adresser le

troifième acte que j'ai arrondi , et que j'ai tâché de rendre un peu moins indigne de vos bontés.

Je vous demande pardon de vous avoir importuné de lettres pour *Lambert ;* mais , en vérité, cet homme eft bien irrégulier dans fes procédés , et je vous demande en grâce de lui faire recommander la vertu de l'exactitude.

Mille tendres refpects à tous les anges. Madame *Denis* fe voue au défert avec un grand courage ; elle vous fait les plus tendres complimens.

LETTRE XCIII.

AU MEME.

Prangin , 6 de février.

Mon cher ange , puifque DIEU vous bénit au point de vous faire aimer toujours le fpectacle à la folie, je m'occupe à vous fervir dans votre paffion. Je vous enverrai les cinq actes de nos Chinois ; vous aurez ici les trois autres , et vous jugerez entre ces deux façons ; pour moi, je penfe que la pièce en cinq actes étant la même pour tout l'effentiel que la pièce en trois , le grand danger eft que les trois actes foient étranglés , et les cinq trop alongés ; et je cours rifque de tomber foit en allant trop vîte, foit en marchant trop doucement. Vous en jugerez quand vous aurez fous les yeux les deux pièces de compa- raifon. Ce n'eft pas tout ; vous aurez encore quelque autre chofe à quoi vous ne vous attendez pas. J'y joindrai auffi les quatre derniers chants de cette Pucelle pour qui on m'a tant fait trembler. Je voudrais qu'on pût retirer des mains de mademoifelle du *Thil* ce dix-neuvième chant de l'âne, qui eft intolérable ; on lui donnerait cinq chants pour un. Elle y gagnerait, puifqu'elle aime à pofféder des manufcrits , et je ferais délivré de la crainte de voir paraître à fa mort l'ouvrage défiguré. Ne pourriez-vous pas lui propofer ce marché, quand je vous aurai fait tenir les derniers chants ? Vous voyez que je ne fuis pas médiocrement occupé dans ma retraite. Cette Hiftoire prétendue univerfelle eft encore un fardeau qu'on m'a impofé. Il faut la rendre digne du public éclairé. Cette Hiftoire, telle qu'on l'a imprimée, n'eft qu'une nouvelle calomnie contre moi. C'eft un tiffu de fottifes publiées par l'ignorance et par l'avidité. On m'a mutilé et je veux paraître avec tous mes membres.

Une apoplexie a puni *Royer* d'avoir défiguré mes vers; c'eft à moi à préfent d'avoir foin de ma profe.

Pour Dieu ayez encore la bonté de parler encore à *Lambert*, quand vous irez à ce théâtre allobroge où l'on a cru jouer le Triumvirat. Nos Suiffes parlent français plus purement que *Cicéron* et *Octave*.

Je vous fupplie , en cas que *Lambert* réimprime le Siècle de *Louis XIV*, de lui bien recommander de retrancher le *petit* concile ; j'ai promis à monfieur le cardinal, votre oncle, de faire toujours fupprimer cette épithète de *petit*, quoique la plupart des écrivains eccléfiaftiques donnent ce nom aux conciles provinciaux. Je voudrais donner à M. le cardinal de *Tençin* une marque plus forte de mon refpect pour fa perfonne, et de mon attachement pour fa famille.

—— Adieu. Il y a deux folitaires dans les Alpes qui vous
aiment bien tendrement. Je reçois votre lettre du 30
janvier, ce qu'on dit de Berlin eft exagéré ; mais en
quoi on fe trompe fort, c'eft dans l'idée qu'on a que
j'en ferais mieux reçu à Paris. Pour moi je ne fonge
qu'à la Chine, et un peu aux côtes de Coromandel ;
car, fi *Dupleix* eft roi, je fuis prefque ruiné. Le Gange
et le fleuve Jaune m'occupent fur les bords du lac
Leman, où je me meurs.

Toute adreffe eft bonne, tout va.

LETTRE XCIV.

A M. THIRIOT, *à Paris*.

7 de février.

Tachez toujours, mon ancien ami, de venir
avec madame de *Fontaine* et M. de *Prangin ;* nous
parlerons de vers et de profe, et nous philofopherons
enfemble. Il eft doux de fe revoir après cinq ans
d'abfence et quarante ans d'amitié. Je vous avertis
d'ailleurs que ma machine, délabrée de tous côtés,
va bientôt être entièrement détruite, et que je ferais
fort aife de vous confier bien des chofes avant qu'on
mette quelques pelletées de terre transjurane fur mon
fquelette parifien. Vous devriez apporter avec vous
toutes les petites pièces fugitives que vous pouvez
avoir de moi, et que je n'ai point. On pourrait
choifir fur la quantité, et jeter au feu tout ce qui
ferait dans le goût des derniers vers de ***. Je
m'imagine enfin que vous ne feriez pas mécontent

de votre petit voyage, avant que votre ami faſſe le grand voyage dont perſonne ne revient.

Je vous embraſſe très-tendrement; mes reſpects à MM. les abbés d'*Aydie* et de *Sade*. Puiſſent tous les prélats être faits comme eux!

Vous me parlez de cette Hiſtoire univerſelle qui a paru ſous mon nom; c'eſt un monſtre, c'eſt une calomnie atroce, *inhumaniorum litterarum fetus*. Il faut être bien ſot ou bien méchant pour m'imputer cette ſottiſe : je la confondrai ſi je vis.

LETTRE XCV.

A M. LE MARECHAL DUC DE RICHELIEU.

A Prangin, 13 de février.

MON HEROS,

J'APPRENDS que M. le duc de *Fronſac* eſt tiré d'affaire, et que vous êtes revenu de Montpellier avec le ſoleil de ce pays-là ſur le viſage, enluminé d'un éréſipèle. J'en ai eu un, moi indigne, et je m'en ſuis guéri avec de l'eau; c'eſt un cordial qui guérit tout. Il ne donne pas de force aux gens nés faibles comme moi; mais vous êtes né fort, et votre corps eſt tout fait pour votre belle ame. Peut-être êtes-vous à préſent quitte de vos boutons.

J'eus l'honneur, en partant de Lyon, d'avoir une explication avec M. le cardinal de *Tençin* ſur le concile d'Embrun. Je lui fournis des preuves que les

———— écrivains eccléfiaſtiques appellent *petits* conciles les conciles provinciaux, et *grands* conciles les conciles œcuméniques. Il fait d'ailleurs mon refpect pour lui, et mon attachement pour fa famille, &c.

Je n'ai qu'à me louer à préfent des bontés du roi de Pruffe, &c.; mais cela ne m'a pas empêché d'acquérir fur les bords du lac de Genève, une maifon charmante et un jardin délicieux. Je l'aimerais mieux dans la mouvance de Richelieu. J'ai choifi ce canton, féduit par la beauté inexprimable de la fituation, et par le voifinage d'un fameux médecin, et par l'efpérance de venir vous faire ma cour, quand vous irez dans votre royaume. Il eft plaifant que je n'aye de terres que dans le feul pays où il ne m'eft pas permis d'en acquérir. La belle loi fondamentale de Genève eft qu'aucun catholique ne puiffe refpirer l'air de fon territoire. La république a donné en ma faveur une petite entorfe à la loi, avec tous les petits agrémens poffibles. On ne peut ni avoir une retraite plus agréable, ni être plus fâché d'être loin de vous. Vous avez vu des fuiffes, vous n'en avez point vu qui aient pour vous un plus tendre refpect que *le fuiffe Voltaire.*

LETTRE

LETTRE XCVI.

A MADAME DE FONTAINE, *à Paris.*

A Prangin, pays de Vaud, 13 de février.

Vous avez donc été férieufement malade, ma chère nièce, et vous avez également à vous plaindre d'un fouper et d'une médecine? Il eft bien cruel que la rhubarbe, qui me fait tant de bien, vous ait fait tant de mal. Venez raccommoder votre eftomac avec les truites du lac de Genève; il y en a qui pèfent plus que vous, et qui font affurément plus graffes que vous et moi. Je n'ai pas un auffi beau château que M. de *Prangin*, cela eft impoffible, c'eft la maifon d'un prince; mais j'ai certainement un plus beau jardin avec une maifon très-jolie. Le palais de Prangin et ma maifon font dans la plus belle fituation de la nature. Vous ferez mieux logée à Prangin que chez moi; mais j'efpère que vous ne méprijerez pas abfolument mes petits pénates, et que vous viendrez les embellir de votre préfence et de vos deffins. Apportez-moi furtout les plus immodeftes pour me réjouir la vue : les autres fens font en piteux état; je dégringole affez vîte; j'ai choifi un affez joli tombeau, et je veux vous y voir. Les environs du lac de Genève font un peu plus beaux que Plombières, et il y a tout jufte dans Prangin même une eau minérale très-bonne à boire, et encore meilleure pour l'eftomac. Je la crois très-fupérieure à celle de Forges.

Correfp. générale.   Tome IV.   M

1755.

Venez en boire avec nous, ma chère nièce; tâchez d'amener *Thiriot* : il veut venir par le coche; il ferait roué et arriverait mort. Songez d'ailleurs qu'il faut être les plus forts à Prangin. Vous y trouverez des fuiffes; amenez-y des français. Pour ma maifonnette, elle n'eft point en Suiffe; elle eft à l'extrémité du lac, entre les territoires de France, de Genève, de Suiffe et de Savoie. Je fuis de toutes les nations. On nous a très-bien reçus par-tout; mais le plus grand plaifir dont nous jouiffions à préfent, eft celui de la folitude. Nous y employons nos crayons à notre manière. Nous vous montrerons nos deffins en voyant les vôtres; nous jouirons des charmes de votre amitié; vous verrez des gens de mérite de toute efpèce; vous mangerez des pêches groffes comme votre tête; et on tâchera même de vous procurer des quadrilles; mais nous avons plus de truites et de gélinotes que de joueurs. Enfin, venez, et reftez le plus que vous pourrez. Mes complimens à l'abbé fans abbaye.

Belle Philis,
On défefpère alors qu'on efpère toujours.

Je ne vous écris point de ma main. Excufez un malade, et croyez que c'eft mon cœur qui vous écrit.

LETTRE XCVII. 1755.

A M. THIRIOT.

A Prangin, le 27 de février.

AINSI donc, mon ancien ami, vous viendrez par le coche, comme le gouverneur de Notre-Dame de la Garde. Vous n'irez point en cour, mais bien dans le pays de la tranquillité et de la liberté. Si je fuis à Prangin, vous ferez dans un grand château; fi je fuis chez moi, vous ne ferez que dans une maifon jolie, mais dont les jardins font dignes des plus beaux environs de Paris. Le lac de Genève, le Rhône qui en fort et qui baigne ma terraffe, n'y font pas un mauvais effet. On dit que la Touraine ne produit pas de meilleurs fruits que les miens, et j'aime à le croire. Le grand malheur de cette maifon, c'eft qu'elle a été bâtie apparemment par un homme qui ne fongeait qu'à lui, et qui a oublié tout net des petits appartemens commodes pour les amis.

Je vais remédier fur le champ à ce défaut abominable. Si vous n'êtes pas content de cette maifon, je vous mènerai à une autre que j'ai auprès de Laufane, bien entendu qu'elle eft auffi fur les bords du grand lac. J'ai acquis cet autre bouge par un efprit d'équité. Quelques amis que j'ai à Laufane m'avaient engagé les premiers à venir rétablir ma fanté dans ce bon petit pays roman; ils fe font plaints avec raifon de la préférence donnée à Genève, et, pour les accorder, j'ai pris encore une

M 2

—— maifon à leur porte. Rien n'eſt plus fain que de voyager un peu, et d'arriver toujours chez foi. Vous trouverez plus de bouillon que n'en avait le préfident de *Montefquieu*. Le hafard, qui m'a bien fervi depuis quelque temps, m'a donné un bon cuifinier ; mais malheureufement je ne l'aurai plus aux Délices ; il refte à Prangin où il eſt établi ; je ne m'en foucie guère, mais madame *Denis*, qui eſt très-gourmande, en fait fon affaire capitale. Je n'aurai ni *Caſtel*, ni *Neuville*, ni *Route* pour m'entendre en confeſſion ; mais je me confeſſerai à vous, et vous me donnerez mon billet.

Madame la ducheſſe d'*Aiguillon*, la fœur du pot des philofophes, ne me fournira ni bonnet de nuit ni feringue. Je fuis très-bien en feringues et en bonnets : elle aurait bien dû fournir à l'auteur de l'Efprit des lois de la méthode et des citations juſtes. Ce livre n'a jamais été attaqué que par les côtés qui font fa force ; il prêche contre le defpotifme, la fuperftition et les traitans. Il faut être bien mal-avifé pour lui faire fon procès fur ces trois articles. Ce livre m'a toujours paru un cabinet mal rangé, avec de beaux luſtres de criſtal de roche. Je fuis un peu partifan de la méthode, et je tiens que fans elle aucun grand ouvrage ne paſſe à la poſtérité.

Venez, mon cher et ancien ami. Il eſt bon de fe retrouver le foir après avoir couru dans cette journée de la vie.

LETTRE XCVIII.

A M. LE COMTE D'ARGENTAL.

Aux Délices, près de Genève, 8 de mars.

MES Délices font un tombeau, mon cher et respectable ami. Nous voilà, ma garde-malade et moi, sur les bords du lac de Genève et du Rhône; je mourrai du moins chez moi. Il est vrai qu'il ferait assez agréable de vivre dans une maison charmante, commode, spacieuse, entourée de jardins délicieux; mais j'y vivrai sans vous, mon cher ange, et c'est être véritablement exilé. Notre établissement nous coûte beaucoup d'argent et beaucoup de peines. Je ne parle qu'à des maçons, à des charpentiers, à des jardiniers; je fais déjà tailler mes vignes et mes arbres. Je m'occupe à faire des basse-cours. Vous croirez sur cet exposé que j'ai abandonné votre Orphelin; ne me faites pas cette cruelle injustice. Vous aurez vos cinq magots chinois incessamment, et tout ce que je vous ai promis. J'ai travaillé autant que l'a permis ma déplorable santé. Si vous l'ordonnez, le tout partira à l'adresse de M. de *Chauvelin*, l'intendant des finances, à votre premier ordre. Si vous voulez me donner jusqu'à Pâques, j'aurai encore peut-être le temps de limer, et l'envie de vous plaire pourra m'inspirer. Je ne vous parlerai plus de *Lambert*, quoique sa négligence m'embarrasse; je ne vous parlerai que de *Gengis;* c'est *Arlequin* poli par

M 3

l'amour. C'eſt plutôt le *Cimon* de *Bocace* et de *la Fontaine*.

Cimon aima, puis devint honnête homme.

Voilà le ſujet de la pièce. Vous aviez raiſon de découvrir cinq actes dans mes trois. Le germe y était; reſte à ſavoir ſi cette tragédie aura la ſéve et le montant d'Alzire; non aſſurément. J'y ai fait tout ce que le ſujet et ma faibleſſe comportent; mais ce n'eſt pas aſſez de faire bien, il faut être au goût du public; il faut intéreſſer les paſſions de ſes juges, remuer les cœurs et les déchirer. Mes Tartares tuent tout, et j'ai peur qu'ils ne faſſent pleurer perſonne.

Laiſſons d'abord paſſer toutes les mauvaiſes pièces qui ſe préſenteront; ne nous preſſons point, et tâchons que dans l'occaſion on diſe : Cela eſt bien, et s'il était parmi nous, cela ſerait encore mieux.

In quâ ſcribebat barbara terra fuit.

Conſolez-moi, mon cher ange, en m'apprenant que vous êtes heureux vous et les vôtres. Je baiſe toujours le bout des ailes de tous les anges.

LETTRE XCIX.

A M. THIRIOT.

Aux Délices, le 24 de mars.

JE ne vous ai point écrit, mon ancien ami, depuis long-temps : je me fuis fait maçon, charpentier, jardinier; toute ma maifon eft renverfée; et, malgré tous mes efforts, je n'aurai pas de quoi loger tous mes amis comme je voudrais. Rien ne fera prêt pour le mois de mai; il faudra abfolument que nous paffions deux mois à Prangin avec madame de *Fontaine*, avant qu'on puiffe habiter mes Délices. Ces Délices font à préfent mon tourment. Nous fommes occupés, madame *Denis* et moi, à faire bâtir des loges pour nos amis et pour nos poules. Nous fefons faire des carroffes et des brouettes; nous plantons des orangers et des oignons, des tulipes et des carottes; nous manquons de tout; il faut fonder Carthage. Mon territoire n'eft guère plus grand que celui de ce cuir de bœuf, qu'on donna à la fugitive *Didon;* mais je ne l'agrandirai pas de même. Ma maifon eft dans le territoire de Genève, et mon pré dans celui de France. Il eft vrai que j'ai à l'autre bout du lac une maifon qui eft tout-à-fait en Suiffe; elle eft auffi un peu bâtie à la fuiffe. Je l'arrange en même temps que mes Délices; ce fera mon palais d'hiver, et la cabane où je fuis à préfent fera mon palais d'été.

Prangin eft un véritable palais; mais l'architecte

de Prangin a oublié d'y faire un jardin, et l'architecte des Délices a oublié d'y faire une maison. Ce n'eſt point un anglais qui a habité mes Délices, c'eſt le prince de *Saxe-Gotha*. Vous me demanderez comment un prince a pu s'accommoder de ce bouge ; c'eſt que ce prince était alors un écolier, et que d'ailleurs les princes n'ont guère à donner des chambres d'amis.

Je n'ai trouvé ici que des petits ſalons, des galeries et des greniers, pas une garde-robe. Il eſt auſſi difficile de faire quelque choſe de cette maiſon que des livres et des pièces de théâtre qu'on nous donne aujourd'hui.

J'eſpère cependant qu'à force de ſoins je me ferai un tombeau aſſez joli. Je voudrais vous engraiſſer dans ce tombeau, et que vous y fuſſiez mon vampire.

Je conçois que la rage de bâtir ruine les princes auſſi-bien que les particuliers. Il eſt triſte que le duc des Deux-Ponts ôte à ſon agent littéraire ce qu'il donne à ſes maçons. Je vous conſeillerais, pour vous remplumer, de paſſer un an ſur notre lac ; vous y ſeriez alimenté, déſaltéré, raſé, porté de Prangin aux Délices, des Délices à Genève, à Morges qui reſſemble à la ſituation de Conſtantinople, à Monrion, qui eſt ma maiſon près de Lauſane ; vous y trouveriez par-tout bon vin et bon viſage d'hôte ; et ſi je meurs dans l'année, vous ferez mon épitaphe. Je tiens toujours qu'il faudrait que M. de *Prangin* vous amenât avec madame de *Fontaine* à la fin de mai. Je viendrais vous joindre à Prangin dès que vous y ſeriez, et je me chargerais de votre perſonne, pour tout le temps que vous voudriez philoſopher avec nous. Ne repouffez donc pas l'infpiration qui vous eft venue de revoir votre ancien ami.

On m'a envoyé quelques fragmens de la Pucelle qui courent Paris ; ils font auffi défigurés que mon Hiftoire générale.

On eftropie tous mes enfans : cela fait faigner le cœur.

J'attends *le Kain* ces jours-ci ; nous le coucherons dans une galerie, et il déclamera des vers aux enfans de *Calvin*. Leurs mœurs fe font fort adoucies ; ils ne brûleraient pas aujourd'hui *Servet*, et ils n'exigent point de billets de confeffion.

Je vous embraffe de tout mon cœur, et prends beaucoup plus d'intérêt à vous qu'à toutes les fottifes de Paris, qui occupent fi férieufement la moitié du monde.

LETTRE C.

A M. LE MARECHAL DUC DE RICHELIEU.

Aux Délices, près de Genève, 2 d'avril.

On me mande que mon héros a repris fon vifage. Il ne pouvait mieux faire que de garder tout ce que la nature lui a donné. Vous êtes donc quitte, Monfeigneur, au moins je m'en flatte, de votre maladie cutanée. Il était bien injufte que votre peau fût fi maltraitée après avoir donné tant de plaifirs à la peau d'autrui ; mais on eft quelquefois puni par où l'on a péché.

Je me mêle auffi d'avoir une dartre. On dit que

1755.

—— j'ai l'honneur de poſſéder une voix auſſi belle que la vôtre; ſi j'ai avec cela un éréſipèle au viſage, me voilà votre petite copie en laid.

Un grand acteur eſt venu me trouver dans ma retraite, c'eſt *le Kain*, c'eſt votre protégé, c'eſt *Oroſmane*, c'eſt d'ailleurs le meilleur enfant du monde. Il a joué à Dijon, et il a enchanté les Bourguignons; il a joué chez moi, et il a fait pleurer les Génevois. Je lui ai conſeillé d'aller gagner quelque argent à Lyon, au moins pendant huit jours, en attendant les ordres de M. le duc de *Geſvres*. Il ne tire pas plus de deux mille livres par an de la comédie de Paris. On ne peut ni avoir plus de mérite, ni être plus pauvre. Je vous promets une tragédie nouvelle, ſi vous daignez le protéger dans ſon voyage de Lyon. Nous vous conjurons, madame *Denis* et moi, de lui procurer ce petit bénéfice dont il a beſoin. Il vous eſt bien aiſé de prendre ſur vous cette bonne action. M. le duc de *Geſvres* ſe fera un plaiſir d'être de votre avis et de vous obliger. Ayez la bonté de lui faire cette grâce. Vous ne ſauriez croire à quel point nous vous ferons obligés. Il attendra les ordres à Lyon. Ne me refuſez pas, je vous en ſupplie. Laiſſez-moi me flatter d'obtenir cette faveur que je vous demande avec la plus vive inſtance. Il ne s'agit que d'un mot à votre camarade. Les premiers gentilshommes de la chambre ne font qu'un pardon de vous tant parler d'une choſe ſi ſimple et ſi aiſée; mais j'aime à vous prier, à vous parler, à vous dire combien je vous aime, à quel point vous ſerez toujours mon héros, et avec quelle tendreſſe reſpectueuſe je ſerai toujours à vos ordres.

LETTRE CI.

A M. LE COMTE D'ARGENTAL.

Aux Délices, près de Genève, 2 d'avril.

LE KAIN eft parti, mon cher ange, avec un petit paquet pour vous. Ce paquet contient les quatre derniers magots; il vous fera aifé de juger du premier par les quatre; je vous l'enverrai inceffamment; il y a encore quelques ongles à terminer. Vous y trouverez encore quatre autres figures qui appartiennent à la chapelle de *Jeanne*, et je vous promets de temps en temps quelque petite cargaifon dans ce goût, fi DIEU me permet de travailler de mon métier.

Le *Kain* a été, je crois, bien étonné; il a cru retrouver en moi le père d'*Orofmane* et de *Zamore*, et il n'a trouvé qu'un maçon, un charpentier et un jardinier. Cela n'a pas empêché pourtant que nous n'ayons fait pleurer prefque tout le confeil de Genève. La plupart de ces meffieurs étaient venus à mes Délices; nous nous mîmes à jouer Zaïre pour interrompre le cercle. Je n'ai jamais vu verfer plus de larmes; jamais les calviniftes n'ont été fi tendres. Nos Chinois ne font pas malheureufement dans ce goût; on n'y pleurera guère, mais nous efpérons que la pièce attachera beaucoup : nous l'avons jouée, *le Kain* et moi; elle nous fefait un grand effet. *Le Kain* réuffira beaucoup, dans le rôle de *Gengis*, aux derniers actes; mais je doute que les premiers lui faffent honneur. Ce qui n'eſt que noble et fier, ce qui ne demande qu'une voix ſonore et aſſurée périt abſolument dans ſa bouche. Ses organes ne ſe déploient que dans la paſſion; il doit avoir joué fort mal *Catilina*. Quand il s'agira de *Gengis*, je me flatte que vous voudrez bien le faire ſouvenir que le premier mérite d'un acteur eſt de ſe faire entendre.

Vous voyez, mon cher et reſpectable ami, que, malgré l'abſence, vous me ſoutenez toujours dans mes goûts. Ma première paſſion ſera toujours l'envie de vous plaire. Je ne vous écris point de ma main; je ſuis un peu malade aujourd'hui, mais mon cœur vous écrit toujours. Je ſuis à vous pour jamais: madame *Denis* vous en dit autant. Mes tendres reſpects à toute la famille des anges.

LETTRE CII.

A M. SENAC DE MEILHAN, *à Paris.*

Aux Délices, 5 d'avril.

Je n'ai guère reçu, Monſieur, en ma vie, ni de lettres plus agréables que celle dont vous m'avez honoré, ni de plus jolis vers que les vôtres. Je ne ſuis point ſéduit par les louanges que vous me donnez; je ne juge de vos vers que par eux-mêmes: ils ſont faciles, pleins d'images et d'harmonie; et ce qu'il y a encore de bon, c'eſt que vous y joignez des plaiſanteries du meilleur ton. Je vous aſſure qu'à votre âge je n'aurais point fait de pareilles lettres.

Si monfieur votre père eft le favori d'*Efculape*, vous l'êtes d'*Apollon*. C'eft une famille pour qui je me fuis toujours fenti un profond refpect en qualité de poëte et de malade. Ma mauvaife fanté, qui me prive de l'honneur de vous écrire de ma main, m'ôte auffi la confolation de vous répondre dans votre langue.

1755.

Permettez-moi de vous dire que vous faites fi bien des vers que je crains que vous ne vous attachiez trop au métier; il eft féduifant, et il empêche quelquefois de s'appliquer à des chofes plus utiles. Si vous continuez, je vous dirai bientôt par jaloufie ce que je vous dis à préfent par l'intérêt que vous m'infpirez pour vous.

Vous me parlez, Monfieur, de faire un petit voyage fur les bords de mon lac; je vous en défie : et fi jamais vous allez dans le pays que j'habite, je me ferai un plaifir de vous marquer tous les fentimens que j'ai depuis long-temps pour monfieur votre père, et tous ceux que je commence à avoir pour fon fils. Comptez, Monfieur, que c'eft avec un cœur pénétré de reconnaiffance et d'eftime que j'ai l'honneur d'être, &c.

LETTRE CIII.

A M. LE MARECHAL DUC DE RICHELIEU.

Aux Délices, 1 de mai.

L'ETERNEL malade, le folitaire, le planteur de choux et le barbouilleur de papier, qui croit être philofophe au pied des Alpes, a tardé bien indignement, monfeigneur le Maréchal, à vous remercier de vos bontés pour *le Kain ;* mais demandez à madame *Denis* fi j'ai été en état d'écrire. J'ai bien peur de n'être plus en état d'avoir la confolation de vous faire ma cour. J'aurai pourtant l'honneur de vous envoyer ma petite drôlerie ; c'eft le fruit des intervalles que mes maux me laiffaient autrefois : ils ne m'en laiffent plus aujourd'hui, et j'aurai plus de peine à corriger ce miférable ouvrage que je n'en ai eu à le faire. J'ai grande envie de ne le donner que dans votre année. Cette idée me fait naître l'efpérance de vivre encore jufque-là. Il faut avoir un but dans la vie ; et mon but eft de faire quelque chofe qui vous plaife, et qui foit bien reçu fous vos aufpices. Vous voilà, Dieu merci, en bonne fanté, Monfeigneur ; et les affaires et les devoirs de cour, et les plaifirs qui étaient en arrière par votre maudit éréfipèle, vous occupent à préfent que vous avez la peau nette et fraîche.

Je n'ofe, dans la multitude de vos occupations, vous fatiguer d'une ancienne requête que je vous avais faite avant votre cruelle maladie ; c'était de daigner me mander fi certaines perfonnes approuvaient que je me fuffe retiré auprès du fameux médecin *Tronchin*, et à portée des eaux d'Aix. Ce *Tronchin*-là a tellement établi fa réputation, qu'on vient le confulter de Lyon et de Dijon; et je crois qu'on y viendra bientôt de Paris. On inocule ce mois-ci trente jeunes gens à Genève. Cette méthode a ici le même cours et le même fuccès qu'en Angleterre. Le tour des Français vient bien tard, mais il viendra. Heureufement la nature a fervi M. le duc de *Fronfac*, auffi-bien que s'il avait été inoculé.

Il me femble que ma lettre eft bien médicale; mais pardonnez à un malade qui parle à un convalefcent. Si je pouvais faire jamais une petite courfe dans votre royaume de Cathay, vous et le foleil de Languedoc, mes deux divinités bienfefantes, vous me rendriez ma gaieté, et je ne vous écrirais plus de fi fottes lettres. Mais que pouvez-vous attendre du mont Jura, et d'un homme abandonné à des jardiniers favoyards et à des maçons fuiffes? Madame *Denis* eft toujours comme moi, pénétrée pour vous de l'attachement le plus tendre. Elle l'exprimerait bien mieux que moi; elle a encore tout fon efprit, les Alpes ne l'ont point gâtée.

Confervez vos bontés, Monfeigneur, à ces deux allobroges qui vivent à la fource du Rhône, et qui ne regrettent que les climats où ce fleuve coule fous votre commandement. Le Rhône n'eft beau qu'en Languedoc. Je vous aimerai toujours avec bien du refpect, mais avec bien de la vivacité; et je ferai à vos ordres fi je vis.

LETTRE CIV.

A M. LE COMTE D'ARGENTAL.

Aux Délices, 4 de mai.

CHOEUR des anges, prenez patience : je suis entre les mains des médecins et des ouvriers ; et le peu de momens libres que mes maux et les arrangemens de ma cabane me laiffent, font néceffairement confacrés à cet Effai fur l'Hiftoire générale qui eft devenu pour moi un devoir indifpenfable et accablant, depuis le tort qu'on m'a fait d'imprimer une efquiffe fi informe d'un tableau qui fera peut-être un jour digne de la galerie de mes anges. Laiffez-moi quelque temps à mes remèdes, à mes jardins et à mon hiftoire.

Dès que je me fentirai une petite étincelle de génie, je me remettrai à mes magots de la Chine. Il ne faut fatiguer ni fon imagination ni le public. Laiffons attendre le démon de la poëfie et le démon du public, et prenons bien le temps de l'un et de l'autre. Je veux chaffer toute idée de tragédie, pour y revenir avec des yeux tout frais et un efprit tout neuf. On ne peut jamais bien corriger fon ouvrage qu'après l'avoir oublié. Quand je m'y remettrai, je vous parlerai alors de toutes vos critiques, auxquelles je me foumettrai autant que j'en aurai la force. Ce n'eft pas affez de vouloir fe corriger, il faut le pouvoir.

Permettez-moi cependant, mon cher et refpectable ami, de vous demander fi M. de *Ximenès* était chez vous quand on lut ces quatre actes. Nous fommes

bien

1755.

bien plus embarraffés, madame *Denis* et moi, de ce que nous mande M. de *Ximenès*, que de *Gengis-kan* et d'*Idamé*. Si ce n'eft pas chez vous qu'il a lu la pièce, c'eft donc *le Kain* qui la lui a confiée; mais comment *le Kain* aurait-il pu lui faire cette confidence, puifque la pièce était dans un paquet à votre adreffe, très-bien cacheté? Si, par quelque accident que je ne prévois pas, M. de *Ximenès* avait eu, fans votre aveu, communication de cet ouvrage, il ferait évident qu'on lui aurait auffi confié les quatre chants que je vous ai envoyés. Tirez-moi, je vous prie, de cet embarras.

Je ne fais, mon cher ange, à quoi appliquer ce que vous me dites à propos de ces quatre derniers chants. Il n'y a, ce me femble, aucune perfonnalité, fi ce n'eft celle de l'âne. Je fais que, malheureufement, il fe gliffa dans les chants précédens quelques plaifanteries qui offenferaient les intéreffés. Je les ai bien foigneufement fupprimées; mais puis-je empêcher qu'elles ne foient depuis long-temps entre les mains de mademoifelle du *Thil*? C'eft-là le plus cruel de mes chagrins; c'eft ce qui m'a déterminé à m'enfevelir dans la retraite où je fuis. Je prévois que, tôt ou tard, l'infidélité qu'on m'a faite deviendra publique, et alors il vaudra mieux mourir dans ma folitude qu'à Paris. Je n'ai pu imaginer d'autre remède au malheur qui me menace, que de faire propofer à mademoifelle du *Thil*, le facrifice de l'exemplaire imparfait qu'elle poffède, et de lui en donner un plus correct et plus complet; mais comment et par qui lui faire cette propofition? Peut-être M. de *la Motte*, qui a pris ma maifon, et qui eft le plus officieux des hommes, voudrait bien fe charger de cette négociation ; mais voilà de ces chofes qui exigent qu'on foit à Paris. Ma tendre amitié pour vous l'exige bien davantage , et cependant je refte au bord de mon lac , et je ne me confole que par les bontés de mes anges. Mon cœur en eft pénétré.

LETTRE CV.

A M. THIRIOT.

Aux Délices , le 9 de mai.

JE maudis bien mes ouvriers , mon cher et ancien ami , puifqu'ils vous empêchent de fuivre ce beau projet fi confolant que vous aviez de venir recueillir mes derniers ouvrages et mes dernières volontés.

Je plante et je bâtis fans efpérer de voir croître mes arbres, ni de voir ma cabane finie. Je conftruis à préfent un petit appartement pour madame de *Fontaine*, qui ne fera prêt que l'année qui vient : c'eft une de mes plus grandes peines de ne pouvoir la loger cette année ; mais vous , qui pouvez vous paffer d'un cabinet de toilette et d'une femme de chambre, vous pourriez encore , fi le cœur vous en difait , venir habiter un petit grenier meublé de toile peinte, appartement digne d'un philofophe , et que votre amitié embellirait. Nous ne fommes pas loin de Genève ; vous verriez M. de *Montpéroux* , le réfident, que vous connaiffez ; vous auriez affez de livres pour vous amufer , une très-belle campagne pour vous promener ; nous irions enfemble à Monrion ; nous

1755.

nous arrêterions en chemin à Prangin ; vous verriez un très-beau et très-fingulier pays ; et s'il venait faute de votre ancien ami, vous vous chargeriez de fon héritage littéraire, et vous lui compoferiez une honnête épitaphe ; mais je ne compte point fur cette confolation. Paris a bien des charmes , le chemin eft bien long, et vous n'êtes pas probablement défœuvré.

Vous m'avez parlé de cet ancien poëme , fait il y a vingt - cinq ans , dont il court des lambeaux très-informes et très-falfifiés : c'eft ma deftinée d'être défiguré en vers et en profe, et d'effuyer de cruelles infidélités. J'aurais voulu pouvoir réparer au moins le tort qu'on m'a fait par cette infame falfification de cette Hiftoire prétendue univerfelle : c'était-là un beau projet d'ouvrage, et je vous avoue que je ferais bien fâché de mourir fans l'avoir achevé, mais encore plus fans vous avoir vu.

Madame la ducheffe d'*Aiguillon* m'a commandé quatre vers pour M. de *Montefquieu* , comme on commande des petits pâtés ; mais mon four n'eft point chaud, et je fuis plutôt fujet d'épitaphes que fefeur d'épitaphes : d'ailleurs notre langue , avec fes maudits verbes auxiliaires , eft fort peu propre aú ftyle lapidaire. Enfin, l'Efprit des lois en vaudra-t-il mieux avec quatre mauvais vers à la tête ? Il faut que je fois bien baiffé, puifque l'envie de plaire à madame d'*Aiguillon* n'a pu encore m'infpirer.

Adieu, mon ancien ami. Si madame la comteffe de *Sandwich* daigne fe fouvenir de moi ; *j pray you to prefent her with my moft humble refpect.* Vous voyez que je dicte jufqu'à de l'anglais ; j'ai les doigts enflés , l'efprit aminci, et je ne peux plus écrire.

LETTRE CVI.

A M. LE COMTE D'ARGENTAL.

24 de mai.

COMPTEZ, mon cher ange, que tant que j'aurai des mains et un petit fourneau encore allumé, je les emploierai à recuire vos cinq magots de la Chine. Soyez bien sûr qu'il n'y a que vous et les vôtres qui me ranimiez; mais je vous avoue que mes mains font paralytiques, et que ma terre de la Chine eft à la glace. Par tout ce que j'apprends des infidélités de ce monde, il y a un maudit âne qui me défefpère. Vous l'avez cet âne, et vous favez qu'il eft bien plus poli et bien plus honnête que celui qui court. J'ai relu le chant onzième. Il y a depuis long-temps :

En fait de guerre, on peut bien fe méprendre,
Ainfi qu'ailleurs : mal voir et mal entendre
De l'héroïne était fouvent le cas,
Et faint Denis ne l'en corrigea pas.

Vous auriez eu la vraie leçon, fi vous aviez apporté la défectueufe à Plombières.

Il y a dans le chant onzième :

Ce que Céfar fans pudeur foumettait
A Nicomède en fa belle jeuneffe ;
Ce que jadis le héros de la Gréce
Admira tant dans fon Epheftion ;
Ce qu'Adrien mit dans le Panthéon,
Que les héros, ô Ciel ! ont de faibleffe !

Enfin, je n'ai rien vu dans la bonne leçon que de fort poli et de fort honnête ; mais il arrivera fans doute que quelqu'une des déteftables copies qui courent fera imprimée. Vous ne fauriez croire à quel point je fuis affligé. L'ouvrage, tel que je l'ai fait il y a plus de vingt ans, eft aujourd'hui un contrafte bien défagréable avec mon état et mon âge ; et tel qu'il court le monde, il eft horrible à tout âge. Les lambeaux qu'on m'a envoyés font pleins de fottifes et d'impudences ; il y a de quoi faire frémir le bon goût et l'honnêteté ; c'eft le comble de l'opprobre de voir mon nom à la tête d'un tel ouvrage. Madame *Denis* écrit à M. d'*Argenfon*, et le fupplie de fe fervir de fon autorité pour empêcher l'impreffion de ce fcandale. Elle écrit à M. de *Malesherbes* ; et nous vous conjurons tous deux, mon cher et refpectable ami, de lui en parler fortement : c'eft ma feule reffource. M. de *Malesherbes* eft feul à portée d'y veiller. Enfin, ayez la bonté de me mander ce qu'il y a à craindre, à efpérer et à faire. Veillez fur notre retraite, mettez-moi l'efprit en repos. Ne puis-je au moins favoir qui eft ce poffeffeur du manufcrit qui l'a lu à Vincennes tout entier ? fi je le connaiffais, ne pourrais-je pas lui écrire ? ma démarche auprès de lui ne me juftifierait-elle pas un jour ? ne dois-je pas faire tout au monde pour prouver combien cet ouvrage eft falfifié, et pour détruire les foupçons qu'on pourrait former un jour que j'ai eu part à la publication ? Enfin, il faut que je fois tranquille pour penfer à la Chine ; et je ne fongerai à *Gengis-kan* que lorfque vous m'aurez éclairé, au moins fur ce qui me trouble, et que je me ferai réfigné. Adieu,

N 3

mon cher ange. Jamais pucelle n'a fait tant enrager un vieillard ; mais j'ai peur que nos Chinois ne foient un peu froids : ce ferait bien pis.

Parlez à M. de *Malesherbes*, échauffez-moi et aimez-moi.

LETTRE CVII.

A M. LE MARECHAL DUC DE RICHELIEU.

Aux Délices, 26 de mai.

Est-il poffible, Monfeigneur, que votre fanté foit fi long-temps à revenir ? Comment avez-vous pu foutenir tant de douleurs et tant de privations ? A quoi donc avez-vous paffé le temps dans ce défœuvrement fi trifte et fi étranger pour vous ? Une tragédie chinoife ne vaut pas la belle porcelaine de la Chine. Vous vous connaiffez à merveille à ces deux curiofités-là, et vous avez dû bien fentir que la tragédie n'était point encore digne de paraître fous vos aufpices. Ces cinq magots de la Chine ne font encore ni cuits ni peints comme je le voudrais. Il faut attendre l'année de votre confulat pour les préfenter, et employer beaucoup de temps pour les finir.

Mais je fuis actuellement très-incapable de cuire et de peindre. Ce maudit ouvrage d'une autre efpèce, dont on vous a régalé pendant votre maladie, me rend bien malade. On m'en a envoyé des morceaux indignement falfifiés, qui font frémir le bon goût et la décence. Ces rapfodies courent ; on veut les imprimer fous mon nom. L'avidité et la malignité fe

joignent pour me tuer. Je vous conjure de parler à
ceux qui vous ont fait lire ces misères ; ils sont à 1755.
portée d'empêcher qu'on ne les publie. J'aurai l'honneur de vous faire tenir le véritable manuscrit ; il
vous amusera : il n'en vaut que mieux pour être plus
décent ; un peu de gaze sied bien, même à un âne.

Un nommé *Corbi* est fort au fait de toute cette
horreur. Si vous daignez l'envoyer chercher, il renon-
cera au projet d'imprimer quelque chose d'aussi détestable et de si dangereux, dans l'espérance de faire
des profits plus honnêtes.

Madame *Denis* et moi, nous nous mettons entre
vos mains, et nous espérons tout de vos bontés.

LETTRE CVIII.

A M. THIRIOT, *à Paris.*

Aux Délices, le 28 de mai.

Vous me disiez, dans votre dernière lettre, mon
cher et ancien ami, que je devais bien vous envoyer
quelques chants de la Pucelle. Je vous assure que je
vous ferai tenir, de grand cœur, tout ce que j'en ai
fait. Ne m'en ayez pas d'obligation ; je suis intéressé
à remettre le véritable ouvrage entre vos mains. Les
lambeaux défigurés qui courent dans Paris achèvent
de me désespérer. On s'est avisé de remplir les lacunes
de toutes les grossièretés qui peuvent déshonorer un
ouvrage. On y a ajouté des personnalités odieuses et
ridicules contre moi, contre mes amis et contre des

N 4

personnes très-respectables. C'est un nouveau brigandage introduit depuis peu dans la littérature, ou plutôt dans la librairie. *La Beaumelle* est le premier, je crois, qui ait osé faire imprimer l'ouvrage d'un homme, de son vivant, avec des commentaires chargés d'injures et de calomnies. Ce malheureux *Erostrate* du siècle de *Louis XIV* a trouvé le secret de changer, pour quinze ducats, en un libelle abominable, un livre entrepris pour la gloire de la nation.

On en a fait à peu-près autant des matériaux de l'Histoire générale, et enfin on traite de même ce petit poëme fait il y a environ vingt-cinq ans. On fait une gueuse abominable de cette pucelle qui n'avait qu'une gaieté innocente. *Corbi* prétend qu'un nommé *Graffet* a acheté mille écus un de ces détestables exemplaires.

Je sais quel est ce *Graffet*, il n'est point du tout en état de donner mille écus. *Corbi* ferait à la fois une très-mauvaise action et un très-mauvais marché d'imprimer cette détestable rapsodie. Les morceaux qu'on m'en a envoyés sont faits par la canaille et pour la canaille. Si vous rencontrez *Corbi*, dites-lui qu'on le trompe bien indignement. Songez que, quand on falsifie mes ouvrages, c'est votre bien qu'on vole, et que vous devriez venir ici arranger votre héritage.

LETTRE CIX.

A M. LE COMTE D'ARGENTAL.

Aux Délices attriftées, 4 de juin.

Mon divin ange, nos cinq actes, notre *Idamé*, notre *Gengis*, iront bien mal tant que je ferai dans les angoiffes de la crainte qu'on n'imprime ce malheureux vieux rogaton fi défiguré, fi imparfait, fi tronqué, fi défefpérant. Je voudrais du moins que vous en euffiez un exemplaire au net, bien complet, bien corrigé, bien gai (puifqu'il fut autrefois fi gai), bien honnête, ou moins mal-honnête. Je voudrais que M. de *Thibouville* l'eût de cette façon. Je voudrais vous l'envoyer, foit par M. de *Chauvelin*, foit par quelque autre voie, telle qu'il vous plairait : il me femble que la feule reffource eft de faire un peu connaître la véritable copie, pour étouffer l'autre. Encore une fois, de deux maux il faut éviter le pire ; et le plus grand des maux eft la crainte. Non, il y en a un encore plus grand, c'eft de voir mes amis offenfés par des rapfodies qui courent fous mon nom. Votre dernière lettre à madame *Denis*, et toutes celles que nous recevons, nous confirment le danger. Je fuis réduit à fouhaiter que cette plaifanterie de trente années foit connue, tout oppofée qu'elle eft aujourd'hui à mon âge et à ma fituation. Elle n'eft guère que plaifanterie ; et quand on rit, on ne trouve rien mauvais. Adieu, mon divin ange ; je fuis entre l'enclume et le marteau, entre la Chine et *Grisbourdon* ; et je me mets en tremblant fous les ailes de mes anges.

LETTRE CX.

AU MEME.

Aux Délices, par Genève, 13 de juin.

JE n'ai de termes ni en vers, ni en profe, ni en
français, ni en chinois, mon cher et refpectable ami,
pour vous dire à quel point vos bontés tendres et
attentives pénètrent mon cœur. Vous êtes le St *Denis*
qui vient au fecours de *Jeanne*. J'ai reçu votre
lettre par M. *Malet*, mais les chofes font pires que
vous ne les croyez. M. le duc de *la Vallière* me
mande qu'on lui a offert un exemplaire pour mille
écus; le beau-frère de *Darget* en a donné une ou deux
copies. Je ne fais pas ce que ce *Darget* a fait; mais je
fais que, dans tous les pays où il y a des libraires,
on cherche à imprimer cette déteftable et fcandaleufe
copie. Il faut de toute néceffité que je faffe tranfcrire
la véritable. Je fuivrai votre confeil, je l'enverrai à
M. de *la Vallière*, et à la perfonne dont vous me
parlez. Vous l'aurez fans doute; mais que de temps
demande cette opération! Je me donnerai bien de la
peine, et pendant ce temps - là l'ouvrage paraîtra
tronqué, défiguré, et dans toute fon abomination. Au
refte, vous avez trop de goût pour ne pas penfer
que les groffièretés ne conviennent pas même aux
ouvrages les plus libres; il y en a très - peu dans
l'*Ariofte*. *Deux ou trois coups*, dit-elle, *eft fort plat, et
rien du tout*, dit - elle, *eft plaifant*. Tous les gros mots
font horribles dans un poëme, de quelque nature

1755.

qu'il foit. Il faut encore de l'art et de la conduite
jufque dans l'ivreffe de la plaifanterie, et la folie
même doit être conduite par la fageffe. Le réfident
de France et un magiftrat font venus chez moi lire
la véritable leçon. Ils ont été intéreffés en pouffant
de rire; ils ont dit qu'il faudrait être un fot pour être
fcandalifé. Voilà où j'en fuis, c'eft-à-dire, au défefpoir;
car, malgré l'indulgence de deux hommes graves,
je fuis plus grave qu'eux. Une vieille plaifanterie de
trente ans jure trop avec mon âge et ma fituation.
Dieu veuille me rendre ma raifon tragique, et m'envoyer à Pékin.

On dit qu'il eft venu à Paris un nouvel acteur,
égal à *le Kain* : ce ferait bien là notre affaire. Adieu,
mon ange; je ferai ce que je pourrai. D I E U a donc
béni Mahomet! Eft-il poffible que Rome fauvée
ait été mal jouée et plus mal imprimée, et qu'on ne
puiffe pas reprendre fa revanche? Il faut bien du
temps pour faire revenir les hommes. Les talens
ne font point faits pour rendre heureux; il n'y a
que votre amitié qui ait ce privilége. Adieu; mille
tendres refpects à tous les anges. Madame *Denis*
vous dit toutes les mêmes chofes que moi.

LETTRE CXI.

AU MEME.

15 de juin.

Mon cher ange, je vous demande toujours en grâce de montrer ce dernier chant à M. de *Thibouville*, afin qu'il voye que les fottifes qu'on y a inférées ne font pas de moi. C'eft un de mes plus violens chagrins qu'un homme que j'aime puiffe avoir quelque chofe à me reprocher ; et il n'y a certainement d'autre remède que de lui faire voir le manufcrit que vous avez. Tout cela eft horrible. Comment puis-je, encore une fois, travailler à mes Chinois et à mes Tartares dans cette crainte perpetuelle, dans les foins qu'il me faut prendre pour prévenir cette malheureufe édition, et dans la douleur de voir que mes foins feront inutiles ? La perfonne, qui m'avait juré que la copie qu'elle avait ne fortirait jamais de fes mains, l'a pourtant confiée à *Darget*, dans le temps que j'étais en France, croyant que *Darget* ne manquerait pas de l'imprimer, et qu'alors je ferais forcé de lui demander un afile : voilà fa conduite, voilà le nœud de tout. *Darget* m'a avoué lui-même dans la lettre qu'il vient de m'écrire, que cette perfonne lui avait donné ce malheureux manufcrit. Il l'a lu publiquement à Vincennes, et aurait fait tout auffi bien de ne le pas lire ; d'autant plus que, fi cet ouvrage eft jamais imprimé, on ferait en droit de s'en prendre à lui. M. l'abbé de *Chauvelin* voit quelquefois *Darget* ; je ne

doute pas qu'il ne l'affermiffe dans le deffein où il
paraît être de n'en point donner de copie. Je vous
fupplie d'engager M. l'abbé de *Chauvelin* à faire cette
bonne œuvre, il eft fi accoutumé à en faire ! Mais,
en prenant cette précaution, en défendant un côté
de la place, empêcherons-nous qu'elle ne foit prife
dans d'autres attaques ? Les copies fe multiplient ;
les lettres de M. de *Malesherbes* et du préfident
Hénault me font trembler ; tous les libraires de
l'Europe font aux aguets. Je vous jure que, fi j'avais
du temps et encore un peu de génie, je me remettrais
à cet ouvrage ; j'en ferais quelque chofe dans le goût
de l'*Ariofte*, quelque chofe d'amufant, de gai et d'affez
innocent. J'empêcherais du moins par-là le tort qu'on
fera un jour à ma mémoire ; j'anéantirais les déteftables copies qui courent, et un poëme agréable
réfulterait de tout ce fracas. Mais je fens bien que
vous demanderez la préférence pour nos cinq actes.
Dieu veuille que je fois affez recueilli, affez tranquille
pour vous bien obéir. Nous verrons ce que je pourrai
tirer d'une tête un peu embarraffée, et fi je pourrai
conduire à la fois mes ouvriers, la Pucelle, l'Hiftoire
générale et mes Tartares. Je ne vous réponds que
de ma fenfibilité pour vos bontés. Vous aimer de
tout mon cœur eft la feule chofe que je faffe bien.
Adieu, mon cher et refpectable ami.

LETTRE CXII.

A MADAME DE FONTAINE, *à Paris.*

18 de juin.

VRAIMENT, ma chère nièce, vos ouvrages me consoleront bien des miens : nous les attendons avec impatience par M. *Tronchin.* Plût à Dieu que vous eussiez pu les apporter vous-même! Vous ornez notre solitude en attendant que vous nous y rendiez heureux.

Nous avons béni DIEU, et fait notre compliment au digne bénéficier. L'Eglise est sa vraie mère; elle lui donne plus qu'il n'a de patrimoine; mais je ne ferai point content qu'il ne soit évêque.

Pour moi je vois bien que je ne ferai que damné. Cela est injuste, car je le suis un peu dans ce monde. Quelle étrange idée a passé dans la tête de notre ami! Je suis bien loin du dessein qu'il m'attribue; mais je voudrais vous envoyer la véritable copie (*). Il est vrai qu'il n'y a pas tant de draperie que dans vos portraits, mais aussi ce ne font pas les figures de l'*Aretin. Darget* ne devrait pas avoir cet ouvrage. Il n'en est possesseur que par une infidélité atroce. Les exemplaires qui courent ne viennent que de lui. On en a offert un pour mille écus à M. de *la Vallière,* et c'est M. le duc de *la Vallière* lui-même qui me l'a mandé. Tout cela est fort triste; mais ce qui

(*) De la Pucelle.

l'eſt bien davantage , c'eſt ce que vous me dites de ———
votre ſanté. Il eſt bien rare que le lait convienne à 1755.
des tempéramens un peu deſſéchés comme les nôtres.
Il arrive que nos eſtomacs font de mauvais fromages
qui reſtent dans notre pauvre corps , et qui y font
un poids inſupportable. Cela porte à la tête ; les
maudites fonctions animales vont mal , et on eſt dans
un état déplorable. Je connais tous les maux , je les
ai éprouvés , je les éprouve tous les jours , et je ſens
tous les vôtres. D I E U vous préſerve de joindre les
tourmens de l'eſprit à ceux du corps. Si vous voyez
notre ami , je vous ſupplie de le bien relancer ſur la
belle idée qu'il a eue : c'eſt préciſément le contraire
qui m'occupe. Je cherche à déſarmer les mains qui
veulent me couper la gorge , et je n'ai nulle envie de
me la couper moi-même. *Darget* m'écrit , à la vérité ,
que ſon exemplaire ne paraîtra pas ; mais peut-il
empêcher que les copies qu'il a données ne ſe multiplient ? Adieu ; je tâcherai de ne pas mourir de douleur , malgré la belle occaſion qui s'en préſente. Je
vous embraſſe , vous et votre fils , de tout mon cœur.

LETTRE CXIII.

A M. LE COMTE D'ARGENTAL.

23 de juin.

Mon très-cher ange, j'ai reçu toutes vos lettres à la Chine. Je suis enfoncé dans le pays où vous m'avez envoyé. Je reçuis vos magots, et vous les aurez inceſſamment. Soyez bien sûr que cette porcelaine-là eſt bien difficile à faire. La fin du quatrième acte et le commencement du cinquième étaient intolérables, et beaucoup de choſes manquaient aux trois autres. Il eſt bon d'avoir abandonné entièrement ſon ouvrage pendant quelques mois, c'eſt la ſeule manière de diſſiper cette malheureuſe ſéduction, et ce nuage qui fait voir trouble quand on regarde les enfans qu'on vient de faire. Je ne vous réponds pas d'avoir ſubſtitué des beautés aux défauts qui m'ont frappé, je ne vous réponds que de mon envie de vous plaire, et de l'ardeur avec laquelle j'ai travaillé. Vous verrez ſi mes maçons d'un côté, et de sèches hiſtoires de l'autre, m'ont encore laiſſé quelques faibles étincelles d'un talent que tout doit avoir détruit. Ce que vous me dites de Mahomet m'engage à vous parler d'Oreſte. Croiriez-vous que c'eſt la pièce dont les gens de lettres ſont le plus contens dans les pays étrangers ? Reliſez-la, je vous en prie, et voyez ſi on ne pourrait pas la faire rejouer. Votre crédit, mon cher ange, pourrait-il s'étendre juſque-là ? Je ſais que les comédiens ſont gens un peu difficiles ; mais enfin,

s'ils

s'ils veulent que je faſſe quelque choſe pour eux, ne feront-ils rien pour moi? J'ai chez moi actuellement le fils de *Fierville*. Il y a de quoi faire un excellent comédien ; et s'il ne veut pas jouer tous les mots, il jouera très-bien. Il a de la figure, de l'intelligence, du ſentiment, ſurtout de la voix et un amour prodigieux pour ce malheureux métier ſi mépriſé et ſi difficile. Je vous prie, mon cher ange, de m'écrire par M. *Tronchin*, banquier à Lyon. Je vous conjure de ne pas imaginer que je ſonge à ce que vous ſavez ; on n'y ſonge que trop pour moi. Ce *Graſſet* a apporté un exemplaire de Paris. Un magiſtrat de Lauſane l'a vû, l'a lu, et me l'a mandé. L'Allemagne eſt pleine de copies. Vous ſavez qu'il y en a dans Paris. Vous n'ignorez pas que M. le duc de *la Vallière* en a marchandé une. Il n'y a point, encore une fois, de libraire qui ne s'attende à l'imprimer, et peut-être actuellement ce coquin de *Graſſet* fait-il mettre ſous preſſe la copie infame et deteſtable qu'il a apportée. Je ne me fie point du tout à ſes ſermens. J'ai ſujet de tout craindre. En vérité, je me remercie de pouvoir travailler à notre Orphelin dans des circonſtances auſſi cruelles ; mais vous m'animez ; vous me conſolez ; il n'y a rien que vous ne faſſiez de moi. Madame *Denis* vous fait mille tendres complimens. Elle mérite le petit mot par lequel j'ai terminé mon lac (*). Adieu, mon cher ange ; mes reſpects à toute la ſociété angélique.

(*) Epître LXXVI. vol. d'*Epitres*.

LETTRE CXIV.

A MADAME DE FONTAINE, *à Paris.*

Aux Délices, 2 de juillet.

JE vous écris, ma très-chère nièce, en fefant clouer au chevet de mon lit votre portrait et celui de votre fils. En vérité, voilà trois chefs - d'œuvre de votre façon qui me font bien chers, vous, le petit d'*Ornoi*, et fon paftel. Vous ne pouviez faire ni un plus joli enfant, ni un plus joli portrait. Le vôtre eft parfaitement reffemblant. Vous êtes un excellent peintre, et vous me confolez bien du portrait déteftable que nous avions de vous. Je vous remercie bien tendrement de tous vos beaux ouvrages.

Quand viendrez-vous donc voir les lieux que vous avez déjà embellis ? Dieu merci, les vaches vous font plus favorables que les âneffes. Pour moi, j'ai un âne qui me fait bien de la peine ; car mon âne tient un grand rang dans l'ouvrage que vous favez, et on lui a fait de terribles oreilles dans les maudites copies qui courent. Je vous enverrai certainement la véritable leçon, et vous en ferez tout ce qu'il vous plaira. Je vous enverrai auffi notre Orphelin de la Chine. Mais, en vérité, nous n'avons guère le temps de nous reconnaître, et je ne fais pas trop comment je peux fuffire à toutes les fottifes que j'ai entreprifes. Il s'en faut bien que j'aye la fanté que M. *Tronchin* me donne fi libéralement. Il s'imagine que quiconque a eu le bonheur de le voir et de lui

parler, doit fe bien porter : il eft comme les magi-
ciens qui croyaient guérir avec des paroles. Il a 1755.
raifon, car perfonne ne parle mieux que lui, et n'a
plus d'efprit; mais je ne m'en porte pas mieux.

A propos, *Thiriot* a douze chants de ce que vous
favez : demandez-les-lui fur le champ. Faites-les
copier ; cela vous amufera, vous et votre frère,
quand il fera las de réciter fon bréviaire et de
rapporter des procès. Je voudrais bien que mon
abbaye fût auffi fur les bords de la Seine; mais j'ai
bien l'air d'avoir planté le piquet pour jamais fur
les bords du lac de Genève. Les malades ne fe tranf-
portent guère, à moins que ce ne foit aux eaux de
Plombières, lorfque vous irez.

Ma chère enfant, il fait bien chaud pour montrer
cinq magots de la Chine à quinze cents parifiens, et
la plupart des acteurs font d'autres magots. Il eft
impoffible que la pièce réuffiffe; mais il eft encore
plus trifte que tout le monde difpofe de mon bien
comme fi j'étais mort. J'écris à M. d'*Argenfon* et à
madame de *Pompadour*, touchant le nommé *Prieur*
qui a imprimé un manufcrit volé chez l'un ou chez
l'autre. Ce manufcrit ne contient que des mémoires
informes. Ce libraire eft un fot, et le vendeur eft un
fripon. Je n'ai à craindre que d'être défiguré ; cela
eft toujours fort défagréable.

Adieu, ma chère nièce; votre fœur vous embraffe,
j'en fais autant; nous vous aimons à la folie.

LETTRE CXV.

A M. LE COMTE D'ARGENTAL.

Aux Délices, 6 de juillet.

MON cher ange, gardez-vous de penfer que le quatrième et le cinquième magot foient fupportables; ils ne font ni bien cuits ni bien peints. L'orphelin était trop oublié. *Zamti*, qui avait joué un rôle principal dans les premiers actes, ne paraiffait plus qu'à la fin de la pièce; on ne s'intéreffait plus à lui, et alors la propofition que fa femme lui fait de deux coups de poignard, un pour lui et un autre pour elle, ne pouvant faire un effet tragique, en fefait un ridicule. En un mot, ces deux derniers actes n'étaient ni affez pleins, ni affez forts, ni affez bien écrits. Madame *Denis* et moi nous n'étions point du tout contens. Nous efpérons enfin que vous le ferez. Il faut commencer par vous plaire pour plaire au public. Je vais vous envoyer la pièce. Elle ne fera peut-être pas trop bien tranfcrite, mais elle fera lifible. Le roi de Pruffe m'a repris un de mes petits clercs pour en faire fon copifte; c'était un jeune homme de Potfdam. J'ai rendu à *Céfar* ce qui appartient à *Céfar*, et il ne me refte plus qu'un fcribe qui a bien de la befogne en vers et en profe. Ce n'eft pas une petite entreprife pour un malade de corriger tous fes ouvrages, et de faire cinq actes chinois. Mais, mon cher ange, quel temps prendrez-vous pour faire jouer la pièce? Pour moi, je vous avoue que mon idée eft de laiffer paffer

1755.

tous ceux qui fe préfentent, et furtout de ne rien
difputer à M. de *Chateaubrun*. Il ne faut pas que deux
vieillards fe battent à qui donnera une tragédie, et il
vaut mieux fe faire défirer que de fe jeter à la tête.
J'imagine qu'il faudrait laiffer l'hiver à ceux qui veulent
être joués l'hiver. En ce cas, il faudrait attendre
Pâques prochain, ou jouer à préfent nos Chinois. Il y
aurait un avantage pour moi à les donner à préfent. Ce
ferait d'en faire la galanterie à madame de *Pompadour*,
pour le voyage de Fontainebleau. Il ne m'importe
pas que l'Orphelin ait beaucoup de repréfentations.
J'en laiffe tout le profit aux comédiens et au libraire,
et je ne me réferve que l'efpérance de ne pas déplaire.
Si cette pièce avait le même fuccès qu'Alzire, à qui
madame *Denis* la compare, elle fervirait de contre-
poifon à cette héroïne d'*Orléans* qui peut paraître au
premier jour ; elle difpoferait les efprits en ma faveur.
Voilà furtout l'effet le plus favorable que j'en peux
attendre. Je crois donc, dans cette idée, que le temps
qui précède le voyage de Fontainebleau eft celui qu'il
faut prendre ; mais je foumets toutes mes idées aux
vôtres.

J'envoie l'ouvrage fous l'enveloppe de monfieur de
Chauvelin. Je vous prie, mon divin ange, de le
donner à M. le maréchal de *Richelieu*. Qu'il le faffe
tranfcrire, s'il veut, pour lui et pour madame de
Pompadour, fi cela peut les amufer.

J'ai cru devoir envoyer à *Thiriot*, en qualité de
trompette, cet autre ancien ouvrage dont nous avons
tant parlé. J'aime bien mieux qu'il coure habillé
d'un peu de gaze, que dans une vilaine nudité et
tout eftropié. On le trouve ici très-joli, très-gai,

et point fcandaleux. On dit que les Contes de *la Fontaine* font cent fois moins honnêtes. Il y a bien de la poëfie, bien de la plaifanterie, et quand on rit, on ne fe fâche point; furtout nulle perfonnalité: Enfin, on fait qu'il y a trente ans que cette plaifanterie court le monde. La feule chofe défagréable qu'il y aurait à craindre, ce ferait la liberté que bien des gens fe font donnée de remplir les lacunes comme ils ont pu, et d'y fourrer beaucoup de fottifes qu'ils ont ajoutées aux miennes.

Mon cher ange, je fuis bien bon de fonger à tout cela. Tout le monde me dit ici que je dois jouir en paix de mon charmant hermitage; il eft bien nommé les Délices, mais il n'y a point de délices fi loin de vous. Mille tendres refpects à tous les anges.

L E T T R E   C X V I.

A U   M E M E.

Aux Délices, 18 de juillet.

Vous devez, mon cher ange, avoir reçu et avoir jugé notre Orphelin. Je n'étais point du tout content de la première façon, je ne le fuis guère de la feconde : je penfe que le petit morceau ci-joint eft moins mauvais que celui auquel je le fubftitue, et voici mes raifons. Le fujet de la pièce eft l'Orphelin: plus on en parle, mieux l'unité s'en trouve. La fcène me parait mieux filée, et les fentimens plus forts. Il me femble que c'était un très-grand défaut

que *Zamti* et *Idamé* euffent des chofes fi embarraffantes
à fe dire, et ne fe parlaffent point.

Plus la propofition du divorce eft délicate, plus
le fpectateur défire un éclairciffement entre la femme
et le mari. Cet éclairciffement produit une action et
un nœud; cette fcène prépare celle du poignard au
cinquième acte. Si *Zamti* et *Idamé* ne s'étaient point
vus au quatrième acte, ils ne feraient nul effet au
cinquième, on oublie les gens qu'on a perdus de vue.
Le parterre n'eft pas comme vous, mon cher ange;
il ne fait nul cas des abfens. *Zamti*, ne reparaiffant
qu'à la fin feulement, pour donner à *Gengis* occafion
de faire une belle action, ferait très-infipide; il en
réfulterait du froid fur la fcène du poignard, et ce
froid la rendrait ridicule. Toutes ces raifons me
font croire que la fin du quatrième acte eft incom-
parablement moins mauvaife qu'elle n'était, et je
crois la troifième façon préférable à la feconde,
parce que cette troifième eft plus approfondie. Après
ce petit plaidoyer, je me foumets à votre arrêt. Vous
êtes le maître de l'ouvrage, du temps et de la façon
dont on le donnera. C'eft vous qui avez commandé
cinq actes, ils vous appartiennent. Notre ami *le
Kain* doit avoir un habit. Il faudra auffi que *Lambert*
ait le privilége, pour les injures que nous lui avons
dites, madame *Denis* et moi, et pour l'avoir appelé
fi fouvent pareffeux.

THIRIOT - TROMPETTE me mande que M. *Bouret*
ne lui a point encore fait remettre fon paquet. Il
foupçonne que les commis en prennent préalablement copie.

J'en bénis DIEU, et je souhaite qu'il y ait beaucoup de ces copies moins mal-honnêtes que l'original défiguré et tronqué qui court le monde. Je suis toujours réduit à la maxime qu'un petit mal vaut mieux qu'un grand. A propos de nouveaux maux, pourriez-vous me dire si un certain livre édifiant contre les *Buffon*, *Pope*, *Diderot*, moi indigne, *et ejufdem farinæ homines*, a un grand succès, et s'il y a quelques profits à faire? Il ferait bien doux de pouvoir se convertir sur cette lecture, et de devoir son salut à l'auteur. Adieu, mon cher et respectable ami; je vous dois ma consolation en ce monde.

Je dois vous mander que M. de *Paulmi* et M. de *la Valette*, intendant de Bourgogne, ont pleuré tous deux à notre Orphelin. M. de *Paulmi* n'a pas mal lu le quatrième acte. Nous le jouerons dans ma cabane des Délices; nous y bâtissons un petit théâtre de marionnettes. Genève aura la comédie malgré *Calvin*. J'ai envoyé à M. le maréchal de *Richelieu*, par M. de *Paulmi*, quinze chants honnêtes de ce grave poëme épique. Je lui ai promis que vous lui communiqueriez l'Orphelin. Voilà un compte très-exact des affaires de la province. Donnez-nous vos ordres, et aimez-nous.

M. le maréchal de *Richelieu* nous apprend le bruit cruel qui court, que je fais imprimer à Genève cet ouvrage qu'on vend manuscrit à Paris à tout le monde, et que je le gâte. Il n'y a rien de plus faux, ni de plus dangereux, ni de plus funeste pour moi qu'un pareil bruit.

LETTRE CXVII.

AU MEME.

Aux Délices , 21 de juillet.

Mon cher ange , vous avez dû recevoir les cinq
chinois par M. de *Chauvelin*, et une petite correction
au quatrième acte , par la poste. Il est juste que je
vous rende compte des moindres particularités de
la Chine. Celles qui regardent l'ouvrage que *Darget*
et tant d'autres personnes ont entre les mains sont
bien tristes. Il n'est que trop vrai que ce *Grasset*, dont
vous aviez eu la bonté de me parler, en avait un
exemplaire ; mais ce qu'il y a de plus cruel , c'est
le bruit qui court, et dont M. le maréchal de *Richelieu*
m'a instruit. Cette idée est aussi funeste qu'elle est mal
fondée. Comment avez-vous pu croire que je son-
geasse à me priver de l'asile que j'ai choisi , et qui m'a
tant coûté ? comment avez-vous pensé que je vou-
lusse publier moi-même ce que j'ai envoyé à madame
de *Pompadour*, et perdre ainsi tout d'un coup le mérite
de ma petite confiance ? J'ai embelli assurément l'ouvrage, au lieu de le gâter ; et je suis d'autant plus
en droit de condamner les éditions défigurées qui
pourraient paraître de l'ancienne leçon. J'ai soigné
cet ouvrage ; je l'ai regardé comme un pendant de
l'*Arioste ;* j'ai songé à la postérité ; et je fais l'impossible
pour écarter les dangers du temps présent. Je vous
conjure, mon cher et respectable ami , de détruire
de toutes vos forces le bruit affreux qui n'est point
du tout fondé , et qui m'achèverait. Vous avez confié

1755.

vos craintes à M. de *Richelieu* et à madame de *Fontaine*. L'un et l'autre ont pris pour certain l'événement que votre amitié redoutait. Ils l'ont dit, la chofe eft devenue publique ; mais c'eft le contraire qui doit être public. Ma confolation fera à la Chine. Je ne vois plus que ce pays où l'on puiffe me rendre un peu de juftice. Adieu, mon cher ange.

LETTRE CXVIII.

A M. LE MARQUIS DE COURTIVRON.

Aux Délices, 22 de juillet.

VOTRE Traité d'optique, Monfieur, ne peut devenir meilleur que par des augmentations, et ne peut l'être par des changemens.

Je vous renouvelle mes remercîmens pour cet ouvrage, et je vous en dois de nouveaux pour la bonté que vous avez de vous intéreffer aux vérités hiftoriques qui peuvent fe trouver dans le Siècle de *Louis XIV*. Ces vérités ne font pas du genre des démonftrations. Tout ce que je peux faire, c'eft de croire ce que m'a affuré M. de *Fénélon*, neveu et élève de l'archevêque de Cambrai, que les vers imputés à madame *Guyon* étaient de l'auteur du Télémaque, et qu'il les lui avait vu faire ; ce peut être la matière d'une note.

A l'égard de la poudre de diamant, comme cette queftion eft du reffort de la phyfique expérimentale, elle peut mieux s'éclaircir. Le verre et le diamant n'étant que du fable, il redevient fable fin quand il eſt réduit en poudre impalpable, et cette poudre n'eſt pas plus nuiſible que de la poudre de corail. De là vient que tant d'ivrognes ont été dans l'habitude d'avaler leur verre après l'avoir vidé.

J'ai eu le malheur de ſouper quelquefois, dans ma jeuneſſe, avec ces meſſieurs ; ils briſaient leurs verres ſous leurs dents, et ni le vin ni le verre ne leur feſaient mal. Si les fragmens de verre ou de diamant n'étaient pas aſſez broyés, aſſez pilés, on ne pourrait les avaler, ou du moins on ſentirait au paſſage un petit déchirement, une douleur qui avertirait. Je n'ai point ſous les yeux l'article où *Boërhaave* parle des poiſons ; j'ai celui d'*Allen* qui dit en effet que la poudre de diamant eſt un poiſon. Mais le docteur *Mead* diſait : *Qu'on me donne deux gros diamans à condition que j'en avalerai un en poudre, et je ferai le marché.* En un mot, il eſt très-certain que la poudre de diamant impalpable ne peut faire de mal, et que groſſière on ne l'avalerait pas. Du verre pilé tue quelquefois des ſouris, et ſouvent les manque, mais une princeſſe, dont le palais eſt délicat, n'avalerait point du verre mal pilé.

Je viens de parler de tout cela à M. *Tronchin* qui eſt entièrement de mon avis ; ce peut encore être l'objet d'une note.

Je vous aurai obligation, Monſieur, d'éclaircir ces deux faits dont vous me faites l'honneur de me parler.

La prédiction des tremblemens de terre ſera un peu plus difficile à conſtater. Je me ſuis un peu mêlé du paſſé, mais j'avoue en général ma profonde ignorance ſur l'avenir.

Tout ce dont je ſuis bien ſûr pour le préſent,

1755.

c'eſt de la ſenſibilité que vos attentions obligeantes m'inſpirent , et de l'eſtime infinie avec laquelle j'ai l'honneur d'être, &c.

LETTRE CXIX.

A M. THIRIOT.

A Genève, le 22 de juillet.

LES curieux , mon ancien ami , ſe font ſaiſis , à ce que je vois , de votre paquet , et ma toile cirée eſt perdue. J'apprends que l'ancien manuſcrit (*) tronqué et défiguré court tout Paris. Qui m'aurait dit qu'au bout de trente ans cette pauvre madame *du Châtelet* me jouerait ce tour ? Pour comble de bénédiction, on dit que je vous envoyais l'ouvrage afin de l'imprimer ; c'eſt bien aſſurément tout le contraire. Je ne ſais plus comment m'y prendre. Ce n'eſt pas l'affaire d'un jour de faire copier tout cela. Tous mes ſcribes ſont occupés à l'Orphelin de la Chine. Je tâche de faire ma cour à ſa Majeſté tartaro-chinoiſe ; on dit que c'eſt un très-bon prince, et dont je ſerai fort content.

Je voudrais vous écrire de longues lettres ; mais un pauvre malade avec une Hiſtoire générale ſur les bras , et trente ouvriers qui lui rompent la tête, n'eſt guère en état de parler long-temps à ſes amis. C'eſt aux gens tranquilles, et qui ont un heureux loiſir , à aſſiſter ceux qui n'en ont pas.

Ecrivez-moi , et aimez-moi ; je vous embraſſe.

(*) De la Pucelle.

LETTRE CXX.

A M. LE MARECHAL DUC DE RICHELIEU.

31 de juillet.

JE reçois, mon héros, votre lettre du 26 de juillet. Or, voyez, mon héros, comme vous avez raifon fur tous les points.

Premièrement, ce qui court dans Paris et ailleurs eft l'ouvrage de la plus vile canaille, aidée par des gens qui méritent un châtiment exemplaire. Voici ce qu'on y trouve :

> *Et qu'à la ville, et furtout en province,*
> *Les Richelieux ont nommé maquereau.*

> . . . .

> *Dort en Bourbon la graffe matinée;*
> *Et que Louis, ce faint et bon apôtre,*
> *A fes Bourbons en pardonne bien d'autre.*

Ce n'eft pas là apparemment l'ouvrage que vous voulez. Les *la Beaumelle*, les *Fréron*, et les autres efpèces qui vendent fous le manteau cette abominable rapfodie, font prêts, dit-on, de la faire imprimer. Un nommé *Graffet*, qui en avait un exemplaire, eft venu me propofer à Genève de me le vendre cinquante louis. Il m'en a montré des morceaux écrits de fa main; je les ai portés fur le champ au réfident de France. J'ai fait mettre ce malheureux en prifon, et enfin on n'a point trouvé fon manufcrit.

—— J'ai cru, dans ces circonſtances, devoir vous envoyer,
1755. auſſi-bien qu'à madame de *Pompadour* et à M. le duc
de *la Vallière*, mon véritable ouvrage qui eſt à la
vérité très-libre, mais qui n'eſt ni ne peut être
rempli de pareilles horreurs. Ils ont reçu leur paquet.
Vous n'avez point le vôtre ; apparemment que M. de
Paulmi a voulu préalablement en prendre copie. Vous
pourriez bien en demander des nouvelles à M. *Dumenil*,
en préſence de qui je donnai le paquet cacheté ſans
armes, pour être cacheté avec les armes de M. de
Paulmi, contreſigné par lui, et vous être dépêché
le lendemain.

Vous ſentez, Monſeigneur, le déſeſpoir où tout
cela me réduit. La canaille de la littérature m'avait
fait ſortir de France, et me pourſuit juſque dans
mon aſile.

Le ſecond point eſt le rôle de *Gengis* donné à
le Kain. Je ne me ſuis mêlé de rien que de faire
comme j'ai pu l'Orphelin de la Chine, et de le
mettre ſous votre protection. *Zamti* le chinois et *Gengis*
le tartare ſont deux beaux rôles. Que *Grandval* et
le Kain prennent celui qui leur conviendra ; que tous
deux n'aient d'autre ambition que de vous plaire ;
que M. d'*Argental* vous donne la pièce ; que vous
donniez vos ordres : voilà toute ma requête. Je me
borne à vous amuſer ; et, ſi par haſard l'ouvrage
réuſſiſſait, ſi on le trouvait digne de paraître ſous
vos auſpices, je vous demanderais la permiſſion de
vous le dédier à ma façon, c'eſt-à-dire, avec un
ennuyeux diſcours ſur la littérature chinoiſe et ſur
la nôtre. Vous ſavez que je ſuis un bavard, et vous
me paſſeriez mon rabâchage ſur votre perſonne et

fur les Chinois. Je vous fupplierais en ce cas d'empêcher, en vertu de votre autorité, que monfieur le fouffleur ne fît imprimer ma pièce et ne la défigurât, comme cela lui eft arrivé fouvent. Tout le monde me pille comme il peut.

Adieu, Monfeigneur. Si vous commandez une armée, je veux aller vous voir dans votre gloire, au lieu d'aller aux eaux de Plombières. Recevez mon tendre refpect.

LETTRE CXXI.

A M. LE COMTE D'ARGENTAL.

31 de juillet.

MON cher ange, votre lettre du 25 juillet m'apprend que vous avez reçu la petite correction du quatrième acte, conformément à vos défirs et à vos ordres. Je ne doute pas que vous n'ayez reçu auffi celle du deuxième acte. Le violent chagrin que me caufe cet abominable ouvrage qu'on fait courir fous mon nom, me met hors d'état d'embellir, comme je le voudrais, une tragédie que vous approuvez. Pourquoi M. de *Richelieu* imagine-t-il que je lui envoyais un exemplaire rapetaffé ?

Je lui envoyais, comme à vous, quelque chofe de bien meilleur que la rapfodie qui court. Il n'a point reçu fon paquet. Apparemment que M. de *Paulmi* a voulu en prendre copie pour fon droit de tranfit ; à la bonne heure. M. de *Richelieu* me gronde fur la diftribution des rôles ; je ne m'en mêle point ; c'eft à vous, mon cher ange, à tout ordonner avec lui. *Gengis* et *Zamti* font deux rôles que *Grandval* et *le Kain* peuvent jouer. Faites tout comme il vous plaira, mon unique occupation eft de tâcher de vous plaire ; mais le pucelage de *Jeanne* me tue. Je vous embraffe mille fois, mon ange.

Je rouvre ma lettre. J'apprends dans l'inftant qu'on a encore volé le manufcrit de la Guerre de 1741, qui était dans les mains de M. d'*Argenfon*, de M. de *Richelieu* et de madame de *Pompadour*. On a porté tout fimplement le manufcrit à M. de *Malesherbes*, qui donne auffi tout fimplement un privilége. Je vous conjure de lui en parler et de l'engager à ne pas favorifer ce nouveau larcin. On dit que cela preffe. Je n'ai d'efpérance qu'en vous.

Revenons aux Chinois. *Grandval*, à qui j'ai donné cinquante louis pour le duc de *Foix*, refuferait-il de jouer dans l'Orphelin ? Au nom du *Tien*, arrangez cela avec monfieur le maréchal.

LETTRE

LETTRE CXXII.   1755.

A MONSIEUR

LE PREMIER SYNDIC DU CONSEIL DE GENEVE.

Le 2 d'auguste.

MONSIEUR,

Vos bontés et celles du magnifique conseil m'ayant déterminé à m'établir ici sous sa protection, il ne me reste, en vous renouvelant mes remercîmens, que d'assurer mon repos en ayant recours à la justice et à la prudence du conseil.

Je suis obligé de l'informer que, le 17 du mois de juin, un conseiller d'Etat de France m'écrivit qu'un nommé *Grasset* était parti de Paris, chargé d'un manuscrit abominable qu'il voulait imprimer sous mon nom, croyant mal à propos que mon nom servirait à le faire vendre; on m'envoya de plus la teneur de la lettre écrite de Lausane, par ce *Grasset*, à un facteur de librairie de Paris. J'écrivis incontinent à des magistrats de Lausane, et je les suppliai d'éclaircir ce fait. On intimida *Grasset* à Lausane.

Le 22 juillet, une femme nommée *Dubret*, qui demeure à Genève dans la même maison que le sieur *Grasset*, vint me proposer de me vendre cet ouvrage manuscrit, quarante louis.

Le 26 juillet, *Grasset* arrivé de Lausane vint lui-même me proposer ce manuscrit pour cinquante louis, en présence de madame *Denis* et de M. *Catala;*

Corresp. générale.   Tome IV.   P

et me dit que fi je ne l'achetais pas, il le vendrait à d'autres. Pour me faire connaître le prix de ce qu'il voulait me vendre, il m'en montra une feuille écrite de fa main; il me pria de la faire tranfcrire, et de lui rendre fon original.

Je fus faifi d'horreur à la vue de cette feuille qui infulte, avec autant d'infolence que de platitude, à tout ce qu'il y a de plus facré. Je lui dis, en préfence de M. *Catala*, que ni moi ni perfonne de ma maifon ne tranfcririons jamais des chofes fi infames, et que fi un de mes laquais en copiait une ligne, je le chafferais fur le champ.

Ma jufte indignation m'a déterminé à faire remettre dans les mains d'un magiftrat cette feuille puniffable, qui ne peut avoir été compofée que par un fcélérat infenfé et imbécille.

J'ignore ce qui s'eft paffé depuis, j'ignore de qui *Graffet* tient ce manufcrit odieux; mais ce que je fais certainement, c'eft que ni vous, Monfieur, ni le magnifique confeil, ni aucun membre de cette république ne permettra point des ouvrages et des calomnies fi horribles, et qu'en quelque lieu que foit *Graffet*, j'informerai les magiftrats de fon entreprife qui outrage également la religion et le repos des hommes. Mais il n'y a aucun lieu fur la terre où j'attende une juftice plus éclairée qu'à Genève.

Je vous fupplie, Monfieur, de communiquer ma lettre au magnifique confeil, et de me croire avec un profond refpect, &c.

LETTRE CXXIII.

A M. THIRIOT, *à Paris.*

Aux Délices, le 4 d'augufte.

CE que vous avez eſt preſque auſſi ancien que notre amitié. Il y a trente ans que cela eſt fait, et vous voyez combien céla eſt différent des plates groſſièretés et des ſcandales odieux qui courent. Vous aurez le reſte ; vous verrez que le bâtard de l'*Arioſte* n'eſt pas le bâtard de l'*Aretin.* Un ſcélérat, nommé *Graſſet*, eſt venu dans ce pays-ci, dépêché par des coquins de Paris, pour faire imprimer ſous mon nom, à Lauſane, les abominations qu'ils ont fabriquées. Je l'ai fait guetter à Lauſane ; il eſt venu à Genève, je l'ai fait mettre en priſon. J'ai ici quelques amis, et on n'y troublera point mon repos impunément.

Adieu, mon ancien ami ; vous auriez trouvé ma retraite charmante l'été, et l'hiver il ne faut pas quitter le coin de ſon feu. Tous les lieux ſont égaux quand il gêle ; mais dans les beaux jours je ne connais rien qui approche de ma ſituation. Je ne connaiſſais ni ce nouveau plaiſir, ni celui de ſemer, de planter et de bâtir. Je vous aurais voulu dans ce petit coin de terre. J'y ſuis très-heureux, et ſi les calomnies de Paris venaient m'y pourſuivre, je ſerais heureux ailleurs.

Je vous embraſſe. *Quid novi?*

LETTRE CXXIV.

A M. LE COMTE D'ARGENTAL.

4 d'auguſte.

Mon cher ange, je voudrais encore vernir mes
magots; mais tout ce qui arrive à *Jeanne* gâte mes
pinceaux chinois. C'eſt ma deſtinée que la calomnie me pourſuive au bout du monde. Elle vient me
tourmenter au pied des Alpes. Vous ai-je mandé
que ce coquin de *Graſſet* était venu dans ce pays-ci,
chargé de cet impertinent ouvrage avec des vers
contre la France, contre la maiſon régnante, contre
M. de *Richelieu*? Ceux qui l'ont envoyé, ſachant que
j'étais auprès de Genève, n'ont pas manqué de faire
paraître *Calvin* dans cette rapſodie; cela fait un bel
effet du temps de *Charles VII.* Il eſt très-certain que
ce *Chevrier*, qui avait annoncé l'ouvrage dans les
feuilles de *Fréron*, y a travaillé; et il eſt très-pro-
bable que *Graſſet* s'entend toujours avec *Corbi.*

Vous voyez combien il eſt néceſſaire que les cinq
magots ſoient joués vîte et bien; mais comment
Sarrazin peut-il ſe charger de *Zamti*? eſt-ce là le rôle
d'un vieillard? On n'entendra pas *le Kain. Sarrazin*
joue en capucin. Serai-je la victime de l'orgueil de
Grandval qui ne veut pas s'abaiſſer à jouer *Zamti*?
Mon divin ange, je m'en remets à vous; mais ſi
mes magots tombent, je ſuis enterré.

Je vois enfin que vous avez perdu ces malheureux
ſoupçons que vous aviez de moi ſur un pucelage;

Dieu foit béni. *Thiriot-trompette* me mande qu'il y
avait, dans le feul premier chant qui court à Paris,
cent vingt-quatre vers falfifiés. Tout ce qu'on m'en
a envoyé eft de la plus grande platitude. Gare que
ces fottes horreurs ne paraiffent fous mon nom ; ce
maraud de *Fréron* en fera un bel extrait.

Je vous demande en grâce au moins qu'on ne
falfifie pas mon pauvre Orphelin. Je vous conjure
qu'on le joue tel que je l'ai fait.

Nous venons d'en faire une répétition. Un *Tronchin*,
confeiller d'Etat de Genève, auteur d'une certaine
Marie Stuart, a joué, ou plutôt lu fur notre petit
théâtre, le rôle de *Gengis* paffablement ; il a fort bien
dit *vos vertus*, et tout le monde a conclu que c'était un
folécifme épouvantable de dire quelque chofe après
ce mot. Ce ferait tout gâter ; la feule idée m'en fait
frémir.

La fcène du poignard a bien réuffi ; des cœurs
durs ont été attendris.

Je vous embraffe ; je me recommande à vos
bontés.

LETTRE CXXV.

AU MEME.

13 d'augufte.

MON cher ange, je ne fuis pas en état de fonger à une tragédie; je fuis dans les horreurs de la perfécution que la canaille littéraire me fait depuis quarante ans. Vous m'aviez affurément donné un très-bon avis. Ce *Graffet* était venu de Paris tout exprès pour confommer fon iniquité. Il n'eft que trop vrai que *Chevrier* était très-inftruit de ce maudit ouvrage et de toute cette manœuvre. *Fréron* n'en avait parlé dans fa feuille que pour préparer cette belle entreprife. Vous favez de quelles abominations on a farci ce poëme. On a voulu me perdre et gagner de l'argent. Je n'y fais autre chofe que de déférer moi-même tout fcandale qu'on voudra mettre fous mon nom, en quelque lieu que je fois. Pour comble de douleurs, on m'apprend que Lyon eft infecté d'un premier chant auffi plat que criminel, dans lequel il n'y a pas quarante vers de moi. Mon malheur veut que monfieur votre oncle, que je n'ai jamais offenfé, ait depuis un an écrit au roi plufieurs fois contre moi, et ait même montré les réponfes. Il a trop d'efprit et trop de probité pour m'imputer les misères indignes qui courent; mais il peut, fans les avoir vues, écouter la calomnie. L'abbé *Pernetti* m'a écrit de Lyon qu'on me forcerait à quitter mon afile, qui m'a déjà coûté

plus de quarante mille écus. Madame *Denis* se meurt
de douleur, et moi de la colique.

J'écris un mot à madame de *Pompadour* au sujet
des cinq pagodes que vous lui faites tenir de ma
part.

Je me flatte qu'elle ne trouvera rien dans la pièce
qui ne plaise aux honnêtes gens, et qui ne déplaise
à *Crébillon*. Je me flatte que, si elle l'approuve, elle
sera jouée malgré le radoteur *Licofron*. Adieu, mon
très-cher ange qui me consolez.

LETTRE CXXVI.

AU MEME.

13 d'auguste.

VRAIMENT, mon cher ange, il ne manquait plus
à mes peines que celle de vous voir affligé. Je ne
m'embarrasse guère de vos gronderies, mais je souffre
beaucoup de l'embarras que vous donnent les
bateleurs de Paris. Mon divin ange, grondez-moi
tant qu'il vous plaira, mais ne vous affligez pas.
M. de *Richelieu* me mande qu'il faut que *Grandval*
joue dans la pièce ; *très-volontiers*, lui dis-je, *je ne me
mêle de rien ; que le Kain et Grandval s'étudient à vous
plaire, c'est leur devoir.*

La comédie est aussi mal conduite que les pièces
qu'on y donne depuis si long-temps. Le siècle où nous
vivons est en tout sens celui de la décadence ; il faut
l'abandonner à son sens réprouvé. J'ai désiré, mon

P 4

cher et respectable ami, qu'on donnât mes magots à Fontainebleau, puisqu'on doit les donner; et je l'ai désiré afin de pouvoir détruire, dans une préface, les calomnies qui viennent m'assaillir au pied des Alpes. Vous savez une partie des horreurs que j'éprouve, et je dois à votre amitié le premier avis que j'en ai eu. La députation de *Grasset* est le résultat d'un complot formé de me perdre par-tout où je serai. Jugez si je suis en état de chanter le Dieu des jardins. J'en dirai pourtant un petit mot quand je pourrai être tranquille; mais je le dirai honnêtement. Toute grossièreté rebute, et vous devez vous en apercevoir par la différence qui est entre la copie que je vous ai envoyée et l'autre exemplaire. Je vous supplie de répandre cette copie le plus que vous pourrez, et surtout de la faire lire à M. de *Thibouville;* je vous en conjure. Ah! mon cher et respectable ami, quel temps avez-vous pris pour me gronder! celui que votre oncle prend pour m'achever. Je vous embrasse tendrement. Les hommes font bien méchans; mais vous me raccommodez avec l'espèce humaine.

LETTRE CXXVII. 1755.

A MADAME DE FONTAINE.

13 d'augufte.

Ma chère nièce, vous êtes charmante. Vous courez, avec votre mauvaife fanté, aux invalides pour des chinois. Tout Pékin eft à vos pieds. Je me flatte qu'on jouera la pièce telle que je l'ai faite, et qu'on n'y changera pas un mot. J'aime infiniment mieux la favoir fupprimée qu'altérée.

Les fcélérats d'Europe me font plus de peine que les héros de la Chine. Un fripon, nommé *Graffet*, que M. d'*Argental* m'avait heureufement indiqué, eft venu ici pour imprimer un déteftable ouvrage fous le même titre que celui auquel je travaillai il y a trente ans, et que vous avez entre les mains. Vous favez que cet ouvrage de jeuneffe n'eft qu'une gaieté très-innocente. Deux fripons de Paris, qui en ont eu des fragmens, ont rempli les vides comme ils ont pu, contre tout ce qu'il y a de plus refpectable et de plus facré. *Graffet*, leur émiffaire, eft venu m'offrir le manufcrit pour cinquante louis d'or, et m'en a donné un échantillon auffi abfurde que fcandaleux. Ce font des fottifes des halles, mais qui font dreffer les cheveux à la tête. Je courus fur le champ de ma campagne à la ville ; et, aidé du réfident de France, je déférai le coquin ; il fut mis en prifon et banni, fon bel échantillon lacéré et brûlé, et le confeil m'a écrit pour me remercier de ma dénonciation. Voilà comme il faudrait par-tout traiter les calomniateurs. Je ne les crains point ici ; je ne les crains qu'en France.

Ayez soin de votre santé, et aimez deux solitaires qui vous aiment tendrement. Je vous embrasse, ma chère enfant, du fond de mon cœur.

LETTRE CXXVIII.

A M. THIRIOT.

Le 23 d'auguste.

Mon ancien ami, amusez-vous tant que vous pourrez avec une Pucelle ; cela est beau à votre âge. Il y a trente ans que je fis cette folie. Je vous ai envoyé la copie que j'avais depuis dix ans. Je ne puis songer à tout cela que pour en rougir. Dites aux gens qui sont assez bons pour éplucher cet ouvrage, qu'ils commencent par critiquer sérieusement frère *Jean des Entomures* et *Gargantua*.

Quant à mes cinq magots de la Chine, je les crois très-mal placés sur le théâtre de Paris, et je n'en attends pas plus de succès que je n'attends de reconnaissance des comédiens à qui j'ai fait présent de la pièce. Il y a long-temps que j'ai affaire à l'ingratitude et à l'envie. Je fuis les hommes, et je m'en trouve bien ; j'aime mes amis, et je m'en trouve encore mieux. Je voudrais vous revoir avant d'aller voir *Pascal* et *Rabelais*, et *tutti quanti* dans l'autre monde.

Puisque vous voyez M. d'*Argenson* le philosophe, présentez-lui, je vous prie, mes respects.

LETTRE CXXIX.

A MADAME

LA COMTESSE DE LA NEUVILLE.

Aux Délices, le 23 d'augufte.

ON vous lit des chofes bien édifiantes, Madame, dans le couvent des carmélites (*). Je ne doute pas qu'elles ne fervent à entretenir votre dévotion. Si vous n'êtes pas encore convaincue du pouvoir de la grâce, vous devez l'être de celui de la deftinée. Elle m'a fait quitter Cirey, après l'avoir embelli; elle vous a fait quitter votre terre, lorfque vous en rendiez la demeure plus agréable que jamais; elle a fait mourir madame *du Châtelet* en Lorraine; elle m'a conduit fur les bords du lac de Genève; elle vous a campée aux carmélites : c'eft ainfi qu'elle fe joue des hommes qui ne font que des atomes en mouvement, foumis à la loi générale qui les éparpille dans le grand choc des événemens du monde, qu'ils ne peuvent ni prévoir, ni prévenir, ni comprendre, et dont ils croient quelquefois être les maîtres. Je bénis cette deftinée de ce que meffieurs vos enfans font placés.

Je vous fouhaite, Madame, du bonheur, s'il y en a; de la tranquillité, au moins, tout infipide qu'elle eft; de la fanté qui eft le vrai bien, et qui cependant eft un bien trop peu fenti. Confervez-moi de l'amitié. Les roues de la machine de ce monde font engrenées

(*) La Pucelle.

—— de façon à ne pas me laiffer l'efpérance de vous revoir ; mais mon tendre refpect pour vous fera toujours dans mon cœur.

LETTRE CXXX.

À M. LE COMTE D'ARGENTAL.

Aux triftes Délices, 29 d'augufte.

Mon divin ange, je reçois votre lettre du 21 ; je commence par les pieds de madame d'*Argental*, et je les baife, avec votre permiffion, enflés ou non. J'ef-père même qu'ils pourront la conduire à la Chine, et qu'elle entendra *le Kain*; ce qui eft, dit-on, très-diffi-cile. On prétend qu'il a joué un beau rôle muet ; mais, mon cher et refpectable ami, je ne fuis touché que de vos bontés ; je les fens mille fois plus vivement que je ne fentirais le fuccès le plus complet. Les magots chinois iront comme ils pourront ; on les brifera, on les caffera, on les mettra fur fa cheminée ou dans fa garde-robe, on en fera ce qu'on voudra ; mon cœur eft flétri, mon efprit laffé, ma tête épuifée. Je ne puis, dans mes violens chagrins, que vous faire les plus tendres remercîmens. C'eft vous qui avez prévenu le mal. Vous avez été à cent lieues, mon véritable ange gardien. Ce *Graffet*, ce maudit *Graffet*, eft un des plus infignes fripons qui infectent la littérature. J'ai effuyé un tiffu d'horreurs. Enfin, ce miférable, chaffé d'ici, s'en eft allé avec fon manufcrit infame, et on ne fait plus où le prendre. Je n'ai jamais vu de plus artifi-cieux et de plus effronté coquin.

A l'égard de cet autre animal de *Prieur*, qui dispose insolemment de mon bien sans daigner seulement m'en avertir, j'ai écrit à madame de *Pompadour* et à M. d'*Argenson*. L'un ou l'autre a été volé, et il leur doit importer de savoir par qui ; d'ailleurs, il s'agit de la gloire du roi, et ni l'un ni l'autre ne seront indifférens. Enfin, mon cher ange, je suis vexé de tous côtés depuis un mois. La rapine et la calomnie me sont venues assaillir aux pieds des Alpes, dans ma solitude. Où fuir ? il faudra donc aller trouver l'empereur de la Chine. Encore trouverai-je là des jésuites qui me joueront quelque mauvais tour. Ma santé n'a pas résisté à toutes ces secousses. Il ne me reste de sentiment que pour vous aimer ; je suis abasourdi sur tout le reste. Adieu ; pardonnez moi, je ne sais plus où j'en suis. Adieu, votre amitié sera toujours ma consolation la plus chère. Je baise très-douloureusement les ailes de tous les anges.

LETTRE CXXXI.

A M. JEAN-JACQUES ROUSSEAU, *à Paris.*

30 d'augufte.

J'AI reçu, Monfieur, votre nouveau livre (*) contre le genre-humain ; je vous en remercie. Vous plairez aux hommes à qui vous dites leurs vérités, mais vous ne les corrigerez pas. On ne peut peindre avec des couleurs plus fortes les horreurs de la fociété humaine, dont notre ignorance et notre faibleffe fe promettent tant de confolations. On n'a jamais employé tant d'efprit à vouloir nous rendre bêtes ; il prend envie de marcher à quatre pattes, quand on lit votre ouvrage. Cependant, comme il y a plus de foixante ans que j'en ai perdu l'habitude, je fens malheu-reufement qu'il m'eft impoffible de la reprendre, et je laiffe cette allure naturelle à ceux qui en font plus dignes que vous et moi. Je ne peux non plus m'embarquer pour aller trouver les fauvages du Canada ; premièrement, parce que les maladies dont je fuis accablé me retiennent auprès du plus grand médecin de l'Europe, et que je ne trouverais pas les mêmes fecours chez les Miffouris ; fecondement, parce que la guerre eft portée dans ces pays-là, et que les exemples de nos nations ont rendu les fauvages prefque auffi méchans que nous. Je me borne à être un fauvage paifible dans la folitude

_____

(*) Le Difcours fur l'inégalité des conditions.

que j'ai choifie, auprès de votre patrie où vous devriez
être.

Je conviens avec vous que les belles-lettres et les
fciences ont caufé quelquefois beaucoup de mal. Les
ennemis du *Taffe* firent de fa vie un tiffu de malheurs;
ceux de *Galilée* le firent gémir dans les prifons, à
foixante et dix ans, pour avoir connu le mouvement
de la terre; et ce qu'il y a de plus honteux, c'eft qu'ils
l'obligèrent à fe rétracter. Dès que vos amis eurent
commencé le Dictionnaire encyclopédique, ceux qui
osèrent être leurs rivaux les traitèrent de déiftes,
d'athées, et même de janféniftes.

Si j'ofais me compter parmi ceux dont les travaux
n'ont eu que la perfécution pour récompenfe, je vous
ferais voir des gens acharnés à me perdre, du jour
que je donnai la tragédie d'Oedipe; une bibliothéque
de calomnies ridicules imprimées contre moi; un
prêtre ex-jéfuite, que j'avais fauvé du dernier fup-
plice, me payant, par des libelles diffamatoires, du
fervice que je lui avais rendu; un homme, plus coupable encore, fefant imprimer mon propre ouvrage
du Siècle de *Louis XIV*, avec des notes dans lefquelles
la plus craffe ignorance vomit les plus infames impoftures; un autre qui vend à un libraire quelques
chapitres d'une prétendue Hiftoire univerfelle fous
mon nom; le libraire affez avide pour imprimer ce
tiffu informe de bévues, de fauffes dates, de faits et
de noms eftropiés; et enfin, des hommes affez lâches
et affez méchans pour m'imputer la publication de
cette rapfodie. Je vous ferais voir la fociété infectée de ce
genre d'hommes inconnu à toute l'antiquité, qui,
ne pouvant embraffer une profeffion honnête, foit

de manœuvre, foit de laquais, et fachant malheureufement lire et écrire, fe font courtiers de littérature, vivent de nos ouvrages, volent des manufcrits,
les défigurent et les vendent. Je pourrais me plaindre que des fragmens d'une plaifanterie faite, il y a
près de trente ans, fur le même fujet que *Chapelain*
eut la bêtife de traiter férieufement, courent aujour-
d'hui le monde par l'infidélité et l'avarice de ces
malheureux qui ont mêlé leurs groffièretés à ce
badinage, qui en ont rempli les vides avec autant de
fottife que de malice, et qui enfin, au bout de trente
ans, vendent par-tout en manufcrit ce qui n'appartient
qu'à eux, et qui n'eft digne que d'eux. J'ajouterais
qu'en dernier lieu on a volé une partie des matériaux que j'avais raffemblés dans les archives publiques pour fervir à l'hiftoire de la guerre de 1741,
lorfque j'étais hiftoriographe de France; qu'on a
vendu à un libraire de Paris ce fruit de mon travail;
qu'on fe faifit à l'envi de mon bien, comme fi j'étais
déjà mort, et qu'on le dénature pour le mettre à
l'encan. Je vous peindrais l'ingratitude, l'impofture
et la rapine me pourfuivant depuis quarante ans
jufqu'au pied des Alpes, et jufqu'au bord de mon
tombeau. Mais que conclurai-je de toutes ces tribulations? que je ne dois pas me plaindre; que *Pope*,
Defcartes, *Bayle*, le *Camouens*, et cent autres, ont
effuyé les mêmes injuftices et de plus grandes; que
cette deftinée eft celle de prefque tous ceux que
l'amour des lettres a trop féduits.

Avouez, en effet, Monfieur, que ce font là de ces
petits malheurs particuliers, dont à peine la fociété
s'aperçoit. Qu'importe au genre-humain que quelques

frelons

1755.

frelons pillent le miel de quelques abeilles ? Les gens de lettres font grand bruit de toutes ces petites querelles ; le refte du monde ou les ignore, ou en rit.

De toutes les amertumes répandues fur la vie humaine, ce font-là les moins funeftes. Les épines attachées à la littérature et à un peu de réputation, ne font que des fleurs en comparaifon des autres maux qui de tous temps ont inondé la terre. Avouez que ni *Cicéron*, ni *Varron*, ni *Lucrèce*, ni *Virgile*, ni *Horace*, n'eurent la moindre part aux profcriptions. *Marius* était un ignorant. Le barbare *Sylla*, le crapuleux *Antoine*, l'imbécille *Lépide*, lifaient peu *Platon* et *Sophocle ;* et pour ce tyran fans courage, *Octave-Cepias*, furnommé fi lâchement *Augufte*, il ne fut un déteftable affaffin que dans les temps où il fut privé de la fociété des gens de lettres.

Avouez que *Pétrarque* et *Bocace* ne firent pas naître les troubles de l'Italie ; avouez que le badinage de *Marot* n'a pas produit la Saint-Barthelemi, et que la tragédie du Cid ne caufa pas les troubles de la fronde. Les grands crimes n'ont guère été commis que par de célèbres ignorans. Ce qui fait et fera toujours de ce monde une vallée de larmes, c'eft l'infatiable cupidité et l'indomptable orgueil des hommes, depuis *Thamas Kouli-kan* qui ne favait pas lire, jufqu'à un commis de la douane qui ne fait que chiffrer. Les lettres nourriffent l'ame, la rectifient, la confolent ; elles vous fervent, Monfieur, dans le temps que vous écrivez contre elles ; vous êtes comme *Achille*, qui s'emporte contre la gloire, et comme le père *Mallebranche* dont l'imagination brillante écrivait contre l'imagination.

Correfp. générale. Tome IV. Q

Si quelqu'un doit fe plaindre des lettres, c'eft moi, puifque, dans tous les temps et dans tous les lieux, elles ont fervi à me perfécuter. Mais il faut les aimer malgré l'abus qu'on en fait, comme il faut aimer la fociété, dont tant d'hommes méchans corrompent les douceurs ; comme il faut aimer fa patrie, quelques injuftices qu'on y effuye ; comme il faut aimer et fervir l'Etre fuprême, malgré les fuperftitions. et le fanatifme qui déshonorent fi fouvent fon culte.

M. *Chappuis* m'apprend que votre fanté eft bien mauvaife ; il faudrait la venir rétablir dans l'air natal, jouir de la liberté, boire avec moi du lait de nos vaches, et brouter nos herbes.

Je fuis très-philofophiquement et avec la plus tendre eftime, &c.

LETTRE CXXXII.

A M. THIRIOT.

Aux Délices, le 10 de feptembre.

N O N affurément, mon ancien ami, je ne peux ni ne veux retoucher à une plaifanterie faite il y a trente ans, qui ne convient ni à mon âge, ni à ma façon préfente de penfer, ni à mes études. Je connais toutes les fautes de cet ouvrage. Il y en a d'auffi grandes dans l'*Ariofte*. Je l'abandonne à fon fort. Tout ce que je peux faire, c'eft de défavouer et de flétrir les vers infames que la canaille de la littérature a inférés dans cet ouvrage. Ne vous ai-je pas fait part de quelques-unes de ces belles interpolations ?

Qui des Valois rompant la deſtinée,
A la gard'Dieu laiſſe aller ſon armée,
Chaſſe le jour, le ſoir eſt en feſtin,
Toute la nuit fait encor pire train :
Car ſaint Louis, là-haut ce bon apôtre,
A ſes Bourbons en pardonne bien d'autre.

Eh bien, croiriez-vous que, dans le ſiècle où nous ſommes, on m'impute de pareilles bêtiſes qu'on appelle des vers? On m'avertit que l'on imprime l'ouvrage en Hollande, avec toutes ces additions : cela eſt digne de la preſſe hollandaiſe, et du goût de la gent réfugiée.

Je fais imprimer l'Orphelin de la Chine, avec une lettre (*) dans laquelle je traite les marauds qui débitent ces horreurs comme ils le méritent.

Plût à Dieu qu'on eût ſaiſi la Pucelle, l'infame proſtituée de Pucelle, à Paris, comme vous me l'écrivez, et comme je l'ai demandé; mais ce n'eſt point ſur elle qu'eſt tombée l'équité du miniſtère; c'eſt, à ma réquiſition, ſur une édition de la Guerre de 1741. Un homme de condition avait, à ce qu'on prétend, volé chez madame *Denis* les minutes très-informes des matériaux de cette hiſtoire, et les avait vendus vingt-cinq louis d'or à un libraire nommé *Prieur*, par les mains du chevalier de *la Morlière*, dont ce *Prieur* a la quittance. Je ne crois point du tout que le jeune marquis, qu'on accuſe de s'être ſervi de ce chevalier, ſoit capable d'une ſi infame action. Je ſuis très-loin de l'en ſoupçonner, et je ſuis perſuadé qu'il ſe lavera devant le public d'une accuſation ſi

(*) C'eſt celle à *J. J. Rouſſeau* qu'on vient de lire.

—— odieufe. Je me fuis borné à empêcher qu'on imprimât malgré moi une hiftoire du roi imparfaite, et qu'on abusât de mes manufcrits. Cette hiftoire ne doit paraître que de mon aveu et de celui du miniftère, après le travail le plus affidu et l'examen le plus févère.

Vous me feriez un très-grand plaifir de faire lire le manufcrit que vous avez à M. de *Thibouville*.

Adieu, mon ancien ami. Le miniftre philofophe aura bientôt les remercîmens que mon cœur lui doit.

LETTRE CXXXIII.

A M. LE COMTE D'ARGENTAL.

Aux Délices, 10 de feptembre.

VOILA ce que caufent, mon cher ange, les perfé-cutions, les procédés infames, les injuftices. Tout cela m'a empêché de donner la dernière main à mon ouvrage, et m'a forcé de le faire imprimer en hâte, afin de donner au moins quelque petit préfervatif contre la crédulité qui adopte les calomnies dont je fuis accablé depuis fi long-temps. C'était une occa-fion de faire voir dans tout fon jour tout ce que j'effuie, fans pourtant paraître trop m'en plaindre; car à quoi fervent les plaintes?

Ce n'eft que dans votre fein, mon cher et refpec-table ami, qu'il faut dépofer fa douleur. Je n'ai fu que depuis quelques jours tout ce qui s'eft paffé

entre madame *Denis* et M. de *Malesherbes*. Elle m'avait
tout caché pendant un affez violent accès de ma
maladie. Il me paraît qu'elle s'eft conduite avec le
zèle et la fermeté de l'amitié. Elle devait dire la vérité
à madame de *Pompadour*. Il était très-dangereux que
des minutes informes, des papiers de rebut, qui con-
tenaient l'hiftoire du roi, fuffent imprimés fans
l'aveu du roi. Il eft indubitable que * * * les a
volés, que *la* M * * * les a vendus de fa part au libraire
Prieur, et que ce *la* M * * * eft encore, en dernier lieu,
allé à Rouen les vendre une feconde fois. C'eft une
chofe dont *Lambert* peut vous inftruire. J'ai dû moi-
même écrire à madame de *Pompadour* dès que j'ai été
inftruit. Elle m'a mandé fur le champ qu'on faifirait
l'édition. On l'a faifie à Paris chez *Prieur*; mais la
pourra-t-on faifir à Rouen, c'eft ce que j'ignore.
Tout ce que je fais bien certainèment, par la réponfe
de madame de *Pompadour* et par fa démarche, c'eft
qu'il ne fallait pas que l'ouvrage parût.

Pour le procédé de * * *, qu'en dites-vous?
Confolez-vous, pardonnez à la race humaine. Il y a
un homme de condition, dans ce pays-ci, qui en fefait
autant, et qui fefait vendre un autre manufcrit par
ce fripon de *Graffet*, dont vos bontés pour moi avaient
découvert les manœuvres.

Et que penfez-vous de la belle lettre de * * * à
madame *Denis*? et de la manière dont ce miférable
ofe parler de vous? Toutes ces horreurs, toutes ces
baffeffes, toutes ces infolences font-elles concevables?
Je ne conçois pas M. de *Malesherbes*; il eft fâché contre
ma nièce, pourquoi? parce qu'elle a fait fon devoir.
Il eft trop jufte pour lui en favoir long-temps mauvais

gré. Je fuis perfuadé que vous lui ferez fentir la raifon. Il s'y rendra, il verra que l'action infame de *** et de *la M**** exigeait un prompt remède. En quoi M. de *Malesherbes* eft-il compromis? je ne le vois pas. Aurait-il voulu protéger une mauvaife action pour me perdre? Mon cher ange, mon cher ange, la vie d'un homme de lettres n'eft bonne qu'après fa mort.

Voilà ce que je vous écrivais, mon cher ange, et je devais vous envoyer cette lettre dans quelques jours, avec la pièce imprimée, lorfque je reçois la vôtre du 3 du courant. Moi corriger cet Orphelin! moi y retravailler, mon cher ange, dans l'état où je fuis! cela m'eft impoffible. Je fuis anéanti. La douleur m'a tué. J'ai voulu abfolument imprimer la pièce pour avoir une occafion de confondre, à la face du public, tout ce que la calomnie m'impute. Cent copies abominables de la Pucelle d'Orléans fe débitent en manufcrit fous mes yeux, dans un pays qui fe croit recommandable par la féverité des mœurs. On farcit cet ouvrage de vers diffamatoires contre les puiffances, de vers impies. Voulez-vous que je me taife ici, que je fois en exécration, que je laiffe courir ces fcandales fans les réfuter? J'ai pris l'occafion de la célébrité de l'Orphelin; j'ai fait imprimer la pièce avec une lettre où je vais au-devant du mal qu'on veut me faire. Mon afile me coûte affez cher pour que je cherche à y achever en paix des jours fi malheureux. Que m'importe dans cet état cruel qu'on rejoue ou non une tragédie? Je me vois dans une fituation à n'être ni flatté du fuccès, ni fenfible à la chute. Les grands maux abforbent tout.

J'ai envoyé à *Lambert* les trois premiers actes un peu corrigés. Il aura inceffamment le refte, avec l'épître à M. de *Richelieu*, et une à *Jean-Jacques*. Les *Cramer* ont la pièce, pour les pays étrangers, *Lambert* l'a pour Paris. Je leur en fais préfent à ces conditions. Il ne me manque plus que de les avoir pour ennemis, parce que je les gratifie les uns et les autres. Je vous le répéte, les talens font damnés dans ce monde.

Je vous conjure de faire entendre raifon à M. de *Malesherbes*; il n'a ni bien agi ni bien parlé. Il a bien des torts, mais il eft digne qu'on lui dife fes torts; c'eft le plus grand éloge que je puiffe faire de lui. Je vous embraffe mille fois.

LETTRE CXXXIV.

A M. JEAN-JACQUES ROUSSEAU, *à Paris.*

- Septembre.

M. *Rousseau* a dû recevoir de moi une lettre de remercîment. Je lui ai parlé, dans cette lettre, des dangers attachés à la littérature; je suis dans le cas d'essuyer ces dangers. On fait courir dans Paris des ouvrages sous mon nom; je dois saisir l'occasion la plus favorable de les désavouer. On m'a conseillé de faire imprimer la lettre que j'ai écrite à M. *Rousseau*, et de m'étendre un peu sur l'injustice qu'on me fait, et qui peut m'être très-préjudiciable. Je lui en demande la permission. Je ne peux mieux m'adresser, en parlant des injustices des hommes, qu'à celui qui les connaît si bien. (*)

(*)   *Réponse de M. Rousseau.*

Paris, le 20 de septembre.

EN arrivant, Monsieur, de la campagne où j'ai passé cinq ou six jours, je trouve votre billet qui me tire d'une grande perplexité; car, ayant communiqué à M. de *Gauffecourt*, notre ami commun, votre lettre et ma réponse, j'apprends à l'instant qu'il les a lui-même communiquées à d'autres, et qu'elles sont tombées entre les mains de quelqu'un qui travaille à me réfuter, et qui se propose, dit-on, de les inférer à la fin de sa critique. M. *Bouchaud*, aggrégé en droit, qui vient de m'apprendre cela, n'a pas voulu m'en dire davantage; de sorte que je suis hors d'état de prévenir les suites d'une indiscrétion que, vu le contenu de votre lettre, je n'avais eue que pour une bonne fin.

Heureusement, Monsieur, je vois par votre projet que le mal est moins grand que je n'avais craint. En approuvant une publication qui me fait

LETTRE CXXXV.

A M. LE MARECHAL DUC DE RICHELIEU.

Aux Délices, 12 de septembre.

JE vous envoie, Monseigneur, à la hâte et comme je peux, votre filleul l'Orphelin, dont vous voulez bien être le parrain ; ce sont les premiers exemplaires qui sortent de la presse. Je crois que vous joindrez à toutes vos bontés celle de me pardonner la dissertation que je m'avise toujours de coudre à mes dédicaces. J'aime un peu l'antique ; cette façon en a du moins quelque air. Les épîtres dédicatoires des anciens n'étaient pas faites comme une lettre qu'on met à la poste, et qui se termine par une vaine formule ; c'étaient des discours instructifs. Un simple compliment n'est guère lu, s'il n'est soutenu par des choses utiles.

Il y a, à la fin de la pièce, une lettre à *Jean-Jacques Rousseau*, que j'ai cru nécessaire de publier dans la position où je me trouve.

Je suis honteux de vous entretenir de ces bagatelles, lorsque je ne devrais vous parler que du chagrin sensible que m'a causé la perte de votre procès. Je ne sais pas si une pareille décision se trouve dans l'Esprit des lois. J'ignore la matière des substitutions ; j'avais seulement toujours entendu dire que les droits

honneur, et qui peut vous être utile, il me reste une excuse à vous faire sur ce qu'il peut y avoir eu de ma faute dans la promptitude avec laquelle ces lettres ont couru, sans votre consentement ni le mien.

Je suis avec les sentimens du plus sincère de vos admirateurs, &c.

Je suppose que vous avez reçu ma réponse du 10 de ce mois.

des mineurs étaient inviolables ; et, à moins qu'il n'y ait une loi formelle qui déroge à ces droits, il me paraît qu'il y a eu beaucoup d'arbitraire dans ce jugement. Je ne puis croire furtout qu'on vous ait condamné aux dépens, et je regarde cette claufe comme une fauffe nouvelle. Je n'ofe vous demander ce qui en eft. Vous devez être furchargé d'affaires extrêmement défagréables. Il eft bien trifte de fuccomber, après tant d'années de peines et de frais, dans une caufe qui, au fentiment de *Cochin*, était indubitable, et ne fefait pas même de queftion.

Vous êtes bien bon de me parler de tragédies et de dédicaces, quand vous êtes dans une crife fi importante ; c'eft une nouvelle épreuve où l'on a mis votre courage. Vous foutenez cette perte comme une colonne anglaife ; mais les canons ne peuvent rien ici, et ce n'eft que dans votre belle ame que vous trouvez des reffources. C'eft à cette ame noble et tendre que je ferai attaché toute ma vie avec les fentimens les plus inviolables et les plus refpectueux. Vous favez que ma nièce penfe comme moi.

Permettez que je revienne à la pièce qui eft fous votre protection. Je vous demande en grâce qu'on la joue à Fontainebleau, telle que je l'ai faite, telle que madame de *Pompadour* l'a lue et approuvée, telle que j'ai l'honneur de vous l'envoyer, et non telle qu'elle a été défigurée à Paris. En vérité, je ne puis concevoir comment elle a pu avoir quelques fuccès avec tant d'incongruités. Il faut que mademoifelle *Clairon* foit une grande enchantereffe.

LETTRE CXXXVI.

A M. LE COMTE D'ARGENTAL.

Aux Délices, 12 de septembre.

JE vous ai déjà mandé, mon cher ange, que j'ai envoyé la pièce à *Lambert*; que la seule chose importante pour moi, dans le triste état où je suis, c'est qu'elle paraisse avec les petits boucliers qui repoussent les coups qu'on me porte.

J'ai pris, fur les occupations cruelles, fur les maux qui m'accablent, fur le sommeil que je ne connais guère, un peu de temps à la hâte, pour corriger, pour arrondir ce que j'ai pu.

Si la pièce était malheureusement imprimée de la manière dont les comédiens la jouent, elle me ferait d'autant plus de peine que les copies en feraient très-incorrectes, et c'est ce que j'ai craint ; c'est ce qui est arrivé à Rome sauvée, transcrite aux représentations. Il n'y a nulle liaison dans les choses qu'on a été obligé de substituer pour faire taire des critiques très-injustes. Ces critiques disparaissent bientôt, et il ne faut pas qu'il reste de vestige de la précipitation avec laquelle on a été forcé d'adoucir les ennemis d'un ouvrage passable avec des vers nécessairement faibles, par lesquels on a cru les désarmer.

S'il reste quelques longueurs, si l'impatience française ne veut pas que le dialogue ait fa juste étendue, on peut, aux représentations, sacrifier des vers ; mais les yeux jugent autrement. Le lecteur exige que tout ait ſa proportion, que rien ne ſoit tronqué, que le dialogue ait toute ſa juſteſſe. Je ne parle point de certains vers énergiques, tels que :

Les lois vivent encore et l'emportent ſur vous.

vers que madame de *Pompadour* a approuvés, vers qui donnent quelque prix à mon ouvrage : me les ôter ſans aucune raiſon, c'eſt jeter une bouteille d'encre ſur le tableau d'un peintre. Ne joignez pas, je vous en conjure, aux déſagrémens qui m'environnent, celui de laiſſer paraître mon ouvrage défiguré. Je ſerai peut-être dans la néceſſité d'employer plus de ſoins à faire jouer ma pièce à Fontainebleau, comme elle doit l'être, qu'on n'en a mis à ſatisfaire les murmures inévitables à une première repréſentation dans Paris. Un peu de fermeté, quelques vers retranchés ſuffiront pour faire paſſer la pièce au tribunal de ce parterre ſi indocile ; mais, au nom de Dieu, que mon ouvrage ſoit imprimé comme je l'ai fait. Mon cher ange, j'exige cette juſtice de votre amitié.

Quant à M. de *Malesherbes*, il a tort, et il faut avoir le courage de lui faire ſentir qu'il a tort ; il n'y a que votre eſprit aimable et conciliant qui puiſſe réuſſir dans cette affaire. N'y êtes-vous pas intéreſſé ? Quoi, un * * * * vole des manuſcrits, et ce lâche inſulte ! et il vous traite d'*eſpèce !* et M. de *Malesherbes* a protégé ce vol ! Contre qui ? contre celui que ce vol pouvait perdre. Parlez, parlez avec le courage de votre probité, de votre honneur, de votre amitié. Les hommes ſont bien méchans ! Vous

avez le droit de vous élever contre eux; c'eſt à la vertu
d'être intrépide. Je vous embraſſe mille fois. Comment va le pied de madame d'*Argental*? Je vous
envoie, par M. de *Malesherbes* même, l'édition de
Genève. *Prault* n'aura rien, *Lambert* aura la France,
les comédiens auront mon travail. Il ne me reſte que
les tracaſſeries, mon cher ange; vos bontés l'emportent ſur tout.

LETTRE CXXXVII.

AU MEME.

17 de ſeptembre.

JE fais paſſer par vos mains, mon cher et reſpectable ami, ma réponſe à M. le comte de *Choiſeul*,
ne ſachant pas ſon adreſſe. *Colini* vient d'arriver,
et je reçois trop tard vos avis et ceux des anges.
On vend déjà dans Paris, en manuſcrit, l'Orphelin
comme la Pucelle, et tout auſſi défiguré. L'état cruel
où les nouvelles infidélités touchant l'hiſtoire de la
guerre dernière, et les dangers où me mettaient les
copies abominables de la Pucelle, avaient réduit ma
ſanté, ne me permettait pas de travailler; il s'en
fallait beaucoup. Tout ce que j'ai pu faire a été de
prévenir, par une prompte édition, le mal que m'allait
faire une édition ſubreptice dont j'étais menacé tous
les jours. Tout le mal vient de donner des tragédies
à Paris, quand on eſt au pied des Alpes; cela n'eſt
arrivé qu'à moi. Je ne crois pas avoir mérité qu'on

me forçât à fuir ma patrie. Je m'aperçois feulement qu'il faut être auprès de vous pour faire quelque chofe de paffable, et que, fi on veut tirer parti des talens, il ne faut pas les perfécuter. Je compte fur quelque fouvenir de la part de madame de *Pompadour* et de M. *d'Argenfon;* mais je perdais abfolument leurs bonnes grâces, fi on avait publié cette Guerre de 1741, que l'un et l'autre m'avaient recommandé de ne pas donner au public; et le roi m'en aurait fu très-mauvais gré, malgré les juftes louanges que je lui donne. Je rifquais d'être écrafé par le monument même que j'érigeais à fa gloire.

Jugez du chagrin que m'a caufé la conduite de M. de *Malesherbes*, et fon reffentiment injufte contre mes très-juftes démarches.

Enfin, voilà la pièce imprimée avec tous fes défauts qui font très-grands. Il n'y a autre chofe à faire qu'à la fupprimer au théâtre, et à attendre un temps favorable pour en redonner deux ou trois repréfen- tations. Comptez que je fuis très-affligé de ne m'être pas livré à tout ce qu'un tel fujet pouvait me fournir; c'était une occafion de dompter l'efprit de préjugé qui rend parmi nous l'art dramatique encore bien faible. Nos mœurs font trop molles. J'aurais dû peindre, avec des traits plus caractérifés, la fierté fauvage des Tartares et la morale des Chinois. Il fallait que la fcène fût dans une falle de *Confucius*, que *Zamti* fût un defcendant de ce légiflateur, qu'il parlât comme *Confucius* même, que tout fût neuf et hardi, que rien ne fe reffentît de ces miférables bien- féances françaifes, et de ces petiteffes d'un peuple qui eft affez ignorant et affez fou pour vouloir qu'on

penfe à Pékin comme à Paris. J'aurais accoutumé
peut-être la nation à voir, fans s'étonner, des mœurs
plus fortes que les fiennes; j'aurais préparé les efprits
à un ouvrage plus fort que je médite, et que je ne
pourrai probablement exécuter. Il faudra me réduire
à planter des marroniers et des pêchers ; cela eft plus
aifé, et n'eft pas fujet aux revers que les talens attirent. Il faut enfin vivre pour foi, et mourir pour
foi, puifque je ne peux vivre pour vous et avec vous.
Je vous embraffe bien tendrement, mon très-cher
ange.

LETTRE CXXXVIII.

AU MEME.

20 de feptembre.

Mon cher ange, tout malade que je fuis, j'ai lu
avec attention le grand mémoire fur l'Orphelin.
J'en fais les plus fincères remercîmens au chœur
des anges ; mais les forces et le temps me manquent
pour donner à cet ouvrage la perfection que vous
croyez qu'il mérite, et du moins les foins que je lui
dois après ceux que vous en avez daigné prendre.
Je crois que le mieux ferait de ne pas reprendre la
pièce après Fontainebleau, de gagner du temps, de
me laiffer celui de me reconnaître. Songez que je
n'ai ni fanté ni recueillement d'efprit. Cette cruelle
aventure de l'hiftoire de 1741, l'injuftice de M. de
Malesherbes, fes difcours offenfans et fi peu mérités,

fix mille copies répandues dans Paris d'un ouvrage tout falfifié et qui me fait grand tort, tant de tribulations jointes aux fouffrances du corps, des ouvriers de toute efpèce qu'il faut conduire, un voyage à mon autre hermitage qu'il faut faire ; tout m'arrache à préfent à l'Orphelin, mais rien ne m'ôtera jamais à vous. Tâchez, je vous en prie, que les comédiens oublient l'Orphelin cet hiver ; mais ne m'oubliez pas. Vous ne m'aimez que comme fefeur de tragédies ; je ne veux pas être aimé ainfi. Vous ne me parlez point de vous, de votre vie, de vos amufemens ; vous ne me dites point fi vous êtes auffi mécontent que moi de Cadix, fi vous avez été à la campagne cet été. Vous ne favez pas que vos minuties font pour moi effentielles. Il faut que vous me parliez de vous davantage, fi vous voulez que je fois mieux avec moi-même. Adieu ; je vous demande toujours en grâce de faire lire à M. de *Thibouville* ce que vous favez.

LETTRE CXXXIX.

A M. LE MARECHAL DUC DE RICHELIEU.

Aux Délices, 27 de feptembre.

Vous devez, Monfeigneur, avoir reçu mes magots depuis la lettre dont vous m'avez honoré. J'avais adreffé le premier exemplaire fortant de la preffe, à M. *Pallu*, fous l'enveloppe de M. *Rouillé*. Je ne crois pas qu'il y ait aucune négociation avec la Chine qui ait pu empêcher que le paquet vous ait été rendu.

rendu. Tout a été fait un peu à la hâte de ma
part, et je vous demande très-férieufement pardon
de vous offrir une pièce que j'aurais pu rendre, avec
le temps, moins indigne de vous ; mais on ne fait
pas toujours tout ce qu'on voudrait. Je ne vous
parlerai plus de votre procès, puifque vous l'avez
oublié; mais vous ne m'empêcherez pas d'être furpris et affligé. Je voudrais que l'injuftice opiniâtre
des Anglais me donnât un fujet plus ample pour
parler de vous felon mon cœur. Vous m'infpirez
du goût pour l'hiftoriographerie, depuis que je ne fuis
plus hiftoriographe. L'hiftoire de la guerre de 1741,
où vous êtes tout du long, paraîtra un jour ; mais
c'eft un fruit qu'il faut laiffer mûrir. Madame *Denis*
jure toujours qu'elle vous remit l'exemplaire que je
lui avais envoyé pour vous ; mais voici ce qui eft
arrivé. Un libraire de Paris, nommé *Prieur*, acheta
vingt-cinq louis, il y a quelque temps, une partie
de ce manufcrit qui n'allait que jufqu'à la bataille
de Fontenoi; et ce qui eft fort étrange, c'eft que ce
libraire dit l'avoir acheté de M. de * * *. Manger
fix cents mille francs, et vendre fix cents francs un
manufcrit dérobé, voilà un fingulier exemple de ce
que la ruine traîne après elle. M. de *Malesherbes* eut
la faibleffe de permettre cette édition, fans me confulter. J'en fus inftruit; j'ignorais ce qu'on avait
imprimé; je favais feulement qu'une partie de l'hiftoire du roi allait paraître fous mon nom, fans mon
aveu, fans qu'on m'eût rien communiqué. J'écrivis
à madame de *Pompadour* et à M. d'*Argenfon*, et
j'obtins fur le champ qu'on fît faifir l'ouvrage. Une
des plus fortes raifons qui m'ont déterminé à prendre

ce parti, c'eſt la crainte qu'on ne m'accusât de
1755. flatterie dans cette hiſtoire. J'aurais paſſé pour l'avoir
publiée moi-même, et pour avoir voulu m'attirer
quelque grâce par des louanges. Ces louanges ne
peuvent jamais être bien reçues que quand elles
paraiſſent entièrement déſintéreſſées. D'ailleurs, je
n'avais point revu cette hiſtoire, et il y a toute apparence qu'on n'en avait publié que des fragmens fort
imparfaits. Madame de *Pompadour* et M. d'*Argenſon*
ont penſé comme moi, et madame de *Pompadour*
m'a fait l'honneur de m'écrire, auſſi-bien que monſieur d'*Argenſon*, qu'elle approuvait ma conduite. Je
me flatte que vous daignez lui donner la même
approbation. Vous voyez combien ceux qui ont
parlé de cette affaire ont été peu inſtruits; mais
l'eſt-on jamais bien ſur les grandes choſes et ſur les
petites? A propos de petites, vous avez lu, ſans
doute, madame de *Staal*. Je m'aperçois que mon
bavardage n'eſt pas petit. Recevez mon tendre
reſpect.

LETTRE CXL.

A M. THIRIOT, *à Paris.*

Aux Délices, le 1 d'octobre.

JE n'ai point répondu, mon ancien ami, aux belles exhortations que vous me faites fur cette vieille folie de trente années, que vous voulez que je rajeuniffe. J'attends que je fois à l'âge auquel *Fontenelle* a fait des comédies. Il n'eft permis qu'à un jeune homme ou à un radoteur de s'occuper d'une Pucelle. *Colonne,* à l'âge de foixante et quinze ans, commenta l'Aloïfia; mais il y a peu de ces grandes ames qui confervent fi long-temps le feu facré de *Prométhée.* Il y a d'ailleurs un petit obftacle à l'entreprife que vous me propofez, c'eft que l'ouvrage n'eft plus entre mes mains; je m'en fuis défait comme d'une tentation. Je me fuis mis gravement à juger les nations dans une efpèce de tableau du genre-humain, auquel je travaille depuis long-temps, et je ne me fens pas l'agilité de paffer de la falle de *Confucius,* à la maifon de madame *Pâris.* J'ai lu les Mémoires de madame de *Staal;* elle paraît plus occupée des événemens de la femme de chambre que de la confpiration du prince de *Cellamare.* On dit que nous aurons bientôt les Mémoires de mademoifelle *Rondet,* fille fuivante de madame de *Staal.*

Vous ne pouviez vous défaire de vos anglais et de vos italiens en de meilleures mains qu'en celles

R 2

—— de M. le comte de *Lauragais*. Le vieux *Protagoras* ou
1755. *Diagoras du Marfais* m'a répondu de lui.

Je vous embraffe de tout mon cœur.

LETTRE CXLI.

A MADEMOISELLE CLAIRON.

Aux Délices, 8 d'octobre.

J'AI beaucoup d'obligations, Mademoifelle, à M. et
à madame d'*Argental;* mais la plus grande eft la
lettre que vous avez eu la bonté de m'écrire. J'ai fait
ce que j'ai pu pour mériter leur indulgence, et je
voudrais bien n'être pas tout-à-fait indigne de l'intérêt
qu'ils ont daigné prendre à un faible ouvrage, et
des beautés que vous lui avez prêtées.; mais, à mon
âge, on ne fait pas tout ce qu'on veut. Vous avez
affaire, dans cette pièce, à un vieil auteur et à un
vieux mari, et vous ne pouvez échauffer ni l'un ni
l'autre. J'ai envoyé à M. d'*Argental* quelques mouches cantharides pour la dernière fcène du quatrième
acte entre votre mari et vous ; et comme j'ai, felon
l'ufage de mes confrères les barbouilleurs de papier,
autant d'amour propre que d'impuiffance, je fuis
perfuadé que cette fcène ferait affez bien reçue,
furtout fi vous vouliez réchauffer le vieux mandarin
par quelques careffes dont les gens de notre âge ont
befoin, et l'engager à faire, dans cette occafion, un
petit effort de mémoire et de poitrine.

1755.

Au refte, Mademoifelle, je vous fupplie inftamment de vouloir bien conferver, fans fcrupule, ces deux vers au premier acte :

> Voilà ce que cent voix, en fanglots fuperflus,
> Ont appris dans ces lieux à mes fens éperdus.

Vous pouvez être très-fûre que les fanglots n'ont pas d'autre paffage que celui de la voix ; et, fi on n'eft pas accoutumé à cette expreffion, il faudra bien qu'on s'y accoutume.

Je vous demande grâce auffi pour ces vers :

> Les femmes de ces lieux ne peuvent m'abufer ;
> Je n'ai que trop connu leurs larmes infidelles.

Le parterre ne hait pas ces petites excurfions fur vous autres, Mefdames.

Je prie *Gengis* de vouloir bien dire, quand vous paraiffez :

> Que vois-je ? eft-il poffible ? ô ciel ! ô deftinée !
> Ne me trompé-je point ? eft-ce un fonge, une erreur ?
> C'eft Idamé, c'eft elle, et mes fens, &c.

Je fuppofe que vous ménagez votre entrée de façon que *Gengis-kan* a le temps de prononcer tout ce bavardage.

Je demande inftamment qu'on rétabliffe la dernière fcène du quatrième acte, telle que je l'ai envoyée à M. d'*Argental* ; elle doit faire quelque effet fi elle eft jouée avec chaleur ; du moins elle en fefait lorfque je la récitais, quoique j'aye perdu mes dents au pied des Alpes.

Je ne peux pas concevoir comment on a pu ôter de votre rôle ce vers au quatrième acte :

Les lois vivent encore et l'emportent fur vous.

C'eſt aſſurément un des moins mauvais de la pièce, et un de ceux que votre art ferait le plus valoir. Il n'eſt pas poſſible de ſoutenir le vers qu'on a mis à la place :

Mon devoir et ma loi ſont au-deſſus de vous ;
Je vous l'ai déjà dit.

Vous ſentez qu'*un devoir au-deſſus de quelqu'un*, n'eſt pas une expreſſion françaiſe ; et ce malheureux, *je vous l'ai déjà dit*, ne ſemble être là que pour avertir le public que vous ne devriez pas le redire encore.

La dernière ſcène du quatrième acte eſt entre les mains de M. d'*Argental*, *je vous l'ai déjà dit* ; et dans cette dernière ſcène que, par parenthèſe, je trouve très-bonne, je voudrais que *Zamti* eût l'honneur de vous dire :

Ne parlons pas des miens, laiſſons notre infortune, &c.

Je voudrais que le cinquième acte fût joué tel qu'il eſt imprimé. J'ai de fortes raiſons pour croire que votre ſcène avec *Octar* ne doit point être tronquée, et que vous diſiez :

Si j'obtenais du moins, avant de voir un maître,
Qu'un moment à mes yeux mon époux pût paraître, &c.

Une de ces raiſons, c'eſt qu'il me paraît très-convenable qu'*Idamé*, qui a ſon projet de mourir

avec son mari, veuille l'exécuter sans voir *Gengis*; et
que, remplie de cette idée, elle hasarde sa prière à
Octar : d'ailleurs, j'aime fort ce brutal d'*Octar*, et je
voudrais qu'il parlât encore davantage.

Je vous demande pardon, Mademoiselle, de tous
ces détails. Maintenant, si M. de *Crébillon*, ou M. de
Châteaubrun, ou quelques autres jeunes têtes de mon
âge, n'ont ni tragédies, ni comédies nouvelles à vous
donner pour votre Saint-Martin; et si votre malheur
vous force à reproduire encore au théâtre les cinq
magots chinois, je vous enverrais la pièce avec le
plus de changemens que je pourrais. J'attendrais sur
cela vos ordres; mais voici ce que je vous conseillerais, ce serait de jouer Mariamne à la rentrée de votre
parlement. Ce rôle est trop long pour mademoiselle
Gaussin, qui ne doit pas d'ailleurs en être jalouse. Vous
feriez réussir cette pièce avec M. *le Kain* qui joue,
dit-on, très-bien *Hérode;* vous joueriez après cela
Idamé, si le public redemandait la pièce; j'aurais le
temps de la rendre moins indigne de vous.

Je vous demande pardon d'une si longue lettre
que le triste état de ma santé m'a obligé de dicter. Je
vous présente mes très-sincères remercîmens, &c.

LETTRE CXLII.

A M. DU MARSAIS, *à Paris.*

Aux Délices, le 12 d'octobre.

JE bénis les Chinois, et je brûle des pastilles à *Confucius*, mon cher philosophe, puisque mon étoffe de Pékin vous a encore attiré dans le magasin d'*Adriène* (*). Nous l'avons vue mourir, et le comte de *Saxe*, devenu depuis un héros, et presque tous ses amis. Tout a passé, et nous restons encore quelques minutes sur ce tas de boue, où la raison et le bon goût sont un peu rares.

Si les Français n'étaient pas si français, mes Chinois auraient été plus chinois, et *Gengis* encore plus tartare. Il a fallu appauvrir mes idées, et me gêner dans le costume, pour ne pas effaroucher une nation frivole qui rit sottement, et qui croit rire gaiement, de tout ce qui n'est pas dans ses mœurs, ou plutôt dans ses modes.

M. le comte de *Lauragais* me paraît au-dessus des préjugés, et c'est alors qu'on est bien. Il m'a écrit une lettre dont je tire presque autant de vanité que de la vôtre. Il a dû recevoir ma réponse adressée à l'hôtel de Brancas. Il pense, puisqu'il vous aime. Cultivez de cet esprit-là tout ce que vous pourrez; c'est un service que vous rendez à la nation. Vivez, inspirez la philosophie.

(*) M. *du Marsais* avait enseigné la déclamation à mademoiselle *le Couvreur*.

Nous ne nous verrons plus; mais fe voit-on dans
Paris ? Nous voilà morts l'un pour l'autre; j'en fuis
bien fâché. Je trouve quelques philofophes au pied
des Alpes ; toute la terre n'eft pas corrompue.

Vous vivez fans doute avec les encyclopédiftes;
ce ne font pas des bêtes que ces gens-là ; faites-leur
mes complimens, je vous en prie. Confervez-moi
votre amitié jufqu'à ce que notre machine végétante
et penfante retourne aux élémens dont elle eft faite.

Je vous embraffe en *Confucius;* je m'unis à vos
penfées ; je vous aime toujours au bord de mon lac,
comme lorfque nous foupions enfemble. Adieu; on
n'écrivait ni à *Platon* ni à *Socrate*, votre très-humble
ferviteur.

LETTRE CXLIII.

A M. LE COMTE D'ARGENTAL.

15 d'octobre.

M ON cher ange, vous commencez donc à être un
peu content. Vous le feriez davantage fans trois
terribles empêchemens, la maladie, l'éloignement
et une Hiftoire générale qui me tue. Puis-je fonger
au feul *Gengis*, quand je me mêle du gouvernement
de toute la terre? Les Japonais et les Anglais, les
jéfuites et les talapoins, les chrétiens et les muful-
mans me demandent audience. J'ai la tête pleine du
procès de tous ces gens-là. Vous avez beau me dire
que la caufe de *Gengis* doit paffer la première, vous

connaiffez trop bien la faibleffe humaine pour ne
pas favoir que nous ne fommes les maîtres de rien.
Dites à vos fleurs de s'épanouir, à vos blés de germer,
ils vous répondront : attendez ; cela dépend de la terre
et du foleil. Mon cher ange, ma pauvre tête dépend
de tout. Je fais ce que je peux, quand je peux ; plus
je vais en avant, plus je me tiens machine griffon-
nante. Pour vous, meffieurs de Paris, faites fuivant
vos volontés ; ordonnez, coupez, taillez, rognez,
faites jouer mes magots devant les marionnettes de
Fontainebleau, et qu'on y déchire l'auteur au fortir
de la pièce, tandis que je languis malade dans mon
hermitage entre de la caffe et des livres ennuyeux.
J'ai mandé à *Lambert* que je ferais peut-être affez
fou pour lui donner, en fon temps, une nouvelle
tragédie à imprimer ; mais ce n'eft pas du pain cuit
pour *Lambert.* Il faut que les nations foient jugées,
et que le génie me dife, travaille. En attendant, mon
divin ange, j'ai recours à vous auprès de *Lambert;* il
s'avife d'imprimer un recueil de toutes mes fottifes,
et il n'a encore aucune des corrections, aucun des
changemens fans nombre que j'y ai faits. C'eft encore
un travail affez grand de mettre tout cela en ordre.
Dites-lui, je vous en conjure, qu'il ne faffe rien
avant que je lui aye fait tenir tous mes papiers. Ce
pareffeux eft bien ardent quand il croit qu'il y va
de fon intérêt ; mais fon intérêt véritable eft de ne
rien faire fans mes avis et fans mes fecours. De
quoi fe mêle-t-il de commencer, fans me le dire, une
édition de mes œuvres, lorfqu'il fait que j'en fais
une à Genève, et lorfqu'il a paffé une année entière
fans vouloir profiter des dons que je lui offrais. Il

m'envoya, il y a un an, une feuille de la Henriade, ——
et s'en tint là, et point de nouvelles. Je lui mandai
enfin que je payerais la feuille, et qu'il s'allât promener. Je donnai mes guenilles à d'autres ; et à
préfent le voilà qui travaille, et fans m'avoir averti.
Je vous prie, mon cher ange, de lui laver la tête
en paffant, fi vous le rencontrez en allant à la
comédie, fi vous vous en fouvenez, fi vous voulez
bien avoir cette bonté. Je vous demande bien pardon
de mon importunité, mais encore faut-il être imprimé
à fa fantaifie. Adieu ; je voudrais travailler à la vôtre,
et réuffir autant que j'ai envie de vous plaire.

1755.

LETTRE CXLIV.

A MADEMOISELLE CLAIRON.

Aux Délices, 25 d'octobre.

On me mande qu'on rejoue à Paris cette pièce
dont vous faites tout le fuccès. Le trifte état de ma
fanté m'a empêché de travailler à rendre cet ouvrage
moins indigne de vous. Je ne peux rien faire, mais
vous pouvez retrancher. On m'a parlé de quatre
vers que vous récitez à la fin du quatrième acte :

> Cependant de Gengis j'irrite la furie ;
> Je te laiffe en fes mains, je lui livre ta vie ;
> Mais mon devoir rempli, je m'immole après toi :
> Cher époux, en partant, je t'en donne ma foi.

Je vous demande en grâce, Mademoifelle, de

1755.

supprimer ces vers. Ce n'est pas que je sois fâché qu'on ait inféré des vers étrangers dans mon ouvrage; au contraire, je suis très-obligé à ceux qui ont bien voulu me donner leurs secours pendant mon absence; mais le public ne peut être content de ces vers; ils ressemblent à ceux que dit *Chimène* à *Rodrigue*, mais ils ne sont ni si heureux ni si bien placés.

Rien n'est plus froid que des scènes où l'un répète qu'on mourra, et où un autre acteur conjure l'actrice de vivre. Ces lieux communs doivent être bannis; il faut des choses plus neuves. Je vais écrire à monsieur d'*Argental* pour le supplier, avec la plus vive instance, de s'unir avec moi pour remettre les choses comme elles étaient. Je peux vous assurer que la scène ne sera pas mal reçue, si vous la récitez comme je l'ai faite en dernier lieu.

Je n'ai que le temps, Mademoiselle, de vous demander pardon de ces minuties, et de vous assurer de tous les sentimens que je vous dois.

LETTRE CXLV.

A M. LE COMTE D'ARGENTAL.

Aux prétendues Délices, octobre.

TOUT va de travers dans ce monde, mon cher ange. Il m'eſt mort un petit ſuiſſe charmant, qui m'avait fait avoir une maiſon aſſez agréable auprès de Lauſane, me l'avait meublée, ajuſtée, et qui m'y attendait avec ſa femme. J'allais à cette maiſon où j'avais fait porter mes livres; je comptais y travailler à votre Orphelin. Mon ſuiſſe eſt mort dans ma maiſon; ſes effets étaient confondus avec les miens. J'ai été très-affligé, très-dérangé, je n'ai pas pu faire un vers. Vous ne ſavez pas, vous autres conſeillers d'honneur, ce que c'eſt que de faire bâtir en Suiſſe en deux endroits à la fois, de planter et de changer des vignes en pré, et de faire venir de l'eau dans un terrain ſec, pendant qu'on a une Hiſtoire générale ſur les bras, et une maudite Pucelle qui court le monde en dévergondée, et un petit ſuiſſe qui s'aviſe de mourir chez vous. Faites comme il vous plaira avec votre Orphelin; il n'a de père que vous; il me faudrait un peu de temps pour le retoucher à ma fantaiſie. Je ſuis toujours dans l'idée qu'il faut parler de *Confucius* dans une pièce chinoiſe. Les petits changemens que je ferais à préſent ne produiraient pas un grand effet. C'eſt mademoiſelle *Clairon* qui établit tout le ſuccès de la pièce. On dit que *le Kain* a joué à Fontainebleau plus en goujat qu'en tartare, qu'il n'eſt ni noble, ni amoureux, ni terrible , ni tendre, et que *Sarrazin* a l'air d'un vieux facriftain de pagode. J'aurais beau mettre dans leur bouche des vers de Cinna et d'Athalie, on ne s'en apercevrait pas. J'ai befoin d'une infpiration de quinze jours pour rapiécer ou rapiéceter mon drame; nos hiftrions feraient quinze autres jours à remettre le tout au théâtre , et je ne ferais pas sûr du fuccès. Vous avez fait réuffir mes magots avec tous leurs défauts, mon cher et refpectable ami ; vous les ferez fupporter de même. Je ne les ai imprimés que pour aller au-devant de la Pucelle qu'on vend par-tout. Il fallait abfolument défavouer ces abominables copies qui courent dans l'Europe. J'ai befoin d'un peu de repos dans ma vieilleffe et dans une vieilleffe infirme, qui ne réfifterait pas à des chagrins nouveaux. Ma lettre à *Jean-Jacques* a fait un affez bon effet , du moins dans les pays étrangers; mais je crains toujours les langues médifantes du vôtre. Comptez , mon divin ange , que le génie poëtique ne s'accommode pas de toutes ces tribulations. Ce maudit *Lambert* parle toujours de réimprimer *prefto, prefto*, mes fottifes non corrigées. Ilne veut point attendre ; il a grand tort de toutes façons ; c'eft encore là une de mes peines. Encore fi on pouvait bien digérer ! mais avoir toujours mal à l'eftomac, craindre les rois , et les libraires, et les pucelles ! on n'y réfifte pas. Etes-vous content de Cadix ? Pour moi j'en fuis horriblement mécontent.

Le roi de Pruffe m'a fait *mille complimens* , et me demande de nouveaux chants de la Pucelle ; il a le diable au corps. Comment va le pied de madame d'*Argental* ? Je fuis à fes pieds. Adieu , divin ange.

LETTRE CXLVI. 1755.

A M. LE COMTE DE CHOISEUL.

Aux Délices, ou soi-disant telles, 29 d'octobre.

JE vous remercie, Monsieur, de M. *Palissot* et de toutes vos autres bontés. J'en suis un peu indigne. Je n'ai point verni mes cinq magots chinois comme je l'aurais voulu. Je viens d'envoyer à M. d'*Argental* ce que j'ai pu ; quoique j'aye à présent l'esprit assez triste, je ne l'ai pourtant point tragique. Cette maudite Pucelle, qui m'a souvent fait rire, me rend trop sérieux. Je crains que les ames dévotes ne m'imputent ce scandale, et la crainte glace la poësie. La Pucelle de *Chapelain* n'a jamais fait tant de bruit. Me voilà, avec mes quatre cheveux gris, chargé d'une fille qui embarrasserait un jeune homme. Il arrivera malheur. Vous ne sauriez croire quel tort *Jeanne d'Arc* a fait à l'Orphelin de la Chine.

Je ne manquerai pas de vous envoyer, Monsieur, le recueil de mes rêveries, dès qu'il sera imprimé. Je conviens que *Lambert* a négligé l'Orphelin autant que moi. N'aurait-il point aussi quelque Pucelle à craindre ? Je ne sais plus à quel saint me vouer. Je trouverai toujours dans mon chemin St *Denis* qui me redemandera son oreille, St *George* à qui j'ai coupé le bout du nez, et surtout St *Dominique ;* cela est horrible. Les Mahométans ne me pardonneront pas ce que j'ai dit de *Mahomet*. Il me reste la cour de Pékin ; mais c'est encore la famille des conquérans tartares. Je vois qu'il faudra pousser jusqu'au

Japon. En attendant, Monfieur, confervez-moi à
Paris des bontés qui me font plus précieufes que
les faveurs d'*Agnès* et le pucelage de *Jeanne*.

LETTRE CXLVII.

A M. THIRIOT, *à Paris.*

Aux Délices, le 8 de novembre.

MON ancien ami, j'ai vu M. *Patu*; il a de l'efprit,
il eft naturel, il eft aimable. J'ai été très-fâché que
fon féjour ait été fi court, et encore plus fâché
qu'il ne foit pas venu avec vous; mais la faifon
était encore rude, et ma cabane était pleine d'ouvriers. Il s'en allait tous les foirs coucher au
couvent de Genève avec M. *Paliſſot*, autre enfant
d'*Apollon.* Ces deux pélerins d'Emmaüs font remplis
du feu poëtique : ils font venus me réchauffer un
peu ; mais je fuis plus glacé que jamais par les
nouvelles que j'apprends du pucelage de *Jeanne.*
Il eft très-sûr que des fripons l'ont violée, qu'elle
en eft toute défigurée, et qu'on la vend en Hollande
et en Allemagne fans pudeur. Pour moi, je la
renonce et je la déshérite : ce n'eft point là ma fille;
je ne veux pas entendre parler de *catins*, quand
je fuis férieufement occupé de l'hiftoire du genre-
humain. Cependant, je ne vois que *catins* dans
cette hiftoire ; elles fe rencontrent par-tout, de quelque
côté qu'on fe tourne. Il faut bien prendre patience.
Avez-vous toute l'hiftoire d'*Ottieri* ? En ce cas,
voulez-vous vous en défaire en ma faveur ? Si vous

avez

avez quelques bons livres anglais et italiens, ayez la
bonté de m'en faire un petit catalogue. Je vous
demanderai la préférence pour les livres dont j'aurai
besoin, et vous serez payé sur le champ. Adieu, mon
ancien ami.

1755.

LETTRE CXLVIII.

A M. LE COMTE D'ARGENTAL.

8 de novembre.

Mon cher ange, je suis toujours pénétré de vos
bontés pour les Chinois. Vous devez avoir reçu deux
exemplaires un peu corrigés, mais non autant que
vous et moi le voudrions. J'ai dérobé quelques
momens à mes travaux historiques, à mes maladies,
à mes chagrins, pour faire cette petite besogne. La
malignité qu'on a eue de placer M. de *Thibouville* dans
cet impertinent manuscrit qui court, et de lui montrer cette infamie, m'a mis au désespoir. Il est vrai
qu'on l'a mis en grande compagnie. Les polissons qui
défigurent et qui vendent l'ouvrage, n'épargnent
personne; ils fourrent tout le monde dans leurs
caquets. Je me flatte que vous ferez, avec M. de
Thibouville, votre ministère d'ange consolateur.

J'ai vu, pendant neuf jours, vos deux pèlerins
d'Emmaüs. C'est véritablement une neuvaine qu'ils
ont faite. Ils m'ont paru avoir beaucoup d'esprit et
de goût, et je crois qu'ils feront de bonnes choses.
Pour moi, mon cher ange, je suis réduit à planter.

—— J'achève cette maudite Hiftoire générale, qui eft un
1755. vafte tableau fefant peu d'honneur au genre-humain.
Plus j'envifage tout ce qui s'eft paffé fur la terre, plus
je ferais content de ma retraite, fi elle n'était pas trop
éloignée de vous. Si madame d'*Argental* a fi long-temps
mal au pied, il faut que M. de *Châteaubrun* lui dédie
fon Philoctète ; mais ce pied m'alarme. Je reçois dans
ce moment une ode fur la mort, intitulée *de main de
maître ;* elle m'arrive d'Allemagne, et il y a des vers
pour moi. Tout cela eft bien plaifant, et la vie eft
un drôle de fonge. Je ne rêve pourtant pas en vous
aimant de tout mon cœur. Mille tendres refpects à
tous les anges.

LETTRE CXLIX.

AU MÊME.

14 de novembre.

M<small>ON</small> cher ange, je prends la liberté de vous
adreffer une lettre à cachet volant, pour l'académie
françaife et pour monfieur fon fecrétaire, dont j'ignore
le nom. J'envoie ma lettre fous l'enveloppe de monfieur *Dupin*, fecrétaire de M. le comte d'*Argenfon*.
Je me fuis déjà fervi de cette voie pour vous faire
tenir deux exemplaires corrigés de l'Orphelin de
la Chine, et je me flatte que vous les avez reçus.
La lettre pour l'académie, et celle au fecrétaire, font
à cachet volant, dans la même enveloppe. Pardonnez
encore, mon cher et refpectable ami, à cette importunité. La démarche que je fais eft néceffaire, et il

faut qu'elle foit publique. Elle eft mefurée, elle eft décente, elle eft bien confultée, bien approuvée, et j'ofe croire que vous ne la condamnerez pas. C'eft un très-grand malheur que la publicité de ce manuf-crit qui inonde l'Europe fous le nom de la Pucelle d'Orléans. Un défaveu modefte eft le feul palliatif que je puiffe appliquer à un mal fans remède. Je vous fupplie donc de vouloir bien faire rendre au fecrétaire de l'académie le paquet que M. *Dupin* vous fera tenir, et qui part le même jour que cette lettre.

Cette maudite *Jeanne d'Arc* a fait grand tort à notre Orphelin. Il vaudrait bien mieux fans elle ; mais vous pouvez compter que ma vie eft empoi-fonnée, et mon ame accablée depuis fix mois. Je fuis fi honteux qu'à mon âge on réveille ces plaifan-teries indécentes, que mes montagnes ne me paraiffent pas avoir affez de cavernes pour me cacher. Aidez-moi, mon cher ange, et je vous promets encore une tragédie, quand j'aurai de la fanté et de la liberté d'efprit. En attendant, laiffez-moi pleurer fur *Jeanne*, qui cependant fait rire beaucoup d'honnêtes gens. Comment va le pied de madame *d'Argental* ? et pourquoi a-t-elle mal au pied ? *Le Kain* m'a mandé que notre Orphelin n'allait pas mal. Vous êtes le père de l'Orphelin ; je voudrais bien lui donner un frère, mais feulement pour vous plaire. Madame *Denis* vous fait les plus tendres complimens. Je baife les ailes de tous les anges.

LETTRE CL.

AU MEME.

Aux Délices, près Genève, 1 de décembre.

JE dicte, mon cher ange, mes très-humbles et très-tendres remercîmens, car il y a bien des jours que je ne peux pas écrire. Je vous avais envoyé le paquet pour l'académie, avant d'avoir reçu la lettre par laquelle vous m'avertissiez de la noble et scrupuleuse attention de messieurs des postes; je profiterai doré-navant de votre avis. Je vous assure qu'on vous en a donné un bien faux, quand on vous a dit que je fesais une nouvelle tragédie. Le fait est que madame *Denis* avait promis *Zulime* à messieurs de Lyon; mais, comme monsieur le cardinal votre oncle ne va pas aux spectacles, la grosse madame *Destouches* se passera de *Zulime*.

Ceux qui ont imprimé la rapsodie dont vous avez la bonté de me parler, ont bien mal pris leur temps. L'Europe est dans la consternation du jugement der-nier arrivé dans le Portugal. Genève ma voisine y a plus de part qu'aucune ville de France; elle avait à Lisbonne une grande partie de son commerce. Cette aventure est assurément plus tragique que les *Orphelin* et les *Mérope*. Le *tout est bien* de *Matthieu Garo* et de *Pope* est un peu dérangé. Je n'ose plus me plaindre de mes coliques depuis cet accident. Il n'est pas permis à un particulier de songer à soi dans une désolation si générale. Portez-vous bien, vous, madame d'*Argental* et tous les anges, et tâchez de tirer parti, fi vous pouvez, de cette courte et miférable vie ; je fuis bien fâché de paffer les reftes de la mienne loin de vous. S'il y a quelques nouvelles fur *Jeanne*, je vous fupplie de ne me laiffer rien ignorer.

Je vous embraffe bien tendrement.

LETTRE CLI.

A MADAME DE FONTAINE, *à Paris*.

A Monrion, 16 de décembre.

IL faut que je dicte une lettre pour vous, ma chère nièce, en arrivant dans notre folitude de Monrion. Je ne vous ai point écrit depuis long-temps, mais je ne vous ai jamais oubliée. Tantôt malade, tantôt profondément occupé de bagatelles, j'ai été trop pareffeux d'écrire. Si je vous avais écrit autant que j'ai parlé de vous, vous auriez eu de mes lettres tous les jours.

Je vais faire chercher les meilleurs paftels de Laufane ; vous en faites un fi bel ufage que j'irais vous en déterrer au bout du monde. Toutes nos petites Délices font ornées de vos œuvres. Vous êtes déjà admirée à Genève, et vous l'emportez fur *Liotard*. Remerciez la nature, qui donne tout, de vous avoir donné le goût et le talent de faire des chofes fi agréables.

C'eft affurément un grand bonheur de s'être procuré pour toute fa vie, un amufement qui fatisfait à la fois l'amour propre et le goût, et qui fait qu'on vit fouvent avec foi-même, fans être obligé d'aller chercher à perdre fon temps en affez mauvaife compagnie, comme font la plupart de tous les hommes, et même de vous autres dames. L'ennui et l'infipidité font un poifon froid contre lequel bien peu de gens trouvent un antidote.

Votre fœur et moi, nous cherchons auffi à peindre. On me reproche un peu de nudités dans notre pauvre *Jeanne d'Arc ;* on dit que les éditeurs l'ont étrangement défigurée. J'ai tiré mon épingle du jeu du mieux que j'ai pu ; et, grâces à vos bontés, nous avons évité le grand fcandale.

Je me mets à préfent au régime du repos ; mais j'ai peur qu'il ne me vaille rien, et que je ne fois obligé d'y renoncer. Madame *Denis* fe donne actuellement le tourment d'arranger notre retraite de Monrion. Nous avons eu aujourd'hui prefque tout Laufane. Je me flatte que les autres jours feront un peu plus à moi ; je ne fuis pas venu ici pour chercher du monde. La feule compagnie que je défire ici, c'eft la vôtre. Peut-être que le docteur *Tronchin* ne fera pas inutile à votre fanté ; vous êtes dans l'âge où les eftomacs fe raccommodent, et moi dans celui où l'on ne raccommode rien. Sans doute vous trouverez bien le moyen d'amener votre enfant avec vous. Si ma pauvre fanté me permettait de lui fervir de précepteur, je prendrais de bon cœur cet emploi ; mais la meilleure éducation qu'il puiffe avoir, c'eft d'être auprès de vous.

Ma chère nièce, mille complimens à tout ce que vous aimez.

LETTRE CLII.

A MESSIEURS DE L'ACADEMIE FRANÇAISE.

Le 21 de décembre.

MESSIEURS,

DAIGNEZ recevoir mes très-humbles remercî-mens de la fenfibilité publique (*) que vous avez témoignée fur le vol et la publication odieufe de mes manufcrits, et permettez-moi d'ajouter que cet abus, introduit depuis quelques années dans la librairie, doit vous intéreffer perfonnellement : vos ouvrages, qui excitent plus d'empreffement que les miens, ne feront pas exempts d'une pareille rapacité.

L'hiftoire prétendue de la guerre de 1741, qui paraît fous mon nom, eft non-feulement un outrage fait à la vérité défigurée en plufieurs endroits, mais un manque de refpect à notre nation, dont la gloire qu'elle a acquife dans cette guerre méritait une hiftoire imprimée avec plus de foin. Mon véri-table ouvrage, compofé à Verfailles fur les mémoires des miniftres et des généraux, eft, depuis plufieurs années, entre les mains de M. le comte d'*Argenfon*, et n'en eft pas forti. Ce miniftre fait à quel point l'hiftoire que j'ai écrite diffère de celle qu'on m'at-tribue. La mienne finit au traité d'Aix-la-chapelle; et celle qu'on débite fous mon nom ne va que

_____

(*) Voyez la lettre de M. de *Voltaire* à l'académie françaife, et la réponfe de l'académie, dans la préface de la Pucelle.

S 4

jufqu'à la bataille de Fontenoi. C'eſt un tiſſu informe de quelques-unes de mes minutes dérobées et imprimées par des hommes également ignorans. Les interpolations, les omiſſions, les méprifes, les menſonges y ſont ſans nombre. L'éditeur ne ſait ſeulement pas le nom des perſonnes et des pays dont il parle ; et, pour remplir les vides du manuſcrit, il a copié, preſque mot à mot, près de trente pages du Siècle de *Louis XIV.* Je ne puis mieux comparer cet avorton qu'à cette Hiſtoire univerſelle que *Jean Néaulme* imprima ſous mon nom, il y a quelques années. Je ſais que tous les gens de lettres de Paris ont marqué leur juſte indignation de ces procédés. Je ſais avec quel mépris et avec quelle horreur on a vu les notes dont un éditeur a défiguré le Siècle de *Louis XIV.* Je dois m'adreſſer à vous, Meſſieurs, dans ces occaſions, avec d'autant plus de confiance que je n'ai travaillé, comme vous, que pour la gloire de ma patrie, et qu'elle ſerait flétrie par ces éditions indignes, ſi elle pouvait l'être.

Je ne vous parle point, Meſſieurs, de je ne ſais quel poëme entièrement défiguré, qui paraît auſſi depuis peu. Ces œuvres de ténèbres ne méritent pas d'être relevées, et ce ſerait abuſer des bontés dont vous m'honorez ; je vous en demande la continuation.

Je ſuis avec un très-profond reſpect, &c.

LETTRE CLIII.

A M. LE BARON DE HALLER.

Voici, Monfieur, un petit certificat qui peut fervir à faire connaître *Graffet*, pour lequel on réclame très-inftamment votre protection. Ce malheureux a fait imprimer à Laufane un libelle abominable contre les mœurs, contre la religion, contre la paix des particuliers, contre le bon ordre. Il eft digne d'un homme de votre probité et de vos grands talens de refufer à un fcélérat une protection qui honorerait les gens de bien. J'ofe compter fur vos bons offices, ainfi que fur votre équité. Pardonnez à ce chiffon de papier; il n'eft pas conforme aux ufages allemands, mais il l'eft à la franchife d'un français qui vous révère plus qu'aucun allemand.

Un nommé *Lervéche*, ci-devant précepteur de M. *Conftant*, eft auteur d'un libelle fur feu M. *Saurin*. Il eft miniftre d'un village, je ne fais où, près de Laufane. Il m'a écrit deux ou trois lettres anonymes fous votre nom. Tous ces gens-là font des miférables bien indignes qu'un homme de votre mérite foit follicité en leur faveur.

Je faifis cette occafion de vous affurer de l'eftime et du refpect avec lefquels je ferai toute ma vie, &c. (4)

_____

(4) Il s'agiffait de ce manufcrit de la Pucelle que *Graffet* voulait faire acheter à M. de *Voltaire*, en le menaçant de le publier. Si M. de *Haller* s'était rappelé combien la condnite de ce *Graffet* était infame, combien

Réponse de M. de Haller.

MONSIEUR,

J'AI été véritablement affligé de la lettre dont vous m'avez honoré. Quoi ! j'admirerai un homme riche, indépendant, maître du choix des meilleures sociétés, également applaudi par les rois et par le public, assuré de l'immortalité de son nom, et je verrai cet homme perdre le repos pour prouver qu'un tel a fait des vols, et qu'un autre n'est pas convaincu d'en avoir fait.

Il faut bien que la Providence veuille tenir la balance égale pour tous les humains. Elle vous a comblé de biens, elle vous accable de gloire. Il vous fallait des malheurs : elle a trouvé l'équilibre en vous rendant sensible.

Les personnes dont vous vous plaignez perdraient bien peu en perdant la protection d'un homme caché dans un coin du monde, et charmé d'être sans influence et sans liaisons. Les lois ont seules ici le droit de protéger le citoyen et le sujet. M. *Graffet* est chargé des affaires de mon libraire. J'ai vu M. *Lervéche* (*Laroche*) chez un exilé, M. *May*, que j'ai visité quelquefois depuis sa disgrâce, et qui passait ses dernières heures avec ce ministre.

Si l'un ou l'autre a mis mon nom sous des lettres anonymes, s'il a laissé croire que nos relations sont plus intimes, il aura vis-à-vis de moi des torts que vous sentez avec trop d'amitié.

Si les souhaits avaient du pouvoir, j'en ajouterais un aux bienfaits du destin. Je vous donnerais de la tranquillité qui fuit devant le génie, qui ne le vaut pas par rapport à la société, mais qui vaut bien davantage par rapport à nous-mêmes : dès-lors l'homme le plus célèbre de l'Europe serait aussi le plus heureux.

Je suis avec l'admiration la plus parfaite, &c.

la crainte de M. de *Voltaire* était fondée, il aurait, sans doute, tout bon calviniste qu'il était, répondu d'un ton moins magistral.

Un étranger se présente chez M. de *Voltaire*, et lui raconte qu'il a vu à Berne M. de *Haller*. M. de *Voltaire* le félicite sur le bonheur qu'il a eu de voir un grand-homme. Vous m'étonnez, dit l'étranger ; M. de *Haller* ne parle certainement pas de vous de la même manière. Eh bien, répliqua M. de *Voltaire*, il est possible que nous nous trompions tous deux.

LETTRE CLIV.

A M. L'ABBÉ DE CONDILLAC, *à Paris.*

Janvier.

Vous ferez peut-être étonné, Monfieur, que je vous faffe fi tard des remercîmens que je vous dois depuis fi long-temps; plus je les ai différés, et plus ils vous font dus. Je n'ai voulu avoir l'honneur de vous écrire qu'après avoir lu de fuite tous vos ouvrages. Il m'a fallu paffer une année entière au milieu des ouvriers et des hiftoriens. Les ajuftemens de ma campagne, les événemens contingens de ce monde, et je ne fais quel Orphelin de la Chine qui s'eft venu jeter à la traverfe, ne m'avaient pas permis de rentrer dans le labyrinthe de la métaphyfique. Enfin, j'ai trouvé le temps de vous lire avec l'attention que vous méritez. Je trouve que vous avez raifon dans tout ce que j'entends, et je fuis bien sûr que vous auriez raifon encore dans les chofes que j'entends moins, et fur lefquelles j'aurais quelques petites difficultés. Il me femble que perfonne ne penfe ni avec tant de profondeur ni avec tant de jufteffe que vous.

J'ofe vous communiquer une idée que je crois utile au genre-humain. Je connais de vous trois ouvrages, l'Effai fur l'origine des connaiffances humaines, le Traité des fenfations et celui des animaux. Peut-être quand vous fîtes le premier ne fongiez-vous pas à faire le fecond, et quand vous travaillâtes au fecond vous ne fongiez pas au troifième. J'imagine que depuis ce temps-là il vous eſt venu quelquefois la penſée de raſſembler en un corps les idées qui règnent dans ces trois volumes, et d'en faire un ouvrage méthodique et ſuivi, qui contiendrait tout ce qu'il eſt permis aux hommes de ſavoir en métaphyſique. Tantôt vous iriez plus loin que *Locke*, tantôt vous le combattriez, et ſouvent vous feriez de ſon avis. Il me ſemble qu'un tel livre manque à notre nation; vous la rendriez vraiment philoſophe : elle cherche à l'être, et vous ne pouvez mieux prendre votre temps.

Je crois que la campagne eſt plus propre pour le recueillement d'eſprit que le tumulte de Paris. Je n'oſe vous offrir la mienne, je crains que l'éloignement ne vous faſſe peur; mais, après tout, il n'y a que quatre-vingts lieues en paſſant par Dijon. Je me chargerais d'arranger votre voyage; vous feriez le maître chez moi comme chez vous; je ferais votre vieux diſciple; vous en auriez un plus jeune dans madame *Denis*, et nous verrions tous trois enſemble ce que c'eſt que l'ame. S'il y a quelqu'un capable d'inventer des lunettes pour découvrir cet être imperceptible, c'eſt aſſurément vous. Je fais que vous avez, phyſiquement parlant, les yeux du corps auſſi faibles que ceux de votre eſprit ſont perçans. Vous ne manqueriez point ici de gens qui écriraient ſous votre dictée. Nous ſommes d'ailleurs près d'une ville où l'on trouve de tout, juſqu'à de bons métaphyſiciens. M. *Tronchin* n'eſt pas le ſeul homme rare qui ſoit dans Genève. Voilà bien des paroles pour un philoſophe et pour un malade. Ma faibleſſe m'empêche d'avoir l'honneur de vous écrire de ma main, mais elle n'ôte

rien aux fentimens que vous m'infpirez. En un mot,
fi vous pouviez venir travailler dans ma retraite à un
ouvrage qui vous immortaliferait, fi j'avais l'avantage
de vous pofféder, j'ajouterais à votre livre un chapitre du bonheur. Je vous fuis déjà attaché par la
plus haute eftime; et j'aurai l'honneur d'être toute
ma vie, Monfieur, &c.

LETTRE CLV.

A MADAME DE FONTAINE, *à Paris.*

A Monrion, 8 de janvier.

J'ENVOIE, ma chère nièce, la confultation de
votre procès avec la nature au grand juge *Tronchin*.
Je le prierai d'envoyer fa décifion par la pofte en
droiture, afin qu'elle vous arrive plus vîte.

Vous me paraiffez à peu-près dans le même cas
que moi : faibleffe et féchereffe, voilà nos deux
principes. Cependant, malgré ces deux ennemies, je
n'ai pas laiffé de paffer foixante ans; et madame *le
Doffeur* vient de mourir, avant quarante, d'une
maladie toute contraire. Mefdemoifelles *Beffières*
avaient une vieille tante qui n'allait jamais à la garde-
robe; elle fefait feulement tous les quinze jours une
crotte de chat que fa femme de chambre recevait
dans fa main, et qu'elle portait dans la cheminée;
elle mangeait dans une femaine deux ou trois bif-
cuits, et vivait à peu-près comme un perroquet;
elle était sèche comme le bois d'un vieux violon, et

—— vécut dans cet état près de quatre-vingts ans, fans
1756. prefque fouffrir.

Au refte, je préfume que M. *Tronchin* vous pref-
crira à peu-près le même remède qu'à moi. Et,
comme vous avez l'efprit plus tranquille que le mien,
peut-être ce remède vous réuffira; mais ce ne fera
qu'à la longue. Le père putatif du maréchal de
Richelieu, qui était le plus fec et le plus conftipé des
ducs et pairs, s'avifa de prendre du lait à la caffe :
cela avait l'air du bouillon de *Proferpine;* il s'en trouva
très-bien. Il mangeait du rôti à dîner, il prenait fon
lait à la caffe à fouper, et vécut ainfi jufqu'à quatre-
vingt-quatre ans. Je vous en fouhaite autant, ma
chère nièce. Amufez-vous toujours à peindre de
beaux corps tout nus, en attendant que le docteur
Tronchin rétabliffe et engraiffe le vôtre.

Adieu, ma chère nièce; tâchez de venir nous
voir avec des tetons rebondis et un gros cu. Je vous
embraffe tendrement, tout maigre que je fuis. J'écris
à *Montigni* fur la mort de madame *le Doffeur*. Sa perte
m'afflige, et fait voir qu'on meurt jeune avec de gros
tetons. La vie n'eft qu'un fonge; nous voudrions bien,
votre fœur et moi, rêver avec vous.

LETTRE CLVI.

A M. LE COMTE D'ARGENTAL, *à Paris.*

A Monrion, 8 de janvier.

JE reçois, mon cher ange, votre lettre du 29 décembre, dans ma cabane de Monrion, qui eſt mon palais d'hiver. Mon ſermon ſur Lisbonne n'a été fait que pour édifier votre troupeau, et je ne jette point le pain de vie aux chiens. Si vous voulez ſeulement régaler *Thiriot* d'une lecture, il viendra vous demander la permiſſion de s'édifier chez vous.

Je cherche toujours à vous faire ma cour par quelque nouvelle tragédie; mais j'ai une maudite Hiſtoire générale qu'il faut finir, et une édition à terminer. Ma déplorable ſanté ne me permet guère de porter trois gros fardeaux à la fois. J'ai réſolu d'abandonner toute idée de tragédie juſqu'au printemps. Je ſens que je ne pourrai faire de vers que dans le jardin des Délices. Il faut à préſent que ma vieille muſe ſe promène un peu pour ſe dégourdir. Je ne crois pas qu'on ait beaucoup à faire de Mariamne, quand on a un Aſtianax et une Coquette. On dit que cette mademoiſelle *Hus*, dont vous me parlez, reſſemble plus à une *Agnès* qu'à une *Salome.* Cependant, ſi vous voulez qu'elle joue ce vilain rôle, je le lui donne de tout mon cœur, *in quantum poſſum et in quantum indiget.* Je ſuis giſant dans mon lit, ne pouvant guère écrire; mais je vais donner les proviſions de *Salome* à ladite demoiſelle.

Quoique vous ne méritiez pas que je vous dife des nouvelles, vous faurez pourtant que la cour d'Efpagne envoie quatre vaiffeaux de guerre à Buénos-Aires contre le révérend père *Nicolas*. Parmi les vaiffeaux de tranfport, il y en a un qui s'appelle le *Pafcal*. Peut-être y êtes-vous intéreffé comme moi; car il appartient à meffieurs *Gilly*. Il eft bien jufte que *Pafcal* aille combattre les jéfuites; mais, ni vous ni moi, ne paraiffions pas faits pour être de la partie.

Je vous embraffe, mon cher ange.

LETTRE CLVII.

A M. LE COMTE DE TRESSAN.

A Monrion, 11 de janvier.

Il me paraît, Monfieur, que fa Majefté polonaife n'eft pas le feul homme bienfefant en Lorraine, et que vous favez bien faire comme bien dire. Mon cœur eft auffi pénétré de votre lettre que mon efprit a été charmé de votre difcours. Je prends la liberté d'écrire au roi de Pologne, comme vous me le confeillez, et je me fers de votre nom pour autorifer cette liberté. J'ai l'honneur de vous adreffer la lettre; mon cœur l'a dictée.

Je me fouviendrai toute ma vie que ce bon prince vint me confoler un quart d'heure dans ma chambre, à la Malgrange, à la mort de madame *du Châtelet.* Ses bontés me font toujours préfentes. J'ofe compter

fur

sur celles de madame de *Boufflers* et de madame de ⸻
Baſſompierre. Je me flatte que M. de *Lucé* ne m'a pas
oublié ; mais c'eſt à vous que je dois leur ſouvenir.
Comme il faut toujours eſpérer, j'eſpère que j'aurai
la force d'aller à Plombières, puiſque Toul eſt ſur
la route. Vous m'avez écrit à mon château de
Monrion : c'eſt *Ragotin* qu'on appelle *monſeigneur;*
je ne ſuis point homme à châteaux. Voici ma poſition :
j'avais toujours imaginé que les environs du lac de
Genève étaient un lieu très-agréable pour un philoſophe, et très-ſain pour un malade ; je tiens le lac
par les deux bouts ; j'ai un hermitage fort joli aux
portes de Genève, un autre aux portes de Lauſane ;
je paſſe de l'un à l'autre ; je vis dans la tranquillité,
l'indépendance et l'aiſance, avec une nièce qui a
de l'eſprit et des talens, et qui a conſacré ſa vie aux
reſtes de la mienne.

Je ne me flatte pas que le gouverneur de Toul
vienne jamais manger des truites de notre lac ; mais,
ſi jamais il avait cette fantaiſie, nous le recevrions
avec tranſport; nous compterions ce jour parmi les plus
beaux jours de notre vie. Vous avez l'air, meſſieurs
les lieutenans généraux, de paſſer le Rhin cette année,
plutôt que le mont Jura; et j'ai peur que vous ne
ſoyez à Hanovre quand je ſerai à Plombières.
Devenez maréchal de France, paſſez du gouvernement de Toul à celui de Metz, ſoyez auſſi heureux
que vous méritez de l'être; faites la guerre, et écrivez-
la. L'hiſtoire que vous en ferez, vaudra certainement
mieux que la rapſodie de la Guerre de 1741, qu'on
met impudemment ſous mon nom. C'eſt un ramas

1756.

1756. informe et tout défiguré de mes manufcrits que j'ai laiffés entre les mains de M. le comte d'*Argenfon*.

Je vous préviens fur cela, parce que j'ambitionne votre eftime. J'ai autant d'envie de vous plaire, Monfieur, que de vous voir, de vous faire ma cour, de vous dire combien vos bontés me pénètrent. Il n'y a pas d'apparence que j'abandonne mes hermitages et un établiffement tout fait dans deux maifons qui conviennent à mon âge et à mon goût de retraite. Je fens que fi je pouvais les quitter, ce ferait pour vous, après toutes les offres que vous me faites avec tant de bienveillance. Je crois avoir renoncé aux rois, mais non pas à un homme comme vous.

Permettez-moi de préfenter mes refpects à madame la comteffe de *Treffan*, et recevez les tendres et refpectueux remercîmens du fuiffe *Voltaire*.

Je m'intéreffe à *Panpan* (*) comme malade et comme ami.

(*) M. de *Vaux*.

LETTRE CLVIII.

A M. LE COMTE D'ARGENTAL.

Février.

MON cher ange, fi ceci n'eſt pas une tragédie, ce font au moins des vers tragiques : je vous demande en grâce de me mander s'ils font orthodoxes, je les crois tels; mais j'ai peur d'être un mauvais théologien. Il court fous mon nom je ne fais quelle pièce fur le même fujet. Il ferait bon que mon vrai fermon fît tomber celui qu'on m'impute. Je vous demande en grâce d'éplucher mon prêche. Le *tout eſt bien* me paraît ridicule quand le mal eſt fur terre et fur mer. Si vous voulez que tout foit bien pour moi, écrivez-moi.

Je vous demande pardon, mon cher ange, de vous envoyer tant de vers, et point de nouvelle tragédie; mais j'imagine que vous ferez bien aïfe de voir les belles chofes que fait le roi de Pruſſe. Il m'a envoyé toute la tragédie de Mérope mife par lui en opéra. Permettez que je vous donne les prémices de fon travail; je m'intéreſſe toujours à fa gloire. Vous pourriez confier ce morceau à *Thiriot*, qui en chargera fans doute fa mémoire, et qui fera une des trompettes de la renommée de ce grand-homme. Je ne doute pas que le roi de Pruſſe n'ait fait de très-beaux vers pour le duc de *Nivernois;* mais jufqu'à préfent on ne connaît que fon traité en profe avec les Anglais.

Mille refpects à tous les anges.

LETTRE CLIX.

A M. LE MARECHAL DUC DE RICHELIEU.

A Monrion, le 7 de février.

J E vous remercie bien fort, mon héros, de votre belle et inftructive épître. Il eft vrai que vous écrivez comme un chat, et que fi vous n'y prenez garde vous égalerez le maréchal de *Villars*. Je me flatte bien que vous l'égalerez tout de même quand il ne fera pas queftion de plume ; mais il me femble que le nouveau traité dont le roi de Pruffe s'applaudit, ne vous permettra pas la guerre de terre. Vous ne feriez pas le premier de votre nom qui eût gagné une bataille navale ; mais, jufqu'à préfent, vous n'avez pas tourné vos vues de ce côté. Vous allez pourtant vous montrer à la Méditerranée ; et je voudrais que les Anglais fiffent une defcente vers Toulon, pour que vous les traitaffiez comme on vient de les traiter à Philadelphie.

Je reviens à Fontenoi. Je fuis encore à comprendre comment ma nièce ne vous donna pas le manufcrit que je lui avais envoyé pour vous. Ce manufcrit ne contenait que des mémoires qu'il fallait rédiger et refferrer : il y avait une grande marge qui attendait vos inftructions dans vos momens de loifir.

M. de *Ximenès*, qui allait fouvent chez ma nièce, fait comment ces mémoires informes et défigurés ont été imprimés en partie. Je ferai tranfcrire l'ou-vrage entier dès que je ferai de retour à mes petites

Délices auprès de Genève. Il eft bien certain que le nom de *Reiff* ou de *Théfée* eft une chofe fort indifférente ; mais ce qui ne l'eft point , c'eft qu'on ofe vous contefter le fervice important que vous avez rendu au roi et à la France.

Permettez-moi feulement de vous repréfenter qu'en vous tuant de dire qu'il n'y a pas un mot de vrai dans la converfation rapportée , vous femblez donner un prétexte à vos envieux de dire que ce qui fuit cette converfation n'eft pas plus véritable.

Je n'ai pas inventé le *Théfée* , et , par parenthèfe , cela eft affez dans le ton de M. le maréchal de *Noailles*. C'eft , encore une fois , votre écuyer *Féraulas* qui me l'a conté ; c'eft une circonftance inutile , fans doute ; mais ces bagatelles ont un air de vérité qui donne du crédit au refte ; et fi vous me conteftez le *Théfée* publiquement , vous affaibliffez vous-même les vérités qui font liées à cette converfation. On préfumera que j'ai hafardé tout ce que je rapporte de cette journée fi glorieufe pour vous.

Au refte , toute cette hiftoire eft fondée fur les lettres originales de tous les généraux ; et quelques petites circonftances , qu'on m'a dites de bouche , ne peuvent , je crois , faire aucun tort au refte de l'hiftoire , quand je rapporte mot pour mot les lettres qui font dans le dépôt du miniftre.

Je fouhaite que la guerre fur mer foit auffi glorieufe que la dernière guerre en Flandres l'a été.

Croirez-vous que le roi de Pruffe vient de m'envoyer une tragédie de Mérope , mife par lui en opéra ? Il m'avertit cependant qu'il n'eft occupé qu'à des traités. Je voudrais que vous viffiez quelque

1756.

chofe de fon ouvrage, cela eft curieux. Faites vos réflexions fur ce contrafte, et fur tous ces contraftes. J'aurais pu donner quelques bons avis, mais je me renferme dans mon obfcurité et dans ma folitude, comme de raifon.

Je ne doute pas que vous ne voyiez madame de *Pompadour* avant votre départ. Je n'ai qu'à vous renouveler mon éternel et refpectueux attachement.

LETTRE CLX.

A M. BRIASSON, *libraire à Paris.*

A Monrion, 13 de février.

Avant de travailler à l'article *Français*, il ferait bon que quelque homme zélé pour la gloire du Dictionnaire encyclopédique, voulût bien fe donner la peine d'aller à la bibliothéque royale, et d'y confulter les manufcrits du dixième et onzième fiècles, s'il y en a dans le jargon barbare, qui eft devenu depuis la langue françaife. On pourrait découvrir peut-être quel eft le premier de ces manufcrits qui emploie le mot *français*, au lieu de celui de *franc*. Ce ferait une chofe affez curieufe de fixer le temps où nous fûmes débaptifés, et où nous devinmes fauvages *français*, après avoir été fauvages *francs*, fauvages *gaulois* et fauvages *celtes*.

Si le roman de Philomena, écrit au dixième fiècle, en langue moitié romance, moitié françaife, fe trouve à la bibliothéque du roi, on y rencontrera peut-être ce que j'indique. L'histoire des ducs de Normandie, manuscrite, doit être de la fin du onzième siècle, aussi-bien que celle de *Guillaume au court nez*. Ces livres ne peuvent manquer de donner des lumières sur ce point qui, quoique frivole en lui-même, devient important dans un dictionnaire. On verra si ces premiers romans se servent encore du mot *franc*, ou s'ils adoptent celui de *français*.

En vérité, il n'y a que les gens qui font à Paris qui puissent travailler avec succès au Dictionnaire encyclopédique; cependant, quand je serai de retour à ma maison de campagne, près de Genève, je travaillerai de toutes mes forces à *Histoire*.

Je ne doute pas que M. de *Montesquieu* n'ait profité, à l'article *Goût*, de l'excellente dissertation qu'*Addisson* a insérée dans le Spectateur, et qu'il n'ait fait voir que le goût consiste à discerner, par un sentiment prompt, l'excellent, le bon, le mauvais, le médiocre, souvent mis l'un auprès de l'autre dans une même page. On en trouve mille exemples dans les meilleurs auteurs, surtout dans les auteurs de génie, comme *Corneille*.

A propos de goût et de génie, l'Eloge de monsieur de *Montesquieu*, par M. d'*Alembert*, est un ouvrage admirable : il y a confondu les ennemis du genre-humain.

Mille sincères et tendres complimens à monsieur d'*Alembert*, à M. *Diderot* et à tous encyclopédistes.

LETTRE CLXI.

A M. LE COMTE D'ARGENTAL.

A Monrion, 26 de février.

Moi, vous avoir oublié, mon cher ange! ah, cela eft bien impoffible. Il y a plus de trois femaines que j'envoyai à madame de *Fontaine*, le petit ouvrage dont vous me parlez pour vous être donné fur le champ. Si vous avez quelqu'un de la famille à gronder, c'eft à madame de *Fontaine* qu'il faut vous adreffer. Je n'ai point reçu cette lettre où vous me chantiez pouilles : apparemment que vos gens, voyant que vous me grondiez, n'ont pas cru que la lettre fût pour moi. Je reçois très-régulièrement toutes celles qu'on m'écrit par M. *Tronchin*. Ne craignez point, mon cher ange, de m'écrire par cette voie. Il me femble qu'il faudrait faire à préfent quelque tragédie maritime : on n'a encore repréfenté des héros que fur terre ; je ne vois pas pourquoi la mer a été oubliée. La fcène ferait fur un vaiffeau de cent pièces de canon. Vous m'avouerez que l'unité de lieu y ferait exactement obfervée, à moins que les héros ne fe jetaffent dans la mer. En vérité, je ne trouve rien de neuf fur terre : ce font toujours les mêmes paffions, et des aventures qui fe reffemblent. Le théâtre eft épuifé, et moi auffi : et puis, quand on s'eft tué à travailler deux ans de fuite à l'ouvrage le plus difficile que l'efprit humain puiffe entreprendre, quelle en eft la récompenfe ? Les comédiens daignent-ils feulement remercier du préfent qu'on leur a fait? On 1756. amufe la cour deux heures ; mais, de tous ceux qu'on a amufés, en eft-il un feul qui daigne vous rendre le moindre fervice? La parodie nous tourne en ridicule ; un *Fréron* nous déchire : voilà tout le fruit d'un travail qui abrége la vie. C'eft à ce coup que vous m'allez bien gronder : vous auriez tort, mon cher ange. Ne voyez-vous pas que fi mon fujet était arrangé à ma fantaifie, j'aurais déjà commencé les vers?

Mais quelle eft donc la maladie de madame d'*Argental* ? que veut donc dire fon pied ? Si la comédie ne la guérit point, que pourra *Fournier*? Son état m'afflige fenfiblement. Quand vous irez à la comédie, mon cher et refpectable ami, faites, je vous prie, pour moi, les remercîmens les plus tendres à *Gengis-kan*. Il eft vrai que je ne pouvais mieux me venger de l'auteur de Mérope opéra, qu'en vous en envoyant un petit échantillon. Je crois qu'à préfent on doit trouver fes vers fort mauvais à Verfailles. Je fuis toujours attaché à madame de *Pompadour ;* je lui dois de la reconnaiffance, et j'efpère qu'elle fera long-temps en état de faire du bien. Adieu, mon cher ange ; je vous embraffe tendrement.

LETTRE CLXII.

A M. THIRIOT.

Aux Délices, 12 de mars.

IL faut, mon ancien ami, que l'âge ait dépravé mon goût. Je n'ai pu tâter des deux plats que vous m'avez envoyés par M. *Bouret :* je vous remercie, et je ne peux guère remercier l'auteur.

Si vous avez l'ancienne Religion naturelle, en quatre chants, je vous prie de me l'envóyer.

Si vous avez à vous défaire d'un nombre de livres curieux, envoyez-moi la lifte et le prix.

Si vous aimez les vers honnêtes et décens, voici ceux qui termineront le fermon fur Lisbonne : lâchez-les pour apaifer les *Cerbères.*

Quel eft l'ignorant qui veut qu'on mette l'*ouvrier* au lieu du *potier ?* Cet ignorant-là n'a pas lu faint *Paul.*

Il ne tient qu'à moi d'aller voir l'opéra de Mérope, de la compofition du roi de Pruffe, qu'il fait exécuter le 27 mars; mais je n'irai pas.

En retrouvant votre dernière lettre, j'ai vu que vous m'y difiez de vous envoyer la nouvelle édition de mon petit carême, par la pofte ; et que vous vouliez la faire réimprimer fur le champ, à l'ufage des ames dévotes. J'obéis donc à votre bonne intention. Mon ancien ami, fi on ne veut pas fe fervir de la préface des éditeurs de Genève, il en faut une qui foit dans le même goût, et qui dife combien ces

deux poëmes ont été tronqués et défigurés. Il est
très-triste assurément qu'on les ait imprimés sans
avoir mon dernier mot ; mais le voici. Je fais aussi
la guerre aux Anglais, à ma façon.

J'espère que M. le maréchal de *Richelieu* leur prou-
vera, à la sienne, qu'il y a pour eux du mal dans
ce monde.

Je vous embrasse.

LETTRE CLXIII.

A MADAME DE FONTAINE, *à Paris*.

A Monrion, 17 de mars.

MA chère enfant, je savais, il y a long-temps,
qu'*Esculape-Tronchin* était à Paris ; et j'ai été fidelle
à un secret qu'il ne m'avait pas dit. Je le déclare
indigne de sa réputation, s'il ne vous donne pas un
cu et des tetons. Vous ferez très-bien de venir avec
MM. *Tronchin* et *Labat* : une femme ne peut se
damner en voyageant avec son directeur, ni se mal
porter en courant la poste avec son médecin.

Votre frère a donc quitté son pot-à-beurre pour
vous ; et il va soutenir la cause du grand conseil
contre les gens tenant la cour du parlement. Nous
l'embrassons tendrement, votre sœur et moi. Nous
comptions aller faire un petit tour à Lyon pour la
dédicace du beau temple dédié à la comédie, que la
ville a fait bâtir moyennant cent mille écus. C'est un
bel exemple que Lyon donne à Paris, et qui ne sera

pas fuivi ; mais l'autel ne fera pas prêt , et on ne pourra y officier qu'à la fin de juin. Nous viendrons ou vous recevoir à Lyon , ou nous vous y reconduirons des petites Délices du Lac. Enfin nous nous verrons, et tout s'arrangera , et je dirai : *tout eſt bien.*

C'eſt *Satan* qui a fait imprimer l'ébauche de mon fermon. J'ai , dans un accès de dévotion , augmenté l'ouvrage de moitié, et j'ai pris la liberté de raifonner à fond contre *Pope* , et de plus très-chrétiennement. Il y a fans doute beaucoup de mal fur la terre , et ce mal ne fait le bien de perfonne ; à moins qu'on ne dife que votre conſtipation a été prévue de DIEU pour le bonheur des apothicaires. Je fouffre depuis quarante ans , et je vous jure que cela ne fait de bien à perfonne. La maladie de M. de *Séchelles* ne fera aucun bien à l'Etat. Pour la comédie de *la Noue* , elle lui fera quelque bien , quoiqu'on dife qu'elle ne vaut pas grand'chofe.

Votre fœur fe donne quelquefois des indigeſtions de truite , et fait toujours fa cour à *Alceſte* et à *Admette.* Je fais de mon côté de la mauvaife profe et de mauvais vers. Je griffonne quelques articles pour l'Encyclopédie ; je bâtis une écurie , je plante des arbres et des fleurs , et je tâche de rendre l'hermitage des Délices moins indigne de vous recevoir. Je vous embraſſe tendrement , vous et les vôtres , et frère et fils , et vous recommande un cu et des tetons , ma chère nièce.

LETTRE CLXIV.

A M. LE COMTE D'ARGENTAL.

Aux Délices, 22 de mars.

MON cher ange, vous avez raifon ; il vaudrait mieux faire des tragédies que des poëmes fur les malheurs de Lisbonne et fur la loi naturelle. Ces deux ouvrages font donc imprimés à Paris, pleins de lacunes et de fautes ridicules, et on eft expofé à la criaillerie! Madame de *Fontaine* a dû vous donner, il y a long-temps, le poëme fur la loi naturelle. On lui a donné le titre de Religion naturelle ; à la bonne heure ; mais il fallait l'imprimer plus correct. C'eft une faible efquiffe que je crayonnai pour le roi de Pruffe, il y a près de trois ans, précifément avant la brouillerie. La margrave de *Bareith* en a donné des copies, et j'en fuis fâché pour plus d'une raifon. Que faire ? il faudra le publier après y avoir mis fagement la dernière main. J'en fais autant de la jérémiade fur Lisbonne. C'eft actuellement un poëme de deux cents cinquante vers. Il eft raifonné, et je le crois très-raifonnable. Je fuis fâché d'attaquer mon ami *Pope*, mais c'eft en l'admirant. Je n'ai peur que d'être trop orthodoxe, parce que cela ne me fied pas ; mais la réfignation à l'Etre fuprême fied toujours bien.

Encore une fois, une tragédie vaudrait mieux ; mais le génie poëtique eft libre et commande : il faut attendre l'infpiration.

J'apprends qu'on a imprimé la Religion naturelle à madame la ducheffe de *Gotha*, auffi-bien que celle au roi de Pruffe. Je me vois comme l'âne de *Buridan*.

LETTRE CLXV.

A MADAME

LA COMTESSE DE LUTZELBOURG.

Aux Délices, 24 de mars.

COMMENT luttez-vous contre la queue de l'hiver, Madame, avec votre maudite expofition au nord ? Vous êtes fur les bords du Rhin, et vous ne le voyez pas. Vous êtes à la campagne, et à peine y avez-vous un jardin. Vous avez une amie intime, et il faut qu'elle vous quitte. Ni la campagne ni Strasbourg ne doivent vous plaire. Monfieur votre fils n'eft-il pas auprès de vous ? il vous confolerait de tout. Que ne puis-je vous avoir tous deux dans mes Délices ! c'eft alors que mon hermitage mériterait ce nom. Nous fommes du moins au midi, et nous voyons le beau lac de Genève. Madame *Denis* n'a pas heureufement de prébende qui la rappelle. Nous oublions, dans notre hermitage, les rois, les cours, les fottifes des hommes ; nous ne fongeons qu'à nos jardins et à nos amis.

Je finis enfin par mener une vie patriarcale ; c'eft un don de DIEU qu'il ne nous fait que quand on a barbe grife ; c'eft *le hochet de la vieilleffe*. Si j'avais autant de fanté que je me fuis procuré de bonheur, je vous dirais plus fouvent, Madame, que je vous aimerai de tout mon cœur, jufqu'au dernier moment de mon exiftence. Madame *Denis* et moi fommes à vous pour jamais; ne nous oubliez pas près de la branche qui préfide à Colmar.

1756.

LETTRE CLXVI.

A M. LE MARECHAL DUC DE RICHELIEU.

Aux Délices, 28 de mars.

Si je n'avais pas une nièce, mon héros, vous m'auriez vu à Lyon. Je vous aurais fuivi à Toulon, à Minorque. Vous auriez eu votre hiftorien avec vous, comme *Louis XIV.* Que les vents et la fortune vous accompagnent ! Je ne peux répondre d'eux, mais je réponds que vous ferez tout ce que vous pourrez faire. Si jamais vous pouvez avoir la bonté de me faire parvenir un petit journal de votre expédition, je tâcherai d'en enchâffer les particularités les plus intéreffantes pour le public, et les plus glorieufes pour vous, dans une efpèce d'Hiftoire générale qui va depuis *Charlemagne* jufqu'à nos jours. Je voudrais que mon greffe fût celui de l'immortalité. Vous m'aiderez à l'empêcher de périr. Il eft venu, à mon hermitage des Délices, des anglais qui ont vu votre ftatue à Gènes : ils difent qu'elle eft belle et reffemblante. Je leur ai dit qu'il y avait dans Minorque un fculpteur bien fupérieur. Réuffiffez, Monfeigneur; votre gloire fera fur le marbre et dans tous les cœurs.

Le mien en eft rempli ; il vous eft attaché avec la plus vive tendreffe et le plus profond refpect.

Je me flatte que vous ferez bien content de M. le duc de *Fronfac*. On dit qu'il fera digne de vous : il commence de bonne heure.

Oferais-je vous demander une grâce ? Ce ferait de daigner vous fouvenir de moi, avec M. le prince de *Virtemberg* qui fert, je crois, fous vos ordres, et qui m'honore des bontés les plus conftantes.

Vous m'avez parlé de certaines rapfódies fur Lisbonne et fur la religion naturelle. Vraiment vous avez bien autre chofe à faire qu'à lire mes rêveries ; mais, quand vous aurez quelque infomnie, elles font bien à votre fervice.

LETTRE CLXVII.

A M. LE COMTE D'ARGENTAL.

Aux Délices, 1 d'avril.

JE reçois votre lettre du 24 mars, mon divin ange ; que de chofes j'ai à vous dirè ! Madame d'*Argental* a toujours mal au pied ! et le meffie *Tronchin* eft à Paris ! Il dit que je fuis fage et que je me porte bien ; ah, n'en croyez rien. Mon procureur dit qu'il m'avait envoyé une procuration ; c'eft ce qu'un procureur doit envoyer ; mais il n'en était rien avant vos bontés et avant que M. l'abbé de *Chauvelin* eût daigné employer auprès de lui fon éloquence. J'écris à

M.

M. l'abbé de *Chauvelin* pour le remercier ; je ne fais

point fa demeure : je lui écris à Paris.

Vous me parlez d'une mademoifelle *Guëan ;* voilà ce que c'eft que d'écrire trop tard ; les *Bonneau* font plus alertes. Un *Bonneau* m'a écrit , il y a un mois , pour mademoifelle *Hus*, et mon refpect pour le métier ne m'a pas permis de refufer. J'ai figné ; j'ai donné Nanine à cette *Hus* : ce n'eft pas ma faute. Je ne fuis qu'un pauvre fuiffe mal inftruit. On me défigure à Paris. Mon petit carême eft imprimé d'une manière fcandaleufe. La jérémiade fur Lisbonne et la Loi naturelle font deux pièces dignes de la primitive Eglife. *Satan* en a fait les éditions. A qui dois-je m'adreffer pour vous faire tenir mes fermons avec les notes ? Parlez donc, écrivez donc un petit mot. Quand vous n'auriez pas eu la bonté de mettre à la raifon mon procureur, je ne laifferais pas de fonger pour vous à quelque drame bien extraordinaire, bien tendre, bien touchant, fi DIEU m'en donne la force et la grâce; mais que faire ? comment faire , et à quoi bon travailler pour des ingrats ? moi fuiffe! moi fournir la cour et la ville ! Je prêche DIEU, et on dit au roi que je fuis athée. Je prêche *Confucius,* et on lui dit que je ne vaux pas *Crébillon.* Le roi de Pruffe ne m'a pas traité avec reconnaiffance ; et on imprime une Religion naturelle où je le loue à tour de bras. Comment foutenir tous ces contraftes ? Heureufement j'ai une jolie maifon et de beaux jardins. Je fuis libre, indépendant ; mais je ne digère point, et je fuis loin de vous ; et je mourrai probablement fans vous revoir.

On me mande que les Anglais font à Port-Mahon.

—— On me mande que nos affaires de Cadix font défef-
pérées, et vous ne me dites pas comment va votre
petit fait. Vous me ferez prendre les tragédies en
horreur. Madame *Denis* vous fait des complimens
fans fin, et moi des remercîmens et des reproches.
Je vous embraffe. Je vous aime de tout mon cœur.

LETTRE CLXVIII.

A M. DE CIDEVILLE.

Aux Délices, le 12 d'avril.

J'AI tant fait de vers, mon cher et ancien ami, que je
fuis réduit à vous écrire en profe. J'ai différé à vous
donner de mes nouvelles, comptant vous envoyer à
la fois le poëme fur le Défaftre de Lisbonne, fur le
Tout eft bien, et fur la Loi naturelle; ouvrages dont
on a donné à Paris des éditions toutes défigurées.
Obligé de faire imprimer moi-même ces deux poëmes,
j'ai été dans la néceffité de les corriger. Il a fallu dire
ce que je penfe, et le dire d'une manière qui ne
révoltât ni les efprits trop philofophes, ni les efprits
trop crédules. J'ai vu la néceffité de bien faire connaître ma façon de penfer, qui n'eft ni d'un fuper-
ftitieux ni d'un athée, et j'ofe croire que tous les
honnêtes gens feront de mon avis.

Genève n'eft plus la Genève de *Calvin*, il s'en faut
beaucoup; c'eft un pays rempli de vrais philofophes.
Le chriftianifme raifonnable de *Locke* eft la religion
de prefque tous les miniftres, et l'adoration d'un Etre
fuprême, jointe à la morale, eft la religion de prefque

tous les magiftrats. Vous voyez, par l'exemple de ——— *Tronchin*, que les Génevois peuvent apporter en France quelque chofe d'utile. Vous avez eu, cette année, des bords de notre lac, l'infertion de la petite vérole, Idamé, et la Religion naturelle.

Mes libraires fe font donné le plaifir d'affembler dans leur ville les chefs du confeil et de l'Eglife, et de leur lire mes deux poëmes : ils ont été univer-fellement approuvés dans tous les points. Je ne fais fi la forbonne en ferait autant. Comme je ne fuis pas en tout de l'avis de *Pope*, malgré l'amitié que j'ai eue pour fa perfonne, et l'eftime fincère que je confer-verai toute ma vie pour fes ouvrages, j'ai cru devoir lui rendre juftice dans ma préface, auffi-bien qu'à notre illuftre ami M. l'abbé *du Refnel*, qui lui a fait l'honneur de le traduire, et fouvent lui a rendu le fervice d'adoucir les duretés de fes fentimens. Il a fallu encore faire des notes. J'ai tâché de fortifier toutes les avenues par lefquelles l'ennemi pouvait pénétrer. Tout ce travail a demandé du temps. Jugez, mon cher et ancien ami, fi un malade chargé de cette befogne, et encore d'une Hiftoire générale qu'on imprime, et qui plante, et qui fait bâtir, et qui établit une efpèce de petite colonie, a le temps d'écrire à fes amis. Pardonnez-moi donc fi je parais fi pareffeux dans le temps que je fuis le plus occupé.

Mandez-moi comment je peux vous adreffer mon Tout n'eft pas bien et ma Religion naturelle. J'ignore fi vous êtes encore à Paris ; je ne fais où eft M. l'abbé *du Refnel*. Je vous écris prefque au hafard, fans favoir fi vous recevrez ma lettre. Madame *Denis* vous fait mille complimens.

LETTRE CLXIX.

A M. THIRIOT.

Aux Délices, 12 d'avril.

JE dicte ma lettre, mon cher et ancien ami, parce
que je ne me porte pas trop bien. C'eſt tout juſte le
cas de combattre plus que jamais le ſyſtême de *Pope;*

> *Bonne ou mauvaiſe ſanté*
> *Fait notre philoſophie.*

Mandez-moi comment je peux vous envoyer quelques
exemplaires de mes lamentations de *Jéremie* ſur Liſ-
bonne, et de mon teſtament en vers où je parle de
la religion naturelle d'une manière, en vérité, très-
édifiante. J'ai arrondi ces deux ouvrages autant que
j'ai pu ; et, quoique j'y aye dit tout ce que je penſe,
je me flatte pourtant d'avoir trouvé le ſecret de ne
pas offenſer beaucoup de gens. Je rends compte de tout
dans mes préfaces, et j'ai mis à la fin des poëmes
des notes aſſez curieuſes. Je ne ſais ſi les théologiens
de Paris me rendront autant de juſtice que ceux de
Genève. Il y a plus de philoſophie ſur les bords de
notre lac qu'en ſorbonne. Le nombre des gens qui
penſent raiſonnablement ſe multiplie tous les jours :
ſi cela continue, la raiſon rentrera un jour dans ſes
droits ; mais ni vous ni moi ne verrons ce beau
miracle. Je ſuis fâché que vous ayez perdu l'idée de
venir à mes Délices : elles commencent à mériter

leur nom : elles font bien plus jolies qu'elles ne l'étaient quand votre petit aimable *Patu* y fit un pélerinage : je vous affure que c'eſt une jolie retraite bien convenable à mon âge et à ma façon de penſer. Je ne fais pas de ſi beaux vers que *Pope*, mais ma maiſon eſt plus belle que la ſienne, et on y fait meilleure chêre, grâce aux ſoins de madame *Denis;* et je vous réponds que les jardins d'*Epicure* ne valaient pas les miens. Si jamais vous vous ennuyez des rues de Paris, et que vous vouliez faire un voyage philoſophique, je me chargerai volontiers de votre équipage. Dites, je vous en prie, à *Lambert* que je vais lui envoyer les poëmes de Lisbonne et de la Loi naturelle. Dites-lui, en même temps, qu'il aurait bien dû s'entendre avec les *Cramer* pour l'édition de mes rêveries. Il était impoſſible que cette édition ne ſe fît pas ſous mes yeux : vous ſavez que je ne ſuis jamais content de moi, que je corrige toujours, et il y a telle feuille que j'ai fait recommencer quatre fois. L'édition eſt finie depuis quelques jours. Puiſque *Lambert* en veut faire une, il me fera grand plaiſir de mettre votre nom à la tête du premier diſcours ſur l'homme ; le quatrième eſt pour un roi, et le premier ſera pour un ami ; cela eſt dans l'ordre.

Bonſoir, je vous embraſſe.

LETTRE CLXX.

A M. LE DUC D'UZÈS.

Aux Délices, près de Genève, 16 d'avril.

VOUS voyez, monsieur le Duc, l'excuse de mon long silence, dans la liberté que je prends de ne pas écrire de ma main. Mes yeux ne valent pas mieux que le reste de mon corps. Il faut que vous ayez plus de courage que moi, puisque vous écrivez de si jolies lettres avec un rhumatisme; mais c'est que vous avez autant d'esprit que de courage.

Il est vrai, monsieur le Duc, que je me suis avisé, il y a quelques années, d'argumenter en vers sur la religion naturelle, avec le roi de Prusse. C'était tout juste immédiatement avant que lui et moi chétif nous fissions l'un et l'autre une petite brèche à cette religion naturelle, en nous fâchant très-mal à propos; mais il n'est pas rare à la nature humaine de voir le bien et de faire le mal. On a imprimé à Paris ce petit ouvrage depuis quelque temps, mais entièrement défiguré, et on y a joint des fragmens d'une jérémiade sur le Désastre de Lisbonne, et d'un examen de cet axiome *tout est bien*. Toutes ces rêveries viennent d'être recueillies à Genève : on les a imprimées correctement avec des notes assez curieuses. Si cela peut amuser votre loisir, je donnerai le paquet à M. de *Rhodon* qui, sans doute, trouvera des occasions de vous le faire tenir.

Puisque vous me parlez des péchés de ma jeunesse,

je vous affure que vous n'avez point là véritable *Jeanne* : celle qu'on a imprimée et celles qui courent en manufcrit reffemblent à toutes les filles qui prennent le beau nom de pucelles, fans avoir l'honneur de l'être. Bien des gens, à qui le fujet plaifait, fe font avifés de remplir les lacunes. Je peux vous affurer que ce mot de *bien-aimé* n'eft pas dans mon original : il n'eft fait que pour le Cantique des cantiques. Si mon âge, mes maladies et mes occupations me permettaient de revoir ces anciennes plaifanteries qui ne font plus pour moi de faifon, et fi le goût vous en demeurait, je me ferais un plaifir de mettre entre vos mains l'ouvrage tel que je l'ai fait; mais ce n'eft pas là une befogne de malade.

Quant à la foule de mes autres fottifes, les frères *Cramer* en achèvent l'impreffion à Genève. Je n'en fais point les honneurs. Ils ont entrepris cette édition à leurs rifques et périls, et j'ai eu des raifons pour ne pas vouloir en garder plufieurs exemplaires en ma poffeffion. Ma fanté d'ailleurs eft dans un état fi déplorable que j'évite avec foin tout ce qui pourrait entraîner quelque difcuffion.

Je fais des vœux, en qualité de bon français et de ferviteur de M. le maréchal de *Richelieu*, pour qu'il arrive dans l'île de Minorque avant les Anglais; et je crois qu'on a beau jeu quand on part de Toulon, et qu'on joue contre des gens qui ne font pas encore partis de Portfmouth.

LETTRE CLXXI.

A M. LE MARECHAL DUC DE RICHELIEU.

Aux Délices, 16 d'avril.

C'EST un trait digne de mon héros de daigner songer à son vieux petit suisse, quand il s'en va prendre ce Port-Mahon. Savez-vous bien, Monseigneur, que l'île de Minorque s'appelait autrefois l'île d'Aphrodise, et qu'*Aphrodise* en grec c'est *Vénus*? Je me flatte que vous donnerez pour le mot, *Venus victrix*, cela vous siéra à merveille. Ce mot-là ne réussit pas mal à un de vos devanciers qui eut aussi affaire en son temps aux Anglais et aux dames.

Je ne conçois pas comment les Anglais pourraient s'opposer à votre expédition. Ils ont quatre cents cinquante lieues à traverser avant d'être dans la mer de vos îles Baléares; et quand même ils arriveraient à temps, auront-ils assez de troupes? Vous n'avez pas cent lieues de traversée. Si le sud-ouest vous est contraire, ne l'est-il pas aussi aux Anglais? Enfin, j'ai la meilleure opinion du monde de votre entreprise. Il vient tous les jours des anglais dans ma retraite. Ils me paraissent très-fâchés d'avoir chez eux des hanovriens, et ils ne croient pas qu'on puisse vous empêcher de prendre Port-Mahon, fussiez-vous quinze jours aux îles d'Hières. Comme on peut avoir quelques momens de loisir sur *le Foudroyant*, dans le chemin, je prends la liberté grande de vous envoyer

mes fermons; ils ne font ni gais ni galans, ils conviennent au faint temps de Pâques : ils font bien
férieux, mais votre fphère d'activité s'étend à tous
les objets. S'ils vous ennuient, vous n'avez qu'à les
jeter dans la mer. Je ne dirai *tout eft bien* que quand
vous aurez pris la garnifon de Port-Mahon prifonnière de guerre. En attendant, je fonge affez trifte-
ment aux chofes de ce monde. J'ai reçu de Buénos-
Aires le détail de la deftruction de Quito ; c'eft pis
que Lisbonne. Notre globe eft une mine, et c'eft fur
cette mine que vous allez vous battre.

Vous favez que les jéfuites du Paraguai s'oppofent
très - faintement aux ordres du roi d'Efpagne. Il
envoie quatre vaiffeaux chargés de troupes pour
recevoir leur bénédiction. Le hafard a fait que je
fournis pour ma part un de ces vaiffeaux dont une
petite partie m'appartenait. Ce vaiffeau s'appelle *le
Pafcal*. Il eft jufte que *Pafcal* combatte les jéfuites,
et cela eft plaifant. Pardon de bavarder fi long-
temps avec mon héros. Madame *Denis* et moi, nous
lui préfentons nos tendres refpects, nos vœux, nos
efpérances, notre impatience.

LETTRE CLXXII.

A MADAME DE FONTAINE, *à Paris.*

Aux Délices, 16 d'avril.

LES Délices sont un hôpital, ma chère nièce : nous sommes sur le côté, votre sœur et moi ; notre *Esculape-Tronchin* ne peut pas être par-tout. Songez à conserver la santé qu'il vous a rendue. Il arrive bien souvent dans les maladies chroniques, comme les nôtres, qu'un remède agit heureusement les quinze premiers jours, et cesse ensuite de faire son effet. C'est ce que j'ai éprouvé toute ma vie, et que je souhaite que vous n'éprouviez pas.

Dès que votre sœur et moi nous aurons repris un peu de force, nous ferons un petit voyage indispensable. Ne manquez pas de nous écrire toujours aux Délices, et de nous informer de votre marche, afin que nous puissions aller au-devant de vous, et que nous ne soyons pas d'un côté tandis que vous arriverez de l'autre.

Je crois qu'on ne s'embarrasse pas plus à Paris de nos flottes et de la vengeance qu'il faut prendre des Anglais, que du système de *Pope* et de la Loi naturelle. Cependant je suis fâché qu'on ait imprimé mes petits sermons : je les ai rendus beaucoup plus corrects et plus édifians, avec de belles notes fort instructives pour les curieux. Je vous enverrai tout cela comme je pourrai. Vous voyez que je suis bon français ; je combats les Anglais à ma façon. Je suis comme

Diogène qui remuait ſon tonneau pendant que tout
le monde ſe préparait à la guerre dans Athènes.

Je pourrais bien écrire quelque petite flagornerie à
notre docteur, ſi j'ai quelques momens heureux:
mais à préſent à peine puis-je dicter une mauvaiſe
lettre en proſe, et vous dire combien je vous aime.

Bonſoir, ma chère nièce ; j'embraſſe votre frère,
et fils, et mari, et tout ce que vous aimez.

LETTRE CLXXIII.

A M. DE BORDES,

DE L'ACADEMIE DE LYON.

Aux Délices, avril.

Soyez bien ſûr, Monſieur, que votre lettre me fait
plus de plaiſir que tout ce que vous auriez pu m'envoyer
d'Italie, ſoit opéra, ſoit agnus Dei. Nous ſommes
très-fâchés, madame. *Denis* et moi, que vous n'ayez
pas pu prendre votre route par Genève. Après avoir vu
des palais et des caſcades, et après avoir entendu des
Miſerere à quatre chœurs, vous auriez vu, dans une
retraite paiſible, deux eſpèces de philoſophes pénétrés
de votre mérite. J'ai eu long-temps un extrême déſir
de faire le voyage dont vous revenez ; mais à préſent
je n'ai plus d'autre paſſion que celle de reſter tranquille chez moi, et d'y pouvoir recevoir des hommes
comme vous. Je fais bien plus de cas d'un être penſant
que de Saint-Pierre de Rome ; et ce n'eſt pas trop la

—— peine, à mon âge, d'aller dans un pays où il faut
1756. demander permiſſion de penſer à un dominicain.

M. l'abbé *Pernetti* m'a mandé qu'il fallait deux
vers pour l'inſcription de votre ſalle de ſpectacles, et
qu'il ne fallait que deux vers. La langue françaiſe,
qui par malheur eſt très-ingrate pour le ſtyle lapidaire, rend cette beſogne aſſez mal-aiſée. Quatre vers
en ce genre ſont plus aiſés à faire que deux. Cependant je vous ſupplie de dire à M. l'abbé *Pernetti* que
j'eſſaierai de lui obéir et de lui plaire. J'ai encore
heureuſement du temps devant moi : on dit que votre
ſalle ne ſera prête que pour l'automne. Je me flatte
qu'avant ce temps-là il faudra faire des inſcriptions
pour la ſtatue de M. le maréchal de *Richelieu* à
Minorque.

Adieu, Monſieur; conſervez-moi une amitié dont
je ſens vivement tout le prix.

LETTRE CLXXIV.

À M. LE MARÉCHAL DUC DE RICHELIEU.

Aux Délices, près de Genève, avril.

PRENEZ Port-Mahon, mon héros ; c'est mon affaire. Vous savez qu'un fou d'anglais parie vingt contre un, à bureau ouvert dans Londres , qu'on vous mènera prisonnier en Angleterre avant quatre mois. J'envoie commission à Londres de déposer vingt guinées contre cet extravagant, et j'espère bien gagner quatre cents livres sterling, avec quoi je donnerai un beau feu de joie le jour que j'apprendrai que vous avez fait la garnison de Saint-Philippe prisonnière de guerre. Je ne suis pas le seul qui parie pour vous. Vous vengerez la France, et vous enrichirez plus d'un français. Je me flatte que, malgré la fatigue et les chaleurs, la gloire vous donne de la santé, à vous et à M. le duc de *Fronsac*. Vous avez auprès de vous toute votre famille. Permettez-moi de souhaiter que vous buviez tous à la glace dans ce maudit fort de Saint-Philippe, couronnés de lauriers comme des Romains triomphans des Carthaginois.

Je n'ose pas vous supplier d'ordonner à un de vos secrétaires de m'envoyer les bulletins ; mais, si vous pouvez me faire cette faveur, vous ne pouvez assurément en honorer personne plus intéressé à vos succès.

Permettez que les deux suisses vous présentent leur tendre respect.

LETTRE CLXXV.

A M. PARIS DUVERNEY.

Aux Délices, le 26 d'avril.

Il y a un mois, Monſieur, que je devais vous renouveler mes remercîmens, car il y a un mois que je jouis du plaiſir de voir s'épanouir ſous mes fenêtres les belles fleurs que vous eûtes la bonté de m'envoyer l'an paſſé. Je fais d'autant plus de cas des plaiſirs de cette eſpèce que malheureuſement je n'en ai plus guère d'autres. Pour vous, Monſieur, vous jouiſſez d'un bonheur plus précieux, de la ſanté, de la conſidération et de la gloire que vous avez acquiſe. Ce ſont-là de belles fleurs qui valent mieux que des jacinthes, des renoncules et des tulipes.

Je crois que ni vous ni moi ne ſerons fâchés d'apprendre la priſe de Minorque par M. le maréchal de *Richelieu.* Vous vous êtes toujours intéreſſé à ſa gloire, comme je l'ai vu prendre à cœur tout ce qui vous regardait. S'il venge la France des pirateries anglaiſes, il lui faudra une nouvelle ſtatue au Port-Mahon; et ſi les Anglais ont été aſſez mal-aviſés pour ne pas prendre de juſtes meſures, ils auront la réputation d'avoir été de bons pirates, et de très-mauvais politiques.

Adieu, Monſieur ; conſervez - moi un ſouvenir qui me ſera toujours infiniment précieux. Vous voulez bien que je préſente ici mes très-humbles

obéiſſances à monſieur votre frère. Je le crois à préſent à Brunoi, comme vous à Plaiſance, n'ayant
plus l'un et l'autre que des occupations douces qui
exercent l'eſprit ſans le fatiguer. Vivez l'un et l'autre
plus que le cardinal de *Fleuri*, avec le plaiſir et la
gloire d'avoir fait plus de bien à vos amis que jamais
ce miniſtre n'en a fait aux ſiens, ſuppoſé qu'il en
ait eu.

LETTRE CLXXVI.

À M. LE MARECHAL DUC DE RICHELIEU.

Aux Délices, 3 de mai.

MON HEROS,

RECEVEZ mon petit compliment (*) ; il aura
du moins le mérite d'être le premier. Je n'attends
pas que les couriers ſoient arrivés. Il n'y aurait pas
grand mérite à vous envoyer de mauvais vers quand
tout le monde vous chantera ; je m'y prends à l'avance ;
c'eſt mon droit de vous deviner. Je vous crois à
préſent dans Port-Mahon , je crois la garniſon pri-
ſonnière de guerre ; et ſi la choſe n'eſt pas faite quand
j'ai l'honneur de vous écrire , elle le ſera à la réception de mon petit compliment. Une flotte anglaiſe
peut arriver. Eh bien, elle ſera le témoin de votre
triomphe. Enfin, pardonnez-moi ſi je me preſſe. Vous

(*) Voyez dans le volume d'Epîtres celle qui commence par ce vers :

Depuis plus de quarante années , &c.

vous preffez encore plus d'achever votre expédition. Il y a long-temps que je vous ai entendu dire que vous étiez prime-fautier.

Pardon, Monfeigneur, d'un fi énorme bavardage; vous avez bien autre chofe à faire.

LETTRE CLXXVII.

A M. LE COMTE D'ARGENTAL.

Aux Délices, 3 de mai.

THIRIOT me mande, mon divin ange, que vous avez été content de l'édition de mes fermons, que ma morale vous a plu, que les notes ont eu votre approbation; mais vous faviez alors l'affront qu'on venait de faire au père de l'Eglife des fages, à *Bayle*. On venait de le traiter comme le père *Berruyer* et comme la Chriftiade, on l'affociait à l'évêque de Troies. On brûlait tout, et ancien et nouveau Teftament, et mandemens, et philofophie. Cette capilotade eft affez fingulière, et le difcours de M. *Joli* peu courtois pour le philofophe de Roterdam. Mon mauvais ange voulut que, précifément dans ce temps-là, il fe foit gliffé au bout de mon petit carême une note fur *Bayle*, qui devient tout jufte la fatire d'un jugement que j'ignorais, et du difcours éloquent de M. *Joli de Fleuri*, que je n'avais pu deviner. Je n'ai été informé que par les gazettes, de l'arrêt contre l'Ecriture fainte et contre *Bayle*. J'ai écrit auffitôt à *Thiriot* l'éditeur; je l'ai prié de réformer ma fcandaleufe note faite fi innocemment. Je ne veux pas être brûlé avec

la

la Bible; à moi n'appartient tant d'honneur. Il est
certain qu'il y a deux ou trois petits mots qui doivent
déplaire beaucoup à M. *Joli de Fleuri : Que ceux qui
se déchaînent contre Bayle apprennent de lui à raisonner et à
être modérés ; et* à la fin de la note, *c'est qu'ils sont injustes.*
Encore une fois, je ne pouvais deviner que des
hommes qui raisonnent, qui sont modérés et justes,
traitassent *Bayle* comme ils l'ont fait; mais je ne dois
pas le leur dire. Vous venez toujours à mon secours,
mon ange; mais en est-il temps? et *Thiriot* n'a-t-il
pas déjà fait imprimer ma bévue? Je vous supplierais
aussi de ne pas permettre qu'on gâte ce vers:

1756.

> *L'empereur ne peut rien sans ses chers électeurs.*

Le mot de *cher* est celui dont il se sert en leur écrivant.
Ce sont ces mots propres et caractéristiques qui
font le mérite d'un vers. *Qu'avec ses électeurs* est dur et
faible! Je voudrais bien n'être ni brûlé ni mutilé.

Je mérite ces grâces de vous, puisque je vous fais
faire deux tragédies à la fois sous mes yeux. La
première est ce botoniate, ce Nicéphore que le conseiller génevois raccommode; la seconde est Alceste,
à laquelle votre très-humble servante, ma nièce, travaille tout doucement. Il ne reste plus que moi;
mais je vous ai déjà dit qu'il me fallait du temps, de
la santé et *flatus divinus.* J'attends le moment de la
grâce. Si mon état continue, je serai un juste à qui
la grâce aura manqué. Je ne peux d'ailleurs songer à
présent qu'à Port-Mahon. Je me flatte que vous
apprendrez bientôt la réduction de toute l'île. Ce sera-
là un beau coup de théâtre, un beau dénouement;
mais, en vérité, il est plus aisé de prendre Minorque

que de faire une bonne tragédie à mon âge. Je ne connais plus les acteurs ; je fuis loin de vous. Les fujets font épuifés et moi auffi. Il n'y a que le cœur qui foit inépuifable. Je voudrais bien que les talens fuffent comme l'amitié, qu'ils augmentaffent avec les années. Adieu ; mille tendres refpects à tous les anges.

LETTRE CLXXVIII.

A MADAME

LA MARQUISE DU DEFFANT.

Aux Délices, 5 de mai.

MADAME, je fuis rempli d'étonnement et de reconnaiffance à la lecture de votre lettre, et j'ai de plus bien des remords. Comment ai-je pu être fi long-temps fans vous écrire, moi qui ai encore des yeux ? et comment avez-vous fait, vous qui n'en avez plus ?

Vous avez donc de petites parallèles que vous appliquez fur le papier, et qui conduifent votre main ? Vous n'avez plus befoin de fecrétaire avec ce fecours ; il ne vous faut plus qu'un lecteur. Je ne lui ai donné guère d'occupation depuis long-temps ; mais je n'en ai pas été moins occupé de vous, moins touché de votre état. Je m'étais interdit prefque tout commerce, n'écrivant que de loin en loin des réponfes indifpenfables. Accablé une année entière, fans

1756.

relâche, de travaux fous lefquels ma fanté fuccombait, et ayant de plus l'occupation d'une maifon et d'un jardin, et même de l'agriculture; enfeveli dans les Alpes, dans les livres, et dans les ouvrages de la campagne, je me fentais incapable de vous amufer, et encore plus de vous confoler; car, après avoir dit autrefois affez de bien des plaifirs de ce monde, je me fuis mis à chanter fes peines. J'ai fait comme *Salomon*, fans être fage; j'ai vu que tout était à peu-près vanité et affliction, et qu'il y a certainement du mal fur la terre.

Vous devez être de mon avis, Madame, dans l'état où vous êtes; et je crois qu'il n'y a perfonne qui n'ait fenti quelquefois que j'ai raifon. Des deux tonneaux de *Jupiter*, le plus gros eft celui du mal: or, pourquoi *Jupiter* a-t-il fait ce tonneau auffi énorme que celui de Cîteaux? ou comment ce tonneau s'eft-il fait tout feul? cela vaut bien la peine d'être examiné. J'ai eu cette charité pour le genre-humain; car pour moi, fi j'ofais, je ferais affez content de mon partage.

Le plus grand bien auquel on puiffe prétendre eft de mener une vie conforme à fon état et à fon goût. Quand on en eft venu là, on n'a point à fe plaindre; et il faut fouffrir fes coliques patiemment.

Je préfume, Madame, que vous tirez un bien meilleur parti encore de votre fituation, que moi de la mienne. Vous êtes faite pour la fociété; la vôtre doit être recherchée par tous ceux qui font dignes de vivre avec vous. La privation de la vue vous rend le commerce de vos amis plus néceffaire, et par conféquent plus agréable; car les plaifirs ne naiffent que

——— des befoins. Il vous fallait abfolument Paris, vous auriez péri de chagrin à la campagne ; et moi je ne peux plus vivre que dans la retraite où je fuis. Nos maux font différens, et il nous faut de différens remèdes.

Il eft vrai qu'il eft trifte d'achever fa vie loin de vous ; et c'eft une des chofes qui me font conclure que *tout n'eft pas bien*. Tout doit être bien pour M. le préfident *Hénault*. S'il y a quelqu'un pour qui le bon tonneau foit ouvert, c'eft lui. M. le maréchal de *Richelieu* en boira fa bonne part, s'il prend les forts de Port-Mahon. Cette île de Minorque s'appelait autrefois l'île de *Vénus* ; il eft jufte que ce foit à M. de *Richelieu* qu'elle fe rende.

Adieu, Madame ; foyez fûre que le bord du lac Leman n'eft pas l'endroit de la terre où vous êtes le moins chérie et refpectée.

LETTRE CLXXIX. 1756.

A M. THIRIOT, *à Paris.*

A Monrion, le 27 de mai.

JE crois, mon ancien ami, que le braiement de l'âne de Montmartre (*) eſt aux Délices. Je verrai ce que c'eſt à mon retour dans cet hermitage. Ma nièce de *Fontaine* y arrive inceſſamment. J'aurais bien voulu qu'elle vous eût amené, et que vous aimaſſiez la campagne comme moi. Il y en a de plus belles que la mienne, mais il n'y en a guère d'auſſi agréables. Je ſuis redevenu ſibarite, et je me ſuis fait un ſéjour délicieux; mais je vivrais auſſi aiſément comme *Diogène* que comme *Ariſtippe.* Je préfère un ami à des rois; mais, en préférant une très-jolie maiſon à une chaumière, je ſerais très-bien dans la chaumière. Ce n'eſt que pour les autres que je vis avec opulence; ainſi je défie la fortune, et je jouis d'un état très-doux et très-libre que je ne dois qu'à moi.

Quand j'ai parlé en vers des malheurs des humains mes confrères, c'eſt par pure généroſité: car, à la faibleſſe de ma ſanté près, je ſuis ſi heureux que j'en ai honte. Je vous aimerais bien mieux encore compagnon de ma retraite qu'éditeur de mes rêveries.

Les faquins qui pourſuivent la mémoire de *Bayle* méritent le mépris et le ſilence. Je vous remercie de ſupprimer la petite remarque qui leur donne ſur les oreilles. Tout le reſte aura ſon paſſe-port chez les

(*) Ouvrage intitulé: Penſées d'un citoyen de Montmartre.

X 3

1756.

—— honnêtés gens. Il est vrai que cette seconde édition paraît bien tard, et qu'on a donné trop de temps aux sots pour répandre leurs préjugés sur la première. Celle-ci est aussi forte ; mais elle est mesurée et accompagnée de correctifs qui ferment la bouche à la superstition, tandis qu'ils laissent triompher la philosophie.

Je vous ai déjà mandé que je ne suis pas partisan de ce vers : *Tandis que de la grâce*, &c. ; mais que j'aime mieux un vers hasardé qu'un vers plat.

Je ne sais pas ce qu'on veut dire par les prétendues dissentions des *Cramer* ; il n'y en a jamais eu l'ombre. Ce sont des gens d'une très-bonne famille de Genève, qui ont de l'éducation et beaucoup d'esprit ; ils sont pénétrés de mes bienfaits, tout minces qu'ils sont, et ont fait un magnifique présent à mon secrétaire. Ce secrétaire, par parenthèse, est un florentin très-aimable, très-bien né, et qui mérite mieux que moi d'être de l'académie della Crusca.

Vous voilà donc moine de Saint-Victor ; je l'ai été de Senones. J'ai travaillé avec dom *Calmet* pendant un mois. Je travaille actuellement avec des calvinistes, et je m'en trouve bien, excommunication à part.

Mandez-moi où il faut vous écrire. *Intereà vale, et me ama.*

LETTRE CLXXX.

A M. LE COMTE D'ARGENTAL.

Aux Délices, 4 de juin.

JE vous ai envoyé, mon cher ange, mes fermons fous l'enveloppe de M. *Bouret;* mais comme je me fuis avifé de voyager un mois dans la Suiffe, il fe peut faire qu'il y ait eu quelque retardement dans l'envoi.

Vous voyez que la famille des *Tronchin* eft dévouée aux arts; mais l'auteur aura des fuccès moins brillans que l'inoculateur. Il vaut mieux fuivre *Efculape* qu'*Apollon.* On a corrigé le Nicéphore et l'Alexis felon vos vues, mais non felon vos défirs. L'Alcefte eft très-bien entre les mains de madame *Denis,* puifque cela l'amufe, et que de plus c'eft le triomphe des femmes. Pour moi, je vous avoue que je n'aurais jamais ofé traiter un pareil fujet. Je doute fort que *Racine* en ait eu l'idée. Alcefte peut faire à l'opéra le plus grand effet. Il eût été à fouhaiter que *Quinault* eût fait Alcefte après Armide, dans le temps de la force de fon génie, et qu'il eût eu *Rameau* pour muficien.

Je ne protefterai point votre lettre de change pour une tragédie, mais je demanderai du temps pour vous payer. Les éditions de mes anciennes rêveries prennent le peu de temps que ma miférable fanté me laiffe. Il faut joindre le Siècle de *Louis XIV* à un tableau du monde entier depuis *Charlemagne.* Vous

X 4

m'avouerez qu'il eft difficile qu'un malade puiffe d'une main arranger le monde, et de l'autre faire une tragédie. Au refte, quand j'en ferai une, je fens bien que je travaillerai pour des ingrats ; mais je travaillerai pour vous, mon cher ange, et vous me tiendrez lieu du public. Je fuis affez animé quand c'eft à vous que je veux plaire ; mais, quand vous aurez une pièce du pays des Allobroges, fongez que l'on fait fouvent des pièces allobroges à Paris, alors vous me jugerez avec indulgence.

Auriez-vous lu ce recueil de lettres de madame de *Maintenon*, de *Louis XIV*, &c. ? y a-t-il quelque chofe dont un hiftorien puiffe faire ufage ? Je ne vous parle que d'hiftoire ; je vous en demande pardon. Madame *Denis* vous dit les chofes les plus tendres. Elles feront bien reçues puifqu'elle fait une tragédie. Madame de *Fontaine*, qui n'en fait point, arrivera dans quelques jours dans mon hermitage ; il eft bien joli. J'en fuis fâché, car je m'y attache, et il eft trop loin de vous, mon cher ange. Mille tendres refpects à madame d'*Argental* et à tous vos amis.

LETTRE CLXXXI.

A M. THIRIOT.

Aux Délices, 4 de juin.

JE reviens dans mon hermitage vers Genève, mon ancien ami, fans favoir fi mes petits fermons ont été imprimés à Paris comme je les ai faits et comme je vous les ai envoyés ; mais je reçois une lettre de M. d'*Argental*, qui met prefque en colère ma dévotion. Il me fait part d'un fcrupule que vous avez eu, quand je vous ai mandé que la condamnation un peu dure des ennemis de *Bayle* ferait tort à l'édition et à l'éditeur. Vous avez fait comme tous les commentateurs ; vous n'avez pas pris le fens de l'auteur. Quel galimatias, ne vous en déplaife, de regarder ce danger de l'éditeur autrement que comme le danger d'imprimer un reproche fait à un corps refpectable ! Comment avez-vous pu imaginer que je puffe avoir un autre fentiment ? Vous avez la bonté de faire imprimer un ouvrage qui vous plaît, et je ne veux point qu'il y ait dans cet ouvrage la moindre chofe qui puiffe vous compromettre. Il faut que vous ayez le diable au corps, le diable des *Bentley*, des *Burman*, des *variorum*, pour expliquer ce paffage comme vous avez fait. J'attends des exemplaires reliés de mon recueil des rêveries pour vous en envoyer. Je ne fais pas quel parti prend *Lambert ;* je voudrais bien ne pas défobliger *Lambert*. Je voudrais auffi que les *Cramer* puffent profiter de mes dons. Il eft difficile

—— de contenter tout le monde. Je viens de parcourir
1756. une partie du Citoyen de Montmartre ; c'eſt un âne
qui affiche ſa patrie. J'apprends , par une voie très-
sûre, que *Fréron* et *la Beaumelle* ont compoſé cet infame
et ridicule libelle. On me mande qu'il n'a excité que
l'horreur et le mépris.

Cela n'empêche pas que *la Beaumelle* ne puiſſe avoir
imprimé des lettres originales de *Louis XIV* et de
madame de *Maintenon* , dont on pourra faire quelque
uſage dans la nouvelle édition du Siècle de *Louis XIV*.
Un ſcélérat et un ſot peut avoir eu par haſard de
bons manuſcrits. Je vous prie de me mander s'il y a
quelque choſe d'utile dans ce recueil. Etes-vous à
préſent moine de Saint-Victor? Que n'êtes vous venu
faire vos vœux dans l'abbaye des Délices avec madame
de *Fontaine*? Croyez que mon abbaye en vaut bien
une autre ; c'eſt celle de *Thélème*. On m'en a voulu
tirer en dernier lieu pour aller dans des palais , mais
je n'ai garde. Je vous embraſſe tendrement.

P. S. Je vous envoie une nouvelle édition de mes
ſermons , et vous prie de vouloir bien en diſtribuer
à MM. d'*Alembert* , *Diderot* et *Rouſſeau*. Ils m'enten-
dront aſſez ; ils verront que je n'ai pu m'exprimer
autrement , et ils ſeront édifiés de quelques notes ;
ils ne dénonceront point ces ſermons.

LETTRE CLXXXII.   1756.

A M. DE FORMONT.

Aux Délices, 13 de juin.

Mon ancien ami et mon philofophe, je vous regretterai toute ma vie, vous et madame *du Deffant*. Elle s'eft donc accoutumée à la perte de la vue. Il me refte des yeux, mais c'eft prefque tout ce qui me refte. Je ne lui écris pas : qu'aurais-je à lui mander de ma folitude? que je vois de mon lit le lac de Genève, le Rhône, l'Arve, des campagnes, une ville et des montagnes. Cela n'eft pas honnête à dire à quelqu'un qui a perdu deux yeux, et, qui pis eft, deux beaux yeux; mais je voudrais l'amufer et vous auffi. Je voudrais vous envoyer certain poëme dans le goût de meffer *Ariofto*, qui court dans Paris, indignement défiguré, plein de groffièretés et de fottifes. Je veux en faire pour vous une petite copie bien propre, et vous l'envoyer. Vous en connaiffez déjà quelque chofe; il eft jufte que vous l'ayez tout entier et tel que je l'ai fait, puifque des gens fans goût l'ont tel que je ne l'ai pas fait. Mandez-moi comment et par qui je peux vous faire tenir cette ancienne plaifanterie que je m'amufai à corriger, il y a quelques années. Je ne veux pas perdre mes peines; et c'eft en être payé que de faire paffer deux ou trois heures à me lire, les gens qui font capables de bien juger. Notre ami *Cideville* eft de ce petit nombre. S'il eft encore à Paris, quand vous aurez

—— cet ancien rogaton, je vous prierai de lui en faire part ; car deux copies font trop longues à faire. J'aimerais mieux vous envoyer cette efpèce d'Hiftoire générale qu'on a autant défigurée que mon petit poëme arioftin. C'eft un ouvrage plus honnête, plus convenable à mon âge et à mon goût ; mais il faut un peu de temps pour achever le tableau des fottifes humaines, depuis *Charlemagne* jufqu'à nos jours. J'ai été indigné et ennuyé de la manière dont on a prefque toujours écrit les grandes hiftoires chez nos modernes. Un homme qui ne faurait pas que *Daniel* eft un jéfuite, le prendrait pour un fergent de bataille. Cet homme ne vous parle jamais que d'aile droite et d'aile gauche. On retrouve enfin le jéfuite quand il eft à *Henri IV*, et c'eft encore bien pis. Il femble qu'il ait voulu écrire la vie du révérend père *Cotton*, et qu'il parle par occafion du meilleur roi qu'ait eu la France ; mais ce qu'il oublie toujours, c'eft la nation. L'hiftoire des mœurs et de l'efprit humain a toujours été négligée. C'eft un beau plan que cette hiftoire ; c'eft dommage que la bibliothéque du roi ne foit pas fur les bords de mon lac. Je n'ai pas laiffé de trouver quelque fecours ; je travaille quand je me porte tolérablement ; je bâtis, je plante, je sème, je cultive des fleurs, je meuble deux maifons aux deux bouts du lac, tout cela fort vîte, parce que la vie eft courte. Madame *Denis* a eu affez de philofophie et affez d'amitié pour quitter la vilaine maifon que nous occupions à Paris, et pour fe tranfporter dans le plus beau lieu de la nature. Il fallait fans doute cette philofophie et cette amitié, car on eft affez porté à croire qu'un trou à Paris

vaut mieux qu'un palais ailleurs. Pour moi, je
n'aime ni les trous ni les palais; mais je suis très-
content d'une maison riante et commode, encore
plus content de mon indépendance, de ma vie libre
et occupée; et sans vous, sans madame *du Deffant*,
sans quelques autres personnes que je n'oublierai
jamais, je serais bien loin de connaître les regrets.
Adieu, mon ancien ami; continuez à tirer le meilleur
parti que vous pourrez de ce songe de la vie. Je
vous embrasse tendrement.

1756.

LETTRE CLXXXIII.

A M. LE MARECHAL DUC DE RICHELIEU.

Aux Délices, près de Genève, 14 de juin.

J'AI quelque orgueil, mon héros, de voir une
partie de ma destinée unie à la vôtre. Il est assez
plaisant que je sois, après vous, l'homme le plus
réellement intéressé à la prise de Port-Mahon. Je
me suis avisé de faire le prophète. Vous accomplirez
sans doute ma prophétie; elle est très-claire; il y en
a eu jusqu'ici peu dans ce goût-là. Votre panégy-
riste est devenu votre astrologue. Par quel hasard
faut-il que ma prédiction coure Paris, avant que
le maudit rocher de M. *Blakney* se soit rendu? Le
même jour que j'ai reçu la lettre dont vous honorez
votre petit prophète, j'ai appris que mon petit compliment était répandu dans Paris. C'est *Thiriot-la-
trompette* qui me dit l'avoir vu et tenu, et même

l'avoir défapprouvé. Il y a long-temps que je vous avertis que vous aviez probablement quelque fecrétaire bel efprit, qui rendait publiques les galanteries que je vous écrivais quelquefois. Je fuis bien sûr que ce n'eft pas moi qui ai divulgué ma prophétie. Je ne l'ai certainement envoyée à perfonne qu'à mon héros ; c'était un fecret entre le ciel et lui. *Thiriot* fait quelquefois fa cour à madame la ducheffe d'*Aiguillon*. Si c'eft chez elle qu'il a vu ma lettre, peut-être madame d'*Aiguillon* n'en aura pas laiffé prendre de copie ; et, en ce cas, il n'y a que quelques lambeaux de publiés.

Voyez, Monfeigneur, comment notre fecret a pu tranfpirer. Je vous envoyai cette faillie par M. le duc de *Villars*, et je ne lui en fis pas confidence. Nul autre que vous au monde n'a vu la prédiction. Si vous l'avez fait lire à quelque profanateur de ces myftères, il n'y a pas grand mal. Vous me juftifierez bientôt ; vous confondrez les incrédules comme les envieux ; on verra bien que vous êtes un héros, et que je ne fuis pas un prophète de *Baal*.

Au milieu des coups de canon, vous foucieriezvous de favoir que *la Beaumelle*, qui s'eft fait, je ne fais comment, héritier des papiers de madame de *Maintenon*, a fait imprimer quinze volumes, foit de lettres , foit de mémoires ? Ce ramas d'inutilités eft relevé par un tas d'impudences et de menfonges, qui eft fait tout jufte pour l'avide curiofité du public. Il y a quatre-vingt ou cent familles outragées : voilà ce qu'il faut au gros des hommes. Il y a , parmi les lettres de madame de *Maintenon* , une lettre de M. le duc de *Richelieu* votre père, qui certainement n'était pas faite pour être publique. Les termes qui vous regardent font bien peu mefurés, et il eft défagréable que monfieur votre fils foit à portée de les voir. Il me paraît bien indécent de révéler ainfi des fecrets de famille, du vivant des intéreffés.

Mais, après tout, qu'importe qu'on attaque la conduite de M. le duc de *Fronfac* en 1715, pourvu qu'on rende juftice à M. le maréchal de *Richelieu* en 1756 ?

Prenez votre Mahon, triomphez des Anglais et des mauvais difcours. Je lève les mains au ciel fur mes montagnes, et je chanterai le *Te Deum* en terre hérétique.

Madame *Denis* et moi, nous fommes les deux fuiffes qui aiment le plus votre gloire et votre perfonne.

LETTRE CLXXXIV.

A M. LE COMTE D'ARGENTAL, *à Paris.*

Aux Délices, 15 de juin.

MON cher ange, nos amours font furieufement traverfées. Je ne pourrai, de plus de trois mois, travailler à cette tragédie que vous voulez avec tant d'obftination, et que j'ai déjà efquiffée pour vous plaire. Vous favez que *Villars* ne peut être par-tout. On va imprimer une nouvelle édition du Siècle de *Louis XIV*, à la fuite d'une efpèce d'Hiftoire univerfelle. Je crois vous l'avoir déjà mandé. Je lis cette compilation des mémoires de madame de *Maintenon*,

—— et j'admire comment un homme a l'audace de publier tant de fottifes, tant de menfonges et de contradictions, d'infulter tant de familles ; de parler fi infolemment de tout ce qu'il ignore, et comment on a la bonté de le fouffrir. Il eft affez fingulier que cet homme foit à Paris, et que je n'y fois pas. Il a eu quelques bons mémoires, et il a noyé le peu de vérités inutiles que contiennent les mémoires de *Dangeau*, d'*Hébert*, de mademoifelle d'*Aumale*, dans un fatras d'impoftures de fa façon. Il a trouvé le vrai fecret d'être lu et d'être méprifé.

Il avance hardiment que le premier dauphin époufa mademoifelle *Chouin*. J'ai toujours entendu dire à ceux qui ont vécu avec elle, et furtout à madame de *Villefranche* et à madame de *Bolingbroke*, que c'était un conte ridicule. Si vous avez pu, mon cher et refpectable ami, déterrer un peu de vérité parmi les anecdotes d'erreur dont le monde eft plein, daignez, à vos heures perdues, vous amufer à m'inftruire, afin que je forte au plutôt du bourbier défagréable de l'hiftoire, pour me donner tout entier aux chofes que vous aimez.

Vous n'aurez de moi que ce feuillet, une bouteille d'encre eft tombée fur l'autre. Madame *Denis* et madame de *Fontaine* vous embraffent. Cette *Fontaine*, la reffufcitée, eft tout étonnée de ma maifon et de mes jardins. Elle dit que cela ferait bien beau auprès de Paris, mais je ne le crois pas.

LETTRE

LETTRE CLXXXV.

A M. THIRIOT.

Aux Délices, 16 de juin.

JE ne suis pas étonné qu'on dévore ce ramas d'anecdotes où, parmi quelques vérités indifférentes, tirées des mémoires de *Dangeau*, d'*Hébert*, &c., tout fourmille de fauffetés, de contradictions et d'impoftures. Le menfonge n'a jamais parlé avec tant d'impudence. Cela eft fait pour être lu des ignorans oififs, méprifé des fages, et pour indigner les gens en place. De quel front ce malheureux ofe-t-il affurer que Monfeigneur époufa mademoifelle *Chouin*, et que madame de *Berry* fe maria au comte de *Riom*? Quand on avance de tels faits, il faut avoir fes garants. Il était réfervé à ce fiècle qu'un gredin parlât de la cour comme s'il y avait joué un rôle. Il prend la peine de combattre de temps en temps le Siècle de *Louis XIV*, et il porte la démence jufqu'à citer des paffages qui n'y ont jamais été.

Je fuis bien aife que ce foit un pareil coquin qui ait écrit contre vous. Il fe dit citoyen de Montmartre, il mérite d'être citoyen d'une chiourme. Que comptez-vous faire, mon ancien ami, de l'édition de mes bagatelles? Vous devriez bien venir voir l'auteur, et joindre votre porte-feuille au mien. Nous pourrions faire quelque chofe enfemble. Les *Cramer* ne fe repentent pas de leur édition, quoiqu'il y en ait tant d'autres. Ils l'ont prefque toute débitée en trois

femaines ; je ne m'y attendais pas. L'Hiſtoire générale mérite un peu plus d'attention ; on y joint le
Siècle de *Louis XIV*, avec des additions et des notes
qui feront aſſez curieuſes. Vous ne nuiriez pas à cet
ouvrage ; nous le reverrions enſemble. Mes nièces
auraient foin de vous rendre votre féjour aux Délices
digne du nom que ma maiſon oſe porter. J'y jouis
de la paix , j'y travaille à loifir ; ce font-là les vraies
délices. Je ferais trop heureux ſi j'avais de la fanté
et l'ami *Thiriot. Vale.*

P. S. La lettre à M. le maréchal de *Richelieu*
n'était pas aſſurément pour le public. Je ne l'ai
communiquée à perfonne. S'il a fait voir mes pro-
phéties , il les accomplira.

LETTRE CLXXXVI.

A MADAME DUPUY,

Femme du secrétaire perpétuel de l'académie des inscriptions et belles-lettres, qui, plusieurs années avant son mariage, avait consulté l'auteur sur les livres qu'elle devait lire.

Aux Délices, près de Genève, le 20 de juin.

JE ne suis, Mademoiselle, qu'un vieux malade, et il faut que mon état soit bien douloureux, puisque je n'ai pu répondre plutôt à la lettre dont vous m'honorez, et que je ne vous envoie que de la prose pour vos jolis vers. Vous me demandez des conseils, il ne vous en faut point d'autre que votre goût. L'étude que vous avez faite de la langue italienne doit encore fortifier ce goût avec lequel vous êtes née, et que personne ne peut donner. Le *Tasse* et l'*Arioste* vous rendront plus de services que moi, et la lecture de nos meilleurs poëtes vaut mieux que toutes les leçons; mais, puisque vous daignez de si loin me consulter, je vous invite à ne lire que les ouvrages qui sont depuis long-temps en possession des suffrages du public, et dont la réputation n'est point équivoque : il y en a peu, mais on profite bien davantage en les lisant, qu'avec tous les mauvais petits livres dont nous sommes inondés. Les bons auteurs n'ont de l'esprit qu'autant qu'il en faut, ne le recherchent jamais, penfent avec bon fens, et s'expriment avec clarté. Il femble qu'on n'écrive plus qu'en énigmes. Rien n'eft fimple, tout eft affecté, on s'éloigne en tout de la nature, on a le malheur de vouloir mieux faire que nos maîtres.

Tenez-vous-en, Mademoifelle, à tout ce qui plaît en eux. La moindre affectation eft un vice. Les Italiens n'ont dégénéré, après le *Taffe* et l'*Ariofte*, que parce qu'ils ont voulu avoir trop d'efprit; et les Français font dans le même cas. Voyez avec quel naturel madame de *Sévigné* et d'autres dames écrivent; comparez ce ftyle avec les phrafes entortillées de nos petits romans; je vous cite les héroïnes de votre fexe, parce que vous me paraiffez faite pour leur reffembler. Il y a des pièces de madame *Deshoulières* qu'aucun auteur de nos jours ne pourrait égaler. Si vous voulez que je vous cite des hommes, voyez avec quelle clarté, quelle fimplicité notre *Racine* s'exprime toujours. Chacun croit, en le lifant, qu'il dirait en profe tout ce que *Racine* a dit en vers; croyez que tout ce qui ne fera pas auffi clair, auffi fimple, auffi élégant, ne vaudra rien du tout.

Vos réflexions, Mademoifelle, vous en apprendront cent fois plus que je ne pourrais vous en dire. Vous verrez que nos bons écrivains, *Fénélon*, *Boffuet*, *Racine*, *Defpréaux*, employaient toujours le mot propre. On s'accoutume à bien parler en lifant fouvent ceux qui ont bien écrit; on fe fait une habitude d'exprimer fimplement et noblement fa penfée fans effort. Ce n'eft point une étude; il n'en coûte aucune peine de lire ce qui eft bon, et

de ne lire que cela. On n'a de maître que fon plaifir
et fon goût.

Pardonnez, Mademoifelle, à ces longues réflexions,
ne les attribuez qu'à mon obéiffance à vos ordres.

J'ai l'honneur d'être avec refpect, &c.

LETTRE CLXXXVII.

A M. LE COMTE D'ARGENTAL.

Aux Délices, 28 de juin.

Mon très-cher ange, j'ai fait venir les frères
Cramer dans mon hermitage. Je leur ai demandé
pourquoi vous n'aviez pas eu le premier ce recueil
de mes folies en vers et en profe; ils m'ont répondu
que le ballot ne pouvait encore être arrivé à Paris.
Ils difent que les exemplaires qui font entre les
mains de quelques curieux, y ont été portés par
des voyageurs de Genève; ils en font la dupe. *Lambert*
a attrapé un de ces exemplaires, et travaille jour
et nuit à faire une nouvelle édition. Comment avez-
vous pu foupçonner, mon cher ange, que j'aye
négligé le premier de mes devoirs? Votre exemplaire devait vous être rendu par un nommé monfieur *Dubuiffon*. Le *Dubuiffon* et les *Cramer* difent
qu'ils n'ont point tort, et moi je dis qu'ils ont
très-grand tort, puifque vous êtes mal fervi.

Je n'ai point vu les feuilles de *Fréron*; je favais
feulement que Catilina était l'ouvrage d'un fou,
verfifié par *Pradon*; et *Fréron* n'en dira pas davantage.

Y 3

C'eft cependant à ce déteftable ouvrage qu'on m'immola pendant trois mois ; c'eft cette pièce abfurde et gothique à laquelle on donna la plus haute faveur.

L'ouvrage de *la Beaumelle* eft bien plus mauvais et bien plus coupable qu'on ne croit ; car, qui veut fe donner la peine de lire avec examen ? c'eft un tiffu d'impoftures et d'outrages faits à toute la maifon royale et à cent familles. Il eft jufte que ce malheureux foit accueilli à Paris, et que je fois au pied des Alpes.

Dieu me préferve de répondre à fes perfonnalités ; mais c'eft un devoir de relever, dans les notes du Siècle de *Louis XIV*, les menfonges qui déshonoreraient ce beau fiècle.

J'ai reçu une grande et éloquente lettre de la *Duménil*. Elle n'était pas tout-à-fait ivre quand elle me l'a écrite. Je vois que *Clairon* lui donne de l'émulation ; mais, fi elle veut conferver fon talent, il faut qu'elle ceffe de boire. Mademoifelle *Clairon* a des inclinations plus convenables à fon fexe et à fon état.

Je vous avoue une de mes faibleffes. Je fuis perfuadé, et je le ferai jufqu'à ce que l'événement me détrompe, qu'*Orefte* réuffirait beaucoup à préfent ; chaque chofe a fon temps, et je crois le temps venu. Je ne vous dirai pas que ce fuccès me ferait agréable, je vous dirai qu'il me ferait avantageux ; il ouvrirait des yeux qu'on a toujours voulu fermer fur le peu que je vaux.

Si vous pouviez, mon cher ange, faire jouer *Orefte* quelque temps après *Sémiramis*, vous me rendriez un plus grand fervice que vous ne penfez. Vous pourriez faire dire aux acteurs qu'ils n'auront jamais rien de moi avant d'avoir joué cette pièce.

Je vous remercie de vos anecdotes. Le difcours de *Louis XIV*, qu'on prétend tenu au maréchal de *Boufflers*, paffe pour avoir été débité aux maréchaux de *Villars* et d'*Harcourt*. La plaine de Saint-Denis eft bien loin du Quefnoy. Il eût été bien trifte de dire qu'on fe ferait tuer aux portes de Paris, quand les anciennes frontières n'étaient pas encore entamées.

Quoique je fois plongé dans le fiècle paffé, je voudrais pourtant favoir fi, dans le temps préfent, l'abbé de *Bernis* eft déclaré contre moi. Je ne le crois pas ; je l'ai toujours aimé et eftimé, et j'applaudis à fa fortune. Inftruifez-moi. Je vous embraffe tendrement.

LETTRE CLXXXVIII.

AU MEME.

Aux Délices, 2 de juillet.

AVEZ-VOUS reçu enfin, mon cher ange, cette édition qui eft en chemin depuis plus d'un mois ? C'eft une pièce complexe, à ce que je vois, que celle du Port-Mahon. Nous ne touchons pas encore au dénouement, et bien des gens commencent à fiffler. Ma petite lettre, non trop tôt écrite, mais trop tôt envoyée par M. d'*Egmont* à madame d'*Egmont*, donne

Y 4

—— affez beau jeu aux rieurs. On en a fupprimé la profe, et on n'a fait courir que les vers qui ont un peu l'air de vendre la peau de l'ours avant qu'on l'ait mis par terre. Si M. de *Richelieu* ne prend pas ce maudit rocher, il retrouvera à Verfailles et à Paris beaucoup plus d'ennemis qu'il n'y en a dans le fort Saint-Philippe. Il faut pour mon honneur, et pour le fien furtout, qu'il prenne inceffamment la ville. Il fe trouverait, en cas de malheur, que mes complimens n'auraient été qu'un ridicule. Je vous prie de bien dire, mon cher ange, que je n'ai pas eu celui de répandre des éloges fi prématurés. Si M. d'*Egmont* avait été un grand politique, il ne les aurait fait courir qu'à la veille de prendre la garnifon prifonnière.

La Beaumelle m'embarraffe un peu davantage. Il eft trifte d'être obligé de lui répondre, cependant il le faut. Son livre a trop de cours pour que je laiffe fubfifter tant d'erreurs et tant d'impoftures. Il attaque cent familles, il prodigue le fcandale et l'injure fans la moindre preuve, il parle de tout au hafard; et plus il eft audacieux dans le menfonge, plus il eft lu avec avidité. Je peux vous répondre qu'il y a peu de pages où l'on ne trouve des menfonges très-aifés à confondre. Il faut les relever, la preuve en main, dans des notes au bas des pages du Siècle de *Louis XIV*, fans aucune affectation, et par le feul intérêt de la vérité. Si vous et vos amis vous aviez remarqué quelque chofe d'important, je vous ferais bien obligé d'avoir la bonté de m'en avertir; peut-être même les yeux du public commencent-ils à s'ouvrir fur cette infolente rapfodie. On me mande que les gens un peu inftruits en penfent comme moi; à la longue

ils dirigent le fentiment du public. Nous voilà bien ——
loin de la tragédie, mon cher ange; j'ai befoin pour 1756.
ce travail de n'en avoir aucun autre fur les bras, de
quelque nature que ce foit. *Tronchin* eft revenu; je
lui donne ma fanté à gouverner, et mon ame à
vous. Mille tendres refpects à tous les anges.

LETTRE CLXXXIX.

A M. LE MARECHAL DUC DE RICHELIEU.

A vous feul.

Aux Délices, 5 de juillet.

PARDONNEZ à mes importunités, mon héros.
Je me flatte que vous prendrez, ce mois-ci, le rocher
et les Anglais. Tant mieux que la befogne foit difficile, vous en aurez plus de gloire. Vous connaiffez
Paris et Verfailles; vous favez comme on a mur-
muré que la ville de l'Europe la plus forte, après
Gibraltar, n'ait pas été prife en quatre jours; et, fi
vous aviez pu l'emporter d'emblée, on aurait dit,
cela était bien aifé. Vous triompherez des difficultés,
des Anglais, des fots et des jaloux.

Tronchin eft revenu de Paris, il en a été l'idole, et
jamais idole n'a reçu plus d'offrandes. Il a tout vu,
tout entendu; il connaît tous ceux qui ofent vous
porter envie. Une certaine perfonne lui a parlé avec
une confiance étonnante. Je n'ai qu'un reproche à
me faire, lui a-t-elle dit, c'eft d'avoir fait du mal à
M. de *M*....; mais j'ai été trompée, &c. &c. &c.

1756.

On a parodié la petite lettre que j'avais eu l'honneur de vous écrire ; tant mieux encore. Je vais préparer des fusées, et je compte donner un feu le jour que j'apprendrai que vous êtes entré dans la place. En vérité, vous devriez bien me faire savoir, par un de vos secrétaires, dans quel temps à peu-près vous souperez dans le fort Saint-Philippe ; vous feriez-là une bonne œuvre. Elève du maréchal de *Villars* et son successeur, battez les ennemis de la France et les vôtres.

Il y a dans le monde un petit coin de terre où vous êtes adoré. Le lac de Genève retentit de votre nom. Recevez mes vœux, mon encens, mon attachement, mon tendre respect.

LETTRE CXC.

A M. LE COMTE ALGAROTTI.

[Aux Délices, 7 de juillet.

O ricevuto colla più viva gratitudine, caro signor mio, ciò che o letto col più gran piacere. Siete giudice d'ogni arte, e maestro d'ogni stile, *et doctus sermonis cujuscumque linguæ.* On m'assure que vous êtes parti de Venise après l'avoir instruite, que vous allez à Rome et à Naples. On me fait espérer que vous pourrez faire encore un voyage en France, et repasser par Genève ; je le désire plus que je ne l'espère. Vous trouveriez les environs de Genève bien changés ; ils sont dignes des regards d'un homme qui

a tout vu. Je n'habite que la moindre maifon de ce
pays-là; mais la fituation en eft fi agréable que peut-
être, en voyant de votre fenêtre le lac de Genève, la
ville, deux rivières et cent jardins, vous ne regrette-
riez pas abfolument Potfdam. Ma deftinée a été de
vous voir à la campagne; ne pourrai-je vous y
revoir encore?

Ella troverà difficilmente un pittore tal quale lo
vuole, e più difficilmente ancora un imprefario, ò
un *Swerts*, che poffa far rapprefentare un opera conforme alle voftre belle regole; mà troverà nel mio
ritiro *des Délices*, un dilettante appaffionato di tutto
ciò che fcrivete, e non meno innamorato della voftra
gentiliffima converfazione.

Je fuis trop vieux, trop malade et trop bien pofté
pour aller ailleurs. Si je voyageais, ce ferait pour
venir vous voir à Venife; mais fi vous êtes en train
de courir, per Dio venite a Ginevra. Farewell,
farewell; y love you fincerely and forever.

LETTRE CXCI.

A M. LE COMTE D'ARGENTAL.

Aux Délices, 16 de juillet.

MON cher ange, on voit bien que vous ne m'écrivez pas les secrets de l'Etat, car vous m'envoyez vos lettres sans les cacheter. M. *Tronchin*, le conseiller de Genève, voit que vous attendez toujours avec impatience une tragédie; il y a grande apparence que la sienne sera la première que vous aurez. Je vous servirai un peu plus tard. Il est permis d'être lent à mon âge. Vous me pardonnerez bien de préférer quelque temps *Louis XIV* aux héros de l'antiquité. Je ne pourrai être absolument à leurs ordres et aux vôtres, que quand j'aurai mis le Siècle de *Louis XIV* dans son nouveau cadre.

Souffrez que je me défie un peu de toutes les anecdotes; celle des campemens du prince *Eugène*, depuis le Quesnoy jusqu'à Montmartre, est plus que suspecte. Comment veut-on qu'on ait pris à Dénain ce projet de campagne? Le prince *Eugène* n'avait pas son porte-feuille dans les retranchemens de Dénain où il n'était pas. Je ne veux pas ressembler à ce *la Beaumelle* qui répète tous les bruits de ville à tort et à travers, qui paraît avoir été le confident de Monseigneur et de mademoiselle *Chouin*, et qui parle du duc d'*Orléans* comme s'il avait souvent soupé avec lui.

Si jamais on imprime les Mémoires du marquis

de *Dangeau*, on verra que j'ai eu raifon de dire qu'il
fefait écrire les nouvelles de fon valet de chambre.
Le pauvre homme était fi ivre de la cour, qu'il
croyait qu'il était digne de la poftérité de marquer
à quelle heure un miniftre était entré dans la chambre du roi. Quatorze volumes font remplis de ces
détails. Un huiffier y trouverait beaucoup à apprendre, un hiftorien n'y aurait pas grand profit à faire.
Je ne veux que des vérités utiles. J'ai cherché à en
dire depuis le temps de *Charlemagne* jufqu'à nos jours.
C'eft peut-être l'emploi d'un homme qui n'eft plus
hiftoriographe, car ceux qui l'ont été ont rarement
dit la vérité. Il y en a à préfent de bien agréables
à dire à M. le maréchal de *Richelieu*. J'étais fâché que
ma prophétie courût, parce qu'on pouvait me foupçonner d'en avoir fait les honneurs; mais j'étais fort aife
d'être le premier à lui rendre juftice. Il eut la bonté
de me mander, le 29 du mois paffé, l'accomplif-
fement de ma prophétie. Nous autres voifins du
Rhône, nous favons toujours les nouvelles quelques
jours avant vous autres Parifiens.

M. le duc de *Villars* avait encore mademoifelle
Clairon il y a trois jours. Je lui ai écrit, à cette *Idamé*;
et fi ma fanté le permettait, j'irais l'entendre à Lyon;
mais je fens que je ne me tranfplanterais que pour
venir vous voir, mon cher ange. Je pourrais bien
faire cette partie l'année prochaine, avec quelques
héros à cothurne et quelques héroïnes. Il n'eft pas
mal de fe tenir quelque temps à l'écart; c'eft prefque
le feul préfervatif contre l'envie et contre la calomnie,
encore n'eft-il pas toujours bien sûr.

Je ne fais pas comment Sémiramis aura réuffi fans

mademoiſelle *Clairon*. Si la demoiſelle *Duménil* continue à boire, adieu le tragique. Il n'y a jamais eu de talens durables avec l'ivrognerie. Il faut être ſobre pour faire des tragédies et pour les jouer.

On me paraît de tous côtés très-indigné contre *la Beaumelle*. Pluſieurs perſonnes même trouvent aſſez étrange que cet homme ſoit tranquille à Paris, et que je n'y ſois pas ; mais ces gens-là ne voient pas que tout cela eſt dans l'ordre. Adieu, mon divin ange ; mes nièces vous embraſſent. Madame de *Fontaine* eſt un miracle de *Tronchin ;* ſi cela continue, vous la reverrez avec des tetons. Il fait bien chaud pour jouer Sémiramis ; mais *Crébillon* ne fera-t-il pas jouer la ſienne ? c'eſt un de ſes ouvrages qu'il eſtime le plus. Adieu ; mille reſpects à tous les anges.

LETTRE CXCII.

A M. LE MARECHAL DUC DE RICHELIEU.

Aux Délices, 16 de juillet.

MON HÉROS ET CELUI DE LA FRANCE,

En vertu du petit billet dont vous daignâtes m'honorer après votre bel aſſaut, j'eus l'honneur de vous dire tout ce que j'en penſe, et de vous écrire à Compiegne. Vous allez être aſſaſſiné de poëmes et d'odes. Un jéſuite de Mâcon, un abbé de Dijon, un bel eſprit de Toulouſe, m'en ont déjà envoyé.

Je fuis le bureau d'adreſſe de vos triomphes. On ——
s'adreſſe à moi comme au vieux ſecrétaire de votre 1756.
gloire.

Ce qui me fait le plus de plaiſir, c'eſt une Hiſtoire
de la révolution de Gènes, très-ſagement écrite et
très-exacte, qui paraît depuis peu en italien. On
m'en a apporté la traduction en français ; on vous y
rend toute la juſtice qui vous eſt due. Je vais inceſſamment la faire imprimer. J'avoue qu'il y a un peu
d'amour propre à moi, de voir que l'Europe vous
regardé des mêmes yeux que je vous ai vu depuis
plus de vingt ans ; mais, en vérité, il y a cent fois
plus d'attachement que de vanité dans mon fait.

On dit que M. le duc de *Fronſac* était fait comme
un homme qui vient d'un aſſaut, quand il a porté
la nouvelle. Il était avec les grâces qu'il tient de
vous, orné de toutes celles d'un brûleur de maiſons.
Il tient cela de vous encore. Demandez à votre écuyer
ſi vous n'aviez pas votre chapeau en clabaud, et ſi
vous n'étiez pas noir comme un diable, et poudreux
comme un courier, à la bataille de Fontenoi.

Je vous importune ; pardonnez au bavard.

LETTRE CXCIII.

A M. THIRIOT.

Aux Délices, le 21 de juillet.

Le fuccès fait la renommée.

VOUS le voyez bien, mon ancien ami ; une lettre anonyme que je reçois, felon ma coutume, m'apprend qu'on imprime une critique dévote contre mes ouvrages ; mais ces gens-là feront forcés d'avouer que je fuis prophète. M. le maréchal de *Richelieu* a bien voulu témoigner à fon *Habacuc* le gré qu'il lui favait de fes prédictions, en daignant me mander fes fuccès le jour de la capitulation. J'ai fu fa gloire aux Délices, avant qu'on la fût à Compiegne. Vous n'imagineriez pas ce que c'était que ce fort Saint-Philippe : c'était la place de l'Europe la plus forte. Je fuis encore à comprendre comment on en eft venu à bout. Dieu merci, vous autres Parifiens, vous ne regretterez plus M. de *Lovendal*. Votre damné vous a-t-il dit tout ce qui fe paffe en Allemagne ? Je regarde les affaires publiques à peu-près du même œil dont je lis Tite-Live et Polibe.

Non me agitant populi fafces, aut purpura regum,
Aut conjurato defcendens Dacus ab Iftro.

J'attends, avec quelque impatience, le brillant philofophe d'*Alembert ;* peut-être va-t-il plus loin

que

que Genève, mais il y a apparence qu'il prendrait
mal fon temps. A l'égard du philofophe un peu
plus dur, dont vous me parlez, je crois qu'il ne
fera heureux ni fur les bords de la Sprée, ni fur
les bords de la Seine. On dit que ce n'eft pas
chofe aifée d'être heureux : *Eft Ulubris, eft hîc.* Je ne
reçois que des lettres remplies d'indignation et de
mépris pour ces infolens Mémoires de madame de
Maintenon. Je vous avoue que c'eft une efpèce de
livre toute neuve. Le faquin parle de tous les grands-
hommes, de tous les princes, comme s'il avait vécu
familièrement avec eux, et débite fes impoftures avec
un air de confiance, de hauteur, de familiarité, de
plaifanterie, qui en impofera aux barons allemands
et aux lecteurs du Nord. On me confeille de le
confondre dans quelques notes, au bas des pages du
Siècle de *Louis XIV* qu'on réimprime avec l'Hiftoire
générale.

Si les Mémoires de ce *Conac* font imprimés, je
vous prie de me les envoyer. Vous avez la voie fûre
de M. *Bouret.* Puis-je m'adreffer à vous, mon ancien
ami, pour les livres que vous jugerez dignes d'être
lus ? Vous m'aviez promis les deux fermons de
Lambert.

Je ne vous ai point envoyé l'énorme édition des
Cramer, parce que j'ai jugé que vous auriez prefque
en même temps celle de Paris ; cependant, fi vous
en êtes curieux, je vous la ferai tenir. Il y a bien
des fautes ; je fuis auffi mauvais correcteur d'imprimerie que mauvais auteur. *Intereà vale et fcribe, amice,
amico veteri.*

LETTRE CXCIV.

A M. PARIS DUVERNEY.

Aux Délices , le 26 de juillet.

VOTRE lettre , Monſieur, augmente la joie que les ſuccès de M. le maréchal de *Richelieu* m'ont cauſée. Votre amitié pour lui , qui ne s'eſt jamais démentie, juſtifie bien mon attachement. Une ſi belle action fait ſur vous d'autant plus 'd'effet, que vous formez au roi des ſujets qui apprendront à l'imiter. Vous vous êtes fait une carrière nouvelle de gloire par cette belle inſtitution (*) qu'on doit à vos ſoins, et qui ſera une grande époque dans l'hiſtoire du ſiècle préſent. Le nom de M. le maréchal de *Richelieu* ira à la poſtérité , et le vôtre ne ſera jamais oublié.

Les événemens préſens fourniront probablement une ample matière aux hiſtoriens : l'union des maiſons de France et d'Autriche, après deux cents cinquante ans d'inimitiés ; l'Angleterre , qui croyait tenir la balance de l'Europe , abaiſſée en ſix mois de temps ; une marine formidable , créée avec rapidité ; la plus grande fermeté déployée avec la plus grande modération : tout cela forme un bien magnifique tableau. Les étrangers voient avec admiration une vigueur et un eſprit de ſuite dans le miniſtère, que leurs préjugés ne voulaient pas croire. Si cela conti-nue , je regretterai bien de n'être plus hiſtoriographe de France. Mais la France , qui ne manquera jamais

(*) L'Ecole royale militaire.

ni d'hommes d'Etat, ni d'hommes de guerre, aura toujours auffi de bons écrivains, dignes de célébrer leur patrie.

Je ne fuis plus bon à rien ; ma fanté m'a rendu la retraite néceffaire. Il eût été plus doux pour moi de cultiver des fleurs auprès de Plaifance qu'auprès de Genève, mais j'ai pris ce que j'ai trouvé. J'aurais eu bien difficilement un féjour plus agréable et plus convenable. Le fameux docteur *Tronchin* vient fouvent chez moi. J'ai prefque toute ma famille dans ma maifon. La meilleure compagnie, compofée de gens fages et éclairés, s'y rend prefque tous les jours, fans jamais me gêner ; il y vient beaucoup d'anglais ; et je peux vous dire qu'ils font plus de cas de votre gouvernement que du leur.

Vous fouffrez, fans doute, Monfieur, avec plaifir, ce compte que je vous rends de ma fituation. Je vous dois, en grande partie, la douceur de ma fortune. Je ne l'oublierai point. Je vous ferai attaché jufqu'au dernier moment de ma vie.

Je vous prie, quand vous verrez Monfieur votre frère, de vouloir bien l'affurer de mes fentimens et de compter fur ceux avec lefquels j'ai l'honneur d'être fi véritablement, &c.

LETTRE CXCV.

A M. LE COMTE D'ARGENTAL.

Aux Délices, 4 d'augufte.

Mon cher ange, je fuis bien malingre; mais, puifqu'on a reffufcité Sémiramis, il faut bien que je reffufcite auffi. On dit que *le Kain* s'eft avifé de paraître, au fortir du tombeau de fa mère, avec des bras qui avaient l'air d'être enfanglantés; cela eft un tant foit peu anglais, et il ne faudrait pas prodiguer de pareils ornemens. Voilà de ces occafions où l'on fe trouve tout jufte entre le fublime et le ridicule, entre le terrible et le dégoûtant. Mon abfence n'a pas nui au fuccès; de mon temps les chofes n'auraient pas été fi bien. J'ai gagné quelque chofe à être mort, car c'eft l'être que de vivre fans digérer au pied des Alpes. Je fens que les *Tronchin* n'y font rien. Le miracle de madame de *Fontaine* fubfifte, mais je ne fuis pas homme à miracles. Il faut être jeune pour faire honneur à fon médecin; mais, mon ange confolateur, aurai-je encore la force de faire quelque chofe qui vous plaife? J'ai bien peur que le talent des tragédies ne paffe plus vîte que le goût de les voir jouer. Vous n'êtes pas épuifé; mais, par malheur, ne le ferais-je pas? Il fe préfente en Suède un fujet de tragédie; s'il y avait quelque épifode de Pruffe, on pourrait trouver de quoi faire cinq actes. On aura dorénavant à Paris de l'indulgence pour moi, depuis qu'on me tient pour trépaffé.

Je ne conseillerais pas à *la Beaumelle* de donner
une pièce; il en a pourtant fait une; mais il eſt ſi
protégé et ſi heureux qu'on pourrait le ſiffler. Il faut
qu'il ſoit diſgrâcié de quelques rois, et alors le
parterre le prendra en amitié. Madame de *Graffigny*
a une comédie toute prête; ſon ſuccès me paraît ſûr.
Elle eſt femme, le ſujet ſera un roman, il y aura
de l'intérêt, et on aimera toujours l'auteur de Cénie.
Pour madame du *Bocage*, elle s'eſt livrée au poëme
épique. On m'a envoyé trois tragédies de Paris et
de province. Il en pleut de tous côtés, ſans compter
l'opéra de Mérope du roi de Pruſſe. Vous voyez que
les arts ſont toujours en honneur. Bonſoir, mon
cher et reſpectable ami; mille reſpects à tous les
anges.

LETTRE CXCVI.

A M. LE MARECHAL DUC DE RICHELIEU.

Aux Délices, 4 d'auguſte.

IL me ſemble, Monſeigneur, que toutes les lettres
adreſſées à mon héros doivent lui être rendues, et
que meſſieurs de la poſte de Compiegne auraient pu
vous renvoyer à Marſeille la lettre que je vous adreſ-
ſai à la cour, quand vous eûtes donné ce bel aſſaut;
mais apparemment que l'on n'aime pas les mauvais
vers dans ce pays-là. Il ſe peut auſſi que les directeurs
de la poſte vous aient attendu à Compiegne de jour
en jour, et vous attendent encore. Je ne reſſemble

Z 3

point au général *Blakney*, je ne peux fortir de ma place. La raifon en eft que je fuis affiégé par une file de médecines dont le docteur *Tronchin* m'a circonvenu. Que n'ai-je un moment de force et de fanté ! Je partirais fur le champ, je viendrais vous voir dans votre gloire, je laifferais là toute ma famille, qui fe pafferait bien de moi dans mon hermitage.

Vous croyez bien que j'ai un peu interrogé le voyageur dont vous me parlez, et vous devez vous en être aperçu quand je vous mandais que ce n'était pas des feuls Anglais que vous triomphiez. Vous avez, comme tous les généraux, effuyé les propos de l'envie et de l'ignorance. Souvenez-vous comme on traitait le maréchal de *Villars* avant la journée de Dénain. Vous avez fait comme lui, et on fe tait; et on admire, et l'enthoufiafme que vous infpirez eft général. On a mal attaqué, difait-on; il fallait abfolument envoyer M. de *Vallière* pour tirer jufte. Au milieu de tous ces beaux raifonnemens arrive la nouvelle de la prife; voilà jufqu'à préfent le plus beau moment de votre vie. Qu'eft-il arrivé de là? qu'on ne vous contefte plus le fervice que vous avez rendu à Fontenoi. Port-Mahon confirme tout, et met le fceau à votre gloire. Il fe pourra bien faire que vous ne foyez pas le premier dans le cœur de la belle perfonne que vous favez; mais vous ferez toujours confidéré, honoré, et je vous regarde comme le premier homme du royaume. C'eft une place que vous vous êtes donnée, et que rien ne vous ôtera. Il me pleut de tous côtés de mauvais vers pour vous; vous devez en être excédé. Pour vous achever, il faut que je prenne auffi la liberté

de vous envoyer ce que j'écrivais ces jours-ci à mon
petit *Defmahis* (*). Ce *Defmahis* eft fort aimable. Vous
ne vous en foucierez guère ; vous avez bien autre
chofe à faire.

Nous fommes tous ici aux pieds de notre héros.

LETTRE CXCVII.

A M. LE COMTE D'ARGENTAL.

7 d'augufte.

MON divin ange , voici le Botoniate achevé et
réparé, à peu-près comme vous l'avez voulu. L'auteur
eft un homme très-aimable, et porte un nom qui
doit réuffir à Paris. Je ne doute pas que les comédiens n'acceptent une pièce qui vaut beaucoup mieux
que tant d'autres qu'ils ont jouées, et je doute encore
moins du fuccès quand elle fera bien mife au théâtre.
Je vous demande vos bontés, et nous fommes deux
qui ferons pénétrés de reconnaiffance.

Mon cher ange , les bras enfanglantés font bien
anglais; mais, fi on les fouffre, je les fouffre auffi.

Si cet honnête *la Beaumelle* eft enfermé , je n'en fuis
pas furpris; il avait dit dans fes Mémoires, en parlant
de la maifon royale : *On s'allie plaifamment dans cette
maifon-là.*

On dit qu'il avait fait imprimer une Pucelle en
dix-huit chants, pleine d'horreurs.

Je ne favais pas que ce fût M. de *Sainte-Palaye* qui

(*) Voyez vol. d'Epîtres, année 1756.

1756.

m'eût honoré du Gloffaire ; voulez-vous bien lui donner le chiffon ci-joint.

La pofte part , je n'ai que le temps de vous dire que vous êtes le plus aimable et le plus regretté des hommes.

LETTRE CXCVIII.

A M. THIRIOT.

Aux Délices , le 9 d'augufte.

M ON cher et ancien ami , je ne fais ce que c'eft que cette critique dévote dont vous me parlez ; eft-ce une critique imprimée ? eft-ce feulement un cri des ames tendres et timorées ? vous me feriez plaifir de me mettre au fait. Je m'unis , à tout hafard , aux fentimens des faints, fans favoir ni ce qu'ils difent ni ce qu'ils penfent.

On me mande qu'on a défendu à l'évêque de Troies d'imprimer des mandemens : c'eft défendre à la com-teffe de *Pimbèche* de plaider.

Eft-il vrai qu'on joue Sémiramis ? que l'ombre n'eft pas ridicule ? et que les bras de *le Kain* ne font pas mal enfanglantés ? Vous ne favez rien de ces bagatelles ; vous négligez le théâtre ; vous n'aimez que les anecdotes , et vous ne m'en dites point.

Je ne fais guère de nouvelles de Suède. J'ai peur que ma divine *Ulric* ne foit traitée par fon fénat avec moins de refpect et de fentiment qu'on n'en doit à fon rang, à fon efprit et à fes grâces.

Vous faurez que l'impératrice-reine m'a fait dire

des chofes très-obligeantes. Je fuis pénétré d'une
refpectueufe reconnaiffance. J'adore de loin; je n'irai 1756.
point à Vienne; je me trouve trop bien de ma retraite
des Délices. Heureux qui vit chez foi avec fes nièces,
fes livres, fes jardins, fes vignes, fes chevaux, fes
vaches, fon aigle, fon renard, et fes lapins qui fe
paffent la patte fur le nez. J'ai de tout cela, et les
Alpes par-deffus, qui font un effet admirable. J'aime
mieux gronder mes jardiniers que de faire ma cour
aux rois.

J'attends l'encyclopède d'*Alembert*, avec fon imagination et fa philofophie. Je voudrais bien que vous
en fiffiez autant, mais vous en êtes incapable.

Eft-il vrai que *Plutus-Apollon-Poplinière* a doublé
la penfion de madame fon époufe? *Tronchin* prétend
qu'elle a toujours quelque chofe au fein; je crois
auffi qu'elle a quelque chofe fur le cœur. Je vous
prie de lui préfenter mes hommages, fi elle eft femme
à les recevoir.

C'eft grand dommage qu'on n'imprime pas les
Mémoires de ce fou d'évêque *Conac*.

Pour Dieu, envoyez-moi, figné *Jeanel* ou *Bouret*,
tout ce qu'on aura écrit pour ou contre les Mémoires
de *Scarron-Maintenon*.

Interim vale et fcribe. Æger fum, fed tuus.

LETTRE CXCIX.

A M. LE MARECHAL DUC DE RICHELIEU.

Aux Délices, 6 de feptembre.

JE ne conçois pas trop comment mon héros, environné tout du long de la route d'affaires, de feux de joie, de fufées, de bals, de comédies, de cris de joie, de battemens de mains, de femmes, de filles, daigne encore trouver le temps de donner une lettre à *Florian* pour moi. Je vous remercie tendrement, Monfeigneur. Soyez bien perfuadé que je ferais venu vous faire ma cour à Lyon; mais je crains pour la vie d'une de mes nièces. *Tronchin* fera un grand médecin s'il la tire d'affaire.

Quand vous pourrez m'envoyer quelque petit détail de votre belle expédition de Mahon, je vous ferai vraiment très-obligé; mais, à préfent je ne fais qu'un tableau général des grands événemens, et je ne peins qu'à coups de broffe. Puifque j'avais commencé une Hiftoire générale, il a fallu la finir; et, dans cette Hiftoire, ce qui fait le plus d'honneur à la nation y eft marqué en peu de mots. Je dis que vous avez fauvé Gènes, que vous avez contribué plus que perfonne au gain de la bataille de Fontenoi. Je parle de l'affaut de Berg-op-Zom, pour mettre au-deffus de cette entreprife l'affaut général que vous avez donné à des ouvrages bien moins entamés que ceux de Berg-op-Zom : tout cela fans affectation, fans avoir l'air de vouloir parler de vous, et comme

conduit par la force des événemens. J'aurai eu du
moins le plaifir de finir une Hiftoire générale par **1756.**
vous.

Il eft venu, dans mon trou des Délices, un petit
garçon haut comme *Ragotin*, nommé *Dufour*, qui
a fait un petit divertiffement à Lyon en votre honneur et gloire. Il dit que c'eft vous qui me l'avez
adreffé, qu'il va à Paris, qu'il veut être votre fecrétaire, qu'il faut que je lui donne une lettre pour
vous. Je lui donnerai donc cette lettre, qui contiendra
que le porteur eft le petit *Dufour*, et vous ferez du
petit *Dufour* tout ce qu'il vous plaira ; mais je ferai
fort furpris fi le petit *Dufour* peut vous aborder. On
dit qu'un abbé va à Vienne. J'efpère qu'il bénira
l'aigle à deux têtes, et qu'il maudira celui qui n'en
a qu'une.

Les hermites fuiffes vous préfentent leurs tendres
refpects.

LETTRE CC.

A M. THIRIOT.

Aux Délices, 10 de feptembre.

MON ancien ami, je vous affure que *Tronchin* eft
un grand-homme ; il vient encore de reffufciter
madame de *Fontaine*. *Efculape* ne reffufcitait les gens
qu'une fois ; et ceux qui fe font mêlés de rendre la
vie aux morts, ne fe font jamais avifés de donner
une feconde repréfentation fur le même fujet.
Tronchin en fait plus qu'eux ; je voudrais qu'il pût

un peu gouverner madame de *la Poplinière*, car je
1756. fais qu'elle a befoin de lui, et plus qu'elle ne penfe;
mais je ne voudrais pas qu'elle nous enlevât notre
Efculape, je voudrais qu'elle le vînt trouver : vous
feriez du voyage ; comptez que c'eft une chofe à
faire.

Vous devez favoir à préfent, vous autres Parifiens,
que le *Salomon* du Nord s'eft emparé de Leipfick. Je
ne fais fi c'eft-là un chapitre de Máchiavel ou de
l'Anti-Machiavel, fi c'eft d'accord avec la cour de
Drefde, ou malgré elle : *ea cura quietum non me
follicitat*. Je fonge à faire mûrir des mufcats et des
pêches ; je me promène dans des allées de fleurs de
mon invention, et je prends peu d'intérêt aux affaires
des Vandales et des Mifniens.

Je vous fuis très-obligé des rogatons du Pont-neuf
et des belles pièces fuédoifes. Il y a un mois que
j'avais ce monument fuédois de liberté et de fermeté.

Ce n'eft pas là une brochure ordinaire. Seriez-
vous homme à procurer à ma très-petite bibliothéque quelques livres dont je vous enverrais la
note ? vous feriez bien aimable. Je crois que
Lambert fe mordra les pouces de m'avoir réimprimé ;
dix volumes font durs à la vente. Dieu le béniffe
et ceux qui liront mes fottifes ; pour moi je voudrais
les oublier.

Farewell my old friend j am fick.

LETTRE CCI.

A M. LE COMTE D'ARGENTAL.

Aux Délices, 13 de septembre.

Mon cher ange, vous vous êtes tiré d'affaire très-courageusement avec notre conseiller d'Etat. Cet *Apollon-Tronchin* n'aurait pas réussi à Paris comme l'*Esculape-Tronchin*. Notre *Esculape* nous gouverne à présent ; il y a un mois que la pauvre madame de *Fontaine* est entre ses mains. Je ne sais qui est le plus malade d'elle ou de moi ; nous avons besoin l'un et l'autre de patience et de courage. Madame *Denis* espère que vingt-quatre mille français passeront bientôt par Francfort ; elle leur recommandera un certain M. *Freitag*, agent du *Salomon* du Nord, lequel s'avise quelquefois de faire mettre des soldats, avec la baïonnette au bout du fusil, dans la chambre des dames. Je voudrais que M. le maréchal de *Richelieu* commandât cette armée. Puisque les Français ont battu les Anglais, ils pourront bien déranger les rangs des Vandales. Avez-vous vu le vainqueur de Mahon dans sa gloire ? s'est-il montré aux spectacles ? a-t-il été claqué comme mademoiselle *Clairon* ? On dit que madame de *Graffigny* va donner une comédie grecque, où l'on pleurera beaucoup plus qu'à Cénie. Je m'intéresse de tout mon cœur à son succès ; mais des tragédies bourgeoises, en prose, annoncent un peu le complément de la décadence.

On dit que *Marie-Thérèse* est actuellement l'idole de Paris, et que toute la jeunesse veut actuellement

1756.

s'aller battre pour elle en Bohème. Il peut réfulter de là quelque fujet de tragédie. Je ne me foucie pas que la fcène foit bien enfanglantée, pourvu que le bon M. *Freitag* foit pendu. On attend, dans peu de jours, la décifion de cette grande affaire. On ne fait encore s'il y aura paix ou guerre. Le *Salomon* du Nord a couru fi vîte que la reine de Saba pourrait bien s'arrêter. La paix vaut encore mieux que la vengeance. Adieu, mon cher et refpectable ami; portez-vous mieux que moi, et aimez-moi.

LETTRE CCII.

AU MEME.

Aux Délices, 20 de feptembre.

MON divin ange, après des chinoifes vous voulez des africaines; mais il y aurait beaucoup à travailler pour rendre les côtes de Tunis et d'Alger dignes du pays de *Confucius*. Vous vous imaginez peut-être que, dans mes Délices, je jouis de tout le loifir nécef-faire pour recueillir ma pauvre ame; je n'ai pas un moment à moi. La longue maladie de madame de *Fontaine* et mes fouffrances prennent au moins la moitié de la journée; le refte du jour eft néceffaire-ment donné aux proceffions de curieux qui viennent de Lyon, de Genève, de Savoie, de Suiffe, et même de Paris. Il vient prefque tous les jours fept ou huit per-fonnes dîner chez moi : voyez le temps qui me refte pour des tragédies. Cependant, fi vous voulez avoir l'Africaine telle qu'elle eft à peu-près, en changeant

les noms, je pourrais bien vous l'envoyer, et vous
jugeriez fi elle eft plus préfentable que le Botoniate.
Il faudrait, je crois, changer les noms, pour ne pas
révolter les *Duménil* et les *Gauffin*; mais il faudrait
encore plus changer les chofes.

Le roi de Pruffe eft plus expéditif que moi. Il fe
propofe de tout finir au mois d'octobre, de forcer
l'augufte *Marie-Thérèfe* de retirer fes troupes, de
faire figne à l'autocratrice de toutes les Ruffies de
ne pas faire avancer fes Ruffes, et de retourner faire
jouer à Berlin un opéra qu'il a déjà commencé. Ses
foldats, en ce cas, reviendront gros et gras de la
Saxe, où ils ont bu et mangé comme des affamés.

Mon cher ange, quelle eft donc votre idée avec
le vainqueur de Mahon? Il faut d'abord que ces
frères *Cramer* impriment les fottifes de l'univers en
fept volumes; et ces fottifes pourront encore fcan-
dalifer bien des fots. Il faut, en attendant, que je
refte dans ma très-jolie, très-paifible et très-libre
retraite. M. le comte de *Grammont*, qui eft ici à la
fuite de *Tronchin*, difait hier, en voyant ma terraffe,
mes jardins, mes entours, qu'il ne concevait pas
comment on en pouvait fortir. Je n'en fortirais,
mon divin ange, que pour venir paffer quelques
mois d'hiver auprès de vous. Je n'ai pas un pouce de
terre en France; j'ai fait des dépenfes immenfes à
mes hermitages fur les bords de mon lac; je fuis
dans un âge et d'une fanté à ne me plus tranfplanter.
Je vous répète que je ne regrette que vous, mon
cher et refpectable ami. Les deux nièces vous font
les plus tendres complimens.

LETTRE CCIII.

A M. JEAN-JACQUES ROUSSEAU.

Aux Délices, le 21 de septembre.

Mon cher philosophe, nous pouvons, vous et moi, dans les intervalles de nos maux, raisonner en vers et en profe; mais, dans le moment préfent, vous me pardonnerez de laiffer là toutes ces difcuffions philofophiques (*), qui ne font que des amufemens. Votre lettre eft très-belle; mais j'ai chez moi une de mes nièces qui, depuis trois femaines, eft dans un affez grand danger; je fuis garde-malade, et très-malade moi-même. J'attendrai que je me porte mieux, et que ma nièce foit guérie, pour ofer penfer avec vous. M. *Tronchin* m'a dit que vous viendriez enfin dans votre patrie. M. *d'Alembert* vous dira quelle vie philofophique on mène dans ma petite retraite. Elle mériterait le nom qu'elle porte, fi elle pouvait vous poffêder quelquefois. On dit que vous haïffez le féjour des villes : j'ai cela de commun avec vous. Je voudrais vous reffembler en tant de chofes, que cette conformité pût vous d terminer à venir nous voir. L'état où je fuis ne me permet pas de vous en dire davantage.

Comptez que, de tous ceux qui vous ont lu, perfonne ne vous eftime plus que moi, malgré mes

(*) Voyez, dans la nouvelle édition des Oeuvres de *J. J. Rouffeau*, volume de Pièces diverfes, fa lettre à M. de *Voltaire* fur le poëme du Défaftre de Lisbonne et celui de la Loi naturelle.

mauvaifes

mauvaifes plaifanteries (*) ; et que, de tous ceux qui
vous verront, perfonne n'eft plus difpofé à vous
aimer tendrement.

Je commence par fupprimer toute cérémonie.

LETTRE CCIV.

A M. LE COMTE D'ARGENTAL.

Aux Délices, 1 d'octobre.

MON très-aimable ange, tout mon temps fe partage entre les douleurs de madame de *Fontaine* et
les miennes. Je n'en ai pas pour rendre notre Africaine digne de vos bontés. Songez

Que, pour ce changement,
Vous ne donnez qu'un jour, qu'une heure, qu'un moment.

Il me faut une année. Vous briferiez le rofeau fêlé,
fi vous donniez actuellement un ouvrage fi imparfait.
Le fuccès des magots de la Chine eft encore une
raifon pour ne rien hafarder de médiocre. Promettez
à mademoifelle *Clairon* pour l'année prochaine, et
foyez fûr, mon cher ange, que je tiendrai votre
parole. Je ne fais fi je me trompe, mais je crois que
le vainqueur de Mahon gouvernera les comédiens
en 1757 : alors vous aurez beau jeu. Attendez, je
vous en conjure, ce temps favorable. J'efpère que
notre Zulime paraîtra alors *avec tous fes appas*, et n'en

(*) Lettre du 30 augufte 1755.

parlera point. Il y a des chofes effentielles à faire. C'eſt une maiſon dans laquelle il n'y a encore qu'un affez bel appartement. J'avoue que mademoiſelle *Clairon* ſerait honnêtement logée , mais le reſte ſerait au galetas. Laiſſez-moi, je vous en ſupplie , travailler à rendre la maiſon ſupportable. Je ſerai bientôt débarraſſé de cette Hiſtoire générale à laquelle je ne peux ſuffire. Un fardeau de plus me tuerait, dans le triſte état où je ſuis. Enfin , je vous conjure, par l'amitié que vous avez pour moi, et qui fait la conſolation de ma vie , de ne rien précipiter. Je vous aurai autant d'obligations de cette précaution néceſſaire , que je vous en ai de vos démarches auprès de mon héros. Je reconnais bien la bonté de votre cœur à tout ce que vous faites ; mais vous pouvez compter beaucoup plus ſur Zulime que je ne dois me flatter ſur les choſes dont vous me parlez à la fin de votre lettre. Il n'y a pas d'apparence , mon cher et reſpectable ami, que les rancuniers perdent leur rancune. Je ne prévois pas d'ailleurs que je puiſſe , à mon âge , quitter une retraite dont je ne peux me défaire, et qui eſt devenue néceſſaire à ma ſituation et à ma ſanté ; mais je ne veux avoir d'autre idée que celle de pouvoir encore vous embraſſer , avant de finir ma vie douloureuſe.

Madame de *Fontaine* eſt mieux aujourd'hui. Les deux ſœurs et l'oncle ſe diſputent à qui vous aimera davantage , mais il faut qu'on me cède.

Il court un nouveau Manifeſte du *Salomon* du Nord. Il eſt fort long ; vous en jugerez. Il paraît qu'on ne peut guère ſe conduire plus hardiment dans des circonſtances plus délicates.

On me mande que votre archevêque fait un tour
dans le pays d'*Aſtrée* et de *Céladon;* il en reviendra
avec les mœurs douces du grand druide *Atamas*.

Adieu ; on ne peut être plus pénétré que je le ſuis
de la conſtance généreuſe de votre amitié. Vous
ſentez qu'il eſt néceſſaire à mon être de vous revoir
encore, mais je le ſouhaite bien plus que je ne
l'eſpère.

LETTRE CCV.

A M. LE MARECHAL DUC DE RICHELIEU.

Aux Délices, 6 d'octobre.

JE ne vous écris pas ſi ſouvent, Monſeigneur, que
quand vous preniez Minorque. J'imagine toujours
qu'on a encore plus d'affaires à la cour qu'à l'armée.
Les riens prennent quelquefois plus de temps que
des aſſauts ; et d'ailleurs, il ne faut pas vexer d'ennui
les héros qu'on aime.

Un anglais me mande qu'on veut dreſſer dans
Londres une ſtatue à *Blakney*. J'ai répondu qu'apparemment on mettrait cette ſtatue dans votre temple.

Vous avez vu ſans doute le dernier Manifeſte du
Salomon du Nord. Ce *Salomon* eſt prolixe ; mais on
peut ſe donner carrière à la tête de cent mille hommes.

La reine de Saba ne répond point, mais elle agit.
Je voudrais que vous commandaſſiez une armée dans
ces circonſtances, et que *Salomon* apprît par vous
à connaître une nation qu'il ne connaît point du
tout.

A a 2

Voici les nouvelles que je reçus hier ; fi elles font vraies, mon *Salomon* fera un peu embarraffé. Il m'a propofé, il.y a quatre mois, de le venir voir ; il m'a offert biens et dignités ; je fais qu'elles font tranfitoires ; je les ai refufées. Le roi ne s'en foucie guère, mais je voudrais qu'il pût en être informé. Le fuiffe *Voltaire* et la fuiffeffe *Denis* font toujours pénétrés pour vous d'amour et de refpect.

LETTRE CCVI.

AU MEME.

Aux Délices, 10 d'octobre.

Souvenez-vous, mon héros, que, dans votre ambaffade à Vienne, vous fûtes le premier qui affurâtes que l'union des maifons de France et d'Autriche était néceffaire, et que c'était un moyen infaillible de renfermer les Anglais dans leur île, les Hollandais dans leurs canaux, le duc de Savoie dans fes montagnes, et de tenir enfin la balance de l'Europe.

L'événement doit enfin vous juftifier. C'eft une belle époque pour un hiftorien que cette union, fi elle eft durable.

Voici ce que m'écrit une grande princeffe plus intéreffée qu'une autre aux affaires préfentes, par fon nom et par fes Etats :

„ La manière dont le roi de Pruffe en ufe avec „ fes voifins, excite l'indignation générale. Il n'y

,, aura plus de fureté depuis le Vefer jufqu'à la
,, mer Baltique. Le corps germanique a intérêt que
,, cette puiffance foit très-réprimée. Un empereur
,, ferait moins à craindre, car nous efpérons que
,, la France maintiendra toujours les droits des
,, princes ,,.

On me mande de Vienne qu'on y eft très-embarraffé ; apparemment qu'on ne compte pas trop fur
la promptitude et l'affection des Ruffes.

Il ne m'appartient pas de fourrer mon nez dans
toutes ces grandes affaires ; mais je pourrais bien
vous certifier que l'homme dont on fe plaint, n'a
jamais été attaché à la France ; et vous pourriez
affurer madame de *Pompadour* qu'en fon particulier
elle n'a pas fujet de fe louer de lui. Je fais que
l'impératrice a parlé, il y a un mois, avec beaucoup d'éloge, de madame de *Pompadour*. Elle ne
ferait peut-être pas fâchée d'en être inftruite par
vous ; et, comme vous aimez à dire des chofes
agréables, vous ne manquerez peut-être pas cette
occafion.

Si j'ofais un moment parler de moi, je vous dirais
que je n'ai jamais conçu comment on avait de
l'humeur contre moi, de mes coquetteries avec le roi
de Pruffe. Si on favait qu'il m'a baifé un jour la main,
toute maigre qu'elle eft, pour me faire refter chez lui,
on me pardonnerait de m'être laiffé faire ; et fi on
favait que cette année on m'a offert carte blanche,
on avouerait que je fuis un philofophe guéri de ma
paffion.

J'ai, je vous l'avoue, la petite vanité de défirer
que deux perfonnes le fachent ; et ce n'eft pas une

vanité, mais une délicateſſe de mon cœur, de déſirer que ces deux perſonnes le ſachent par vous. Qui connaît mieux que vous le temps et la manière de placer les choſes ? Mais j'abuſe de vos bontés et de votre patience. Agréez le tendre reſpect du ſuiſſe.

Je vous demande pardon du mauvais bulletin de Cologne, que je vous envoyai dernièrement ; on forge des nouvelles dans ce pays-là.

LETTRE CCVII.

A M. THIRIOT.

Aux Délices, le 14 d'octobre.

Sı madame de *la Poplinière* n'eſt pas guérie cet hiver, il faut que ſon mari lui donne un beau viatique pour aller trouver *Eſculape-Tronchin* au printemps. Dieu lit dans les cœurs, et *Tronchin* dans les corps. Il a reſſuſcité deux fois ma nièce de *Fontaine ;* il a guéri une gangrène de vieillard. Madame de *Muy*, qui eſt arrivée mourante à Genève, il y a trois mois, a des joues, et vient chez moi coiffée en pyramide. Il me fait vivre. *Venite ad me, omnes qui laboratis.* Ce ſont là de vrais miracles, mais ils ſont auſſi rares que les faux ont été communs. Je me flatte que madame de *la Poplinière* ſera du petit nombre des élus. Pendant que *Tronchin* conſerve la vie à trois ou quatre perſonnes, on en tue vingt mille en Bohème. Je ne ſais pas encore le détail de la grande bataille. Les relations ſont différentes. Il paraît vraiſemblable que

notre *Salomon* eſt vainqueur. Heureux qui vit tranquille ſur le bord de ſon lac, loin du trône et loin 1756.
de l'envie.

Mettez-moi à part, je vous prie, un *Derham* (*)
et les Mémoires de *Philippe V.* Je vous demanderai
d'autres livres à meſure que les beſoins viendront, et
vous enverrez la cargaiſon par la diligence, afin de n'en
pas faire à deux fois. Je ſuis très-ſenſible au ſoin que
vous avez la bonté de prendre.

Vous me parlez de vers qu'on m'attribuait : n'eſt-
ce pas une petite pièce qui finit ainſi?

> *Votre bonheur ſerait égal au mien.*

Ils ont plus de cent ans, et ils ont été faits pour
le cardinal de *Richelieu.*

Je ne ſuis pas fâché d'être loin du centre des faux
bruits et des tracaſſeries. J'oſe encore eſpérer qu'il y
a des hommes plus puiſſans que moi, qui feront moins
heureux que moi.

En vous remerciant, mon ancien ami, de m'avoir
procuré le plaiſir de pouvoir être, auprès de notre
docteur, le commiſſionnaire d'une perſonne dont je
voudrais rendre la vie longue et heureuſe.

Si vous avez des nouvelles, *candidus imperti. Vale
amice.*

(*) Célèbre phyſicien anglais.

LETTRE CCVIII.

A M. LE MARECHAL DUC DE RICHELIEU.

Aux Délices, 1 de novembre.

JE n'ai point eu de ceffe, mon héros, que je n'aye fait venir dans mon hermitage M. le duc de *Villars*, de fon trône de Provence, pour le faire guérir par *Tronchin* d'un léger rhumatifme; et moi, j'en ai un goutteux, horrible, univerfel, que *Tronchin* ne guérit point, et qui m'a empêché de vous écrire. Quel plaifir m'a fait ce gouverneur des oliviers, quand il m'a parlé de vos lauriers et de l'idolâtrie qu'on a pour vous fur toutes les côtes !

Je vous avais envoyé de très-fauffes nouvelles que je venais de recevoir de Strasbourg. J'en reçois de Vienne qui ne font que trop vraies. On y eft dans un chagrin de dépit et de conflernation extrême. Il eft certain que l'impératrice hafardait tout pour délivrer le roi de Pologne. M. de *Brown* avait fait paffer douze mille hommes par des chemins qui n'ont jamais été pratiqués que par des chèvres ; il avait envoyé fon fils au roi de Pologne. Ce prince n'avait qu'à jeter un pont fur l'Elbe, et venir à lui. Il promit pour le 9, puis pour le 10, le 12, le 13, et enfin il a fait fon malheureux traité des Fourches caudines. Les Anglais et les guinées ont perfuadé, dit-on, fes miniftres.

On mande de Fontainebleau qu'on a prié le miniftre du roi de Pruffe de s'en retourner. Je n'ofe le croire ; je ne crois rien, et j'efpère peu. On prétend que le roi de Pruffe mêle actuellement les piques de la phalange macédonienne à fa cavalerie. Ce font les mêmes piques dont mes compatriotes les Suiffes fe font fervis long-temps. Je ne fuis pas du métier; mais je crois qu'il y a une arme, une machine bien plus fûre, bien plus redoutable; elle fefait autrefois gagner furement des batailles. J'ai dit mon fecret à un officier, ne croyant pas lui dire une chofe importante, et n'imaginant pas qu'il pût fortir de ma tête un avis dont on pût faire ufage dans ce beau métier de détruire l'efpèce humaine. Il a pris la chofe férieufement. Il m'a demandé un modèle; il l'a porté à M. d'*Argenfon*. On l'exécute à préfent en petit; ce fera un fort joli engin. On le montrera au roi. Si cela réuffit, il y aura de quoi étouffer de rire que ce foit moi qui fois l'auteur de cette machine deftructive. Je voudrais que vous commandaffiez l'armée, et que vous tuaffiez force pruffiens avec mon petit fecret.

J'ai eu la vanité de fouhaiter qu'on fût mes nobles refus à votre cour. J'aurais celle d'aller à Vienne, fi j'étais jeune et ingambe, et fi je n'étais pas dans mes Délices avec votre fervante; mais je fuis un rêveur paralytique, et je mourrai de douleur de ne pouvoir vous faire ma cour avant de mourir. Je n'ai de libre que la main droite. Je m'en fers comme je peux pour renouveler mon très-tendre refpect à mon héros, qui daignera me conferver fon fouvenir.

LETTRE CCIX.

A M. LE COMTE D'ARGENTAL.

Aux Délices, 1 de novembre.

Mon très-cher ange, il y a long-temps que je ne vous ai parlé du tripot. M. le duc de *Villars* est venu de Provence dans mon hermitage, et il a insisté sur Zulime comme vous-même. Je l'avais engagé à venir se faire guérir, par le grand *Tronchin*, d'un petit rhumatisme que le soleil de Marseille et d'Aix n'avait pu fondre. A peine est-il arrivé que j'ai été pris d'un rhumatisme général sur tout mon pauvre corps, et notre *Tronchin* n'y peut rien. Il me reste une main pour vous écrire; mais il n'y a pas chez moi une goutte de sang poëtique qui ne soit figée. Heureusement nous avons du temps devant nous. Vous savez comment s'est terminée la pièce de Pirna, par des sifflets. Il a rendu enfin le livre de poësie; le voilà libre, sans armée et sans argent. On est désespéré à Vienne. Le diable de *Salomon* l'emporte et l'emportera. S'il est toujours heureux et plein de gloire, je serai justifié de mon ancien goût pour lui; s'il est battu, je serai vengé.

J'espère que vous verrez bientôt madame de *Fontaine*, qui a été sur le point de mourir aux Délices pour avoir abusé de la santé que *Tronchin* lui avait rendue, et pour avoir été gourmande. M. le maréchal de *Richelieu* me mande que ce qui paraît fesable à votre amitié et à la bonté de votre cœur, ne l'est guère à la prévention. Je m'en fuis toujours douté, et je crois connaître le terrain. Il faut que votre archevêque refte à Conflans, et moi aux Délices ; chacun doit remplir fa vocation. La mienne fera de vous aimer et de vous regretter jufqu'à mon dernier moment.

On me mande qu'il y a une édition infame de la *Pucelle* que cet honnête homme de *la Beaumelle* avait fait imprimer, et qu'on débite dans Paris ; mais heureufement les mandemens font plus de bruit que les pucelles.

Vous ne m'avez jamais parlé de l'état de M. de *la Marche ;* je voulais qu'il vînt fe mettre entre les mains de *Tronchin*, mais on dit qu'il eft dans un état à ne fe mettre dans les mains de perfonne. O pauvre nature humaine ! à quoi tiennent nos cervelles, notre vie, notre bonheur ! Portez-vous bien, vous, madame d'*Argental* et tous les anges ; et confervez-moi une amitié qui embellit mes Délices, qui me confole de tout, et qui feule peut me rendre quelque génie.

LETTRE CCX.

A M. THIRIOT.

Aux Délices, 28 de novembre.

JE fuis perfuadé, mon ancien ami, que vous ne ferez pas privé du petit legs que vous a fait madame de *la Poplinière*. Son mari, qui en avait ufé fi généreufement avec elle, en ufera de même avec vous. Il aime à faire des chofes nobles. Je compterais autant fur fon caractère que fur fon billet. Je n'ofe vous prier d'ajouter au petit paquet de livres que vous m'envoyez, cette infame édition de la Pucelle qu'on dit faite par *la Beaumelle* et par *d'Arnaud*. Je ne devrais pas infécter mon cabinet de ces horreurs ; mais il faut tout voir. Je me flatte que les honnêtes gens ne m'imputeront pas de telles indignités. En vérité, il faudrait faire un exemple de ceux qui impofent ainfi au public, et qui répandent le fcandale fous le nom d'autrui.

On me parle encore de je ne fais quels vers qui courent contre le roi de Pruffe. Ceux qui me foupçonnent me connaiffent bien mal. C'eft le comble de la lâcheté d'écrire contre un prince à qui on a appartenu.

Je vous fais mon compliment de quitter vos moines. Il n'y a que leur bibliothéque de bonne, et vous avez à deux pas celle du roi qui eft meilleure.

Mes refpects à madame de *Sandwich* ; je crois qu'elle n'eft pas fâchée des humiliations que les Wighs effuient. La France joue à préfent un beau rôle dans l'Europe. On fent encore mieux cette gloire dans les pays étrangers qu'à Paris. On entend la voix libre des nations; elles parlent toutes avec refpect, jufqu'aux Anglais mêmes; il leur manquait d'être humbles.

Adieu; la goutte et la calomnie me tracaffent. Je vous embraffe.

LETTRE CCXI.

A M. LE COMTE D'ARGENTAL, *à Paris.*

Aux Délices, 28 de novembre.

COMMENT voulez-vous, mon cher ange, que je faffe des Zulime et des chevaleries, quand les calomnies de Paris viennent me glacer dans mes Alpes? Cette infame édition que *la Beaumelle* et d'*Arnaud* avaient, dit-on, faite de concert, n'a que trop de cours. Je vois les perfonnes à qui je fuis le plus attaché, attaquées indignement fous mon nom. Madame de *Pompadour* y eft outragée d'une manière infame; et comment encore fe juftifier de ces horreurs? comment écrire à madame de *Pompadour* une lettre qui ferait rougir et celui qui l'écrirait et celle qui la recevrait? On parle auffi de vers fanglans contre le roi de Pruffe, que la même malignité m'impute. Je vous avoue que je fuccombe fous tant de coups redoublés. Le corps ne s'en porte pas mieux, et l'efprit fe flétrit par la douleur. S'il me reftait quelque génie, pourrais-je mettre à travailler un temps qu'il faut employer continuellement à détruire l'imposture? Je n'ai plus ni santé, ni consolation, ni espérance; et je n'éprouve, au bout de ma carrière, que le repentir d'avoir consacré aux belles-lettres une vie qu'elles ont rendue malheureuse. Si je m'étais contenté de les aimer en secret, si j'avais toujours vécu avec vous, j'aurais été heureux; mais je me suis livré au public et je suis loin de vous, cela est horrible.

LETTRE CCXII.

A M. LE MARECHAL DUC DE RICHELIEU.

Aux Délices, 8 de décembre.

Je vous souhaite de bonnes et de belles années, c'est-à-dire, celles auxquelles vous êtes accoutumé, Monseigneur; et je m'y prends tout exprès un peu à l'avance, car vous allez être accablé de lettres dans ce temps-là. Je me trompe encore, ou vous entrez en exercice de premier gentilhomme de la chambre, ou vous installerez M. le duc de *Fronsac*, ce qui ne vous occupera pas moins. Et qui sait si au printemps vous n'irez pas encore commander quelque armée? qui sait si vous ne ferez pas gagner des batailles à l'impératrice? Vous n'aviez pas déplu à sa mère, vous feriez le vengeur de la fille. Les grenadiers français ne feraient pas fâchés de vous suivre, et d'opposer leur impétuosité aux pas mesurés des Prussiens. Milord *Maréchal*, qui m'est venu voir dans mon trou ces jours passés, dit des choses bien étonnantes. Il prétend qu'à la dernière bataille, ce sont huit bataillons seulement

qui ont foutenu tout l'effort de l'armée autrichienne.
Je m'imagine que contre vous il en aurait fallu un
peu davantage. Je voudrais vous y voir, tout paralytique que je fuis. Il me femble que vous êtes fait
pour notre nation, et elle pour vous.

Nous avons ici le frère d'un nouveau fecrétaire
d'Etat d'Angleterre; il chante vos louanges, et non
pas celles de fon pays. Il vient chez moi beaucoup
d'anglais, jamais je ne les ai vus fi polis; je penfe
qu'ils vous en ont l'obligation.

Commandez des armées ou donnez des fêtes.
Quelque chofe que vous faffiez, vous ferez toujours le
premier des Français à mes yeux, et le plus cher à
mon cœur qui vous appartient avec le plus profond
refpect. Ma nièce partage mes fentimens. J'écris
rarement; mais que voulez-vous que dife un folitaire,
un fuiffe, un malingre ?

LETTRE CCXIII.

A M. THIRIOT.

Le 19 de décembre.

On m'a enfin envoyé de Paris une de ces abominables éditions de la Pucelle. Ceux qui m'avaient
mandé, mon ancien ami, que *la Beaumelle* et *d'Arnaud*
avaient fabriqué cette œuvre d'iniquité, fe font
trompés, du moins à l'égard de *d'Arnaud*. Il n'eft
pas poffible qu'un homme qui fait faire des vers ait
pu en griffonner de fi plats et de fi ridicules. Je ne
parle point des horreurs dont cette rapfodie eft farcie;

elles font frémir l'honnêteté comme le bon fens; je ne fais rien de fi fcandaleux ni de fi puniffable. On dit qu'on a découvert que *la Beaumelle* en était l'auteur, et qu'on l'a transféré de la baftille pour le mettre à Vincennes dans un cachot ; mais c'eft un bruit populaire qui me paraît fans fondement. Tout ce que je fais, c'eft qu'un tel éditeur mérite mieux. Voilà affurément une manœuvre bien criminelle. Les hommes font trop méchans. Heureufement il y a toujours d'honnêtes gens parmi les monftres, et des gens de goût parmi les fots. Quiconque aura de l'honneur et de l'efprit me plaindra qu'on fe foit fervi de mon nom pour débiter ces déteftables misères. Si vous favez quelque chofe fur ce fujet auffi trifte qu'impertinent, faites-moi l'amitié de m'en inftruire.

Mandez-moi furtout fi vous avez votre diamant. Je m'intéreffe beaucoup plus à vos avantages qu'à ces ordures, dont je vous parle avec autant de dégoût que d'indignation.

Je vous embraffe du meilleur de mon cœur.

LETTRE

LETTRE CCXIV.

A M. LE MARECHAL DUC DE RICHELIEU.

Aux Délices, près de Genève, 20 de décembre.

JE fuis honteux, Monfeigneur, d'importuner mon héros qui a bien autre chofe à faire qu'à lire mes lettres; mais je ne demande qu'un mot de réponfe pour le fatras ci-deffous.

1°. Un anglais vint chez moi, ces jours paffés, fe lamenter du fort de l'amiral *Bing* dont il eft ami. Je lui dis que vous m'aviez fait l'honneur de me mander que ce marin n'était point dans fon tort, et qu'il avait fait ce qu'il avait pû. Il me répondit que ce feul mot de vous pourrait le juftifier; que vous aviez fait la fortune de *Blakney*, par l'eftime dont vous l'avez publiquement honoré; et que, fi je voulais tranfcrire les paroles favorables que vous m'avez écrites pour *Bing*, il les enverrait en Angleterre. Je vous en demande là permiffion; je ne veux et je ne dois rien faire fans votre aveu. Voilà pour le vainqueur de Mahon.

Voici une autre requête pour le premier gentilhomme de la chambre; c'eft qu'il ait la bonté d'ordonner qu'on joue Rome fauvée à la cour cet hiver, fous fa dictature. *La Noue* quitte à Pâques, et M. d'*Argental* prétend que cette faveur de votre part eft de la dernière importance.

Ce tendre d'*Argental* me mande qu'il a pouffé bien plus loin fes follicitations; mais ce ferait étrangement abufer de vos bontés qu'il ne faut certainement pas hafarder en ce temps-ci.

J'apprends que *la Beaumelle,* avant de faire pénitence, avait apporté une édition de la Pucelle, où il a fourré un millier de vers de fa façon ; qu'on la vend publiquement , qu'elle eft remplie d'atrocités contre les perfonnes les plus refpectables, et que c'eft l'ouvrage le plus criminel qu'on ait jamais fait en aucune langue. On donne cette horreur fous mon nom. Elle eft fi mal-adroite qu'il y a dans l'ouvrage deux endroits affez piquans contre moi-même. Il y a bien des chofes dignes des halles, mais il fuffira d'un dévot pour m'attribuer cette infamie. Je crois que c'eft un torrent qu'il faut laiffer paffer. La vérité perce à la longue , mais il faut du temps et de la patience. Vous en avez beaucoup de lire mes lettres au milieu de vos occupations. Votre nouvel hôtel, la Guienne, l'année d'exercice ! vous ne devez pas avoir du temps de refte. J'en abufe , je vous en demande pardon. J'ofe attendre deux petits mots. Je vous renouvelle mon tendre refpect , et madame *Denis* fe joint à moi.

LETTRE CCXV. 1756.

A M. LE COMTE D'ARGENTAL.

Aux Délices, 20 décembre.

MON cher ange, j'ai vu cette infamie que l'on impute à *la Beaumelle*, et que je n'impute qu'à un diable, et à un fot diable. Il y a deux endroits affez piquans contre moi dans cette rapfodie digne des halles, qu'on a ofé imprimer fous mon nom. Je n'ai jamais vu d'ailleurs d'ouvrage plus digne à la fois de mépris et de châtiment; mais je crois à préfent le parlement et le public occupés de foins plus preffans que de celui de juger un petit libelle. Je me confole par la jufte efpérance que les honnêtes gens et les gens de goût me rendront juftice. Vous y contribuez plus que perfonne, vos amis vous fecondent; il ferait bien étrange que la vérité ne triomphât pas, quand c'eft vous qui l'annoncez.

Si cette affreufe calomnie a des fuites, je fuis très-sûr que vous ferez le premier à m'en inftruire. Je crois qu'à préfent je n'ai rien à faire qu'à déplorer tranquillement la méchanceté des hommes. M. le duc de *la Vallière* m'a mandé les mêmes chofes que vous; il veut bien fe charger d'affurer madame de *Pompadour* de mon attachement et de ma reconnaiffance pour fes bontés, et il répond qu'elle ne prêtera point l'oreille à la calomnie.

Ce n'eft pas affurément le temps que M. le maréchal de *Richelieu* entame ce que votre amitié généreufe

B b 2

lui a suggéré, et je suis bien loin de lui laisser seulement envisager que je veuille mettre ses bontés à
l'épreuve. Pour Rome sauvée et les autres pièces,
ce sont là des choses qu'on peut demander hardiment.
Je n'y ai pas manqué, et j'espère que vous vous
joindrez à moi.

Zulime ne sera plus Zulime, elle changera de
nom sans changer de caractère. Le lieu de la scène ne
sera plus le même. Il y aura quelques scènes nouvelles ; et comme les deux derniers actes sont
absolument différens de ceux qui furent joués, la
pièce sera en effet toute neuve. Le reste viendra
quand il pourra, quand j'aurai de la santé, de la
force, de la tranquillité, quand la calomnie ne
viendra plus assiéger mon hermitage, désoler mon
cœur, et éteindre mon pauvre génie. Je vous embrasse
avec larmes, mon respectable ami.

Il n'est pas douteux que *la Beaumelle* n'ait été
l'auteur et l'éditeur, avec ses associés, de cet abominable ouvrage. Je le reconnais à cent traits. Voilà
pour la seconde fois qu'il fait imprimer mes propres
ouvrages farcis de tout ce que sa rage pouvait lui
dicter. Il y a des horreurs contre le roi même.
Leur platitude ne les rend pas moins criminelles. Ce
libelle est un crime de lèse-majesté, et il se vend
impunément dans Paris.

LETTRE CCXVI.

A M. PIERRE ROUSSEAU, *de Toulouse*,

Auteur du Journal encyclopédique.

Suppofée écrite de Paris, le . . .

PARMI les nouvelles affligeantes pour les bons citoyens dans plufieurs parties de l'Europe, il y en a de bien défagréables dans la littérature. On fe contentait autrefois de critiquer les auteurs, on a fait fuccéder à cette critique permife un brigandage inoui ; on fait imprimer leurs ouvrages falfifiés et infectés de tout ce qu'on croit pouvoir nourrir la malignité, pour favorifer le débit. Voici comme s'explique, fur ce criminel abus, M. l'abbé *Trublet* dans fa préface des lettres de feu M. de *la Motte :*

,, On donne de nouvelles éditions des ouvrages
,, des gens célèbres, pour avoir occafion d'y répandre
,, les notes les plus fcandaleufes et les traits les plus
,, fatiriques contre leurs auteurs. Il était réfervé à
,, notre fiècle de voir pratiquer, dans les lettres, ce
,, brigandage ,,.

Le fage auteur de cette remarque parlait ainfi en 1754, à l'occafion du Siècle de *Louis XIV*, dont M. *la Beaumelle* s'avifa de faire et de vendre une édition chargée de tout ce que l'ignorance a de plus hardi, et de ce que l'impofture a de plus odieux. La même aventure fe renouvelle depuis cinq ou fix mois. Le même éditeur a falfifié plufieurs lettres de madame

—— de *Maintenon*, et en a suppofé quelques-unes de M. le maréchal de *Villars*, de M. le duc de *Richelieu*, qu'ils n'ont jamais écrites; et c'eft encore là le moindre abus dont on doit fe plaindre dans la publication fcandaleufe des prétendus Mémoires de madame de *Maintenon*.

Le comble de ces manœuvres infames eft une édition d'un poëme intitulé la Puçelle d'Orléans. L'éditeur a le front d'attribuer cet ouvrage à l'auteur de la Henriade, de Zaïre, de Mérope, d'Alzire, du Siècle de *Louis XIV*; et, tandis que nous attendons de lui une Hiftoire générale, et qu'il travaille encore au Dictionnaire encyclopédique, on ofe mettre fur fon compte le poëme le plus plat, le plus bas et le plus groffier qui puiffe fortir de la preffe. En voici quelques vers pris au hafard:

> Louis s'en vint du fond des Pays-Bas,
> Pour cogner Charle et heurter le trépas.....
> Là les lépreux, les femmes bien apprifes
> Devaient changer de robe et de chemifes....
> L'heureux Villars, bon français, plein de cœur,
> Gagna le quitte ou double avec Eugène.....
> Pour les idiots ce fut une trompette;
> Le drôle avait étudié fa bête.
> Il dit que Dieu, roulé dans un buiffon,
> A lui chétif avait donné leçon......
> Il les pria, de la part de madame,
> A manger caille, oie et bœuf au gros lard.....
> Chandos fuant et foufflant comme un bœuf,
> Tâte du doigt fi l'autre eft une fille;
> Au diable foit, dit-il, ma fotte aiguille......

Sous le foyer d'un grand feu de charbon,
La tête hors d'un énorme chaudron :
Pendez, pendez, le vilain semblait dire;
Baiser soubrette est pécher dans la loi....
Agnès baisait, Agnès était saillie.....
A ses baisers il veut que l'on riposte,
Et qu'on l'invite à courir chaque poste.....
Lecteur, ma Jeanne aura son pucelage
Jusqu'à ce que les vierges du Seigneur,
Malgré leurs vœux, sachent garder le leur.

La plume se refuse à transcrire le tissu des sottes et abominables obscénités de cet ouvrage de ténèbres. Tout ce qu'on respecte le plus y est outragé autant que la rime, la raison, la poësie et la langue. On n'a jamais vu d'écrit ni si plat ni si criminel ; et c'est ce langage des halles qu'on a le front d'attribuer à l'auteur de la Henriade, contre lequel même on trouve dans le poëme deux ou trois traits, parmi tant d'autres qui attaquent grossièrement les plus honnêtes gens du monde. Ceux qui, trompés par le titre, ont acheté cette misérable rapsodie, ont conçu l'indignation qu'elle mérite. Si une telle horreur parvient jusqu'à vous, Monsieur, elle excitera en vous les mêmes sentimens, et vous n'aurez pas de peine à les inspirer au public.

LETTRE CCXVII.

A MADAME DU BOCAGE.

Aux Délices, route de Genève, 30 de décembre.

COMMENT faites-vous, Madame, pour nous donner à la fois tant de plaifir et tant de jaloufie ? Nous avons reçu, madame *Denis* et moi, votre préfent avec tranfport; nous le lifons avec le même fentiment. C'eft après la lecture du fecond chant que nous interrompons notre plaifir, pour avoir celui de vous remercier. Ce fecond chant furtout nous paraît un effort et un chef-d'œuvre de l'art. Nous ne pouvons différer un moment à nous joindre avec tous ceux qui vous diront combien vous faites d'honneur à un art fi difficile, à notre fiècle que vous enrichiffez, et à votre fexe dont vous étiez déjà l'ornement. Que vous êtes heureufe, Madame ! Tout le monde, fans doute, vous rend la même juftice que nous. On ne falfifie point, on ne corrompt point les beaux ouvrages dont vous gratifiez le public ; tandis que, moi chétif, je fuis en proie à des miférables qui, fous le nom d'une certaine Pucelle, impriment tout ce que la groffièreté a de plus bas, et ce que la méchanceté a de plus atroce. Je me confole en vous lifant, Madame; et, permettez-moi de le dire, en comptant fur votre juftice et fur votre amitié. Vous la devez, Madame, à un homme qui fent auffi vivement que moi tout ce que vous valez, qui s'intéreffe à votre gloire, et qui vous fera toujours attaché malgré l'éloignement.

Madame *Denis* vous dit les mêmes chofes que
moi ; nous vous remercions mille fois. Nous allons
reprendre notre lecture ; nous vous aimons, nous
vous admirons. Comment vous dire que je fuis
comme un autre, Madame, avec refpect, &c.?

1756.

LETTRE CCXVIII.

A M. LE MARECHAL DUC DE RICHELIEU.

Aux Délices, près de Genève, 3 de janvier.

L'HUMANITÉ et moi, nous vous remercions
de votre lettre. J'en ai donné copie felon vos ordres,
Monfeigneur. Si elle ne fait pas beaucoup de bien
à l'amiral *Bing*, elle vous fera au moins beaucoup
d'honneur ; mais je ne doute pas qu'un témoignage
comme le vôtre ne foit d'un très-grand poids. Vous
avez contribué à faire *Blakney* pair d'Angleterre, vous
fauverez l'honneur et la vie à l'amiral *Bing*.

1757.

Le mémoire de l'envoyé de Saxe, préfenté aux
Etats-généraux, et qui eft une réponfe au mémoire
juftificatif du roi de Pruffe, fait par-tout la plus vive
impreffion. Je n'ai guère vu de pièce plus forte et
mieux écrite. Si les raifons décidaient du fort des
Etats, le roi de Pologne ferait vengé ; mais ce font
les fufils et la marche redoublée qui jugent les caufes
des fouverains et des nations.

Les Pruffiens ont quitté Leipfick ; ils font en Luface
où l'on fe bat au milieu des neiges. On me mande

de Vienne *qu'on y a une crainte de ces pruſſiens très-indécente.* Je voudrais vous voir conduire contre eux gaiement des français de bonne volonté, et voir ce que peut ſous vos ordres *la furia franceſe* contre le pas de meſure et la grave diſcipline; mais je craindrais que quelque balle vandale n'allât déranger l'eſtomac du plus aimable homme de l'Europe.

Je vous écris, Monſeigneur, dès que j'ai quelque choſe à vous mander. Alors mon cœur et ma plume vont vîte. Mais quand je ne vois que mes arbres et mes paperaſſes, que voulez-vous que le ſuiſſe vous mande? mes paroles oiſeuſes auraient-elles beau jeu au milieu de toutes vos occupations, de tous vos devoirs, des tracaſſeries parlementaires et épiſcopales, et de la criſe de l'Europe? Vous voilà-t-il pas bien amuſé quand je vous ſouhaiterai cinquante années heureuſes, quand je vous dirai que la ſuiſſe *Denis* et le ſuiſſe *Voltaire* vous adorent? Vous avez bien à faire de nos ſornettes! Conſervez-moi vos bontés, et agréez mon très-tendre reſpect.

LETTRE CCXIX.

A MADAME DE FONTAINE, *à Paris.*

A Laufane, 10 de janvier.

Sɪ vous veniez, ma chère nièce, paſſer l'hiver à Laufane, et l'été aux Délices, vous pourriez vous vanter d'être dans les deux plus belles fituations de l'Europe, et vous auriez la comédie par-tout. Nous la jouons à Laufane, nous la voyons auprès de Genève ; et, fi les prédicans en croient M. d'*Alembert* leur bon ami, ils l'auront bientôt dans leur ville : cela eſt plus honnête que d'aller s'égorger en Allemagne, comme font tant de gens, parcé qu'ils n'ont pas mieux à faire. Si on était fenfé, on ne fongerait qu'à paſſer une vie douce.

Je crois votre fanté à préfent raffermie. *Tronchin* a commencé, le régime et l'exercice ont achevé l'ouvrage. Vous vous êtes fait un plan de vie agréable, vous avez un fils qui fait votre confolation, vous avez des amis, vous êtes libre, et enfin vous êtes aimable ; vous devez être heureufe.

J'ai reçu une lettre de monfieur votre fils dont je fuis très-content. Il me paraît s'être formé en peu de temps ; voilà ce que c'eſt que d'avoir une mère qui eſt bonne compagnie. Il m'apprend que vous avez chez vous M. de *la Bletterie* qui veut bien quelquefois encourager fes études : il eſt trop heureux d'être à portée de recevoir des avis d'un homme de ce mérite,

Vous aurez, je crois, ma maigre effigie que vous demandez pour l'académie et pour vous. Il y a dàns Laufane un peintre de paffage, qui peint en paftel prefque auffi bien que vous. Quelque répugnance que j'aye à faire crayonner ma vieille mine, il faut bien s'y réfoudre, et être complaifant : c'eft bien l'être que de jouer la comédie à mon âge, et de fouffrir qu'on m'envoye de Paris des habits de *Zamti* et de *Narbas*. C'eft une fantaifie de votre fœur : elle en a bien d'autres qui deviennent les miennes. Elle fait ajufter la maifon de Laufane comme fi elle était fituée fur le Palais-royal. Il eft vrai que la pofition en vaut la peine. La pointe du férail de Conftantinople n'a pas une plus belle vue ; je ne fuis d'ailleurs incommodé que des mouches au milieu de l'hiver. Je voudrais vous tenir dans cette maifon délicieufe ; je n'en fuis point forti depuis que je fuis à Laufane. Je ne peux me laffer de vingt lieues de ce beau lac, de cent jardins, des campagnes de la Savoie, et des Alpes qui les couronnent dans le lointain ; mais il faudrait avoir un eftomac, ma chère nièce ; cela vaut mieux que l'afpect de Conftantinople.

Si vous favez quelque chofe du procès de monfieur d'*Alembert* avec les prédicans de *Calvin*, et de fa prétendue renonciation à l'Encyclopédie, je vous prie de m'en faire part.

Avez-vous lu la tragédie d'Iphigénie en Tauride ? l'auteur me l'a envoyée, mais je ne l'ai pas encore reçue. Pour moi, je ne travaille plus que pour nôtre petit théâtre de Laufane : il vaut mieux fe réjouir avec fes amis, que de s'expofer à un public toujours dangereux. Je fuis très-loin de regretter le parterre de Paris; je ne regrette que vous. Mille complimens au grand écuyer de *Cyrus*. (*)

Quoi qu'on en dife, on aurait eu grand befoin de nos chars contre la cavalerie de *Luc* (**). Il voulait mourir il y a trois mois, et à préfent le voilà au comble de la gloire. Il ne m'écrit plus ; *les honneurs changent les mœurs.*

Adieu, ma chère enfant.

LETTRE CCXX.

A M. THIRIOT.

A Monrion, 13 de janvier.

EH bien ! vous courez donc de belle en belle, et vous prétendez qu'on ne meurt que de chagrin : ajoutez-y, je vous prie, les indigeftions.

Il n'a pas tenu à *Robert-François Damiens* que le defcendant d'*Henri IV* ne mourût comme ce héros. J'apprends dans le moment, et affez tard, cette abominable nouvelle. Je ne pouvais la croire; on me la confirme; elle glace le fang; on ne fait où l'on en eft. Quoi, dans ce fiècle ! quoi, dans ce temps éclairé ! quoi, au milieu d'une nation fi polie, fi douce, fi légère, un *Ravaillac* nouveau! Voilà donc ce que produiront toujours des querelles de prêtres ! Les temps éclairés n'influeront que fur un petit nombre d'honnêtes gens : le vulgaire fera toujours fanatique. Ce font

(*) M. de *Florian*.
(**) Le roi de Pruffe.

donc là les abominables effets de la bulle *Unigenitus*, et des graves impertinences de *Quefnel*, et de l'infolence de *le Tellier*.

1757.

Je n'avais cru les janféniftes et les moliniftes que ridicules, et les voilà fanguinaires, les voilà parricides.

Je vous fupplie, mon ancien ami, de me mander ce que vous faurez de cet incroyable attentat, fi votre main ne tremble pas. Ecrivez-moi par Pontarlier : les lettres arrivent deux jours plutôt par cette voie. *A Monrion, par Pontarlier*, s'il vous plaît. C'eft là que je paffe mon hiver dans des fouffrances affez grandes, en attendant que votre converfation les adouciffe dans ma petite retraite des Délices auprès de Genève.

J'ai cette indigne édition de la Pucelle. Je me flatte qu'on n'en parle plus. Nous fommes dans le temps de tous les crimes.

Je vous embraffe de tout mon cœur.

LETTRE CCXXI.

A M. VERNES, *ministre à Genève.*

A Monrion, le 13 de janvier.

C'EST une chose bien honorable pour Genève, mon cher et aimable ministre, qu'on imprime dans cette ville que *Servet* était un sot, et *Calvin* un barbare ; vous n'êtes point calvinistes, vous êtes hommes. En France on est fou, et vous voyez qu'il y a des fous furieux (*). *Ravaillac* a laissé des bâtards : j'ai bien peur que celui-ci ne soit un prêtre janséniste. Les jésuites ont à se plaindre qu'il ait été sur leur marché.

Je ne fais encore aucun détail de cette horrible aventure. Si vous apprenez quelque chose dans votre ville où l'on apprend tout, faites-en part aux solitaires de Monrion. Je suis bien fâché que vous ne soyez venu dans cet hermitage que quand je n'y étais pas. Madame *Denis* et moi, nous vous fesons les plus sincères et les plus tendres complimens.

(*) On venait d'apprendre l'attentat de *Damiens.*

LETTRE CCXXII.

A M. DE CIDEVILLE. (*)

A Monrion, le 16 de janvier.

Nous vous fommes très-obligés, Monfieur, de nous avoir raffurés fur l'état du roi, après nos juftes alarmes. Toutes les nouvelles s'accordent à dire qu'il eft très-bien, et que cette affreufe cataftrophe ne peut avoir nulle fuite fâcheufe. Il eft fort à défirer qu'on puiffe faire parler ce monftre ; c'eft certainement un fou fanatique ; mais s'il a des complices, il eft bien effentiel de les connaître. Mandez-moi tout ce que vous faurez.

J'efpère qu'après tant d'alarmes tout fera tranquille dans Paris avant quinze jours. Si l'on avait fait des petites-maifons pour le clergé et le parlement, et qu'on eût jeté fur leurs querelles tout le ridicule qu'elles méritent, il y aurait eu moins de têtes échauffées, et par conféquent moins de fanatiques. Le public a mis trop d'importance à ces mifères : de bons ridicules et de grands feaux d'eau, c'eft la feule façon d'apaifer tout.

Mon oncle a fait à notre fiècle plus d'honneur qu'il ne mérite, quand il a dit que la philofophie avait affez gagné en France, et que nos mœurs étaient trop douces actuellement pour craindre que les Français puffent dorénavant affaffiner leurs rois. Il

(*) Une partie de cette lettre eft de madame *Denis*, et le refte de M. de *Voltaire*.

eft

eft défefpéré de s'être trompé, car il aime véritablement et la France et fon roi; mais un fou ne fait
pas la nation. Le roi eft aimé, et mérite de l'être à
tous égards.

Adieu, Monfieur; fongez quelquefois à vos amis
des Délices, et foyez perfuadé qu'ils ont pour vous
la plus tendre et la plus inviolable amitié.

Il faut, mon cher et ancien ami, que la tête ait
tourné à ce huguenot de *Cramer* qui m'avait tant
promis de vous apporter mes guenilles.

Les étrangers me reprochent d'avoir infinué, dans
plus d'un endroit, que, vous autres Français, vous
êtes doux et philofophes. Ils difent qu'on affaffine
trop de rois en France pour des querelles de prêtres.
Mais un chien enragé d'Arras, un malheureux convulfionnaire de Saint-Médard, qui croit tuer un roi
de France avec un canif à tailler des plumes, un
forcené idiot, un fi fot monftre a-t-il quelque chofe
de commun avec la nation? Ce qu'il y a de déplorable, c'eft que l'efprit convulfionnaire a pénétré
dans l'ame de cet exécrable coquin. Les miracles de ce
fou de *Pâris*, l'imbécille *Montgeron* ont commencé, et
Robert-François Damiens a fini. Si *Louis XIV* n'avait
pas donné trop de poids à un plat livre de *Quefnel*,
et trop de confiance aux fureurs du fripon *le Tellier*,
fon confeffeur, jamais *Louis XV* n'eût reçu de coup
de canif. Il me paraît impoffible qu'il y ait eu un
complot; en ce cas, je fuis juftifié des éloges de ma
nation : s'il y a un complot, je n'ai rien à dire.

Je vous embraffe tendrement, vous et le grand abbé.
N'oubliez jamais votre vieux et attaché camarade.

LETTRE CCXXIII.

A MADAME DE FONTAINE, *à Paris.*

A Monrion, 16 de janvier.

Ceci eft pour ma nièce, ma compagne en maladies; pour mon neveu le juge et le prédicateur, pour mon petit-neveu, pour M. de *Florian*, que j'embraffe tous du meilleur de mon cœur. Nous fommes un peu malades, madame *Denis* et moi, à Monrion.

Les bons Suiffes me reprochent d'avoir trop loué une nation et un fiècle qui produifent encore des *Ravaillac*. Je ne m'attendais pas que des querelles ridicules produiraient de tels monftres. Je crois bien que *Robert-François Damiens* n'a point de complices; mais c'eft un chien qui a gagné la rage avec les *chiens de Saint-Médard;* c'eft un refte des convulfions. On ne doit pas me reprocher du moins d'avoir tant écrit contre le fanatifme; je n'en ai pas encore affez dit. S'il y a quelque chofe de nouveau, nous prions inftamment M. de *Florian*, qui n'épargne pas fes peines, de fe fouvenir de nous.

Songez à votre fanté, ma chère nièce; j'ai fait un fort beau préfent au grand *Tronchin* le guériffeur: il en eft très-content.

Voici ce teftament que vous demandez, ma chère enfant; je vous prie d'en donner copie fur le champ à M. d'*Argental* et à *Thiriot*. Ce nouveau teftament eft meilleur que l'ancien qui court fous mon nom.

LETTRE CCXXIV.

A M. LE COMTE D'ARGENTAL, *à Paris*.

A Monrion, 20 de janvier.

Mon cher ange, je sens tout le prix de votre souvenir dans un temps où vous êtes si consterné de l'horrible aventure, et si occupé à remplir le vide immense laissé dans le parlement. Votre assiduité à des devoirs nouveaux dont vous êtes dispensé, est un mérite dont le parlement, le public et la cour doivent vous tenir compte. Je me flatte, pour l'honneur de la nation et du siècle, et pour le mien, qui ai tant célébré cette nation et ce siècle, qu'on ne trouvera nulle ombre de complicité, nulle apparence de complot dans l'attentat aussi abominable qu'absurde de ce polisson d'assassin, de ce misérable bâtard de *Ravaillac*. J'espère qu'on n'y trouvera que l'excès de la démence : il est vrai que cette démence aura été inspirée par quelques discours fanatiques de la canaille : c'est un chien mordu par quelques chiens de la rue, qui sera devenu enragé. Il paraît que le monstre n'avait pas un dessein bien arrêté, puisque, après tout, on ne tue point des rois avec un canif à tailler des plumes. Mais pourquoi le scélérat avait-il trente louis dans sa poche ? *Ravaillac* et *Jacques Clément* n'avaient pas un sou. Je n'ose importuner votre amitié sur les détails de cet exécrable attentat. Mais comment me justifierai-je d'avoir tant

C c 2

affuré que ces horreurs n'arriveraient plus, que le temps du fanatifme était paffé, que la raifon et la douceur des mœurs régnaient en France? Je voudrais que dans quelque temps on rejouât Mahomet. Je n'ofe vous parler à préfent de cette Hiftoire générale, ou plutôt de cette peinture des misères humaines, de ce tableau des horreurs de dix fiècles; mais, fi vous avez le loifir de recueillir les opinions de ceux qui auront eu le courage d'en lire quelque chofe, vous me rendrez un vrai fervice de m'apprendre ce qu'on en penfe et ce que je dois corriger en général : car c'eft toujours à me corriger que je m'étudie. Que fais-je autre chofe avec l'ancienne Zulime? Le travail a fait toujours ma confolation : le rabot et la lime font toujours mes inftrumens. Eft-il vrai que M. de *Sainte-Palaye* fuccédera à *Fontenelle* dans l'académie? Je lui fouhaite fa place et fa longue vie. Adieu, mon cher et refpectable ami. Mille tendres refpects à tous les anges. Les deux fuiffes vous embraffent.

LETTRE CCXXV. 1757.

A M. LE DUC D'UZÈS.

A Monrion, près de Laufane, 28 de janvier.

J'AI reçu, monfieur le Duc, une lettre à un évêque, qui vaut beaucoup mieux que le bref du pape. Elle eft digne à la fois du premier pair de France et d'un philofophe. Il y a des pairs parmi les évêques, mais de philofophes, il y en a bien peu. Le plus déteftable fanatifme lève hardìment la tête, tàndìs que la raifon demeure à Uzès et dans quelques petits cantons. Les fages gémiffent et les infenfés agiffent. Il y a un certain grand arbre qui ne porte que des fruits d'amertume et de mort : il couvre encore de fes branches pourries une partie de l'Europe. Les pays où l'on a coupé fes rameaux empoifonnés, font les moins malheureux. Je vous remercie du fond de mon cœur, monfieur le Duc, de l'antidote excellent que vous avez eu la bonté de m'envoyer. Qu'on parcoure l'hiftoire des affaffins chrétiens, et elle eft bien longue, on verra qu'ils ont eu tous la Bible dans leur poche avec leur poignard, et jamais Cicéron, Platon ni Virgile.

Plus j'entrevois ce qui fe paffe dans ce vilain monde, plus j'aime mes retraites allobroges et helvétiques.

LETTRE CCXXVI.

A M. LE MARECHAL DUC DE RICHELIEU.

A Monrion , 4 de février.

JE ne fais fi mon héros aura déjà reçu un fatras d'hiftoire qui commence à *Charlemagne* et même plus haut , et qui finit par le vainqueur de Mahon. Vous n'aurez guère , Monfeigneur , le temps de lire dans votre année d'exercice : cet exercice a été violent dans ces dernières horreurs. Vous voyez des chofes bien extraordinaires, mais vous en verrez des exemples dans le fatras que j'ai l'honneur de vous envoyer. Il eft en feuilles. Je n'ai point de relieur à Monrion , et je crois que vos livres ont une reliûre particulière.

Le roi de Pruffe vient de m'écrire une lettre tendre; il faut que fes affaires aillent mal. L'autocratrice de toutes les Ruffies veut que j'aille à Pétersbourg. Si j'avais vingt-cinq ans , je ferais le voyage.

Le Kàin veut en faire un ; et il fe flatte que vous lui donnerez permiffion d'aller prêcher à Marfeille à Pâques. Je n'ofe vous en fupplier. Il n'appartient point à un fuiffe de parler des acteurs de Paris. Ce n'eft pas affurément le temps de parler de comédie ; il y a des tragédies bien abominables en France , qui prennent toute l'attention. Ce pauvre marquis *d'Argenfon*, que vous appeliez le fecrétaire d'Etat de la république de *Platon* , eft donc mort ? Il était mon contemporain : il faut que je faffe mon paquet. Jouiffez , mon héros , de votre gloire et d'une vie heureufe et

longue. Les héros vivent plus long-temps que les
philofophes ; j'en excepte *Fontenelle* dont je vous   1757.
fouhaite l'eftomac et les cent années. Vous voilà
doyen de l'académie : c'eft une bien belle place, mais
il la faut conferver. Confervez-moi auffi vos bontés.
Les deux fuiffes vous adorent.

LETTRE CCXXVII.

A M. LE COMTE D'ARGENTAL.

A Monrion, 6 de février.

Moi, aller à Pétersbourg, mon cher ange! favez-
vous bien que ma petite retraite des Délices eft plus
agréable que le palais d'été de l'autocratrice ? Si
Dofmont joue la comédie, je la joue auffi ; et je fais le
bon homme *Lufignan* dans huit jours. Cela me convient fort ;

Car à revoir Paris je ne dois plus prétendre ;
Vous voyez qu'au tombeau je fuis prêt à defcendre.

Nous avons un bel *Orofmane*, un fils du général
Conflant, qui a foupé avec vous à Argenteuil avec
mademoifelle *du Bouchet*. Votre tragédie de *Robert-
François Damiens* et de tant de fous, n'eft donc pas
encore finie ! Je ne fais pas pourquoi les comédiens
ne hafardent pas Mahomet dans ces circonftances.

Vous avez une belle ame d'aimer toujours le tripot,
au milieu de toutes les atrocités qui vous entourent.
Les plus fages font affurément ceux qui cultivent les

C c 4

arts et qui aiment le plaifir, tandis que les autres fe tourmentent.

Le roi de Pruffe m'a écrit de Drefde une lettre très-touchante. Je ne crois pourtant pas que j'aille à Berlin plus qu'à Pétersbourg : je m'accommode fort de mes Suiffes et de mes Génevois. On me traite mieux que je ne mérite. Je fuis bien logé dans mes deux retraites. On vient chez moi ; on trouve bon qu'en qualité de malade je n'aille chez perfonne. Je leur donne à dîner et à fouper, et quelquefois à coucher. Madame *Denis* gouverne ma maifon. J'ai tout mon temps à moi : je griffonne des hiftoires, je fonge à des tragédies ; et, quand je ne fouffre point, je fuis heureux. Vous m'avouerez que ce *Dofmont* a tort de vouloir que je quitte tout cela pour l'aller entendre à Pétersbourg. S'il avait vû mes plate-bandes de tulipes au mois de février, il ne me propoferait pas fes glaces.

On dit que mademoifelle *Duménil* et *le Kain* fe font en effet furpaffés dans Sémiramis. L'abbé coad-juteur de Retz n'aurait-il pas mieux fait d'aller là qu'à fon abbaye ?

Adieu, mon cher et refpectable ami. Il n'y a que vous de fage, j'y compte auffi les anges.

Le fuiffe Voltaire.

LETTRE CCXXVIII.

A M. DE CIDEVILLE.

A Monrion, 9 de février.

Mon cher et ancien ami, je souhaite que le fatras dont je vous ai surchargé, vous amuse. J'ai vu un temps où vous n'aimiez guère l'histoire. Ce n'est, après tout, qu'un ramas de tracasseries qu'on fait aux morts.

Mais, à propos de *Robert-François Damiens*, lisez le chapitre d'*Henri IV*. On peut prendre et laisser le livre quand on veut ; les titres courans sont au haut des pages ; cela soulage le lecteur ; il lit ce qui l'intéresse et laisse le reste. Notre ami le grand abbé a-t-il reçu son exemplaire ? Mais a-t-on le temps de lire au milieu des belles choses dont Paris retentit chaque jour ? *Robert-François Damiens*, bâtard de *Ravaillac*, et ses corforts, et les lettres au dauphin, et les poisons, et les exils, et le remue-ménage, et la guerre, et les vaisseaux de la compagnie des Indes qu'on nous gobe : tout cela absorbe l'attention. Les horreurs présentes ne donnent pas le temps de lire les horreurs passées.

J'ai tendrement regretté le marquis d'*Argenson*, notre vieux camarade. Il était philosophe, et on l'appelait à Versailles d'*Argenson la bête*. Je plains davantage *la chèvre*, s'il est vrai qu'on l'envoye brouter en Poitou... Les fleurs et les fruits de la cour étaient faits pour elle. Qui m'aurait dit, mon ami, que je

—————
ferais dans une retraite plus agréable que ce miniftre ? Ma fituation des Délices eft fort au - deffus de celle des Ormes. Je paffe l'hiver dans une autre retraite, auprès d'une ville où il y a de l'efprit et du plaifir. Nous jouons Zaïre : madame *Denis* fait *Zaïre* mieux que *Gauffin*. Je fais *Lufignan* ; le rôle me convient, et l'on pleure. Enfuite on foupe chez moi ; nous avons un excellent cuifinier. Perfonne n'exige que je faffe des vifites ; on a pitié de ma mauvaife fanté ; j'ai tout mon temps à moi ; je fuis auffi heureux qu'on peut l'être quand on digère mal. En vérité, cela vaut bien le fort d'un fecrétaire d'Etat qu'on renvoie : *beatus ille qui procul negotiis.* La liberté, la tranquillité, l'abondance de tout, et madame *Denis*, voilà de quoi ne regretter que vous.

Le roi de Pruffe m'a écrit une lettre très-tendre ; l'impératrice de Ruffie veut que j'aille à Pétersbourg écrire l'hiftoire de *Pierre*, fon père ; mais je refterai aux Délices et à Monrion : je ne veux ni roi ni autocratrice ; j'en ai tâté, cela fuffit. Les amis et la philofophie valent mieux ; mais il eft trifte d'être fi loin de vous.

Voilà *Fontenelle* mort ; c'eft une place vacante dans votre cœur ; il me la faut. *Vale et me ama.*

Le fuiffe Voltaire.

LETTRE CCXXIX.

A M. LE MARECHAL DUC DE RICHELIEU.

13 de février.

LE fragment de votre lettre fur l'amiral *Bing*, Monseigneur, fut rendu à cet infortuné par le secrétaire d'Etat, afin qu'elle pût servir à sa justification. Le conseil de guerre l'a déclaré brave homme et fidelle. Mais, en même temps, par une de ces contradictions qui entrent dans tous les événemens, il l'a condamné à la mort, en vertu de je ne sais quelle vieille loi, en le recommandant au pouvoir de pardonner, qui est dans la main du souverain. Le parti acharné contre *Bing* crie à présent que c'est un traître qui a fait valoir votre lettre, comme celle d'un homme par qui il avait été gagné. Voilà comme raisonne la haine ; mais les clameurs des dogues n'empêchent pas les honnêtes gens de regarder cette lettre comme celle d'un vainqueur généreux et juste, qui n'écoute que la magnanimité de son cœur.

Je crois que vous avez été un peu occupé, depuis un mois, de la foule des événemens, ou horribles, ou embarrassans, ou désagréables, qui se sont succédés si rapidement. Les gens qui vivent philosophiquement dans la retraite, ne sont pas les plus à plaindre. Je crains d'abuser de vos momens et de vos bontés par une plus longue lettre : il faut un peu de laconisme avec un premier gentilhomme de la chambre, qui a le

—— roi et le dauphin à fervir, et avec celui qui eft fait pour être dans les confeils et à la tête des armées.

Madame *Denis* vous idolâtre toujours, et il n'y a point de fuiffe qui vous foit attaché avec un plus tendre refpect que le fuiffe *Voltaire*.

LETTRE CCXXX.

AU MEME.

19 de février.

OUI, fans doute, mon héros, le fecrétaire de la république de *Platon* aurait ri et dit quelques bons mots, car il en difait ; mais tâchez de n'en pas dire.

Votre lettre fur ce pauvre amiral *Bing*, lui a valu du moins quatre voix favorables, quoique la pluralité l'ait condamné à la mort. Il fe paffe dans tous les Etats des fcènes fingulières, et aucune ne vous furprend.

Je vous attends toujours, ou dans le confeil, ou à la tête d'une armée. Si les fervices et la capacité donnent les places fous un monarque éclairé, vous avez affurément plus de droits que perfonne. Mais quelque place que vous ajoutiez à celles que vous occupez, il y en a une que les rois ne peuvent ni donner ni ôter, c'eft celle de la gloire. Jouiffez de ce beau pofte ; il eft à l'abri de la fortune.

Je vous affure, Monfeigneur, que vous prêchez à un converti, quand vous me confeillez de ne me

rendre ni aux coquetteries du roi de Pruſſe, ni aux 1757.
bontés de l'impératrice de Ruſſie. Je préfère ma retraite
à tout ; et cette retraite eſt d'ailleurs abſolument
néceſſaire à un malade qui tient à peine à la vie.

Permettez que je vous envoye ce qu'on m'écrit
ſur *le Kain*. S'il a tant de talens, s'il ſert bien, eſt-il
juſte qu'il n'ait pas de quoi vivre, quand les plus
mauvais acteurs ont une part entière ? c'eſt-là
l'image de ce monde. Puiſque vous daignez deſcendre
à ces petits objets, mettez-y la juſtice de votre cœur,
et protégez les talens.

Madame *Denis* et le ſuiſſe *Voltaire* vous préſentent
leurs plus tendres reſpects.

LETTRE CCXXXI.

A MADAME DE FONTAINE, *à Paris.*

A Monrion, 19 de février.

Qu'EST-CE que c'eſt donc, ma chère nièce, qu'une
petite ſecte de la canaille, nommée la ſecte des *mar-
gouilliſtes*, nom qu'on devrait donner à toutes les
ſectes ? On dit que ces miſérables fanatiques, nés des
convulſionnaires, et petits-fils des janſéniſtes, ſont ceux
qui ont mis, non pas le couteau, mais le canif à la
main de ce monſtre inſenſé de *Damiens*; que ce ſont
eux qui envoient du poiſon au dauphin dans une
lettre, et qui affichent des placards ; le tout pour la
plus grande gloire de DIEU. Les honnêtes gens, par
parenthèſe, devraient me remercier d'avoir tant crié

toute ma vie contre le fanatifme ; mais les cours font quelquefois ingrates.

Vous favez les coquetteries que me fait le roi de Pruffe, et que la czarine m'appelle à Pétersbourg. Vous favez auffi qu'aucune cour ne me tente plus, et que je dois préférer la folidité de mon bonheur dans ma retraite, à toutes les illufions. Si j'en voulais fortir, ce ne ferait que pour vous ; ma fanté exige de la folitude ; je m'affaiblis tous les jours.

J'ai fait un effort pour jouer *Lufignan ;* votre fœur a été admirable dans *Zaïre ;* nous avions un très-beau et très-bon *Orofmane*, un *Néreflan* excellent, un joli théâtre, une affemblée qui fondait en larmes ; et c'eft en Suiffe que tout cela fe trouve, tandis que vous avez à Paris des *margouilliftes.* Je vous ai bien regrettée ; mais c'eft ce qui m'arrive tous les jours.

Ayez grand foin de votre malheureufe fanté ; confervez-vous, aimez-moi. Mille tendres complimens à fils, à frère, à fecrétaire (*). Adieu, ma très-chère nièce : votre fœur ne vous écrit point aujourd'hui ; elle apprend un rôle. Nous ne vous parlons que de plaifir : inftruifez-nous des fottifes de Paris.

(*) M. de *Florian*.

LETTRE CCXXXII.

A M. DE BURIGNY,

DE L'ACADEMIE DES INSCRIPTIONS, &c.

A Monrion, 24 de février.

L'ESPRIT dans lequel j'ai écrit, Monſieur, ce faible Eſſai ſur l'hiſtoire, a pu trouver grâce devant vous et devant quelques philoſophes de vos amis. Non-ſeulement vous pardonnez aux fautes de cet ouvrage ; mais vous avez la bonté de m'avertir de celles qui vous ont frappé. Je reconnais à ce bon office les ſentimens de votre cœur, et le frère de ceux qui m'ont toujours honoré de leur amitié. Recevez, Monſieur, mes ſincères et tendres remer- cîmens. Je paſſe l'hiver auprès de Lauſane, où je n'ai point mes livres : le peu que j'en ai pu conſerver eſt à mon petit hermitage des Délices ; ainſi je n'ai aucun ſecours pour vérifier les dates.

Il ſe peut que l'impératrice *Conſtance* fût fille du roi de Sicile *Roger*, mais il me ſemble que ce *Roger* vivait en 1101, et *Henri VI*, mari de *Conſtance*, en 1195. Il l'épouſa, je crois, en 1186. Cette *Conſtance* avait des amans long-temps après cette époque. Il eſt bien difficile qu'elle ſoit fille de *Roger ;* je crois me ſouvenir que pluſieurs annaliſtes la font fille de *Guillaume :* je conſulterai mes capitulaires, et ſurtout *Giannone*, quoiqu'il ne ſoit pas toujours exact.

Le cardinal *Pôlus* pourrait bien avoir écrit la lettre

—— à *Léon X*, long-temps avant d'être cardinal. C'eſt de milord *Bolingbroke* que je tiens l'anecdote de cette lettre ; il en a parlé ſouvent à M. de *Pouilly*, votre frère, et à moi.

Adrien IV, au lieu d'*Alexandre III*, eſt une inadvertance : dans le cours de l'ouvrage, je dis toujours que c'eſt *Alexandre III* qui impoſa une pénitence à *Henri II*, roi d'Angleterre, pour le meurtre de *Thomas Becquet*. Je ne manquerai pas de rectifier ces erreurs, et j'oublierai encore moins l'obligation que je vous ai. Il y en a quelques autres encore que je corrige dans la nouvelle édition que font actuellement les frères *Cramer*. Ils m'ont arraché cet ouvrage que j'aurais dû garder long-temps avant de le laiſſer expoſer aux yeux du public ; mais, puiſqu'il a trouvé grâce devant les vôtres, je ne peux me repentir.

J'ai l'honneur d'être avec toute l'eſtime et la reconnaiſſance que je vous dois, Monſieur, votre, &c.

LETTRE

LETTRE CCXXXIII.

A M. ***. (*)

A Monrion, 29 de février.

MONSIEUR,

J'AI reçu une lettre que j'ai cru d'abord écrite à Verfailles ou dans notre académie, et c'eft vous, Monfieur, qui me faites l'honneur de me l'adreffer. Vous me propofez ce que je défirais depuis trente ans : je ne pouvais mieux finir ma carrière qu'en confacrant mes derniers travaux et mes derniers jours à un tel ouvrage.

Je ferais le voyage de Pétersbourg fi ma fanté pouvait le permettre ; mais, dans l'état où je fuis, je vois que je ferai réduit à attendre dans ma retraite les matériaux que vous voulez bien me promettre.

Voici quel ferait mon plan. Je commencerais par une defcription de l'état floriffant où eft aujourd'hui l'empire de Ruffie, de ce qui rend Pétersbourg recommandable aux étrangers, des changemens faits à Mofcou, des armées de l'empire, du commerce, des arts, et de tout ce qui a rendu le gouvernement refpectable.

Enfuite, je dirais que tout cela eft d'une création nouvelle, et j'entrerais en matière par faire connaître le créateur de tous ces prodiges. Mon deffein ferait

_____

(*) Cette lettre eft probablement adreffée à l'ambaffadeur de Ruffie, à Paris.

1757. de donner enfuite une idée précife de tout ce que l'empereur *Pierre le grand* a fait depuis fon avénement à l'empire, année par année.

Si M. le comte de *Schouvalof* a la bonté, Monfieur, comme vous m'en flattez, de me faire parvenir des mémoires fur ces deux objets, c'eft-à-dire, fur l'état préfent de l'empire et fur tout ce qu'a fait *Pierre le grand*, avec une carte géographique de Pétersbourg, une de l'empire, l'hiftoire de la découverte du Kamfhatka, et enfin des renfeignemens fur tout ce qui peut contribuer à la gloire de votre pays, je ne perdrai pas un inftant, et je regarderai ce travail comme la confolation et la gloire de ma vieilleffe.

La fuite des médailles eft inutile; elles fe trouvent dans plufieurs recueils, et la matière de ces médailles eft d'un prix que je ne puis accepter. Je fouhaiterais feulement que M. le comte de *Schouvalof* voulût bien m'affurer que fa Majefté l'impératrice défire que ce monument foit élevé à la gloire de l'empereur fon père, et qu'elle agrée mes foins.

Voilà, Monfieur, quelles font mes difpofitions. Je me tiendrai très-honoré et très-heureux fi elles s'accordent avec les vôtres : j'attendrai vos ordres et ceux de M. le comte de *Schouvalof* à qui vous me permettrez de préfenter ici mes refpects, en recevant les miens.

J'ai l'honneur d'être, Monfieur, avec tous les fentimens que je vous dois, &c.

LETTRE CCXXXIV.

A M. VERNES.

Ce dimanche, à Monrion, février.

JE crois qu'on ne jouera l'Enfant prodigue que famedi, 12 du mois. Vous pourriez, mon cher Monfieur, en qualité de miniftre du faint Evangile, affifter à une pièce tirée de l'Evangile même, et entendre la parole de DIEU dans la bouche de madame la marquife de *Gentil*, de madame d'*Aubonne* et de madame d'*Hermenches*, qui valent mieux que les trois *Magdeleines*, et qui font plus refpectables. Vous devriez, vous et M. *Claparède*, quitter votre habit de prêtre, et venir à Monrion en habit d'homme. Nous vous garderons le fecret ; on ne fe fcandalife point à Laufane ; on y refpire les plaifirs honnêtes, et les douceurs de la fociété.

Bonfoir ; vous avez en moi un ami pour la vie. Je fuis bien en peine de mon petit *Patu*. Je l'aime de tout mon cœur.

LETTRE CCXXXV.

A M. THIRIOT.

A Monrion, le 3 de mars.

JE n'entends point parler de vous, mon ancien ami, depuis que vous lifez l'hiftoire des fottifes humaines depuis *Charlemagne*. Je voudrais bien favoir auffi ce que c'eft qu'un porte-feuille trouvé. On me met en pièces, on fe divife mes vêtemens, et on jette le fort fur ma robe.

Je voudrais que vous euffiez paffé l'hiver avec moi à Laufane. Si vous n'aviez été enchaîné, felon votre louable coutume, au char des jeunes et belles dames, vous auriez vu jouer Zaïre en Suiffe mieux qu'on ne la joue à Paris; vous auriez entendu la Serva padrona fur un joli théâtre; vous y verriez des pièces nouvelles, exécutées par des acteurs excellens; les étrangers accourir de trente lieues à la ronde, et mon pays roman, mes beaux rivages du lac Leman, devenus l'afile des arts, des plaifirs et du goût; tandis qu'à Paris la fecte des margouilliftes occupe les efprits, que le parlement et l'archevêque bataillent pour une place à l'hôpital et pour des billets de confeffion, qu'on ne rend point la juftice, et qu'enfin on affaffine un roi. Jouiffez de tant de charmes et de tant de gloire, meffieurs les Parifiens, et applaudiffez encore au Catilina de *Crébillon*.

LETTRE CCXXXVI.

A M. LE COMTE D'ARGENTAL.

A Monrion, 3 de mars.

MON cher ange, on peut mal fervir mademoifelle *Clairon* fans la rater abfolument. On peut être *de communi martyrum*, fans être *de frigidis et maleficiatis*. Ce fera à peu-près le rôle que je jouerai avec elle. Je lui donnerai, quand vous voudrez, cette Zulime bien changée et fous un autre nom. Vous déciderez du temps le plus favorable, quand vous ferez quitte de la mauvaife tragédie de *Robert-François Damiens*, quand les querelles qui anéantiffent le goût des arts feront apaifées, quand Paris refpirera.

Pour l'autre pièce, ce n'eft pas une affaire prête ; il ne faut pas d'ailleurs être toujours *ce Voltaire qui volume fur volume inceffamment defferre*. Si on ne fouhaite pas ma perfonne, je veux au moins qu'on fouhaite mes ouvrages.

Béni foit Dieu qui vous donne la perfévérance dans le goût des beaux arts, et furtout du tripot de la comédie, tandis qu'on n'entend parler que des querelles des parlemens et des prêtres, qu'on ne rend point la juftice, que la fecte des margouilliftes fait de petits progrès, et qu'on affaffine des rois. Vous m'approuverez de paffer mes hivers dans un petit pays où on ne vit que pour fon plaifir, et où Zaïre a été mieux jouée, à tout prendre, qu'à Paris. J'ai

————— fait couler des larmes de tous les yeux fuiffes. Madame
1757. *Denis* n'a pas les beaux yeux de *Gauffin*, mais elle
joue infiniment mieux qu'elle. On vient de trente
lieues pour nous entendre. Nous mangeons des gélinotes, des coqs de bruyère, des truites de vingt
livres ; et, dès que les arbres auront remis leur livrée
verte, nous allons à cet hermitage des Délices, qui
mérite fon nom.

Ne fommes-nous pas fort à plaindre ? Oui, mon
cher et refpectable ami, nous le fommes, puifque
nous vivons loin de vous.

J'ai une extrême curiofité de favoir fi on envoie
cent mille hommes en Allemagne ; mais vous ne
vous en fouciez guère, et vous ne m'en direz rien.
J'aimerais encore mieux que votre parlement fe mît
à rendre enfin la juftice, et me fît payer de cinquante
mille francs dont ce fat de *Bernard*, fils de *Samuel
Bernard*, et fat de dix millions, m'a fait banqueroute
en mourant. Adieu, mon divin ange ; jugez *Damiens*,
et portez-vous bien.

LETTRE CCXXXVII.

A MADAME DE FONTAINE, *à Paris*.

A Monrion, 6 de mars.

Le bon homme *Lufignan* dit les chofes les plus tendres à madame de *Fontaine* et conforts : il eft devenu à préfent le bon homme *Euphémon* dans l'Enfant prodigue : c'eft un vieillard qui aime toujours la bonne compagnie ; jugez s'il vous chérit.

Je fuis impatient de favoir fi votre aimable fecrétaire eft enfin venu à bout, avec M. de *Paulmi*, d'une affaire qui était fi difficile avec M. d'*Argenfon*. Il eft arrivé fouvent qu'on a été négligé par ceux à qui on était attaché , et qu'on réuffit auprès de ceux dont on devait moins attendre. Je m'intéreffe auffi aux petits chariots : c'eft une chofe qui certainement peut produire de grands avantages ; mais comment faire de tels préparatifs fecrétement ? tout ce qui eft nouveau rebute le miniftère ; et cette invention nouvelle devient inutile dès qu'elle eft fue.

Eft-il bien sûr, enfin , qu'on a fait partir cinquante mille hommes , qu'on va faire une guerre très-vive au dehors , et que les affaires s'accommodent au dedans? Pour nous, pauvres fuiffes , nous ne fongeons qu'à des plaifirs tranquilles. On croit, chez les badauds de Paris, que toute la Suiffe eft un pays fauvage : on ferait bien étonné fi on voyait jouer Zaïre à Laufane , mieux qu'on ne la joue à Paris : on ferait

D d 4

—— plus furpris encore de voir deux cents fpectateurs aufsi bons juges qu'il y en ait en Europe. Il y a dans mon petit pays roman, car c'eft fon nom, beaucoup d'efprit, beaucoup de raifon, point de cabales, point d'intrigues pour perfécuter ceux qui rendent fervice aux belles-lettres. Nous fommes libres, et nous n'abu-fons point de notre liberté ; les tribunaux ne ceffent point de rendre juftice ; il n'y a ni margouilliftes, ni convulfionnaires, ni de *Robert-François Damiens*. Notre climat vaut mieux que le vôtre ; nous avons plus long-temps de beaux jours ; il n'y a que de très-méchant vin autour de Paris, et nos coteaux en produifent d'excellent : nous avons mangé, l'automne et l'hiver, des gélinotes et des grianaux que vous ne connaiffez guère. Cependant, ma chère nièce, je vous regrette de tout mon cœur. Portez-vous bien et aimez-moi.

LETTRE CCXXXVIII.

A M. DE BURIGNY.

A Monrion, le 20 de mars.

On ne fe douterait pas, Monfieur, qu'un théâtre établi à Laufane, des acteurs peut-être fupérieurs aux comédiens de Paris, enfin une pièce nouvelle, des fpectateurs pleins d'efprit, de connaiffances et de lumières, en un mot, tous les foins qu'entraînent de tels plaifirs, m'ont empêché de vous écrire plutôt. Je fais trève un moment aux charmes de la poëfie et aux embelliffemens finguliers qui ornent notre petit pays roman, et qui font naître des fleurs au milieu des neiges du mont Jura et des Alpes, pour vous réitérer mes fincères et tendres complimens. Je vous en dois beaucoup pour la bonté que vous avez eue de remarquer quelques-unes des inadvertances de cette Hiftoire générale. Je vous en dois davantage pour la vie d'*Erafme* et pour celle de *Grotius*, que vous voulez bien me promettre. Par qui pouvaient-ils être mieux célébrés que par un homme qui a toute leur fcience et tous leurs fentimens ? J'ai vu un petit manufcrit de M. de *Pouilly*, que je regretterai toujours, fur *Grotius* ; mais c'était un ouvrage très-court, et qui entrait dans fort peu de détails.

J'attends avec impatience le préfent dont vous avez la bonté de m'honorer. Je ne vous enverrai l'Hiftoire générale qu'avec les corrections dont je vous ai l'obligation. On en fait ufage dans une feconde édition,

—— mais il faut laiffer écouler la première. Les libraires
1757. à qui j'en ai fait préfent fe font avifés d'en tirer fept
mille exemplaires pour une première édition que je
ne regarde que comme un effai, et comme une occafion
de recueillir les avis des hommes éclairés. La vie
d'*Erafme* et celle de *Grotius* ferviront beaucoup à me
remettre dans la bonne voie.

LETTRE CCXXXIX.

A M. THIRIOT.

A Monrion, 26 de mars.

MON cher et ancien ami, de tous les éloges dont
vous comblez ce faible effai fur l'Hiftoire générale, je
n'adopte que celui de l'impartialité, de l'amour extrême
pour la vérité, du zèle pour le bien public, qui ont
dicté cet ouvrage.

J'ai fait tout ce que j'ai pu toute ma vie, pour
contribuer à étendre cet efprit de philofophie et de
tolérance qui femble aujourd'hui caractérifer le fiècle.
Cet efprit, qui anime tous les honnêtes gens de l'Europe, a jeté d'heureufes racines dans ce pays où
d'abord le foin de ma mauvaife fanté m'avait conduit,
et où la reconnaiffance et la douceur d'une vie tranquille m'arrêtent.

Ce n'eft pas un petit exemple du progrès de la
raifon humaine, qu'on ait imprimé à Genève, dans
cet effai fur l'Hiftoire, avec l'approbation publique,

que Calvin avait une ame atroce, aussi-bien qu'un
esprit éclairé.

Le meurtre de *Servet* paraît aujourd'hui abominable ; les Hollandais rougissent de celui de *Barnevelt*.

Je ne sais encore si les Anglais auront à se reprocher celui de l'amiral *Bing*.

Mais savez-vous que vos querelles absurdes, et enfin l'attentat de ce monstre *Damiens*, m'attirent des reproches de toute l'Europe littéraire : Est-ce là, me dit-on, cette nation que vous avez peinte si sage ? A cela je réponds, comme je peux, qu'il y a des hommes qui ne sont ni de leur siècle ni de leur pays. Je soutiens que le crime d'un scélérat et d'un insensé de la lie du peuple, n'est point l'effet de l'esprit du temps. *Châtel* et *Ravaillac* furent enivrés des fureurs épidémiques qui régnaient en France : ce fut l'esprit du fanatisme public qui les inspira : et cela est si vrai, que j'ai lu une apologie pour *Jean Châtel* et ses fauteurs, imprimée pendant le procès de ce malheureux. Il n'en est pas ainsi aujourd'hui ; le dernier attentat a saisi d'étonnement et d'horreur la France et l'Europe.

Nous détournons les yeux de ces abominations dans notre petit pays roman, appelé autrement le pays de Vaud, le long des bords du beau lac Leman ; nous y fesons ce qu'on devrait faire à Paris ; nous y vivons tranquilles, nous y cultivons les lettres sans cabale.

Tavernier disait que la vue de Lausane sur le lac de Genève ressemble à celle de Constantinople ; mais ce qui m'en plaît davantage, c'est l'amour des arts qui anime tous les honnêtes gens de Lausane.

On ne vous a point trompé quand on vous a dit

qu'on y avait joué Zaïre, l'Enfant prodigue et d'autres pièces, auffi bien qu'on pourrait les repréfenter à Paris : n'en foyez point furpris, on ne parle, on ne connaît ici d'autre langue que la nôtre ; prefque toutes les familles y font françaifes, et il y a ici autant d'efprit et de goût qu'en aucun lieu du monde.

On ne connaît ici ni cette plate et ridicule hiftoire de la guerre de 1741, qu'on a imprimée à Paris fous mon nom, ni cette infame rapfodie, intitulée la Pucelle d'Orléans, remplie des vers les plus plats et les plus groffiers que l'ignorance et la ftupidité aient jamais fabriqués, et des infolences les plus atroces que l'effronterie puiffe mettre fur le papier.

Il faut avouer que depuis quelque temps on a fait à Paris des chofes bien terribles avec la plume et le canif.

Je fuis confolé d'être loin de mes amis, en me voyant loin de toutes ces énormités ; et je plains une nation aimable qui produit des monftres.

LETTRE CCXL.

A M. DE MONCRIF.

A Monrion, 27 de mars.

MON cher confrère, j'ai été enchanté de votre souvenir, et affligé de la bienféance qui empêche le maître du château d'écrire un petit mot ; mais je conçois qu'il aura été excédé de la multitude des lettres inutiles et embarraffantes auxquelles on n'a que des chofes vagues à répondre. Il eft toujours bon qu'il fache qu'il y a deux efpèces de fuiffes qui l'aiment de tout leur cœur. *Tavernier*, qui avait acheté la terre d'Aubonne, à quelques lieues de mon hermitage, interrogé par *Louis XIV*, pourquoi il avait choifi une terre en Suiffe, répondit, comme vous favez : *Sire, j'ai été bien aife d'avoir quelque chofe qui ne fût qu'à moi.* Je n'ai pas tant voyagé que *Tavernier*, mais je finis comme lui.

Vous avez donc foixante-neuf ans, mon cher confrère : qui eft-ce qui ne les a pas à peu-près ? Voici le temps d'être à foi, et d'achever tranquillement fa carrière. C'eft une belle chofe que la tranquillité ! Oui, mais l'ennui eft de fa connaiffance et de fa famille. Pour chaffer ce vilain parent, j'ai établi un théâtre à Laufane, où nous jouons Zaïre, Alzire, l'Enfant prodigue, et même des pièces nouvelles. N'allez pas croire que ce foient des pièces et des acteurs fuiffes : j'ai fait pleurer, moi bon homme *Lufignan*, un parterre très-bien choifi ; et

—— je fouhaite que les *Clairon* et les *Gauffin* jouent comme madame *Denis*. Il n'y a dans Laufane que des familles françaifes, des mœurs françaifes, du goût français, beaucoup de nobleffe, de très-bonnes maifons dans une très-vilaine ville. Nous n'avons de fuiffe que la cordialité; c'eft l'âge d'or avec les agrémens du fiècle de fer.

Je fuis hiftrion les hivers à Laufane, et je réuffis dans les rôles de vieillard : je fuis jardinier, au printemps, à mes Délices, près de Genève, dans un climat plus méridional que le vôtre. Je vois de mon lit le lac, le Rhône et une autre rivière. Avez-vous, mon cher confrère, un plus bel afpect ? avez-vous des tulipes au mois de mars ? Avec cela, on barbouille de la philofophie et de l'hiftoire; on fe moque des fottifes du genre-humain et de la charlatanerie de vos phyficiens qui croient avoir mefuré la terre, et de ceux qui paffent pour des hommes profonds, parce qu'ils ont dit qu'on fait des anguilles avec de la pâte aigre.

On plaint ce pauvre genre-humain qui s'égorge dans notre continent à propos de quelques arpens de glace en Canada. On eft libre comme l'air depuis le matin jufqu'au foir, Mes vergers, et mes vignes, et moi, nous ne devons rien à perfonne. C'eft encore là ce que je voulais, mais je voudrais auffi être moins éloigné de vous ; c'eft dommage que le pays de Vaud ne touche pas à la Touraine.

Adieu, *Titon* et l'*Aurore*. Avez-vous gagné vos foixante et neuf ans au métier de *Titon* ? Je vous embraffe tendrement.

Le fuiffe Voltaire.

LETTRE CCXLI.

A M. LE MARÉCHAL DUC DE RICHELIEU.

6 d'avril.

Vous favez, il y a du temps, mon héros, la
glorieufe victoire que l'ancien miniftère anglais a
remportée fur l'amiral *Bing* à Portfmouth; mais vous
ne favez peut-être pas avec quelle hauteur la plus
faine partie de la nation joint les cris de l'indignation
et de la pitié à ceux de toute l'Europe. On cite votre
témoignage comme la preuve la plus authentique de
l'innocence de *Bing* ; et vous avez la gloire d'avoir
vaincu les Anglais et de les faire rougir. Je m'attendais que vous ne vous en tiendriez pas là; et,
quoique l'exercice d'année de premier gentilhomme
de la chambre foit une très-belle chofe, j'efpérais
que les bords de l'Elbe pourraient être auffi glorieux
pour vous que la Méditerranée. Le roi de Pruffe
paraît toujours fort gai; il difait que les Français
lui envoyaient vingt-quatre mille perruquiers : il
fe trouve qu'on lui en dépêche cent mille. Il y a là
de quoi fe peigner, à ce que difent les poliffons.
Pour moi, je ne me mêle que des héros de théâtre:
nous avons fait à Laufane une troupe excellente,
et je vous fouhaite d'auffi bons acteurs. M. d'*Argental*
prétend toujours que la comédie eft un des premiers
devoirs d'un honnête homme. Le maréchal de *Villars*
aima les fpectacles jufqu'à l'âge de quatre-vingts ans ;
faites-en autant, Monfeigneur, et que l'héroïfme

que vous voyez à Verſailles, de quelque côté que vous tourniez les yeux, ne vous faſſe pas négliger les grands-hommes de l'antiquité.

Les deux ſuiſſes, plus ſuiſſes que jamais, vous renouvellent leurs hommages. Vous connaiſſez le très-tendre reſpect du ſuiſſe *V*.

LETTRE CCXLII.

AU MEME.

Aux Délices, le 20 d'avril.

Mon héros, il y a long-temps que j'ai l'honneur d'être de votre avis ſur bien des choſes, et j'en ſerai ſans doute encore ſur tous vos acteurs tragiques. Je les crois très-médiocres; mais *le Kain* leur eſt fort ſupérieur, à ce que dit le public. Il y a, ſur de plus grands et de plus nobles théâtres, des acteurs qui ne valent pas mieux, et qui ſont employés et récompenſés. Ce ſiècle-ci eſt plus fécond en loteries qu'en grands-hommes : il y aura toujours des jeunes gens qui rempliront les grandes places; il n'y en aura pas qui aient votre gloire. C'eſt ſurtout chez les étrangers que cette gloire eſt miſe à ſon prix : la cabale et l'envie ne peuvent ſéduire ceux qui ſont ſans intérêt, et qui n'en croient que les faits et la renommée. Je voudrais que vous entendiſſiez les voyageurs que je vois quelquefois dans mes hermitages allobroges et ſuiſſes, vous feriez content d'eux et de vous; mais quoique vous puiſſiez avoir quelques jaloux en

France,

France, vous devez y avoir bien peu de rivaux, ——
et je doute qu'il y ait beaucoup d'hommes que le **1757.**
public ofe placer à vos côtés. Vous prétendez qu'il
n'y a de bon que la fanté ; je fens mieux que vous,
mon héros, de quel prix elle eft, puifque je l'ai
perdue ; mais, de grâce, comptez la gloire dont vous
jouiffez pour quelque chofe. *Achille*, dans Homère,
dit que la gloire eft une chimère, quand il eft en
colère ; mais, dans le fond de fon cœur, il l'aime
à la folie.

Le *Salomon* du Nord en aura beaucoup, je parle de
gloire et non de folie, s'il fe tire du précipice fur
le bord duquel il s'eft mis ; il y eft avec plus de
deux cents mille hommes, et c'en eft affez pour
attendre les événemens. Les Ruffes ne paraiffent
point : il femble fort difficile aux Autrichiens, de
pénétrer dans les défilés de la Siléfie, de la Luface et
de la Saxe. Je crois que vos troupes pourront aller
fans obftacles jufqu'au fond de la Veftphalie, et
c'eft affurément une grande perte pour lui. Il vous
attend peut-être à Magdebourg : s'il vous donne
bataille dans les plaines, auprès de cette ville, il
paraît qu'alors il joue un jeu avantageux ; car,
s'il eft battu, il couvre tout fon pays par-delà
Magdebourg, et, s'il vous arrive un malheur, où
fera votre retraite ?

Il faut que j'aye une terrible confiance en vos
bontés, pour ofer vous dire les rêveries qui me paffent par la tête. Pardon, Monfeigneur, fi, moi qui
ne connais que les événemens paffés, et encore affez
mal, j'ofe parler ainfi du préfent devant vous. C'eft
à celui qui a fait de grandes chofes à juger de la

1757.

grande scène qui s'ouvre. La pièce est belle et bien intriguée ; si vous étiez acteur, je répondrais du cinquième acte.

Madame *Denis* et moi nous sommes réunis toujours dans nos transports pour vous : recevez les tendres respects du suisse, &c.

LETTRE CCXLIII.

A M. DE BURIGNY.

Aux Délices, 10 de mai.

JE ne puis trop vous remercier, Monsieur, de votre présent. Vous vous associez à la gloire d'*Erasme* et de *Grotius*, en écrivant si bien leur histoire. On lira plus ce que vous dites d'eux que leurs ouvrages. Il y a mille anecdotes dans ces deux vies, qui sont bien précieuses pour les gens de lettres. Ces deux hommes sont heureux d'être venus avant ce siècle ; il nous faut aujourd'hui quelque chose d'un peu plus fort : ils sont venus au commencement du repas ; nous sommes ivres à présent, nous demandons du vin du Cap et de l'eau des Barbades.

J'espère vous présenter dans un an, si je vis, cette histoire des mœurs dont vous avez souffert l'esquisse. Je n'ai pas peint les docteurs assez ridicules, les hommes d'Etat assez méchans, et la nature humaine assez folle. Je me corrigerai, je dirai moins de vérités triviales, et plus de vérités intéressantes. Je m'amuse

à parcourir les petites maifons de l'univers : il y a
peut-être de la folie à cela, mais elle eft inftructive.
L'hiftoire des dates, des généalogies, des villes prifes
et reprifes, a fon mérite, mais l'hiftoire des mœurs
vaut mieux, à mon gré ; en tout cas, j'écrirai fur
les hommes moins qu'on n'a écrit fur les infectes.

Je finis pour reprendre l'hiftoire de *Grotius*, et pour
avoir un nouveau plaifir. Confervez-moi vos bontés,
Monfieur, et foyez perfuadé de la tendre eftime de
votre, &c.

L'hermite Voltaire.

LETTRE CCXLIV.

A M. DE CIDEVILLE.

Aux Délices, le 18 de mai.

J'AI admiré, mon cher et ancien ami, la bonté
de votre ame, dans le compte que vous avez daigné
me rendre des aventures de mademoifelle de *Ponthieu ;*
mais je n'ai pas été moins furpris de la netteté de
votre expofé dans un fujet fi embrouillé. On ne peut
mieux rapporter un mauvais procès ; vous auriez été
un excellent avocat général. J'ai tardé trop long-temps
à vous remercier.

Je n'ai nulle envie de me mettre actuellement dans
la foule de ceux qui donnent des pièces au public :
il eft inutile d'envoyer fon plat à ceux qu'on crève
de bonne chère. Je ne veux préfenter mes oifeaux

du lac Leman que dans des temps de jeûne. Vous
ſavez d'ailleurs qu'on n'eſt pas oiſif pour être un
campagnard ; il vaut bien autant planter des arbres,
que faire des vers. Je n'adreſſe point d'épître à mon
jardinier *Antoine ;* mais j'ai aſſurément une plus jolie
campagne que *Boileau ,* et ce n'eſt point la *fermière
qui ordonne* nos ſoupers.

J'ai eu la curioſité autrefois de voir cette maiſon
de *Boileau :* cela avait l'air d'un fort vilain petit
cabaret borgne.; auſſi *Deſpréaux* s'en défit-il, et je
me flatte que je garderai toujours mes Délices ;

J'en ſuis plus amoureux , plus la raiſon m'éclaire.

Je n'ai guère vu ni un plus beau plain-pied ni
des jardins plus agréables , et je ne crois pas que
la vue du Boſphore ſoit ſi variée. J'aime à vous
parler campagne ; car, ou vous êtes actuellement à
la vôtre , ou vous y allez. On dit que vous en avez
fait un très-joli ſéjour ; c'eſt dommage qu'il ſoit ſi
éloigné de mon lac. Je me flatte que la ſanté de
M. l'abbé du *Reſnel* eſt raffermie , et que la vôtre
n'a pas beſoin de l'être. C'eſt-là le point important,
c'eſt le fondement de tout , et l'empire de la terre
ne vaut pas un bon eſtomac. Je ſouffre ici bien moins
qu'ailleurs , mais je digère preſque auſſi mal que ſi
j'étais dans une cour : ſans cela, je ſerais trop heureux ;
mais madame *Denis* digère , et cela ſuffit : vous
m'avouerez qu'elle en eſt bien digne , après avoir
quitté Paris pour moi.

Bonſoir , mon cher et ancien ami. J'ai toujours
oublié de vous demander ſi les trois académies, dont

Fontenelle était le doyen, ont affifté à fon convoi. ——
Si elles n'ont pas fait cet honneur aux lettres et à 1757.
elles - mêmes, je les déclare barbares.

LETTRE CCXLV.

A MADAME DE FONTAINE.

Aux Délices, 31 de mai.

JE vous dirai d'abord, ma chère nièce, que vous
avez une fanté d'athlète, dont je vous fais de très-
fincères complimens ; et que fi jamais votre vieux
malingre d'oncle fe porte auffi bien que vous, il
viendra vous trouver à Ornoi : enfuite vous faurez
que madame *Denis* était chargée d'envoyer trois cents
livres à d'*Aumart*, dans fa province du Maine, quand
il a débarqué chez vous, lui, fon fils et deux bidets.
Je vous prie de lui dire que je lui donnerai trois
cents livres tous les ans, à commencer à la Saint-
Jean prochaine. Je vous enverrai un mandat à cet
effet fur M. de *Laleu*, ou vous pourrez avancer cet
argent fur les revenus du pupille, et fur la rente qu'il
me fait : cela eft à votre choix. J'ignore ce qui
convient au jeune d'*Aumart*, je fais feulement que
cent écus lui conviendront. Trouvez bon que je m'en
tienne à cette difpofition que j'avais déjà faite.

Madame *Denis* embellit tellement le lac de Genève,
qu'il rèfte peu de chofe pour les arrière - coufins.
Quant à ma bâtarde de *Fanime*, fon protecteur,
M. d'*Argental*, vous dira que je ne prétends pas que

cette amoureufe créature fe produife fitôt dans le monde. Mademoifelle de *Ponthieu* y fait un fi grand rôle, et fes compagnes fe préfentent avec tant d'empreffement, qu'il faut ne fe pas prodiguer. Quand même la pièce vaudrait quelque chofe, ce ne ferait pas affez de donner du bon, il faut le donner dans le bon temps.

A vous maintenant, monfieur le capitaine des chariots de guerre de *Cyrus*. Vous pouvez être sûr que je n'ai jamais écrit de ma vie à M. le maréchal d'*Eftrées*, et que, s'il a été inftruit de notre invention guerrière, ce ne peut être que par le miniftère. J'aurais fouhaité, pour vous et pour la France, que mon petit char eût été employé : cela ne coûte prefque point de frais ; il faut peu d'hommes, peu de chevaux ; le mauvais fuccès ne peut mettre le défordre dans une ligne ; quand le canon ennemi fracafferait tous vos chariots, ce qui eft bien difficile, qu'arriverait-il ? ils vous ferviraient de rempart, ils embarrafferaient la marche de l'ennemi qui viendrait à vous. En un mot, cette machine peut faire beaucoup de bien, et ne peut faire aucun mal : je la regarde, après l'invention de la poudre, comme l'inftrument le plus sûr de la victoire.

Mais, pour faifir ce projet, il faut des hommes actifs, ingénieux, qui n'aient pas le préjugé groffier et dangereux du train ordinaire. C'eft en s'éloignant de la route commune, c'eft en fefant porter le dîner et le fouper de la cavalerie fur des chariots, avant qu'il y eût de l'herbe fur la terre, que le roi de Pruffe a pénétré en Bohème par quatre endroits, et qu'il infpire la terreur.

Soyez sûr que le maréchal de *Saxe* se serait servi
de nos chars de guerre.

Mais c'est trop parler d'engins destructeurs, pour
un pédant tel que j'ai l'honneur de l'être.

On a imprimé dans Paris une thèse de médecine,
où l'on traite notre *Esculape-Tronchin* de charlatan
et de coupeur de bourse. Il y a répondu par une
lettre au doyen de la faculté, digne d'un grand-homme
comme lui. Il y répond encore mieux par les cures
surprenantes qu'il fait tous les jours.

Une jeune fille fort riche a été inoculée ici par des
ignorans, et est morte. Le lendemain vingt femmes
se sont fait inoculer sous la direction de *Tronchin*, et
se portent bien.

Je vous embrasse tous du meilleur de mon cœur.

LETTRE CCXLVI.

A M. THIRIOT.

A Monrion, le 2 de juin.

JE reçois, mon ancien ami, votre très-agréable lettre
du 25 de mai dans mon hermitage de Monrion, auquel
je suis venu dire adieu. On joue si bien la comédie à
Lausane, il y a si bonne compagnie, que j'ai fait
enfin l'acquisition d'une belle maison au bout de la
ville ; elle a quinze croisées de face, et je verrai de
mon lit le beau lac Leman et toute la Savoie, sans
compter les Alpes. Je retourne demain à mes Délices,
qui sont aussi gaies en été que ma maison de Lausane

le fera en hiver. Madame *Denis* a le talent de meu-
bler des maifons et d'y faire bonne chère, ce qui,
joint à fes talens de la mufique et de la déclamation,
compofe une nièce qui fait le bonheur de ma vie. Je
ne vous dirai pas *omitte mirari beatæ famam et opes
ftrepitumque Romæ ;* car vous êtes trop *admirator
Romæ et præftantiffimæ Montmorenciæ.*

Ne manquez pas, je vous prie, à préfenter mes
très-fenfibles remercîmens à madame la comteffe de
Sandwich. Il faut qu'elle fache que j'avais connu ce
pauvre amiral *Bing* à Londres dans fa jeuneffe ;
j'imaginais que le témoignage de M. le maréchal de
Richelieu en fa faveur pourrait être de quelque poids.
Ce témoignage lui a fait honneur, et n'a pu lui
fauver la vie. Il a chargé fon exécuteur teftamentaire
de me remercier, et de me dire qu'il mourait mon
obligé, et qu'il me priait de préfenter à M. de
Richelieu, qu'il appelle *à génèrous foldier*, fes refpects
et fa reconnaiffance. J'ai reçu auffi un mémoire juftificatif très-ample qu'il a donné ordre en mourant de
me faire parvenir. Il eft mort avec un courage qui
achève de couvrir fes ennemis de honte.

Si j'ofais m'adreffer à madame la ducheffe d'*Aiguillon*,
je la prierais de venger la mémoire du cardinal de
Richelieu du tort qu'on lui fait en lui attribuant le
Teftament politique. Si elle voulait faire taire fa belle
imagination, et écouter fa raifon qui eft encore plus
belle, elle verrait combien ce livre eft indigne d'un
grand miniftre. Qu'elle daigne feulement faire attention à l'état où eft aujourd'hui l'Europe ; qu'elle
juge fi un homme d'Etat, qui laifferait un teftament
politique à fon roi, oublierait de lui parler du roi de

Pruſſe, de *Marie-Thérèſe*, et du duc de Hanovre ? 1757.
Voilà pourtant ce qu'on oſe imputer au cardinal de
Richelieu. On avait alors la guerre contre l'empereur,
et l'armée du duc de *Veimar* était l'objet le plus
important. L'auteur du Teſtament politique n'en dit
pas un mot, et il parle du revenu de la Sainte-Cha-
pelle, et il propoſe de faire payer la taille au parlement. Tous les calculs, tous les faits ſont faux dans
ce livre. Qu'on voye avec quel mépris en parle *Aubery*,
dans ſon hiſtoire du cardinal *Mazarin*. Je ſais qu'*Aubery*
eſt un écrivain médiocre et un lâche flatteur ; mais il
était fort inſtruit, et il ſavait bien que le Teſtament
politique n'était pas du grand et méchant homme
à qui on l'attribue.

Préſentez, je vous prie, mes applaudiſſemens et
mes remercîmens à *Gamache* le riche, qui fait de ſi
belles noces. Il donne de grands exemples qui ſeront
peu imités peut-être par ſes cinquante-neuf confrères.
Je ſuis très-flatté que mon fatras hiſtorique ne lui ait
pas déplu. Il eſt bon juge en proſe comme en vers,
par la raiſon qu'il eſt bon feſeur. Son ſuffrage m'en-
couragera beaucoup à fortifier cet eſſai de bien des
choſes qui lui manquent. Les *Cramer* ſe ſont trop
preſſés de l'imprimer. On ne ſait pas à quel point le
genre-humain eſt ſot, méchant et fou ; on le verra,
s'il plaît à Dieu, dans une ſeconde édition.

Vous me dites que cet eſſai a trouvé grâce devant
meſdames d'*Aiguillon* et de *Sandwich*. La dernière eſt
ſans aucun préjugé, la première n'en a que ſur le
grand-oncle de ſon oncle ; elle devrait bien m'en
croire ſur ce maudit Teſtament. J'ai examiné tous les
teſtamens, j'y ai paſſé ma vie, je ſais ce qu'il en faut
penſer.

1757. Ce qu'on m'avait dit de l'*atroce* eſt une mauvaiſe plaiſanterie qu'on a voulu faire à deux bonnes gens à qui on prétendait faire accroire qu'ils devaient pleurer ſur leur patriarche; mais ils l'ont abandonné comme les autres. Nos calviniſtes ne ſont point du tout attachés à *Calvin*. Il y a ici plus de philoſophes qu'ailleurs. La raiſon fait, depuis quelque temps, des progrès qui doivent faire trembler les ennemis du genre-humain. Plût à Dieu que cette raiſon pût parvenir juſqu'à faire épargner le ſang dont on inonde l'Allemagne ma voiſine.

P. S. J'arrive aux Délices. Il faut que je vous diſe un mot de *Jeanne*. Je vous répète que cette bonne créature n'eſt connue de perſonne; elle nous amuſera ſur nos vieux jours. Je n'y penſe guère à préſent. Il faut ſonger à ſon jardin et au temporel. Malheureuſement cela prend un temps bien précieux. Je vous embraſſe de tout mon cœur.

LETTRE CCXLVII.

A M. LE MARECHAL DUC DE RICHELIEU.

Aux Délices , 4 de juin.

Ma confcience m'oblige , Monfeigneur, de vous préfenter les remontrances de mon parlement : ce parlement eft le parterre. Je fuis affaffiné de lettres qui difent que *le Kain* eft le feul acteur qui faffe plaifir , le feul qui fe donne de la peine , et le feul qui ne foit pas payé. On fe plaint de voir des moucheurs de chandelles qui ont part entière , dans le temps que celui qui foutient le théâtre de Paris n'a qu'une demi-part. On s'en prend à moi ; on dit que vous ne faites rien en ma faveur, et on croit que je ne vous demande rien ; cependant, je demande avec inftance. Je conviens que *Baron* avait un plus bel organe que *le Kain* , et de plus beaux yeux ; mais *Baron* avait deux parts ; et faut-il que *le Kain* meure de faim , parce qu'il a les yeux petits et la voix quelquefois étouffée ? Il fait ce qu'il peut ; il fait mieux que les autres : les amateurs font des vers à fa louange ; mais il faut que fon métier lui procure des chauffes ; il n'a que la moitié d'un cothurne, je vous conjure de lui donner un cothurne tout entier.

J'aimerais mieux vous écrire en faveur de quelque pruffien que vous auriez fait prifonnier de guerre vers Magdebourg , mais puifqu'à préfent vous êtes occupé d'emplois pacifiques , fouffrez que je vous

—— parle en faveur d'*Orofmane*, de *Mahomet* et de *Gengis-kan*. Les héros doivent-ils laiffer mourir de faim les héros ? On dit que vos chevaux manquent de fourrage en Veftphalie, et qu'on leur donne du jambon. Pour Dieu, faites donner à dîner à *le Kain*, tout laid qu'il eft.

Vous avez dû recevoir les dernières volontés de l'amiral *Bing* : les miennes font que je vous ferai attaché toute ma vie avec le plus tendre refpect.

LETTRE CCXLVIII.

A MADAME DE FONTAINE, *à Paris.*

Le . . . . juin.

VOTRE idée, ma chère nièce, de faire peindre de belles nudités d'après *Natoire* et *Boucher*, pour ragail-lardir ma vieilleffe, eft d'une ame compatiffante, et je fuis reconnaiffant de cette belle invention. On peut aifément en effet faire copier à peu de frais ; on peut auffi faire copier au Palais-royal ce qu'on trouvera de plus beau et de plus immodefte. M. le duc d'*Orléans* accorde cette liberté. On peut prendre deux copiftes au lieu d'un. Si par hafard quelque brocanteur de vos amis avait deux tableaux, je vous prierais de les prendre, ce ferait autant d'affuré.

Vous ornerez ma maifon du Chêne comme vous avez orné celle des Délices. La maifon du Chêne eft plus grande, plus régulière, elle a même un plus bel afpect ; mais c'eft le palais d'hiver, c'eft

pour le temps de nos fpectacles; les Délices font
pour le temps des fleurs et des fruits. Ce n'eft pas
mal partager fa vie pour un malingre.

M. *Tronchin* dit que vous êtes fort contente de
votre fanté, et fe vante toujours de la mienne; mais
c'eft une gafconnade.

Votre fœur eft actuellement tout occupée des
meubles pour la maifon du Chêne. Elle infifte
beaucoup fur une boule de luftre qu'elle prétend
vous avoir demandée. Elle fera occupée en hiver
de fes habits de théâtre. Nous efpérons que vous
viendrez voir encore nos douces retraites; elles valent
bien la vie de Paris, quand on a paffé le temps des
premières illufions; et, en vérité, Paris n'a jamais
été moins regrettable qu'aujourd'hui.

Je fuis toujours en peine des fuccès du char affy-
rien. Il y a certaines plaines dans le monde où il
ferait un effet merveilleux. Je m'y intéreffe plus qu'à
Fanime.

Si vous voulez vous amufer, conduifez cette
Fanime avec le fidelle d'*Argental*. Encore une fois,
tout ce que je fouhaite, c'eft que mademoifelle
Clairon foit auffi touchante dans ce rôle que l'a été
madame *Denis*. Si la pièce eft bien jouée, elle pourra
amufer votre Paris, tout autant que l'hiftoire de
monfieur *Damiens*, que le parlement va donner au
public, en trois volumes in-4°.

Vous ferez comme il vous plaira avec *le Kain* et
Clairon pour l'impreffion, fi on imprime cette élégie
amoureufe en dialogues; car, après tout, *Fanime* n'eft
que cela; mais de l'amour eft quelque chofe.

Il y a donc un *Pagnon* de moins fur le globe. Ces

gros petits crapouffins-là s'imaginent qu'il n'y a qu'à boire et manger ; ils crèvent comme des mouches, et nous maigrelets, nous vivons.

Vivez, aimez-moi. Mille complimens à frère, à fils, au conducteur du char d'Affyrie. Bonjour.

LETTRE CCXLIX.

A M. LE MARECHAL DUC DE RICHELIEU.

Aux Délices, 18 de juin.

IL eft bien vrai que mon cher d'*Argental*, le grand amateur du tripot, devait montrer à mon héros certain hiftrionage ; mais, vraiment, Monfeigneur, vous avez d'autres troupes à gouverner que celle de Paris, et ce n'eft pas le temps de vous parler de niaiferies. Je voudrais bien pouvoir faire inceffamment un petit voyage vers l'Alface ou dans le Palatinat. Je n'aime plus à voyager que pour avoir la confolation de voir mon héros ; mais vous ne fauriez croire combien je fuis devenu vieux. Toutes mes misères ont augmenté, et un apothicaire eft beaucoup plus néceffaire à mon être qu'un général d'armée. J'efpère cependant que les grandes paffions, qui font faire de grands efforts, me donneront du courage.

Donnez-vous le plaifir, je vous en prie, de vous faire rendre compte par *Florian* de la machine dont je lui ai confié le deffein. Il l'a exécutée ; il eft convaincu qu'avec fix cents hommes et fix cents

chevaux on détruirait en plaine une armée de dix
mille hommes.

Je lui dis mon fecret au voyage qu'il fit aux
Délices l'année paffée. Il en parla à·M. d'*Argenfon*,
qui fit fur le champ exécuter le modèle. Si cette
invention eft utile, comme je le crois, à qui peut-
on la confier qu'à vous ? Un homme à routine, un
homme à vieux préjugés, accoutumé à la tiraillerie
et au train ordinaire, n'eft pas notre fait. Il nous faut
un homme d'imagination et de génie, et le voilà
tout trouvé. Je fais très-bien que ce n'eft pas à moi
de me mêler de la manière la plus commode de tuer
des hommes. Je me confeffe ridicule ; mais enfin,
fi un moine, avec du charbon, du foufre et du
falpêtre, a changé l'art de la guerre dans tout ce
vilain globe, pourquoi un barbouilleur de papier
comme moi ne pourrait-il pas rendre quelque petit
fervice *incognito* ? Je m'imagine que *Florian* vous a
déjà communiqué cette nouvelle cuifine. J'en ai
parlé à un excellent officier qui fe meurt, et qui ne
fera pas par conféquent à portée d'en faire ufage.
Il ne doute pas du fuccès ; il dit qu'il n'y a que
cinquante canons, tirés bien jufte, qui puiffent
empêcher l'effet de ma petite drôlerie, et qu'on n'a
pas toujours cinquante canons à la fois fous fa main
dans une bataille.

Enfin, j'ai dans la tête que cent mille romains et
cent mille pruffiens ne réfifteraient pas. Le malheur
eft que ma machine n'eft bonne que pour une campagne, et que le fecret connu devient inutile ; mais
quel plaifir de renverfer à coup sûr ce qu'on ren-
contre dans une campagne! Sérieufement, je crois

que c'eſt la feule reſſource contre les Vandales victo-
rieux. Eſſayez, pour voir, feulement deux de ces
machines contre un bataillon ou un eſcadron. J'engage ma vie qu'ils ne tiendront pas. Le papier me
manque; ne vous moquez point de moi; ne voyez
que mon tendre reſpect, mon zèle pour votre gloire,
et non mon outrecuidance, et que mon héros pardonne à ma folie.

LETTRE CCL.

A M. LE COMTE DE SCHOUVALOF,

Chambellan de l'impératrice de Ruſſie, à Moſcou

Aux Délices, le 24 de juin.

MONSIEUR,

J'AI reçu les cartes que votre excellence a eu la
bonté de m'envoyer. Vous prévenez mes déſirs, en
me facilitant les moyens d'écrire une Hiſtoire de
Pierre le grand, et de faire connaître l'empire ruſſe.
La lettre dont vous m'honorez redouble mon zèle.
La manière dont vous parlez notre langue, me fait
croire que je travaillerai pour mes compatriotes, en
travaillant pour vous et pour votre cour. Je ne
doute pas que ſa Majeſté l'impératrice n'agrée et
n'encourage le deſſein que vous avez formé pour la
gloire de ſon père.

Je vois avec ſatisfaction, Monſieur, que vous

jugez

jugez comme moi que ce n'eſt pas aſſez d'écrire les ——
actions et les entrepriſes en tout genre, de *Pierre le* 1757.
grand, leſquelles, pour la plupart, ſont connues.
L'eſprit éclairé, qui règne aujourd'hui dans les prin-
cipales nations de l'Europe, demande qu'on appro-
fondiſſe ce que les hiſtoriens effleuraient autrefois à
peine.

On veut ſavoir de combien une nation s'eſt accrue;
quelle était ſa population avant l'époque dont on
parle; quel eſt, depuis cette époque, le nombre
de troupes régulières qu'elle entretenait, et celui
qu'elle entretient; quel a été ſon commerce, et comment il s'eſt étendu; quels arts ſont nés dans le pays;
quels arts y ont été appelés d'ailleurs, et s'y ſont
perfectionnés; quel était à peu-près le revenu
ordinaire de l'Etat, et à quoi il monte aujourd'hui;
quelle a été la naiſſance et le progrès de la marine;
quelle eſt la proportion du nombre des nobles avec
celui des eccléſiaſtiques et des moines, et quelle eſt
celle de ceux-ci avec les cultivateurs, &c.

On a des notions aſſez exactes de toutes ces parties
qui compoſent l'Etat, en France, en Angleterre,
en Allemagne, en Eſpagne; mais un tel tableau
de la Ruſſie ferait bien plus intéreſſant, parce qu'il
ferait plus nouveau, parce qu'il ferait connaître une
monarchie dont les autres nations n'ont pas des
idées bien juſtes, parce qu'enfin ces détails pourraient ſervir à rendre *Pierre le grand*, l'impératrice
ſa fille, et votre nation, et votre gouvernement plus
reſpectables. La réputation a toujours été comptée
parmi les forces véritables des royaumes. Je ſuis
bien loin de me flatter d'ajouter à cette réputation:

ce sera vous, Monsieur, qui ferez tout en m'envoyant les mémoires que vous voulez bien me faire espérer, et je ne serai que l'instrument dont vous vous servirez pour travailler à la gloire d'un grand homme et d'un grand empire.

Je vous avoue, Monsieur, que les médailles sont de trop. Je suis confus de votre générosité, et je ne sais comment m'y prendre pour vous en témoigner ma reconnaissance. Je sens tout le prix de votre présent; mais un présent non moins cher sera celui des mémoires qui me mettront nécessairement en état de travailler à un ouvrage qui sera le vôtre.

J'ai l'honneur, &c.

LETTRE CCLI.

A M. LE COMTE D'ARGENTAL.

Aux Délices, 25 de juin.

MON cher ange, je serais bien homme à courir à Plombières pour y faire ma cour à la moitié de mon ange; mais pourquoi madame d'*Argental* met-elle son salut dans des eaux? Le grand *Tronchin* prétend qu'elles ne valent rien, et que la nature n'a point fait nos corps pour s'inonder d'eaux minérales. Madame de *Muy*, qui était mourante, est venue dans notre temple d'Epidaure, et s'en est retournée jeune et fraîche. C'est le lac qui est la fontaine de Jouvence; ce n'est pas le précipice de Plombières.

Vous n'allez donc point aux eaux! Vous jugez

à Paris, vous y voyez des Iphigénie et des Aftarbé;
mais, je vous en conjure, mettez au cabinet les
Fanime, ou du moins ne donnez cette nourriture
légère qu'en temps de difette.

Je doute fort que mon héros paffe par Plombières,
pour aller fe battre en Allemagne; cela n'aurait
pas bon air pour un général d'armée. Il faut qu'un
héros fe porte bien, et ne prenne ni ne faffe femblant
de prendre les eaux; mais, s'il y va, il fera le fecond
objet de mon voyage. Ce fera apparemment fur la fin
d'augufte, à la feconde faifon, que madame d'*Argental*
ira boire. Je me flatte que ma fanté, toute faible
qu'elle eft, mes travaux qui ne font que petits, et les
foins de la campagne me permettront cette excurfion
hors de ma douce retraite.

Je n'ai point encore reçu la vie de monfieur *Damiens*
dont vous m'aviez flatté, mais je viens d'en lire un
exemplaire qu'on m'a prêté. L'ouvrage eft bien
ennuyeux; mais il y a une douzaine de traits finguliers qui font affez curieux: au bout du compte, cet
abominable coquin n'était qu'un fou.

Vous n'êtes pas trop curieux, je crois, de nouvelles allemandes; et comme vous ne m'en dites
jamais de françaifes, je devrais vous épargner mes
rogatons tudefques. Cependant je veux bien que
vous fachiez que dans la pauvre armée du comte
de *Dawn*, il y a treize mille hommes qui n'ont ni
culottes ni fufils, et que l'impératrice leur en fait
faire à Vienne. En attendant, ils montrent leur cu
au roi de Pruffe; mais il y a cu et cu. A l'égard de
ceux qui font dans Prague, mal nourris de chair de
cheval, je ne fais pas ce qu'on en fera. Il n'y a pas

d'apparence que le prince *Charles* imite la retraite des dix mille du maréchal de *Bellifle*. Le pain n'eſt pas à bon marché dans votre armée de Veſt-phalie. Vous me croyez un auteur tragique, et je ne fuis qu'un gazetier. Mon très-cher ange, je vous aime de tout mon cœur, et je me dépite bien fouvent d'être ſi loin de vous.

LETTRE CCLII.

A M. LE MARECHAL DUC DE RICHELIEU.

Aux Délices, 2 de juillet.

Qui! moi, que je me donne avec mon héros le ridicule de parler de ce qui n'eſt pas de mon métier? non aſſurément, je n'en ferai rien. Si vous avez envie d'avoir le modèle en queſtion, envoyez vos ordres. Faites prier de votre part, ou *Florian*, ou *Montigni* de l'académie des ſciences, de venir chez vous. Tous deux ont travaillé à cette machine. Elle eſt toute prête. C'eſt à mon héros à en juger. Et ce n'eſt pas à moi chétif à l'ennuyer par des explications qui ne donnent jamais une idée nette. Il n'y a que les yeux qui puiſſent bien comprendre les machines.

Vous avez, ſans doute, Monſeigneur, tous les détails de la bataille donnée le 18 en Bohème, et de la fortie exécutée le 21 par le prince *Charles*. Il paraît qu'on peut battre les Pruſſiens ſans le ſecours d'une nouvelle machine. Mais, malgré les vingt-deux poſtillons fonnant du cor à Vienne, et malgré les cent bouches de la renommée, on ne voit pas encore que les Pruffiens aient évacué la Bohême. Ils paraiffent encore être en force au camp de Kollin et auprès de Prague.

Je voudrais, pour bien des raifons, que ce fût mon héros qui les battît complétement. Ah, quelle confolation charmante ce ferait pour votre ancien courtifan, pour votre vieux idolâtre, de vous voir avant et après vos triomphes! Je ne fais pas trop ce que pourra mon corps malingre ; mais je réponds bien de mon ame. Où ne me conduirait-elle pas pour vous faire ma cour ? J'irais par-tout hors à Paris. J'imagine que vous ferez plus d'un tour au delà du Rhin ; que vous verrez l'Electeur Palatin ; que vous pafferez quelquefois dans la maifon de campagne qu'il achève. Il m'honore de beaucoup de bontés. Ce ne font pas les careffes du roi de Pruffe : il ne me baife pas la main, et il ne met pas de foldats, la baïonnette au bout du fufil, au chevet du lit de ma nièce ; mais il daigne me témoigner quelque confiance. Je ne fais s'il ne ferait pas mieux que j'allaffe vous faire ma cour dans ce pays-là que dans Strasbourg, où vous n'aurez pas un moment à vous. J'aimerais mieux vous tenir un jour à la campagne, que quatre dans une ville bruyante. Mais où ne voudrais-je pas vous voir, vous entendre, vous renouveller mon tendre et profond refpect !

LETTRE CCLIII.

A M. LE MARQUIS DE COURTIVRON.

Aux Délices, le 12 de juillet.

MONSIEUR,

Vous favez qu'il faut pardonner aux malades; ils ne rempliffent pas leurs devoirs comme ils voudraient. Il y a long-temps que je vous dois les plus fincères remercîmens de votre lettre obligeante et inftructive.

Je commence par vous prier de vouloir bien faire fouvenir de moi M. le comte de *Lauraguais;* je ne favais pas qu'il fût auffi chimifte. Le fujet de fes deux Mémoires eft bien curieux. Non-feulement il eft phyficien, mais il eft inventeur. On lui devra une opération nouvelle.

A l'égard de *Conftantin,* je vous répondrai que, fi je ne m'étais pas impofé une autre tâche, celle-là me plairait beaucoup; mais on ferait obligé de dire des vérités bien hardies, et de montrer la honte d'une révolution qu'on a confacrée par les plus révoltans éloges.

Il eft vrai que, dans les Etats généraux, les députés de la nobleffe mettaient un moment un genou en terre; il eft vrai auffi que les ufages ont toujours varié en France : ce font des fantômes que le pouvoir abfolu a fait difparaître.

Ce que vous me dites des chapitres de Bourgogne,

de Lorraine et de Lyon, fait voir que les ufages de l'Empire ont plus long-temps fubfifté que ceux de France. La Lorraine, la Comté, et tout ce qui borde le Rhône, était terre d'Empire.

A l'égard de la petite anecdote fur le premier préfident de *Mefmes*, il eft très-vrai que l'abbé de *Chaulieu* le régala de ce petit couplet :

> Juge, qui te déplaces,
>   Courtifan berné,
>   Des Grands que tu laffes
>   Jouet obftiné,
>   Sur notre Parnaffe
>   Le laurier d'Horace
>   T'eft donc deftiné.

Mais cela n'a rien de commun avec l'affaire de *Roujfeau*, qui eft un chaos d'iniquités et de misères, et l'opprobre de la littérature.

Le dernier maréchal de Teffé eft en effet un terme impropre, c'eft un anglicifme, *the late marshall*. J'étais anglais alors, je ne le fuis plus depuis qu'ils affaffinent nos officiers en Amérique, et qu'ils font pirates fur mer; et je fouhaite un jufte châtiment à ceux qui troublent le repos du monde.

Ce que je fouhaite encore plus, Monfieur, c'eft la continuation de vos bontés pour votre très-humble, &c.

LETTRE CCLIV.

A M. DE CIDEVILLE.

Aux Délices, le 15 de juillet.

Mon cher et ancien ami, j'ai l'air bien pareſſeux ; je ne vous ai point remercié de la belle expoſition de la tragédie d'Iphigénie en Tauride, que vous m'avez envoyée. De maudites occupations que je me ſuis faites, emportent tout mon temps. On ſort fatigué de ſon travail, on dit, j'écrirai demain : la mauvaiſe ſanté vient encore affaiblir les bonnes réſolutions , et on croupit long-temps dans ſon péché. C'eſt-là la confeſſion de l'hermite des Délices.

Je vous crois à préſent dans vos Délices de Nor- mandie, vers les bords de votre Seine. Vous y jugerez la famille d'*Agamemnon* à la lecture ; vous verrez ſi les vers ſont bien faits, ſi on les retient aiſément, ſi l'ouvrage ſe fait relire : car c'eſt-là le grand point, ſans lequel il n'y a pas de ſalut.

La tragédie qu'on joue en Bohème n'eſt pas encore à ſon dernier acte. La pièce devient très-implexe. J'eſpère que le vainqueur de Mahon y jouera un beau rôle épiſodique. Celui des peuples qui repré- ſente le chœur ſera toujours le même ; il payera toujours la guerre et la paix , les belles actions et les ſottiſes.

On a cru d'abord le roi de Pruſſe perdu par la victoire du comte de *Dawn*, et par la délivrance de

Prague; mais il eft encore au milieu de la Bohème, et maître du cours de l'Elbe jufqu'en Saxe. On croit qu'enfin il fuccombera. Tous les chaffeurs s'affemblent pour faire une Saint-Hubert à fes dépens. Français, Suédois, Ruffes fe mêlent aux Autrichiens; quand on a tant d'ennemis, et tant d'efforts à foutenir, on ne peut fuccomber qu'avec gloire. C'eft une nouveauté dans l'hiftoire que les plus grandes puiffances de l'Europe aient été obligées de fe liguer contre un marquis de Brandebourg; mais, avec cette gloire, il aura un grand malheur; c'eft qu'il ne fera plaint de perfonne. Il ne favait pas, lorfque je le quittai, que mon fort ferait préférable au fien. Je lui pardonne tout, hors la barbarie vandale dont on ufa avec madame *Denis*. Adieu, mon cher ami.

LETTRE CCLV.

A MADAME DE FONTAINE, *à Paris*.

Aux Délices, 18 de juillet.

MA chère nièce, mille amitiés à vous et aux vôtres. Que faites-vous à préfent? Il y a un an que vous étiez bien malade à mes Délices; mais il paraît aujourd'hui que vous vous paffez à merveille du docteur. Etes-vous à Paris? êtes-vous à la campagne? allez-vous à Ornoi? vous amufez-vous avec le philofophe du grand confeil? votre fils n'a-t-il pas déjà fix pieds de haut? Mettez-moi au fait, je vous en prie, de votre petit royaume. Quant à celui de France, il me paraît qu'il fait grande chère et beau feu. Il jette l'argent par les fenêtres; il emprunte à droite et à gauche, à fept, à huit pour cent; il arme fur terre et fur mer. Tant de magnificence rend nos normands de Genève circonfpects; ils ne veulent pas prêter à de fi grands feigneurs; et ils difent que le dernier emprunt de quarante millions n'étrenne pas.

Pour vous, monfieur le grand écuyer de *Cyrus*, je crois que vous avez montré la curiofité, la rareté de la tactique affyrienne et perfane à un moderne qui fe moque quelquefois du temps préfent et du temps paffé. Je m'imagine qu'à préfent on croit n'avoir pas befoin de machines pour achever la ruine de *Luc*. Mais quand j'écrivis au héros de Mahon qu'il fallait qu'il vît notre char d'Affyrie, on avait alors befoin de tout. Les chofes ont changé du 6 de juin au 18; et on croit tout gagné, parce qu'on a repouffé *Luc* à la feptième attaque. Les chofes peuvent encore éprouver un nouveau changement dans huit jours, et alors le char paraîtra néceffaire; mais jamais aucun général n'ofera s'en fervir, de peur du ridicule en cas de mauvais fuccès. Il faudrait un homme abfolu, qui ne craignît point les ridicules, qui fût un peu machinifte, et qui aimât l'hiftoire ancienne. Mandez-moi, je vous prie, quelque chofe de l'hiftoire moderne de vos amufemens. Je vous embraffe tous de tout mon cœur. *Valete.*

LETTRE CCLVI.

A MADAME

LA COMTESSE D'ARGENTAL.

Aux Délices, 1 d'augufte.

J'AURAIS bien voulu, Madame, être le porteur de ma lettre; quelque arrêt qu'ait rendu notre grand docteur *Tronchin* contre les eaux de Plombières, je ferais venu au moins vous les voir prendre. Vous favez quel ferait l'empreffement de vous faire ma cour; mais je ne fuis pas comme vous, Madame; je ne me porte pas affez bien pour faire cent lieues. Madame *Denis*, que je comptais vous amener, s'eft trouvée auffi malade, et n'a pu s'éloigner de notre docteur en qui eft notre falut. J'ai un double regret, celui de n'avoir point fait le voyage de Plombières, et celui de voir que vous n'avez pas donné la pré-férence à *Tronchin* qui engraiffe les dames, fur des eaux chaudes qui les amaigriffent. Ah, Madame, que n'êtes-vous venue à Genève! que n'ai-je pu vous recevoir dans mon petit hermitage! Vous auriez paffé par Lyon, vous auriez vu l'illuftre et faint oncle (*) qui vous aurait donné mille préfervatifs contre les poifons du pays hérétique où je fuis, et plût à Dieu que M. d'*Argental* vous eût accompa-gnée! mais je ne fuis pas heureux. Je ne fais pas

(*) Le cardinal de *Tençin*.

—— pofitivement quel eft votre mal, mais je crois très-pofitivement que M. *Tronchin* vous aurait guérie; enfin, je fuis réduit à fouhaiter que Plombières faffe ce que *Tronchin* aurait fait.

Nous avons prefque tous les jours, dans notre hermitage, des nouvelles des fuccès qu'on obtient du dieu des armées en Bohème contre mon ancien et étrange *Salomon* du Nord. On lui prend toujours quelque chofe. Cependant il refte en Bohème, il y eft cantonné, il eft toujours maître de la Saxe et de la Siléfie. Que m'importe tout cela, Madame, pourvu que vous vous portiez bien! Soyez heureufe, et ne vous embarraffez pas qui eft roi et qui eft miniftre. Pour moi, j'oublie tous ces meffieurs auffi parfaitement que je me fouviendrai toujours de vous. Retournez à Paris bien faine et bien gaie, ayez beaucoup de plaifir, fi vous pouvez, et jamais d'ennui. Amufez-vous de la vie, il faut jouer avec elle; et quoique le jeu ne vaille pas la chandelle, il n'y a pourtant pas d'autre parti à prendre. Vous avez encore un des meilleurs lots dans ce monde. Je ne fais de trifte dans mon lot que d'être éloigné de vous. Daignez m'en confoler en confervant vos bontés au fuiffe *V*.

LETTRE CCLVII.

A M. LE COMTE DE SCHOUVALOF.

Aux Délices, près de Genève, le 7 d'augufte.

AVANT d'avoir reçu les mémoires dont votre Excellence m'a flatté, j'ai voulu vous faire voir du moins, par mon empreffement, que je cherche à n'en être pas indigne. J'ai l'honneur de vous envoyer huit chapitres de l'Hiftoire de *Pierre I :* c'eft une légère efquiffe que j'ai faite fur des mémoires manufcrits du général *le Fort*, fur des relations de la Chine, et fur les mémoires de *Stralemberg* et de *Perry*. Je n'ai point fait ufage d'une vie de *Pierre le grand*, fauffement attribuée au prétendu boyard *Neftefuranoy*, et compilée par un nommé *Rouffel* en Hollande. Ce n'eft qu'un recueil de gazettes et d'erreurs trèsmal digéré; et d'ailleurs un homme fans aveu, qui écrit fous un faux nom, ne mérite aucune créance. J'ai voulu favoir d'abord fi vous approuveriez mon plan, et fi vous trouvez que j'accorde la vérité de l'hiftoire avec les bienféances.

Je ne crois pas, Monfieur, qu'il faille toujours s'étendre fur les détails des guerres, à moins que ces détails ne fervent à caractérifer quelque chofe de grand et d'utile. Les anecdotes de la vie privée ne me paraiffent mériter d'attention qu'autant qu'elles font connaître les mœurs générales. On peut encore parler de quelques faibleffes d'un grand-homme,

—— furtout quand il s'en eft corrigé. Par exemple, l'emportement du czar avec le général *le Fort* peut être rapporté, parce que fon repentir doit fervir d'un bel exemple ; cependant, fi vous jugez que cette anecdote doive être fupprimée, je la facrifierai très-aifément. Vous favez, Monfieur, que mon principal objet eft de raconter tout ce que *Pierre I* a fait d'avantageux pour fa patrie, et de peindre fes heureux commencemens qui fe perfectionnent tous les jours fous le règne de fon augufte fille.

Je me flatte que vous voudrez bien rendre compte de mon zèle à fa Majefté, et que je continuerai avec fon agrément. Je fens bien qu'il doit fe paffer un peu de temps avant que je reçoive les mémoires que vous avez eu la bonté de me deftiner. Plus j'attendrai, plus ils feront amples. Soyez sûr, Monfieur, que je ne négligerai rien pour rendre à votre empire la juftice qui lui eft due. Je ferai conduit à la fois par la fidélité de l'hiftoire et par l'envie de vous plaire. Vous pouviez choifir un meilleur hiftorien, mais vous ne pouviez vous confier à un homme plus zélé. Si ce monument devient digne de la poftérité, il fera tout entier à votre gloire, et j'ofe dire à celle de fa Majefté l'impératrice, ayant été compofé fous fes aufpices. J'ai l'honneur, &c.

P. S. M. de *Vetslof* m'a dit que votre Excellence voulait envoyer quatre jeunes ruffes étudier dans le pays que j'habite. Laufane eft bien moins chère que Genève, et je me chargerai de les établir à Genève, avec tout le zèle et toute l'attention que méritent vos ordres.

Nota. Il paraît important de ne point intituler cet ouvrage, Vie ou Hiftoire de *Pierre I;* un tel titre engage néceffairement l'hiftorien à ne rien fupprimer. Il eft forcé alors de dire des vérités odieufes; et s'il ne les dit pas, il eft déshonoré fans faire honneur à ceux qui l'emploient. Il faudrait donc prendre pour titre, ainfi que pour fujet, la Ruffie fous *Pierre I;* une telle annonce écarte toutes les anecdotes de la vie privée du czar qui pourraient diminuer fa gloire, et n'admet que celles qui font liées aux grandes chofes qu'il a commencées et qu'on a continuées depuis lui. Les faibleffes ou les emportemens de fon caractère n'ont rien de commun avec ces objets importans, et l'ouvrage alors concourt également à la gloire de *Pierre le grand*, de l'impératrice fa fille, et de fa nation. On travaillera fur ce plan avec l'agrément de fa Majefté, qui eft néceffaire.

1757.

LETTRE CCLVIII.

AU MEME.

Aux Délices, ce 11 d'auguste.

MONSIEUR,

CELLE-CI est pour informer votre Excellence que je lui ai envoyé une esquisse de l'*Histoire de l'empire de Russie sous Pierre le grand*, depuis *Michel Romanof* jusqu'à la bataille de Nerva. Il y a des fautes que vous reconnaîtrez aisément. Le nom du troisième ambassadeur qui accompagna l'empereur dans ses voyages est erroné. Il n'était point chancelier, comme le disent les mémoires de *le Fort* qui sont fautifs en cet endroit. Je ne vous ai envoyé, Monsieur, ce léger crayon, qu'afin d'obtenir de vous des instructions sur les erreurs où je serais tombé. C'est une peine que vous n'aurez pas sans doute le temps de prendre, mais il vous sera bien aisé de me faire parvenir les corrections nécessaires. Le manuscrit que j'ai eu l'honneur de vous adresser, n'est qu'une tentative pour être instruit par vos ordres. Le paquet a été envoyé à Paris, le 8, nouveau stile, à M. de *Bektejef*, et en son absence à monsieur l'ambassadeur.

Je me suis muni, Monsieur, de tout ce qu'on a écrit sur *Pierre le grand*, et je vous avoue que je n'ai rien trouvé qui puisse me donner les lumières que j'aurais désirées. Pas un mot sur l'établissement des

manufactures,

manufactures, rien fur les communications des
fleuves, fur les travaux publics, fur les monnaies, fur
la jurifprudence, fur les armées de terre et de mer.
Ce ne font que des compilations très-défectueufes de
quelques manifeftes, de quelques écrits publics, qui
n'ont aucun rapport avec ce qu'a fait *Pierre I* de
grand, de nouveau et d'utile. En un mot, Monfieur,
ce qui mérite le mieux d'être connu de toutes les
nations, ne l'eft en effet de perfonne. J'ofe vous
répéter que rien ne vous fera plus d'honneur, rien
ne fera plus digne du règne de l'impératrice, que
d'ériger ainfi, dans toute la terre, un monument à la
gloire de fon père. Je ne ferai qu'arranger les pierres
de ce grand édifice. Il eft vrai que l'hiftoire de ce
grand-homme doit être écrite d'une manière intéreffante : c'eft à quoi je confacrerai tous mes foins.
J'obferverai d'ailleurs avec la plus grande exactitude
tout ce que la vérité et la bienféance exigent. Je
vous enverrai tout le manufcrit dès qu'il fera achevé.
Je me flatte que ma conduite et mon zèle ne déplai-
ront pas à votre augufte fouveraine, fous les aufpices
de laquelle je travaillerai fans difcontinuer, dès que
les mémoires néceffaires me feront parvenus.

LETTRE CCLIX.

A M. LE COMTE D'ARGENTAL.

Aux Délices , 19 d'auguſte.

JE commence, mon cher ange, par vous dire que *Tronchin* s'eſt trompé ſur les eaux de Plombières, et que j'en ſuis très-aiſe. J'avais pris la liberté d'écrire à madame d'*Argental* contre les eaux, et je me rétracte; mais à l'égard des eaux d'Aix-la-chapelle , je trouve que ce ferait au duc de *Cumberland* à les prendre, et non pas au maréchal d'*Eſtrées*. Il vient de gagner une bataille; il faut que M. de *Richelieu* en gagne deux , s'il veut qu'on lui pardonne d'avoir envoyé aux eaux un général heureux. A l'égard du roi de Pruſſe, l'affaire n'eſt pas finie; il s'en faut beaucoup. Il eſt encore maître abſolu de la Saxe, et ſi les Anglais envoient quinze mille hommes à Stade , l'armée de France peut ſe trouver dans une poſition embarraſſante. Je me hâte de quitter cet article pour venir à celui de Fanime. Je vous avoue que je ne ſuis guère en train à préſent de rapetaſſer une tragédie amoureuſe, et que le czar *Pierre* a un peu la préférence. Comment voulez-vous que je réſiſte à ſa fille? Il ne s'agit pas ici de redire ce qui s'eſt paſſé aux batailles de Nerva et de Pultava; il s'agit de faire connaître un empire de deux mille lieues d'étendue, dont à peine on avait entendu parler il y a cinquante ans. Il me ſemble que ce n'eſt pas une entrepriſe défa-gréable de crayonner cette création nouvelle; c'eſt

un beau spectacle de voir Pétersbourg naître au
milieu d'une guerre ruineuse, et devenir une des plus
belles et des plus grandes villes du monde ; de voir
des flottes où il n'y avait pas une barque de pêcheur,
des mers se joindre, des manufactures se former, les
mœurs se polir, et l'esprit humain s'étendre. J'ai au
bord de mon lac un russe qui a été un des ministres de *Pierre le grand* dans les cours étrangères.
Il a beaucoup d'esprit, il sait toutes les langues, et
m'apprend bien des choses utiles. J'ai vu chez moi
des jeunes gens nés en Sibérie : il y en a un que j'ai
pris pour un petit-maître de Paris. C'est donc, mon
cher ange, ce vaste tableau de la réforme du plus
grand empire de la terre qui est l'objet de mon travail. Il n'importe pas que le czar se soit enivré, et
qu'il ait coupé quelques têtes au fruit ; il importe
de connaître un pays qui a vaincu les Suédois et les
Turcs, donné un roi à la Pologne, et qui venge la
maison d'Autriche. On me fait copier les archives,
on me les envoie. Cette marque de confiance mérite
que j'y sois sensible. Je n'ai à craindre d'être ni sati-
rique ni flatteur, et je ferai bien tout mon possible
pour ne déplaire ni à la fille de *Pierre le grand* ni
au public. Je me suis laissé entraîner à me justifier
auprès de vous sur cet ouvrage que j'entreprends, qui
convient à mon âge, à mon goût, aux circonstances
où je me trouve. Une autre fois je vous parlerai au
long de cette pauvre Fanime ; mais je crois qu'il faut
laisser oublier le grand succès de l'Iphigénie en Tauride. Mes Russes prirent la Tauride, il y a dix-huit ans.
Adieu, mon divin ange, je vous embrasse mille fois.

LETTRE CCLX.

A M. LE MARECHAL DUC DE RICHELIEU.

Aux Délices, le 21 d'auguste.

Mon héros, c'eft en tremblant que je vous écris. Je n'aurais pas été peut-être importun à Strasbourg, mes lettres peuvent l'être quand vous êtes à la tête de votre armée. Je vous jure que, fans la maladie de ma nièce, j'aurais affurément fait le voyage. Je voudrais vous fuivre à Magdebourg, car je m'imagine que vous l'affiégerez. Il y a plus de quatre mois que j'eus l'honneur de vous mander qu'on en viendrait là. Je ne prévoyais pas alors que ce ferait vous qui vous mefureriez contre le roi de Pruffe; mais vous favez avec quelle ardeur je le fouhaitais. Vous irez peut-être à Berlin, et d'*Argens* viendra au-devant de vous.

Sérieufement, vous voilà chargé d'une opération auffi brillante qu'en ait jamais faite le maréchal de *Villars*. Je vous connais, vous ne traiterez pas mollement cette affaire-là ; et, foit que vous ayez en tête le duc de *Cumberland*, foit que vous vous adreffiez au roi de Pruffe, il eft certain que vous agirez avec la plus grande vigueur. Je ne fais pas ce que c'eft que la dernière victoire remportée fur le duc de *Cumberland;* j'ignore fi c'eft une grande bataille, fi les ennemis avaient affez de force, fi les Anglais viennent ajouter quinze mille hommes aux Hanovriens;

mais ce que je fais, c'est que vous êtes dans la nécessité de faire quelque chose d'éclatant, et que vous le ferez.

Permettez que je vous parle du commissaire du roi pour les domaines des pays conquis; c'est un M. de *la Porte* qui sera sans doute chargé plus d'une fois de vos ordres. J'espère que vous en serez très-content. Vous le trouverez très-empressé à vous obéir.

Je fais, dans ma retraite, mille vœux pour vos succès, pour votre gloire, pour votre retour triomphant.

Favori de *Vénus*, de *Minerve* et de *Mars*, soyez aussi heureux que le souhaitent votre ancien courtisan le suisse *Voltaire* et sa nièce.

LETTRE CCLXI.

AU MEME.

(A vous seul.)

MON héros, vous avez vu et vous avez fait des choses extraordinaires. En voici une qui ne l'est pas moins, et qui ne vous surprendra pas. Je la confie à vos bontés pour moi, à vos intérêts, à votre prudence, à votre gloire.

Le roi de Prusse s'est remis à m'écrire avec quelque confiance. Il me mande qu'il est résolu de se tuer, s'il est sans ressource; et madame la margrave sa sœur m'écrit qu'elle finira sa vie, si le roi son frère finit la sienne. Il y a grande apparence qu'au moment que j'ai l'honneur de vous écrire, le corps d'armée de

———. M. le prince de *Soubise* est aux mains avec les Prussiens. Quelque chose qui arrive, il y a encore plus d'apparence que ce sera vous qui terminerez les aventures de la Saxe et du Brandebourg, comme vous avez terminé celles de Hanovre et de la Hesse. Vous courez la plus belle carrière où on puisse entrer en Europe ; et j'imagine que vous jouirez de la gloire d'avoir fait la guerre et la paix.

Il ne m'appartient pas de me mêler de politique, et j'y renonce comme aux chars des Assyriens ; mais je dois vous dire que, dans ma dernière lettre à madame la margrave de *Bareith*, je n'ai pu m'empêcher de lui laisser entrevoir combien je souhaite que vous joigniez la qualité d'arbitre à celle de général. Je me suis imaginé que, si l'on voulait tout remettre à la bonté et à la magnanimité du roi, il vaudrait mieux qu'on s'adressât à vous qu'à tout autre : en un mot, j'ai hasardé cette idée sans la donner comme conjecture ni comme conseil, mais simplement comme un souhait qui ne peut compromettre ni ceux à qui on écrit, ni ceux dont on parle (1) ; et je vous

(1) L'idée de M. de *Voltaire* fut adoptée, comme on le voit par les lettres suivantes, et elle eût épargné de très-grands malheurs à la France, si elle eût produit à la cour l'effet qu'on pouvait raisonnablement en attendre.

Lettre de sa Majesté le roi de Prusse, à M. le maréchal de Richelieu.

A Rote, le 6 septembre 1757.

JE sens, monsieur le Duc, que l'on ne vous a pas mis dans le poste où vous êtes pour négocier ; je suis cependant très-persuadé que le neveu du grand cardinal de *Richelieu* est fait pour signer des traités comme

en rends compte fans autre motif que celui de vous
marquer mon zèle pour votre perfonne et pour votre
gloire. Vous n'ignorez pas que madame de *Bareith*
a voulu déjà entamer une négociation qui n'a eu
aucun fuccès : mais ce qui n'a pas réuffi dans un
temps, peut réuffir dans un autre, et chaque chofe

pour gagner des batailles. Je m'adreffe à vous par un effet de l'eftime
que vous infpirez à ceux qui ne vous connaiffent pas même particulière-
ment. Il s'agit d'une bagatelle, Monfieur ; de faire la paix, fi on le
veut bien. J'ignore quelles font vos inftructions ; mais, dans la fuppofition
qu'affuré de la rapidité de vos progrès, le roi votre maître vous aura
mis en état de travailler à la pacification de l'Allemagne, je vous adreffe
M. *Delchelet* dans lequel vous pouvez prendre une confiance entière.
Quoique les événemens de cette année ne devraient pas me faire efpérer
que votre cour conferve encore quelque difpofition favorable pour mes
intérêts, je ne puis cependant me perfuader qu'une liaifon, qui a duré
feize années, n'ait pas laiffé quelque trace dans les efprits ; peut-être que
je juge des autres par moi-même. Quoi qu'il en foit enfin, je préfère de
confier mes intérêts au roi votre maître plutôt qu'à tout autre. Si vous
n'avez, Monfieur, aucune inftruction relative aux propofitions que je
vous fais, je vous prie d'en demander et de m'informer de leur teneur.
Celui qui a mérité des ftatues à Gênes, celui qui a conquis l'île de
Minorque, malgré des obftacles immenfes, celui qui eft fur le point de
fubjuguer la Baffe-Saxe, ne peut rien faire de plus glorieux que de
travailler à rendre la paix à l'Europe. Ce fera fans contredit le plus beau
de vos lauriers. Travaillez-y, Monfieur, avec cette activité qui vous fait
faire des progrès fi rapides, et foyez perfuadé que perfonne ne vous en
aura plus de reconnaiffance, monfieur le Duc, que votre fidelle ami,

F É D É R I C.

Réponfe de M. le maréchal de Richelieu au roi de Pruffe.

S I R E ,

QUELQUE fupériorité que votre Majefté ait en tout genre, il y
aurait peut-être beaucoup à gagner pour moi de négocier, plutôt qu'à
combattre vis-à-vis un héros tel que votre Majefté. Je crois que je fervirais
le roi mon maître d'une façon qu'il préférerait à des victoires, fi je
pouvais contribuer au bien d'une paix générale. Mais j'affure votre

a ſon point de maturité. Je n'ajoute aucune réflexion ; je crois ſeulement devoir vous dire que, dans le cas où l'on puiſſe réſoudre le roi de Pruſſe à remettre tout entre vos mains, ce ne ſera que par madame la margrave ſa ſœur qu'on pourra y réuſſir.

J'eſpère que ma lettre ne ſera pas priſe par des houſards pruſſiens ou autrichiens ; je ne ſigne ni ne date. Vous connaiſſez mon hermitage : j'oſe vous ſupplier de m'écrire ſeulement quatre mots qui m'inſtruiſent que vous avez reçu ma lettre.

J'ai eu l'honneur de mettre ſous votre protection une lettre pour madame la ducheſſe de *Saxe-Gotha*. Plus d'une armée mange ſon pauvre pays, et, tout galant que vous êtes, vous y avez quelque part. Vous ne pouvez toujours contenter toutes les dames.

Permettez que j'ajoute que vous avez, parmi vos aides de camp, un comte d'*Ivonne*, mon voiſin, qu'on dit très-aimable et très-empreſſé à vous bien ſervir. Vous êtes très-bien en médecins et en aides de camp. Ils ſont bien heureux. Que ne puis-je, comme eux, être à portée de voir mon héros !

Majeſté que je n'ai ni inſtructions ni notions ſur les moyens d'y pouvoir parvenir.

Je vais envoyer un courier pour rendre compte des ouvertures que votre Majeſté veut bien me faire, et j'aurai l'honneur de lui rendre la réponſe de l'affaire dont je ſuis convenu avec M. *Delchetet*.

Je ſens, comme je le dois, tout le prix des choſes flatteuſes que je reçois d'un prince qui fait l'admiration de l'Europe, et qui, ſi j'oſe le dire, a fait encore plus la mienne particulière. Je voudrais bien au moins pouvoir mériter ſes bontés en le ſervant dans le grand ouvrage qu'il paraît déſirer, et auquel il croit que je peux contribuer ; je voudrais ſurtout pouvoir lui donner des preuves du profond reſpect avec lequel je ſuis, &c.

LETTRE CCLXII.

A M. LE COMTE D'ARGENTAL.

Aux Délices , 12 de feptembre.

Mon divin ange , moi qui n'ai point pris les
eaux de Plombières , je fuis bien malade , et je fuis
puni de n'avoir point été faire ma cour à madame
d'*Argental*. Je voudrais qu'on eût brûlé , avec la
fauffe *Jeanne* , le déteftable auteur de cette infame
rapfodie. Elle eft inconteftablement de *la Beaumelle ;*
mais s'il n'eft pas ars , il eft en lieu où il doit fe
repentir.

On dit que c'eft l'abbé de *Bernis* qui a ménagé le
rétabliffement du parlement : fi cela eft, il joue un
bien beau rôle dans l'Europe et en France. Je ne
lui ai jamais écrit depuis mon abfence ; j'ai toujours
craint que mes lettres ne paruffent intéreffées , et je
me fuis contenté d'applaudir à fa fortune , fans l'en
féliciter. Qui eût cru , quand le roi de Pruffe fefait
autrefois des vers contre lui , que ce ferait lui qu'il
aurait un jour le plus à craindre ?

Les affaires de ce roi mon ancien difciple et mon
ancien perfécuteur , vont de mal en pis. Je ne fais
fi je vous ai fait part de la lettre qu'il m'a écrite ,
il y a environ trois femaines : *J'ai appris* , dit-il , *que
vous vous étiez intéreffé à mes fuccès et à mes malheurs ;*
il ne me refte *qu'à vendre cher ma vie* , &c. &c. Sa

sœur, la margrave de *Bareith*, m'en écrit une beaucoup plus lamentable.

Allons, ferme, mon cœur, point de faibleſſe humaine.

Mon cher ange, j'écrirai pour *Briſard* tout ce que
vous ordonnerez. Ayez la bonté de m'inſtruire de
ſon admiſſion dans le rang des héros, dès qu'on
l'aura reçu. J'eſpère que l'autre héros de Mahon gouvernera mieux ſon armée que le tripot de la comédie.
A propos de Mahon, ſavez-vous que l'amiral *Bing*
m'a fait remettre, en mourant, ſa juſtification? Me
voilà occupé à juger *Pierre le grand* et l'amiral *Bing;*
cela n'empêchera pas que je n'obéiſſe à vos ordres
tragiques.

. . . . *Si qua*
Numina læva ſinunt, auditque vocatus Apollo.

En voilà beaucoup pour un malade.
Madame *Denis* et le ſuiſſe *Voltaire* vous embraſſent
tendrement.

LETTRE CCLXIII.

A M. THIRIOT.

Aux Délices, 12 de septembre.

J'AI reçu un gros paquet des Mémoires de l'abbé *Hubert*, une lettre de M. de *la Poplinière*, et rien de son compère. Le compère est-il malade ? méprise-t-il ses anciens amis parce qu'ils font des suisses ? est-il à la campagne, dans quelque terre des *Montmorencis* ? S'il n'était pas occupé auprès des grandes et belles dames, je lui dirais : Venez passer l'hiver à Lausane, dans une très-belle maison que je viens d'ajuster, et puis venez passer l'été aux Délices ; on vous donnera des spectacles l'hiver, et vous verrez, l'été, le plus beau pays de la terre ; et vous apprendrez, messieurs les Parisiens, qu'il y a des plaisirs ailleurs que chez vous. De plus, vous mangerez des gélinottes dont vous ne tâtez guère dans votre ville ; mais vous êtes des casaniers. Ecrivez-moi donc : morbleu, quel paresseux ! Adieu. *Vale, amice.*

LETTRE CCLXIV.

A M. LE COMTE D'ARGENTAL.

Aux Délices, 1 d'octobre.

JE ne vous ai point encore parlé, mon divin ange, de M. et de madame de *Montferrat*, qui font venus bravement faire inoculer leur fils unique à Genève. Ils viennent fouvent dîner dans mon petit hermitage, où ils voient des gens de toutes les nations, fans excepter le pays d'*Alzire*.

Nous avons aux portes de Genève une troupe dans laquelle il y a quelques acteurs paffables. J'ai eu le plaifir de voir jouer l'Orphelin de la Chine, pour la première fois de ma vie. J'ai, dans plus d'un endroit, fouhaité des *Clairon* et des *le Kain*; mais on ne peut tout avoir. C'eft vous, mon cher et refpectable ami, que je fouhaite toujours, et que je ne vois jamais. Vous m'allez dire qu'après avoir vu des comédies, je devrais être encouragé à en donner; que je devrais vous envoyer Fanime dans fon cadré pour le mois de novembre; mais je vous conjure de vous rendre aux raifons que j'ai de différer. Empêchez, je vous en fupplie, qu'on ne me prodigue à Paris. Ce ferait actuellement un très-grand chagrin pour moi d'être livré au public. Il viendra un temps plus favorable, et alors vous gratifierez les comédiens de cette Fanime, quand vous la jugerez digne de paraître. Nous nous amuferons à donner des effais fur notre petit théâtre

de Laufane, et nous vous enverrons ces effais ; mais
point de Paris à préfent. Comptez que ce n'eft point 1757.
dégoût, c'eft fageffe : car, en vérité, rien n'eft fi fage que
de s'amufer paifiblement de fes travaux, fans les expofer aux critiques de votre parterre. Je vous fupplie
inftamment de me mander s'il eft vrai que vous ayez
à Paris ou à la cour un comte de *Gotter*, grand
maréchal de la maifon du roi de Pruffe, tout fraî-
chement débarqué, pour demander quelque accom-
modement qui fera, je crois, plus difficile à négocier
que ne l'a été l'union de la France et de l'Autriche.
Je reçois affez fouvent des lettres du roi de Pruffe,
beaucoup plus fingulières, beaucoup plus étranges
que toute fa conduite avec moi depuis vingt années.
Je vous jure que la chofe eft curieufe. Je vois tout
à préfent avec tranquillité. Je fuis heureux aux pieds
des Alpes ; mais je n'y ferais pas fi l'envie et le brigandage, qui règnent à Paris dans la littérature, ne
m'avaient arraché à ma patrie et à vous. Je me flatte
que madame d'*Argental* continue à jouir d'une bonne
fanté. Je vous embraffe tendrement, mon cher et
refpectable ami.

LETTRE CCLXV.

AU MEME.

Aux Délices, 5 d'octobre.

VOILA qui eft plaifant, mon cher ange; M. d'*Argèt* m'envoie un manufcrit que le roi de Pruffe fit rédiger pour moi, il y a près de vingt ans, et dont j'ai déjà fait ufage dans les dernières éditions de Charles XII. Je ne lui en fuis pas moins obligé. Il me promet quelques autres anecdotes que je ne connais pas. C'eft donc vous qui vous mettez à favorifer l'hiftoire, et qui faites des infidélités au tripot. Je vous renouvelle la prière que je vous ai faite par ma précédente; et cette prière eft d'attendre. Laiffons Iphigénie en Crimée reparaître avec tous fes avantages; ne nous préfentons que dans les temps de difette; ne nous prodiguons point: il faut qu'on nous défire un peu. Eh bien, ce M. de *Gotter* eft-il à Paris, comme on le dit? Perfonne ne m'en parle, et je fuis bien curieux. Je voudrais vous écrire quatre pages, et je finis parce que la pofte part. Nous fefons ici des mariages; nous rendons fervice, madame *Denis* et moi, à notre petit pays roman, et nous allons jouer en trois actes la Femme qui a raifon.

Mille tendres refpects.

LETTRE CCLXVI.

A M. LE MARECHAL DUC DE RICHELIEU.

Aux Délices, le 5 de novembre.

JE fais bien que quand on fait des marches favantes, quand on a quatre-vingts mille hommes et de grandes affaires, un héros ne répond guère à un pauvre diable de fuiffe. Mais, en vérité, Monfeigneur, je vous ai mandé une anecdote affez fingulière, affez intéreffante, affez importante pour devoir me flatter que vous voudrez bien ne me pas laiffer dans l'incertitude inquiétante fi vous avez reçu ou non ma lettre. Les chofes font toujours dans le même état. On perfifte dans la première réfolution qu'on avait prife : on dit qu'on l'exécutera, fi l'on eft pouffé à bout.

Je vous ai mandé que j'avais pris la liberté de confeiller qu'on s'adrefsât à vous préférablement à tout autre. Je vous demande en grâce au moins de mander, par un fecrétaire, à votre ancien courtifan, le fuiffe *Voltaire*, fi vous avez reçu la lettre dans laquelle je vous fefais part d'une chofe auffi fingulière.

Madame *Denis* fe porte toujours fort mal, et vous préfente fes hommages, auffi - bien que le folitaire votre admirateur affligé de votre filence.

LETTRE CCLXVII.

A M. LE COMTE D'ARGENTAL.

Aux Délices, 8 de novembre.

CELA eſt d'une belle ame, mon cher ange, de m'envoyer de quoi vous faire des infidélités. Je veux avoir des procédés auſſi nobles que vous : vous trouverez le premier acte aſſez changé. C'eſt toujours beaucoup que je vous donne des vers, quand je ſuis abymé dans la proſe, dans les bâtimens et dans les jardins. J'ai bien moins de temps à moi que je ne croyais ; on s'eſt mis à venir dans mes retraites : il faut recevoir ſon monde, dîner, ſe tuer, et, qui pis eſt, perdre ſon temps. J'en ai trouvé pourtant pour votre Fanime ; mais je vous avertis que je la veux un peu coupable, c'eſt-à-dire coupable d'aimer comme une folle, ſans avoir d'autres motifs de ſa fuite que les craintes que l'amour lui a inſpirées pour ſon amant. Je ferai d'ailleurs honteux pour le public s'il reçoit cette tragédie amoureuſe plus favorablement que Rome ſauvée et qu'Oreſte ; cela n'eſt pas juſte. Une ſcène de *Cicéron*, une ſcène de *Céſar* ſont plus difficiles à faire et ont plus de mérite que tous les emportemens d'une femme trompée et délaiſſée. Le ſujet de Fanime eſt bien trivial, bien uſé ; mais enfin, vos premières loges ſont compoſées de perſonnes qui connaiſſent mieux l'amour que l'hiſtoire romaine. Elles veulent s'attendrir, elles veulent pleurer, et avec le mot d'amour on a cauſe gagnée

avec

avec elles. Allons donc, mettons-nous à l'eau rofe pour leur plaire. Oublions mon âge. Je ne devrais ni planter des jardins ni faire des vers tendres, cependant j'ai ces deux torts, et j'en demande pardon à la raifon.

Je ne décide pas plus entre *Brizard* et *Blainville*, qu'entre Genève et Rome. Je vous envoie, felon vos ordres, mon compliment à l'un et à l'autre, et vous choifirez.

Vraiment, on m'a demandé déjà la charpente de mon vifage pour l'académie. Il y a un ancien portrait d'après *la Tour*, chez ma nièce de *Fontaine*, il faut qu'elle faffe une copie de ce hareng fauret ; mais elle eft actuellement avec fon ami et fes dindons dans fa terre, et ne reviendra que cet hiver. Vous aurez alors ma maigre figure. D'*Alembert* s'était chargé auprès d'elle de cette importante négociation. Je ne fuis pas fâché que mon *Salomon* du Nord ait quelques partifans dans Paris, et qu'on voye que je n'ai pas loué un fot. Je m'intéreffe à fa gloire par amour propre, et je fuis bien aife en même temps, par raifon et par équité, qu'il foit un peu puni. Je veux voir fi l'adverfité le ramènera à la philofophie. Je vous jure qu'il y a un mois qu'il n'était guère philofophe ; le défefpoir l'emportait : ce n'eft pas un rôle défagréable pour moi de lui avoir donné dans cette occafion des confeils très-paternels (*). L'anecdote eft curieufe. Sa vie et, révérence parler, la mienne font de plaifans contraftes : mais enfin, il avoue que je fuis plus heureux que lui ; c'eft un grand point et une belle leçon. Mille refpects à tous les anges.

(*) Voyez la Correfpondance du roi, année 1757.

LETTRE CCLXVIII.

AU MEME, *à Paris*.

Aux Délices, 19 de novembre.

VOUS avez un cœur plus tendre que le mien,
mon cher ange ; vous aimez mieux mes tragédies
que moi : vous voulez qu'on parle d'amour, et je
suis honteux de nommer ce beau mot avec ma barbe
grise. Toutes mes bouteilles d'eau rose font à l'autre
bout du grand lac, à Lausane. J'y ai laissé Fanime
et la Femme qui a raison, et tout l'attirail de *Melpomène*
et de *Thalie* ; c'est à Lausane qu'est le théâtre. Nous
plantons aux Délices, et actuellement je ne pourrais
que traduire les Géorgiques. Cependant je vous
envoie à tout hasard le petit billet que vous déman-
dez. Je croyais l'avoir mis dans ma dernière lettre ;
j'ai encore des distractions de poëte, quoique je ne
le fois plus guère.

Je ferais bien fâché, mon divin angé, de donner
des spectacles nouveaux à votre bonne ville de Paris,
dans un temps où vous ne devez être occupé qu'à
réparer vos malheurs et votre humiliation ; il faut
qu'on ait fait ou d'étranges fautes, ou que les Français
soient des lévriers qui se soient battus contre des loups.
Luc n'avait pas vingt-cinq mille hommes, encore
étaient-ils harassés de marches et de contre-marches.
Il se croyait perdu sans ressource, il y a un mois ;
et si bien, si complétement perdu, qu'il me l'avait
écrit ; et c'est dans ces circonstances qu'il détruit

une armée de cinquante mille hommes (*). Quelle
honte pour notre nation! elle n'ofera plus fe montrer
dans les pays étrangers. Ce ferait-là le temps de les
quitter, fi , malheureufement , je n'avais fait des
établiffemens fort chers que je ne peux plus abandonner.

Ces correfpondances dont on vous a parlé , mon
cher ange , font précifément ce qui devrait engager à
faire ce que vous avez eu la bonté de propofer , et ce
que je n'ai pas demandé. Je trouve la raifon qu'on
vous a donnée auffi étrange que je trouve vos marques d'amitié naturelles dans un cœur comme le
vôtre.

Si madame de *Pompadour* avait encore la lettre
que je lui écrivis quand le roi de Pruffe m'enqui-
nauda à Berlin, elle y verrait que je lui difais qu'il
viendrait un temps où l'on ne ferait pas fâché d'avoir
des français dans cette cour. On pourrait encore fe
fouvenir que j'y fus envoyé en 1743, et que je rendis
un affez grand fervice ; mais M. *Amelot*, par qui
l'affaire avait paffé , ayant été renvoyé immédiatement après , je n'eus aucune récompenfe. Enfin , je
vois beaucoup de raifons d'être bien traité , et aucune
d'être exilé de ma patrie : cela n'eft fait que pour des
coupables , et je ne le fuis en rien.

Le roi m'avait confervé une efpèce de penfion que
j'ai depuis quarante ans , à titre de dédommàgement;
ainfi ce n'était pas un bienfait, c'était une dette comme
des rentes fur l'hôtel de ville. Il y a fept ans que je
n'en ai demandé le payement : vous voyez que je
n'importune pas la cour.

(*) La journée de Rosbac.

Le portrait que vous daignez demander, mon cher ange, est celui d'un homme qui vous est bien tendrement uni, et qui ne regrette que vous et votre société dans tout Paris. L'académie aura la copie du portrait peint par *la Tour*. Il faut que je vous aime autant que je fais, pour songer à me faire peindre à présent. Quant au roman que vous m'envoyez, il faudrait en aimer l'auteur autant que je vous aime, pour le lire; et vous savez que je n'ai pas beaucoup de temps à perdre. Il faut que je démêle dans l'histoire du monde, depuis *Charlemagne* jusqu'à nos jours, ce qui est roman et ce qui est vrai. Cette petite occupation ne laisse guère le loisir de lire les anecdotes égyptiennes et syriennes.

Puisque vous avez un avocat nommé d'*Outremont*, je changerai ce nom dans la Femme qui a raison; j'avais un d'*Outremont* dans cette pièce. Je me suis déjà brouillé avec un avocat qui se trouva par hasard nommé *Grifon* : il prétendit que j'avais parlé de lui, je ne sais où.

M. le maréchal de *Richelieu* me boude et ne m'écrit point. Il trouve mauvais que je n'aye pas fait cent lieues pour l'aller voir.

LETTRE CCLXIX.

A MADAME DE FONTAINE, à *Ornoi.*

Aux Délices, 24 de novembre.

JE reçois, ma chère nièce, votre lettre du 14 novembre. Vous devez en avoir reçu une très-ample de moi, écrite il y a environ un mois, et adreffée au château d'Ornoi, près d'Abbeville, par Amiens en Picardie. Peut-être cette méprife du voifinage d'Abbeville aura fait retarder la réception de la lettre : je vous y difais à peu-près les mêmes chofes que vous me dites.

Je vous demandais fi vous vous étiez déjà mife au rang des bons citoyens qui donnent leur vaiffelle d'argent à l'Etat; je plaignais comme vous la France; je vous demandais quand vous reverriez la grande vilaine, trifte et gaie, riche et pauvre, raifonneufe et frivole ville de Paris. Je vous contais comment nous nous fommes amufés à Tourney, pour nous dépiquer des malheurs publics. Nous nous vantions, madame *Denis* et moi, d'avoir tiré des larmes des plus beaux yeux qui foient actuellement à Turin : ces yeux font ceux de madame de *Chauvelin*, l'ambaffadrice.

Je ne pourrai jamais vous dire combien nous vous avons regrettée dans nos fêtes. Nous difions : Ah, fi elle était là ! fi le grand écuyer de *Cyrus*, fi le jurifconfulte étaient avec elle, ils verraient les

1757.

chofes bien changées ! ils feraient bien contens du petit palais, *d'ordre ionique*, ne vous déplaife, d'ordre ionique bâti, achevé à Tourney ; et cela n'eft point *ironique* : ce n'eft point pour infulter à vos maçons qui n'ont pas été plus vîte que nous.

Luc eft toujours *Luc*, très-embarraffé et n'embarraffant pas moins les autres ; étonnant l'Europe, l'appauvriffant, l'enfanglantant, et fefant des vers, et m'écrivant quelquefois les chofes du monde les plus fingulières. M. le duc de *Choifeul*, qui a plus d'efprit que lui, et un meilleur efprit, me fait toujours l'honneur de me donner des marques de bonté auxquelles je fuis plus fenfible qu'au commerce de *Luc*. Je compte auffi fur les bontés de madame de *Pompadour* ; avec cela, j'aime ma terre ou mes terres, ma retraite ou mes retraites, à la folie ; mais je vous aime davantage.

LETTRE CCLXX.

A M. DE LA MICHODIERE,

INTENDANT D'AUVERGNE.

Ferney, novembre.

MONSIEUR,

C'EST à Breflau, à Londres et à Dordrecht qu'on commença, il y a environ trente ans, à fuppurer le nombre des habitans par celui des baptêmes. On multiplia, dans Londres, le nombre des baptêmes par 35, à Breflau, par 33. M. de *Kerfeboum*, magiftrat de Dordrecht prit un milieu. Son calcul fe trouva très-jufte : car, s'étant donné la peine de compter un par un tous les habitans de cette petite ville, il vérifia que fa règle de 34 était la plus sûre.

Cependant elle ne l'eft ni dans les villes dont il part beaucoup d'émigrans, ni dans celles où viennent s'établir beaucoup d'étrangers ; et, dans ce dernier cas, on ajoute pour les étrangers un fupplément qu'il n'eft pas mal-aifé de faire.

Toutes ces règles ne font pas d'une juffeffe mathématique ; vous favez mieux que moi, Monfieur, qu'il faut toujours fe contenter de l'à peu-près. La fameufe méridienne de France n'eft certainement pas tirée en ligne droite ; le roi n'a pas le même revenu tous les ans ; et le complet n'eft jamais dans les troupes. Il n'y a que DIEU qui ait fait au jufte le

Hh 4

dénombrement des combattans du peuple d'Israël, qui se trouva de six cents mille hommes au bout de deux cents quinze ans, tous descendans de *Jacob*, sans compter les femmes, les vieillards et les enfans.

Les habitans de Clermont en Auvergne ne peuvent avoir augmenté dans cette miraculeuse progression. Ceux qui ont attribué quarante-cinq mille citoyens à cette ville, ont presque autant exagéré que l'historien *Josephe* qui comptait douze cents mille ames dans Jérusalem, pendant le siége. Jérusalem n'en a jamais pu contenir trente mille. Lorsque j'étais à Bruxelles, on me disait que la ville avait cinquante mille habitans : le pensionnaire, après avoir pris toutes les instructions qu'il pouvait, m'avoua qu'il n'en avait pas trouvé dix-sept mille.

J'ai fait usage de la règle de 34, à Genève ; elle s'est trouvée un peu trop forte. On compte dans Genève environ vingt-cinq mille habitans : il y naît environ sept cents soixante-quinze enfans, année commune ; or 775, multiplié par 34, donne 26350.

La règle de 33 donnerait 25575 têtes à Genève. Cela posé, Monsieur, il paraît évident qu'il y a tout au plus vingt mille personnes à Clermont, et ce nombre ne doit pas vous paraître extraordinaire ; les hommes ne peuplent pas comme le prétendent ceux qui nous disent froidement qu'après le déluge il y avait des millions d'hommes sur la terre. Les enfans ne se font pas à coups de plume, et il faut des circonstances fort heureuses pour que la population augmente d'un vingtième en cent années. Un dénombrement fait en 1718, probablement très-fautif,

ne donne à Clermont que 1324 feux ; ſi on comptait
(en exagérant) dix perſonnes par feu, ce ne ſerait 1757,
que 13240 têtes : et ſi, depuis ce temps, le nombre
en était monté à vingt mille, ce ſerait un progrès
dont il n'y a guère d'exemples. Il vaut mieux croire
que l'auteur du dénombrement des feux s'eſt trompé ;
mais quand même il ſe ſerait trompé de moitié, quand
même il y aurait eu le double de feux qu'il ſuppoſe,
c'eſt-à-dire 2648, jamais on ne compte que cinq à
ſix habitans par feu ; mettons-en ſix, il y aurait eu
alors 15888 habitans à Clermont, et, depuis ce
temps, le nombre ſe ſerait accru juſqu'à vingt mille,
par une adminiſtration heureuſe et par des événemens que j'ignore. Tout concourt donc, Monſieur,
à perſuader que Clermont ne contient en effet que
vingt mille habitans : s'il s'en trouvait quarante
mille, ſur environ 588 baptêmes par an, ce ſerait
un prodige unique dont je ne pourrais demander la
raiſon qu'à vos lumières.

Voilà, Monſieur, ce que mes faibles connaiſſances
me permettent de répondre à la lettre dont vous
m'avez honoré. Cette lettre me fait voir quelle eſt
votre exactitude et votre ſage application dans votre
gouvernement ; elle me remplit d'eſtime pour vous,
Monſieur ; et ce n'eſt que par pure obéiſſance à vos
ordres, que je vous ai expoſé mes idées que je dois
en tout ſoumettre aux vôtres. Vous êtes à portée de
faire une opération beaucoup plus juſte que ma règle.
On vient, dans toute l'étendue de la domination de
Berne, d'envoyer dans chaque maiſon compter le
nombre des maîtres, des domeſtiques, et même des
chevaux. Il eſt vrai qu'on s'en rapporte à la bonne

—— foi de chaque particulier, dans le feul pays de l'Europe où l'on ne paye pas la moindre taxe au fouverain, et où cependant le fouverain eſt très-riche. Mais, fous une adminiſtration telle que la vôtre, quel particulier pourrait déranger, par fa réticence, une opération utile qui ne tend qu'à faire connaître le nombre des habitans, et à leur procurer des fecours dans le befoin?

J'ai l'honneur d'être avec la plus refpectueufe eſtime, &c.

LETTRE CCLXXI.

A M. LE COMTE D'ARGENTAL.

Aux Délices, 2 de décembre.

Mon cher et refpectable ami, dès que vous m'eûtes écrit que celui *qui mifcuit utile dulci* voulait bien fe fouvenir de moi, je lui écrivis pour l'en remercier. Je crus devoir lui communiquer quelques rogatons très-finguliers qui auront pu au moins l'amufer. J'ai pris la liberté de lui écrire avec ma naïveté ordinaire, fans aucune vue quelle qu'elle puiffe être. Il eſt vrai que j'ai une fort fingulière correfpondance, mais affurément elle ne change pas mes fentimens; et dans l'âge où je fuis, folitaire, infirme, je n'ai et ne dois avoir d'autre idée que de finir tranquillement ma vie dans une très-douce retraite. Quand j'aurais vingt-cinq ans et de la fanté, je me garderais bien de fonder l'efpérance la plus légère fur un prince qui, après m'avoir arraché à ma patrie,

après m'avoir forcé par des féductions inouies à
m'attacher auprès de lui, en a ufé avec moi et avec
ma nièce d'une manière fi cruelle.

Toutes les correfpondances que j'ai ne font dues
qu'à mon barbouillage d'hiftorien. On m'écrit de
Vienne et de Pétersbourg, auffi-bien que des pays
où le roi de Pruffe perd et gagne des batailles. Je ne
m'intéreffe à aucun événement que comme français.
Je n'ai d'autre intérêt et d'autre fentiment que
ceux que la France m'infpire; j'ai en France mon
bien et mon cœur.

Tout ce que je fouhaite, comme citoyen et comme
homme, c'eft qu'à la fin une paix glorieufe venge la
France des pirateries anglaifes, et des infidélités
qu'elle a effuyées ; c'eft que le roi foit pacificateur et
arbitre, comme on le fut aux traités de Veftphalie.
Je défire de n'avoir pas le temps de faire l'hiftoire du
czar *Pierre* et quelque mauvaife tragédie avant ce
grand événement.

Si vous pouvez rencontrer, mon divin ange, la
perfonne qui a bien voulu vous parler de moi, dites-
lui, je vous prie, que j'aurais été bien confolé de
recevoir deux lignes de fa main par lefquelles il eût
feulement affuré ce vieux fuiffe des fentimens qu'il
vous a témoignés pour moi.

Savez-vous que le roi de Pruffe a marché, le 10
novembre, au général *Marshall* qui allait entrer avec
quinze mille hommes en Brandebourg, et qui a
reculé en Luface? Vous pourriez bien entendre
parler encore d'une bataille. Ne ceffera-t-on point de
s'égorger? Nous craignons la famine dans notre petit
canton. Un tremblement de terre vient d'engloutir

la moitié des îles Açores, dont on m'avait envoyé le meilleur vin du monde ; la reine de Pologne vient de mourir de chagrin ; on fe maffacre en Amérique ; les Anglais nous ont pris vingt-cinq vaiffeaux marchands. Que faire ? gémir en paix dans fa tanière, et vous aimer de tout fon cœur.

LETTRE CCLXXII.

AU MEME.

2 de décembre.

NE pourriez-vous point, mon cher ange, faire tenir à M. l. de *B.* la lettre que je vous écris (*) ? vous me feriez grand plaifir. Serait-il poffible qu'on eût imaginé que je m'intéreffe au roi de Pruffe ? J'en fuis pardieu bien loin. Il n'y a mortel au monde qui faffe plus de vœux pour le fuccès des mefures préfentes. J'ai goûté la vengeance de confoler un roi qui m'avait maltraité ; il n'a tenu qu'à M. de *Soubife* que je le confolaffe davantage. Si on s'était emparé des hauteurs que le diligent pruffien garnit d'artillerie et de cavalerie, tout était fini. Le général *Marshall* entrait de fon côté dans le Brandebourg. Nous voilà renvoyés bien loin avec une honte qui n'eft pas courte. Figurez-vous que, le foir de la bataille, le roi de Pruffe, foupant dans un château voifin, chez une bonne dame, prit tous fes vieux draps pour

(*) L'abbé de *Bernis.*

faire des bandages à nos bleſſés. Quel plaiſir pour lui ! que de généroſités adroites qui ne coûtent rien et qui rendent beaucoup ! et que de bons mots, et que de plaiſanteries ! Cependant, je le tiens perdu ſi on veut le perdre et ſe bien conduire. Mais qu'en reviendra-t-il à la France ? de rendre l'Autriche plus puiſſante que du temps de *Ferdinand II*, et, de ſe ruiner pour l'agrandir ! Le cas eſt embarraſſant. Point de Fanime quand on nous bat et qu'on ſe moque de nous ; attendons des hivers plus agréables. Bonſoir, mon divin ange.

Nota bene que ce que j'ai confié à M. l. de *B.* prouve que le roi de Pruſſe était perdu, ſi on s'était bien conduit. Ce n'eſt pas là chercher à déplaire à *Marie-Théréſe*, et ce que j'ai mandé méritait un mot de réponſe vague, un mot d'amitié.

LETTRE CCLXXIII.

AU MEME.

3 de décembre.

Je vous écrivis par le dernier ordinaire, mon cher et reſpectable ami, un petit barbouillage aſſez indé-chiffrable, avec une lettre oſtenſible pour une perſonne qui a été de vos amis, et que vous pouvez voir quelquefois. J'ai bien des choſes à y ajouter, mais l'état de la ſanté de madame d'*Argental* doit paſſer devant. Je voudrais que vous fuſſiez tous ici comme

—— madame d'*Epinai*, madame de *Montferrat* et tant d'autres. Notre docteur *Tronchin* fortifie les femmes; il ne les faigne point, il ne les purge guère, il ne fait point la médecine comme un autre. Voyez comme il a traité ma nièce de *Fontaine*; il l'a tirée de la mort.

Vous ne m'avez jamais parlé de madame de *Montferrat*; c'eft pourtant un joli falmigondis de dévotion et de coquetterie. Je ne fais où prendre madame de *Fontaine* à préfent pour avoir ces portraits. L'affaire commence à m'intéreffer, depuis que vous voulez bien avoir la trifte reffemblance de celui qui probablement n'aura jamais le bonheur de vous revoir; mais moi, pourquoi n'aurais-je pas, dans mes Alpes, la confolation de vous regarder fur toile, et de dire: voilà celui pour qui feul je regrette Paris? C'eft à moi à demander votre portrait, c'eft moi qui ai befoin de confolation.

Je reviens à ma dernière lettre. Il eft certain qu'on a pris ou donné furieufement le change quand on vous a parlé. Que pourrait-on attribuer à mes correfpondances? quel ombrage pourrait en prendre la cour de Vienne? quel prétexte fingulier! Je voudrais qu'on fût auffi perfuadé de mes fentimens à la cour de France qu'on l'eft à la cour de l'impératrice. Mais, quels que foient les fentimens d'un particulier obfcur, ils doivent être comptés pour rien; s'ils l'étaient pour quelque chofe, la perfonne en queftion devrait me favoir un affez grand gré des chofes que je lui ai confiées. S'il a penfé que cette confidence était la fuite de l'intérêt que je prenais encore au roi de Pruffe, et fi une autre perfonne a eu la même idée,

tous deux fe font bien trompés; je les ai inftruits
d'une chofe qu'il fallait qu'ils fuffent. Madame de 1757.
Pompadour, à qui j'en écrivis d'abord, m'en parut
fatisfaite par fa réponfe. L'autre, à qui vous m'avez
confeillé d'écrire, et à qui je devais néceffairement confier les mêmes chofes qu'à madame de *Pompadour*, ne
m'a pas répondu. Vous fentez combien fon filence eft
défagréable pour moi, après la démarche que vous
m'avez confeillée, et après la manière dont je lui ai
écrit. Ne pourriez-vous point le voir? ne pourriez-
vous point, mon cher ange, lui dire à quel point je
dois être fenfible à un tel oubli? S'il parlait encore de
mes correfpondances, s'il mettait en avant ce vain
prétexte, il ferait bien aifé de détruire ce prétexte en
lui fefant connaître que depuis deux ans le roi de Pruffe
me propofa, par l'abbé de *Prades*, de me rendre tout
ce qu'il m'avait ôté. Je refufai tout fans déplaire, et
je laiffai voir feulement que je ne voulais qu'une
marque d'attention pour ma nièce, qui pût réparer en
quelque forte la manière indigne dont on en avait
ufé envers elle. Le roi de Pruffe, dans toutes fes
lettres, ne m'a jamais parlé d'elle. Madame la margrave de *Bareith* a été beaucoup plus attentive. Vous
voilà bien au fait de toute ma conduite, mon divin
ange, et vous favez tous les efforts que le roi de Pruffe
avait faits autrefois pour me retenir auprès de lui.
Vous n'ignorez pas qu'il me demanda lui-même au roi.
Cette malheureufe clef de chambellan était indifpen-
fablement néceffaire à fa cour. On ne pouvait entrer
aux fpectacles fans être bourré par fes foldats, à
moins qu'on n'eût quelque pauvre marque qui mît à
l'abri. Demandez à d'*Arget* comme il fut un jour

repouffé et houfpillé : il avait beau crier, je fuis fecrétaire ; on le bourrait toujours.

Au refté, le roi de Pruffe favait bien que je ne voulais pas refter là toute ma vie ; et ce fut la fource fecrète des noifes. Si vous pouviez avoir une conver- fation avec l'homme en queftion, il me femble que la bonté de votre cœur donnerait un grand poids à toutes ces raifons ; vous détruiriez furtout le foupçon qu'on paraît avoir conçu que je m'intéreffe encore à celui dont j'ai tant à me plaindre.

Enfin, à quoi fe borne ma demande ? à rien autre chofe qu'à une fimple politeffe, à un mot d'honnêteté qu'on me doit d'autant plus que c'eft vous qui m'avez encouragé à écrire. Ne point répondre à une lettre dont on a pu tirer des lumières, c'eft un outrage qu'on ne doit point faire à un homme avec qui on a vécu et qu'on n'a connu que par vous.

Encore un mot ; c'eft que fi on vous difait : *J'ai montré la lettre, on ne veut pas que je réponde à un homme qui a confeillé, il y a fix femaines, au roi de Pruffe de s'accommoder :* vous pourriez répondre que je lui ai confeillé auffi d'abdiquer plutôt que de fe tuer comme il le voulait, et qu'il me répondit, cinq jours avant la bataille :

> *Je dois, en affrontant l'orage,*
> *Penfer, vivre et mourir en roi.*

Tout cela eft fort étrange. Je confie tout à votre amitié et à votre fageffe. Ma conduite eft pure, vous la trouverez même affez noble. Le réfultat de tout ceci, c'eft que mon procédé avec votre ancien ami, ma lettre et ma confiance méritent ou qu'il m'écrive

un

un mot, ou, s'il ne le peut pas, qu'il foit convaincu
de mes fentimens, et qu'il les faffe valoir : voilà ce ~~~~ 1757.
que je veux devoir à un cœur comme le vôtre.

LETTRE CCLXXIV.

AU MEME.

Aux Délices, 10 de décembre.

Mon cher et refpectable ami, je reçois une lettre
de *Babet*, qui a troqué fon panier de fleurs contre le
porte-feuille de miniftre. J'en fuis enchanté. M. *Amelot*
ni même M. de *Saint-Conteft* n'écrivaient pas de ce ftyle.
Je vous remercie de m'avoir procuré un bouquet de
fleurs de la groffe *Babet*.

Rengainez mes inquiétudes ; mais fi, dans l'occafion,
on vous parlait encore de mes correfpondances,
affurez bien que ma première correfpondance eft
celle de mon cœur avec la France. J'ai goûté la
vengeance de confoler le roi de Pruffe, et cela me
fuffit. Il eft battant d'un côté et battu de l'autre : à
moins d'un nouveau miracle, il fera perdu. Il valait
mieux être philofophe, comme il fe vantait de l'être.

LETTRE CCLXXV.

A MADAME DE FONTAINE.

Aux Délices, 10 de décembre.

QUE faites-vous, ma pareffeufe nièce ? comment vous portez-vous ? aurez-vous le temps de faire copier le portrait de votre oncle pour l'académie françaife ? D'*Alembert* fe chargera de le donner, puifqu'on le demande. Je l'ai promis, et je vous prie de dégager ma parole. J'aime mieux les tableaux que vous m'avez envoyés pour Laufane ; cela eft plus gai que le fquelette d'un vieil académicien.

Je n'ai point eu de vos nouvelles depuis long-temps. Il s'eft paffé d'étranges chofes. J'ai confolé *Luc;* je lui ai donné des confeils de philofophe, et il a été trop roi pour les fuivre. Il nous a battus indignement. Il valait mieux, dira votre ami, faire courir des chariots d'Affyrie en rafe campagne que de fe faire affommer entre deux collines, et d'être obligés de s'enfuir avec honte devant fix bataillons pruffiens, fans avoir combattu. Quand M. de *Cuftine* eft mort de fes bleffures, le roi de Pruffe a dit : *Je plains les Français, je regrette leur vie et leur gloire.* Il a fait déchirer les draps d'une dame auprès de Mersbourg pour faire des bandages à nos bleffés, et il nous accable de bons mots. Les Autrichiens n'en difent point, mais ils battent fes troupes ; ils nous vengent et nous humilient.

Vous favez que le prince de *Bevern*, fon meilleur général, eft prifonnier ; que Breflau appartient du

23 novembre à l'impératrice ; que les Autrichiens vont marcher vers Berlin ; que peut-être à préfent M. de *Richelieu* a donné bataille aux troupes du roi d'Angleterre, qui ne font pas plus honnêtes fur terre que fur mer : le droit des gens eft devenu une chimère, mais le droit du plus fort n'en eft point une. Voilà probablement le fyftême de l'Europe qui va entièrement changer. Mais, que nous importe? nous n'avons que notre maigre individu à conferver.

Ayez foin de vótre fanté. Nous avons toujours ici de belles dames de Paris : une madame de *Montferrat* eft venue faire inoculer fon fils : madame d'*Epinai* vient demander des nerfs à *Tronchin* : que ne venez-vous en demander auffi ? J'embraffe toute votre famille, et vous furtout, et de tout mon cœur.

LETTRE CCLXXVI.

A M. LE COMTE D'ARGENTAL.

Aux Délices, 17 de décembre.

IL faut que vous me pardonniez, mon cher ange ; je fuis un bon fuiffe qui avait trop pris les chofes à la lettre. Vous me mandiez qu'on a plus de ménagemens et plus de jaloufies qu'un amant et une maîtreffe, et que mes correfpondances mettaient obftacle à un retour qu'on pourrait attribuer à ces correfpondances mêmes. Daignez confidérer que le temps où vous me parliez ainfi était précifément celui où le bon fuiffe n'avait fait aucune difficulté d'avouer à madame de *Pompadour* ces liaifons que je crus un peu dangereuſes, ſur votre lettre. Rien n'eſt aſſurément plus innocent que ces liaiſons ; elles ſe ſont bornées, comme je vous l'ai dit , à conſoler un roi qui m'avait fait beaucoup de mal , et à recevoir les confidences du déſeſpoir dans lequel il était plongé alors. Je vous avertis que le roi de Pruſſe et l'impératrice pourraient voir les lettres que j'ai écrites à Verſailles ſans que ni l'un ni l'autre pût m'en ſavoir le moindre mauvais gré. J'avais cru ſeulement que le déſeſpoir où je voyais le roi de Pruſſe , pouvait être un achemine-ment à une paix générale , ſi néceſſaire à tout le monde , et qu'il faudra bien faire à la fin. Je ne m'attendais pas alors que nos chers compatriotes ſe couvriraient d'opprobre , et qu'une armée de cin-quante mille hommes fuirait comme des lièvres devant ſix bataillons dont les juſtaucorps viennent à la moitié des feſſes ; je ne prévoyais pas que les Hano-vriens aſſiégeraient Harbourg , et qu'ils ſeraient plus forts que M. de *Richelieu.* Nous avons grand beſoin d'être heureux dans ce pays-là , car nous y ſommes en horreur pour nos brigandages , et mépriſés pour notre lâcheté du 5 novembre. Les Autrichiens diſent qu'ils n'ont pris Breſlau , et gagné la bataille , que parce qu'ils n'avaient pas de français avec eux. Enfin , nous n'avons d'appui en Allemagne que ces mêmes Autrichiens qui ſe moquent de nous. Il faut eſpérer que M. de *Richelieu* rétablira notre crédit et notre gloire , et que les ſuccès de *Marie-Thérèſe* nous piqueront d'honneur. Si le roi de Pruſſe était tombé ſur nous après ſa victoire , nos armées découragées ſe ſeraient trouvées entre les Hanovriens enragés contre nous, et les Pruſſiens vainqueurs ; il ne revenait

peut-être pas un français d'Allemagne. Je me flatte ———
enfin que tout sera réparé. Vous voyez que je suis 1757.
aussi bon français que bon suisse. Tout bon que je
suis, j'ai toujours sur le cœur les quatre baïonnettes
que ma nièce eut dans le ventre. J'aurais voulu que
le roi de Prusse eût réparé cette infamie; mais je vois
qu'il est difficile de venir à bout de lui, même en lui
prenant Breslau.

Au moment que je griffonne, la nouvelle vient de
Francfort que nous avons été mal menés devant
Harbourg ; je n'en veux rien croire : ce sont des
hérétiques qui le mandent; passons vîte.

On a joué à Vienne l'Orphelin de la Chine ; l'impératrice l'a redemandé pour le lendemain : voilà
des nouvelles du tripot assez agréables. Le tripot de
la guerre n'est pas si plaisant. Venons à l'article du
portrait ; donnez-moi des dents et des joues, et je
me fais peindre par *Vanloo*. En attendant, mon cher
ange, envoyez aux charniers SS. Innocens, mon
effigie est là trait pour trait.

J'ai actuellement chez moi madame d'*Epinai* qui
vient demander des nerfs à *Tronchin*. Il n'y a point là
de salmigondis : cela est philosophe, bien net, bien
décidé, bien ferme. Je la quitte pourtant, et je vais
au palais Lausane. Vous verrez, mon cher ange,
des écossais francisés, des *Douglas* qui ont des terres
dans mon voisinage, qui ont un procès au conseil,
au rapport de M. de *Courteille*. Je baise pour eux le
bout de vos ailes ; je vous demande votre protection.
Mais vous ! vous ! vous avez une affaire et point
d'audience ; cela est drôle. Pour Dieu, expliquez-
moi cela, *et vale, et ama nos*.

LETTRE CCLXXVII.

AU MEME.

A Laufane, 20 de décembre, au foir.

QUAND les Pruffiens tuent tant de monde, il faut
bien auffi que je vous affaffine de lettres, mon cher
ange. Il eft difficile que vous ayez fu, plutôt que
nous autres Suiffes, la nouvelle victoire du roi de
Pruffe, près de Neumarck en Siléfie. Ce diable de
Salomon eft un terrible philiftin. La renommée le
dit déjà dans Breflau ; mais il ne faut pas croire
toujours la renommée. Elle parle d'une bataille entre
M. de *Richelieu* et les Hanovriens; elle prétend que
nous avons été très-mal menés, et je n'en veux rien
croire : car, fi cela était vrai, nous perdrions encore
cent mille hommes et deux cents millions, comme
dans la guerre de 1741, dont Dieu nous préferve.
Peut-on fonger à des Fanime, à l'eau rofe, quand on
joue des tragédies fi fanglantes ? Dites-moi donc, je
vous en prie, fi vous êtes content, fi vous avez eu
ce que vous appelez votre audience. Ecrivez-moi un
mot pour confoler le fuiffe.

LETTRE CCLXXVIII.

A M. VERNES.

A Laufane, le 24 de décembre.

Voici, Monfieur, ce que me mande M. d'*Alembert* : *J'écris à votre ami, monfieur Vernes, il pourra vous communiquer ma lettre. Il me paraît que ces meffieurs n'ont pas lu l'article* Genève, *ou qu'ils fe plaignent de ce qui n'y eft pas.*

Or, puifque vous voilà mon ami déclaré à Paris, communiquez-moi donc, mon cher ami, cette lettre de M. d'*Alembert*. Je n'ai point encore le nouveau tome de l'Encyclopédie, et j'ignore abfolument de quoi il s'agit. Je fais feulement, en général, que M. d'*Alembert* a voulu donner à votre ville des témoignages de fon eftime. Il dit que le clergé de France l'accufe de vous avoir trop loués, tandis que vous autres, vous vous plaignez de n'être pas loués comme il faut. Que vous êtes heureux dans votre petit coin de ce monde, de n'avoir que de pareilles plaintes à faire, tandis qu'on s'égorge ailleurs !

Puiffent tous vos confrères perpétuer cette heureufe paix, cette humanité, cette tolérance qui confole le genre-humain de tous les maux auxquels il eft condamné ! Qu'ils déteftent le meurtre abominable de *Servet*, et les mœurs atroces qui ont conduit à ce meurtre, comme le parlement de Paris doit détefter l'affaffinat infame dont on fit périr *Anne Dubourg*, et comme les Hollandais doivent pleurer fur la cendre des *Barnevelt* et des *Witt*. Chaque nation a des horreurs à expier, et la pénitence qu'on en doit faire eft d'être humain et tolérant.

Ne foyons ni calviniftes ni papiftes, mais frères, mais adorateurs d'un Dieu clément et jufte. Ce n'eft point *Calvin* qui fit votre religion ; il eut l'honneur d'y être reçu, et vous avez parmi vous des efprits plus philofophes et plus modérés que lui, qui font l'honneur de votre république.

Bonfoir. Quand il s'agit de paix et de tolérance, je fuis trop babillard. Mes complimens à notre arabe.

LETTRE CCLXXIX.

AU MEME.

A Laufane, le 29 de décembre.

OUI, je vous tiens, mon ami, et, tout jeune que vous êtes, je vous fais mon prêtre. Je figne votre profeffion de foi (*) à condition que, ni vous ni votre aimable arabe, vous n'y changerez jamais rien, et que vous ne mettrez jamais, comme milord *Pierre*, ni nœud d'épaule ni ruban fur votre bel habit uni.

Ayez la bonté de me garder les grands-hommes lyonnais jufqu'à mon retour. Le grand-homme du jour m'a fait faire des complimens, et va peut-être donner une nouvelle bataille pour fes étrennes. Il eft

---

(*) Le catéchifme du pafteur *Vernes*.

vrai qu'il a fait conduire à Spandau (baftille pruffienne) le théologien de *Prades* , qu'il a foupçonné
d'avoir eu quelque commerce avec la pauvre reine
de Pologne. Je ne fais fi de *Prades* l'a confeffée et
communiée ; mais avouez que c'eft une fingulière
deftinée , pour un gentilhomme bordelais , d'être
excommunié à Paris , chanoine en Siléfie , et prifonnier à Spandau. Que ne venait-il fur les bords de
mon lac ? Il aurait figné votre catéchifme et aurait
vécu paifiblement.

Or çà , *cariffime frater in Deo*, *et in Servetto* , êtes-
vous bien fâché, dans le fond du cœur, qu'on dife
dans l'Encyclopédie que vous penfez comme *Origène* ,
et comme deux mille prêtres qui fignèrent leur pro-
teftation contre le pétulant *Athanafe* ? le bon homme
Abaufit ne rit-il pas dans fa barbe ? Vous voilà bien
malade , que quelques gros hollandais vous traitent
d'hétérodoxes! Serez-vous bien léfés quand on vous
reprochera d'être des infames , des monftres , qui
ne croient qu'un feul Dieu plein de miféricorde ?
Allez , allez , vous n'êtes pas fi fâchés. Soyez comme
Dorine qui aimait *Lycas* , comme vous devez le
favoir. *Lycas* s'en vanta , et *Dorine* , qui en fut bien
aife , dit :

> Lycas eft peu difcret
> D'avoir dit mon fecret.

D'*Alembert* eft *Lycas* , vous autres êtes *Dorine* , et
moi je fuis tout à vous , très-tendrement.

Au refte , fi quelque orthodoxe ou hétérodoxe
m'accufait d'avoir la moindre part à l'article *Genève* ,
je vous fupplie inftamment de rendre gloire à la

vérité. J'ai appris le dernier toute cette affaire. Je ne veux que le repos, et je le souhaite à tous mes confrères, moines, curés, miniftres, féculiers, réguliers, trinitaires, unitaires, quakers, moraves, turcs, juifs, chinois, &c. &c. &c. &c. &c. &c.

Fin du Tome quatrième.

TABLE ALPHABETIQUE

DES LETTRES

CONTENUES DANS CE VOLUME.

A.

F.

G.

H.

K.

L.

M.

N.

P.

R.

T.

THIRIOT. (M.)

ALPHABETIQUE. 519

Fin de la Table du tome quatrième.